图书在版编目（C I P）数据

银河启示录 : 联盟危机 / 秦岳著. -- 北京 : 人民邮电出版社, 2013.4
ISBN 978-7-115-30490-2

Ⅰ. ①银… Ⅱ. ①秦… Ⅲ. ①科学幻想小说－中国－当代 Ⅳ. ①I247.5

中国版本图书馆CIP数据核字(2012)第308297号

银河启示录：联盟危机

◆ 著　　　　秦　岳
责任编辑　张兆晋

◆ 人民邮电出版社出版发行　　北京市崇文区夕照寺街 14 号
邮编　100061　　电子邮件　315@ptpress.com.cn
网址　http://www.ptpress.com.cn
北京隆昌伟业印刷有限公司印刷

◆ 开本：700×1000　1/16
印张：20　　2013 年 4 月第 1 版
字数：300 千字　　2013 年 4 月北京第 1 次印刷

ISBN 978-7-115-30490- 2

定价：35.00 元

读者服务热线：(010)67132692　印装质量热线：(010)67129223
反盗版热线：(010)67171154

银河启示录

联盟危机

秦岳 著

人民邮电出版社
北京

目录

银河启示录

联盟危机

序 章

灿烂的银河，繁星若尘。在银河系长达百亿年的历史长河中曾孕育出多个高度发达的星球文明，这些文明在时间的长河中孕育、发展直到鼎盛，很多文明发展到最后却开始盛极而衰，以至于最终消亡。

然而，在公元 2000（地球纪年）到 2600 这六百年间，位于银河猎户旋臂边缘的地球文明曾出现过一段令人匪夷所思的爆发式发展。

在这六百年间，居住在这个星球上的地球人类不但完成了对自身基因的优化和重组，从分子水平上彻底消除了困扰人类的各种疾病并使人类的平均寿命达到了两百岁，而且在公元 2300 年前后，整个星球实现了真正意义上的统一。国家彻底消失，权力由地球元老院、银河联盟议会和银河联盟总统共同分享。

在科技上，地球人类取得了银河联盟史上最伟大的科技进步。低温可控核聚变技术，反引力（重力）技术，虫洞生成、维持和穿越技术等关键技术的突破为地球及整个银河联盟泛人类开辟了更为广阔的宇宙空间。

公元 2613 年，旨在争夺银河星系主导控制权的银河星系大战中，以地球为首的银河联盟军队以弱胜强，战胜了比自己文明程度高出三千年的蛇人帝国联盟，从而成为银河系首屈一指的星系霸主。也就是在这次战役之后，银河系由地球和蛇人星球两强争霸变成了以地球为主的银河联盟势力一枝独秀，整个银河似乎也将步入以地球文明所主导的文明发展的轨道上。然而，在历史的长河中，任何事物最终都无法逃避盛极而衰的历史魔咒，在以地球文明为主的银河联盟星系文明达到鼎盛的时候，预言中的银河联盟危机已在悄悄地滋生。

在银河之战胜利后的第九个年头，这种危机终于开始显现了。

楔子

银河联盟总统菲利普做梦也没有想到他的生命将会突然在 2.869 秒之后终结。

最先发现这一征兆的是跟了他将近十九年的卓尔金生命轨迹仪。这个曾护佑了几十任银河联盟总统的神器也仅仅是提前了两秒钟向他通报了这一预测。然而，两秒钟，什么也来不及了……那个始终悬浮在他右眼一侧的轨迹仪突然发出一道炫目的亮光，他的生命余量由四十五万多小时瞬间减小到 2.869 秒，在显示完这一数据后，轨迹仪似乎已经完成了它的使命，“嗖”地一下气化了……

“不可能！”总统的大脑似乎还不屈服，因为他根本无法接受这一现实。他知道，那个可怕的对手就坐在距他不到五百米的钻石悬浮舱里，但他们说什么也不应该在这个时候向他痛下杀手啊！他正面对着银河联盟三千亿的民众做超时空的议会演讲！

灾难在他正准备吐出那个名单时陡然发生。即便是他想收回自己的话也已经来不及了……

“危险！”他的大脑在一瞬间只来得及接受了这个信号，可他对这个信号早就感觉迟钝了。

二十年来，作为银河联盟总统，他安全过吗？他不记得！只是这次，他自知自己在劫难逃！

危险来得太快了。当他注意到生命轨迹仪气化之后，他的喉结甚至来不及完成一次完整的蠕动，他就又发现那身十年来他都不曾离身，用银河系中最纯、最细的金丝编织成的念力防护服在一瞬间也碎裂成了无数的金粉。紧接着，那枚同样跟了他近十年的翡翠圆环戒指也“噌”的一声裂成了四节……那顶罩在他头上的热能防护罩此时却像死神无形的巨翼，完全将他罩在了下面……

随后，那个令这个银河联盟为之震惊和困惑的画面出现了：他乘坐的银河联盟议会大厦贵宾反重力悬浮舱以十倍的重力加速度向“银河之碗”底部砸去！也许坠落的速度太快，只有电光石火的一瞬。而在这一瞬，他也只来得及看一眼他的左手中指。幸好，那枚事关整个银河未来命运的黄金戒指早在九年前就交给了尤利……

“尤利”，是他在生命最后一刻的脑电波中唯一驻留下的信息……

一、述职归来

I

尤利的眼前猛地一闪，他下意识地猛一闭眼睛，紧接着眼前是一片橘黄色的亮光。亮光过后，他慢慢地睁开眼睛，却发现四周仍黑茫茫的一片……

“将军，我们刚穿越过银河悬臂间虫洞，现在光子飞船‘维纳斯’号已经进入银河猎户旋臂，距离银河首都地球一百三十个时空单位。飞船量子化进程还要持续……”一个带有磁性的女声在他的耳畔响起。

“谢谢，知道了。”尤利微微地点了一下头，又慢慢地将眼睛闭上。一百三十个时空单位换算成距离就是一千三百多光年，离地球还很远呢。一阵倦意袭来，他又昏昏地睡着了。等他再一次睁开眼睛时，感觉四周明晃晃的一片。

“将军，需要咖啡吗？”一个好听的女声又在他的脑畔响起。

“咖啡？”尤利的鼻腔突然嗅到一股熟悉的香味。他抬起了头，才发现眼前一片敞亮。光子星际飞船像一块透明的水晶体悬浮在茫茫的宇宙之中，而自己就像一具被嵌在一个巨大琥珀之中的生物……

“将军要咖啡吗？”一位身材苗条、身穿蓝色星际制服的女郎站在他的身边，正笑盈盈地看着他。

“好的，牙买加蓝山。”他点了一下头，一杯咖啡已经轻轻地飘在了他的手上。熟悉的口味，将军提着鼻子轻轻地嗅了一下。

“将军，还要什么？”女郎还站在他的身边，这时，他才抬眼看了一下这个容貌靓丽、身材异常标致的星际女郎，脑子里突然感觉好像以前在哪里认识。

“对了，现在是什么时间？”尤利突然想起了一件事情，低头看了看手腕上的浪琴原子表。

“现在是银河 258 纪第五刻，换算成首都时间是公元 2622 年 1 月 11 日上午 9 时 30 分。”

“公元 2622 年，现在都 2622 年了……”将军自言自语，将头扭向一边……这时，一个巨大的蓝色星球的全息三维影像已经提前出现在他的视野中。“快到了，地球，首都，差不多有九年没有回来了……”他将头往后稍稍靠了一下，嘴里喃喃自语……

九年前，他就从地球上启程，前往纳博星球就任总督。那是一颗美丽的类地行星，在银河系右翼英仙旋臂的深处。在那里，他几乎被尊为神。纳博星球当时的文明程度仅相当于首都地球公元 1000 年左右的水平，他被派去那里完成一项神秘的使命，这个秘密一直埋藏在他的心底。为什么在这个时刻他被召回地球呢？难道真如纳博星球大祭司所言，地球发生了大的变故？不可能，相距两千多光年，巫师的咒力怎么能穿透那么遥远的时空……不过，现在离他正常述职的时间还有整整一年……

“先生，是不是快到您说的首都地球了？”一个略显稚嫩的声音从身后传来。

尤利转过头，背后的座位上是个看上去只有十几岁的大男孩。“是的，快到了，我的雅各布王子殿下，现在感觉还好吗？”

“很好，先生，我刚刚睡了一觉。”雅各布揉揉眼睛朗声说道。

“您要点儿什么？”年轻漂亮的星乘也笑盈盈地看着这个大男孩，一时不知道该怎么称呼他为好。现代高速发展的科技使年龄成了彻底的秘密，人类在两百年前经过基因重组和改良后，很多人实际年龄过百却有着少男少女一般的体貌，早已不足为奇。“给他来杯卡布奇诺。”尤利又瞟了一眼这位有点眼熟的星乘替雅各布作了回答。

纳博星球距离地球两千零九光年，即便他们乘坐的光子飞船可以穿越虫洞，但来回一趟也并不是件容易的事情。仅仅维持虫洞的稳定就需要巨大的能量，而宇宙间总的能量是一定的。在银河星系真正的宇航时代开启之初，很多星球蕴藏的能量都用来维持虫洞开放，能量也总有用尽的一天。现在虽然科技发展了，维持虫洞开放也不需要多少能量，但如果没有什么紧急事情，银河议会不会向他发出这么紧急的指令。难道是银河联盟内部真的出了什么大的变故？紧急指令说银河联盟议会要提前进行议会选举和表决，这在银河联盟历史上还从来没有过！将军看了一眼面前缓缓旋转的巨大蓝色星球的全息影像，又慢慢地将思绪拉了回来。

九年前，他从银河舰队的一名舰长（他是银河联盟历史上唯一一名拥有少将军衔的舰长）直接被任命为银河联盟驻纳博星球的总督，曾引起整个联盟舆论的一片哗然。因为当时有人认为他的平步青云是因为他有一位时任银河联盟总统的义父。可是更多的民众对他在银河之战中的赫赫战功念念不忘。他率领的“大秦”号银河战舰对蛇人旗舰那奇迹般的致命一击，才真正彻底地扭转了整个战局。所以不管是银河联盟议会还是银河联盟媒体都对他的这次升迁表现出了少有的宽容。在他成行前，他的义父，时任银河联盟总统菲利普还特意把他召进位于地球澳洲区的银河联盟总统官邸。

总统把他召进私邸并不是单单为他饯行。他们有太多的话要说却好像一切尽在不言中。

“请跟我来，我有件东西必须现在就交还给你！我怕以后没有机会。”总统将自己的声调压得很低，说完又扭过头继续往前走。

在总统府地下深约五千米的一间密室里，菲利普总统将一个手掌大的黄金盒子放在他的手上：“这是你这次要带往纳博星球最重要的东西，它留在地球已经不安全了，你要好好地保管他。这个东西事关整个联盟甚至整个银河系未来的命运，决不能把它落在敌人手里……”

“敌人？战争都结束了，蛇人联盟已经和我们签订了和平条约，我们还有称得上敌人的对手吗？”尤利惊奇地望着已近年迈的菲利普总统。

“敌人无处不在！孩子，用心去感觉你周围的事物，直觉会引导你，你拥有这样的天赋。这个盒子现在交给你也算是物归原主……”菲利普总统用一种异样的眼光直视着他，这让尤利感觉非常不自在。

“为什么是物归原主？”尤利的眼睛睁得更大了。他双手捧着沉甸甸的盒子，从表面上看它和普通的金属盒子并没有什么不同。“这是它的钥匙。”菲利普总统说着又将左手中指上一枚硕大的黄金戒指慢慢地脱下，然后郑重地按在他的手心。“用戒指的端面碰触盒子的上端面一分钟，盒子就会自动打开。不过现在还不是打开它的时候，除非在非常危急的时候……”

“非常危急的时候？”尤利圆睁双目。

“对！非常危急的时候，就像上次战争中整个银河舰队在生死存亡命悬一线的那个时刻……除了极端危急的时刻，它每十年还会自动开启一次……”

“将军。”尤利听到有人叫他，猛地一怔，赶忙把思绪从回忆中抽回。

“太阳系防卫港要对我们的飞船进行例行中微子纳米级扫描检查，我们接受吗？”身边美丽的星乘向他请示道。

“接受。”他用手指点了一下面前信息窗口中的许可，飞船的上半部突然由银色的太空金属变成了巨大透明的水晶舰体舷窗。抬头看，深邃浩瀚的星空在自己的头顶上一览无余。整个光子飞船像漂浮在海面上的一叶孤舟，高达几百米的太空防卫港拱门像一座巨大的天桥一样飘浮在前方。由于太阳系防卫港位于海王星附近，拱门后的太阳看上去只有鸡蛋大小……

“好美啊，那个亮亮的大星星是地球吗？”背后的雅各布发出了一声惊呼。

“那是太阳，是颗正在燃烧发光的恒星。”星乘笑盈盈地替尤利回答道。这时，一道淡绿色的辉光慢慢地向飞船扫来，一秒钟后，绿光消失变成了蓝光……

“好的，我们通过了，可以走了。”星乘朝尤利和雅各布浅浅地一笑。

从地球到纳博星球的虫洞航线是不断变化的，这和两颗星球所处星域的位置变化有关。两颗行星都围绕着各自的恒星旋转，地球的恒星叫太阳，纳博星球的恒星叫维茨星。整个航程都是由光子飞船的量子电脑控制系统通过计算自动进行导航的，并不需要驾驶。在整个银河系的飞船中，除了星际战舰现在基本都实现了自动驾驶。星际乘务员只给乘客提供航程中的服务，她们的职责类似六百多年前地球上的空姐，现在很多人都喜欢叫他们“星姐”。不过，很少人知道他们中大多数其实都是仿真的机器人。现在的机器人技术和地球早期的机器人完全不是一个概念，由于这些机器人都使用了神经元计算机仿真系统，他们和地球人的差别也越来越小。目前，地球上比较繁琐和危险的工作大部分都由机器人承担，他们也不再是功能简单划一的工业品了。每个机器人都和地球人一样拥有一个名字，他们一般也是按照某个特定的地球人为模型设计的，绝不会雷同。由于人工智能的高速发展，使得他们具有了学习的能力，在不违背阿西莫夫“机器人三原则”的约束下，很多机器人出现了和人类一样的智力和感情。在尤利离开地球前，地球上已经出现了地球人和机器人，以及机器人和机器人之间因产生了感情而组成的家庭，为此，银河联盟议会还特别启动了《银河联盟机器人权益保护法》的立法程序，承认了这些事实上的婚姻。

“哦，姐姐，您是地球人吧？”雅各布好像对这个漂亮性感的星乘很感兴趣，不时主动地搭讪。这位美丽的星乘好像也对这位外星球的王子很有好感，不时地问些纳博星球的奇闻。当她得知纳博星球还是以异性之间的婚姻为主时，表现得非常惊诧。不过他叫这位漂亮星乘为“姐姐”却有点儿让尤利接受不了，因为这个称呼在地球上目前只有一层含义，但他也没有办法告诉他应该怎么称呼。十六七岁，在纳博星球上正是男孩女孩情窦初开的年纪，这段青春期对他们来说又是那样地短暂，因为纳博星球人的平均寿命也只有七十岁。而现在的地球人，青春期都长达八十年，传统意义上的家庭早已是一个传说，爱情更只是一片“蓝色的药片”。当今的地球人异性之间的婚姻已不多见，生儿育女和繁衍后代更是联盟政府的职责。现在绝大部分地球人都来自地球人类基因库的优化配对。看着两个年轻人谈得火热，尤利不禁有几分担心了，因为雅各布王子这次来地球不是来观光的，他也有自己特殊的使命。

进入了太阳系，光子飞船不用再穿越虫洞了。虽然光子飞船可以选用引力波驱动，制动性非常好，但也只能以亚光速飞行。现在，飞船正在模拟夜航，飞船前部巨大的舷窗慢慢地变回到了黑色，整个空间也慢慢变得漆黑一片。尤利闭上眼睛，想着自己这次的地球之旅。

九年了，他离开地球整整九年了。

这九年，他的经历像一场离奇的梦，有些时候甚至分辨不出哪些是梦境哪些是现实。可以说，这九年的经历比他在此之前的四十年都要丰富。地球、太阳系、猎户旋臂、纳博星、英仙旋臂、银河系，他的视界在一次次地变大，大到让他的大脑无法容纳。九年了，他将自己置身于一个童话般的世界，如时光穿越一样回到了地球的童年。他似乎已经适应了那里闲适安静的生活。在那里他收获到了在地球上无法体验到的美和幸福。可现在，一切又将发生变化，他预感到这种变化一定是非常剧烈的。这时，他开始隐隐地体验到一种不祥之感，这种不祥的感觉来得如此强烈、如此突然，几乎将他整个身体都层层包裹。“义父……难道是义父有了什么意外？”他的直觉好像又突然觉醒了，他非常明晰地感觉到了这点。这种直觉曾让他在昔日的战场中一次次和死神擦肩而过。可这次，他突然有了一种在劫难逃的感觉。

“先生，是到地球了吗？”背后的一声问询让尤利猛地一睁眼睛。可不！飞船已经进入地球同步轨道。

地球，作为银河联盟首都的地球，如一个巨大的蓝色星球在脚下徐徐地转动。抬眼望去，各种各样的飞船和和卫星在地球同步轨道上川流不息。

“光子飞船‘维纳斯’号马上就要进入地球大气层了，飞船和大气摩擦可能会有一点儿震动，不过不会很剧烈！”星乘用她的银河标准音提醒着两位尊贵的乘客。

2

这座位于地球北美洲的太空港是地球上最繁忙的太空港之一，长达几十公里的钛金属色停机坪上停满了各式各样的太空飞行器。在每一个船坞的垛口都对应着长长的过道，过道后面是空间开放区，各种颜色样式的反重力飞车如蝗虫一般密密麻麻地穿梭不息。远处的城市像一个巨大而功能复杂的蜂巢，高达数千米的摩天大楼像丛林一样指向天空……

九年不见了，地球看上去比九年前更加繁华。尤其是地球上的太空港，他连接着地球和银河联盟数以千计的住人行星。这几千个行星大体分两类：一类是自身已经孕育出独特的文明，有原住民的行星，这类星球为数并不多，大约只有不到一百个，如纳博星球、怒拉星球、潘多拉星球、拉玛星球等等；另一类则是在地球进入大宇航时代后泛人类殖民上去的星球，这类星总数超过三千个。这两类行星在银河联盟议会上的地位是不同的。拥有原住民的行星在银河联盟议会上拥有否决权，而那些纯殖民星球在议会里只有一个拥有表决权的席位。

飞船停稳后，在打开舱门的一刹那，飞船外刺眼的阳光让尤利有点儿睁不开眼睛。等他站在舷梯上适应了地球刺眼的阳光后，却发现舷梯下预想的欢迎队伍并没有出现。不过，他马上就适应了。这里是地球，是整个银河联盟的首都，而他只不过是区区一个议员。

“再见，”星乘和他打着招呼，“欢迎您下次乘坐。”

“再见。”他向她挥挥手，却发现雅各布还站在那里没有动：“我们要走了，雅各布王子，说再见吧。”

“再见，什么时候还能见到你？”雅各布握着女郎的手有点儿依依不舍……

“想见我吗？给你这个吧，这个可以联系到我。记住，我叫朵拉，不要忘了我的名字！否则是找不到我的！”星乘说着将一枚纽扣一样的东西塞在了雅各布的手里，然后转过身去干别的事情了。

“该走了。”尤利再次提醒着王子。

走下旋梯，雅各布还是一步一回头。他不断地转过头和后面的丽人挥手致意……“她们很多都是机器人。”尤利不得不再次提醒他。“机器人，什么是机器人？和我们不一样吗？”雅各布诧异地问道。“不一样，但我跟你一两句也解释不清，等到了旅馆，我给你买本《银河通用百科输入全书》，你十五分钟后就能了解地球所有的通用知识了。”

“十五分钟？”雅各布惊诧道。

“是的，只要十五分钟，所有的知识都能输入到你的大脑，以后你见了这些就会有概念了。”在说这些话时，尤利扭头看到了另一个船坞口热闹的人流。一个外形巨大的飞船刚停稳在垛口，打开舱门，从足有十米宽的舱门洞里走出一群外形奇怪的外星人。几个穿着妖艳的黑皮肤女子搀扶着一个位头戴巨大黄金王冠，有着大象一样鼻子的外星人，随后跟出来的随从也都长着一个巨大的鼻子。尤利知道，那个带王冠的外星人就是怒拉星球的刚刚国王。怒拉星球是银河联盟最重要的星球之一。当年，他的战舰曾在这个星球上紧急迫降过一次，他和这位体格健硕的国王还有一面之缘。

刚刚国王刚一露面，飞船下面欢迎人流就开始沸腾了。刚刚国王扬起他巨大的鼻子呜呜地发出洪亮的声音，底下顿时就安静了。看来刚刚国王要在飞船舷梯上开始发表演讲了。更远处，一群外形像地球上的马一样的外星人也正在走下飞船，飞船下面同样是欢迎的人群。只有他们这艘飞船的坞道内是空荡荡的。雅各布没有注意到这些，他低着头紧紧跟在尤利身边。

“先生，您为什么没有给我们星球带去更高级的知识？如果我们星球的人们掌握了这样的知识，是不是也会和地球一样这么先进发达呢？”这是雅各布坐在飞船上就一直想问的问题。

“知识和文明的进步都必须循序渐进，太快了会产生‘知识休克’，欲速则不达。”

尤利说的这些都是实情，这也是星系文明发展的普遍规律。一个文明要想产生跨越式的发展，除了这个文明本身做了必要和充足的准备，更重要的一个条件就是要接受外来文明输入，但这种外来文明输入必须有个适当合理的流速。在尤利在纳博星球的九年间，纳博星球的文明程度已经提高了差不多五百年。

两个人说话间已经来到了坞道的出口。站在关口的几个黑衣人正盯着他们，其中的一个已经朝他们快步走来。

“请问是纳博星球的尤利将军吗？”那个黑衣人神色冷漠地问道。

“是的。”尤利答道。

“不用问，那位年轻的先生就是纳博星球的殿下了，我们正要找你们。”

“找我们，什么事情？”尤利此时已经预感到不妙。但逃，现在几乎就没有任何可以逃的机会了。

“请跟我们接受调查，你们被指控涉嫌颠覆银河联盟。”

“颠覆银河联盟？这是污蔑！我是银河联盟议会议员，有豁免权！”尤利抗议道。

“您的豁免权已经被银河议会取消，跟我们走一趟吧。”说着，一辆黑色的飞车从天而降。“我们只是执行任务，请不要为难我们。请吧，尤利将军。”

尤利知道现在反抗没有任何意义，只能就范。他朝身后不知所措的雅各布王子自信地点了一下头，抬腿上了飞车。

车内漆黑一片，一股奇怪的玫瑰花香味让他的神经瞬间松弛了下来，刚才还紧绷着的神经一下子像面条般柔软。“真好闻。”他不由自主地多嗅了一下，感觉自己身体好像一下子回到了纳博星球上。“真美啊！”他的嘴角略微翕动了一下，眼睛慢慢地闭上，像在享受一种怪诞的温馨。

二、囚 禁

I

当尤利醒来的时候，发现自己赤身躺在一张巨大的弹性金属床上，身上盖着一张薄如蝉翼的被子。

“这是在哪里？”他一骨碌爬起，忙穿上自己的衣服。在穿衣服的同时，他发现自己的全息通信器和银河议员表决器都不见了。

“对了，还有雅各布！”他答应过女王要保护好的雅各布王子也不见了！这时，他想起了自己在那辆车上闻到的玫瑰花香味。那一定是一种强效的迷幻气体，不然他怎么会躺在这里！？他冲向房门，猛地一推，钛金色的大门死死的，没有一点儿松动的迹象。

“这是在哪里！？”尤利大声叫喊着。这时，他的面前陡然出现了一位几乎和他一样高，身穿联盟黑色警服的标致女郎，他知道那是一个三维全息影像。

“你好，尤利将军，请问有什么事情可以帮您的？”女郎微笑着向她问道。

“我是银河联盟议会议员，纳博星球总督！你们犯了非法拘禁联盟议员罪，快让我离开！还有雅各布王子，他现在在哪里！？”尤利怒不可遏地盯着对方。

“您现在还不能离开，在我们调查清楚之前，请您配合。雅各布王子现在很好，请您放心，谢谢合作！”说完后影像“嗖”地一下消失了。

这是一间装修豪华的牢房。表面看上去和地球上任何一家九星级的宾馆没有什么两样，所有生活设施一应俱全，可就是没有全息资讯系统，和外界无法取得联系。这里的窗户都是用两厘米厚的单向金属玻璃制成的，除非用大功率激光器，否则无法将其打穿。房间里的所有家具都是固定在某个位置上的，不可能移动。任何有棱角的生活用品都不会在这里出现，即便是想自杀也不可能。这地方真有点儿像历史教科书上说的地球在几个世纪前某些专制国家囚禁重要政治犯的地方。“戒指！”尤利突然想起了自己手上的戒指，猛地低下头。还好，那枚四四方方的黄金戒指还戴在自己手指上。不过，这一惊已让尤利出了一身冷汗。他马上就意识到刚才这个举动的危险性，忙把自己的视线转向别处。这个房间里可能到处都是监控自己一举一动的仪器，他必须马上把自己的心跳调整平稳。他把注意力转向窗外，同时又模拟了几次刚才那样惊慌的神色和举动，只是把注意力转移到了自己的脚上。窗外，应该是空中禁飞区，看不见一辆飞车或其他飞行器，即便是把窗户砸烂也没有办法脱身，他能够做的只有等待。

“颠覆联盟？”多么可笑的罪名！他的义父是银河联盟第二十八届总统，他自己靠着在银河之战中的卓越表现获得了银河联盟唯一一枚“银河英雄”大十字勋章。在整个银河舰队被围歼的前夕，他能突出重围长驱直入，一举将蛇人战舰的旗舰击毁并最终率领整个舰队反守为攻。他的事迹被列入了最新版的《银河通用百科输入全书》。现在说他颠覆联盟，证据呢？他是银河联盟议会的议员，迟早会有其他议员发现他失踪的。而宣布逮捕他的联盟安全调查局，他以前根本都没有听说过。

现在，在这个囚室一样的空间里，天色慢慢地变暗，整个房间都被浓酽的夜色所凝固。尤利的思绪好像被一种异样、固化的东西所触动。这种东西非常细腻柔软，和他身上最细微的感觉完全契合。是纳博星球在召唤他！他的直觉给出了最精确的判断。远隔千余光年的纳博星球正在探寻他、联络他，他应该连接他们，接受他们的召唤。这种连接需要通过身体上的某个感官，可他身体上的器官并没有这样的接收功能。他盘腿坐在床上，双眼微闭凝神静气地体察着这种细微的感觉。突然，他的大脑里如同被催眠般地出现了一段段他从来没有见过的画面：他感觉到自己的另一个身体很轻松就穿越过了这个房间，只一瞬间，他就好像已经来到了纳博星球上……

他飘浮在半空中，俯视着这个美丽的星球。他看到：在纳博丛林中高达千米的金字塔形的祭坛上，年逾古稀，枯瘦的身体上贴满各种鸟类羽毛的纳博大祭司阿姆双臂朝天匍匐在地上，身体晃动，嘴里念念有词。她的背后同样匍匐着千余名身穿白衣的女祭司，她们跟随着大祭司的节奏摆动着自己的腰臀。纳博女王奥莉薇兰也跪在这群白衣祭司的最前面。

巨大的黑曜石祭台上，一个硕大的水晶骷髅浸泡在盛满鲜血的黄金容器里，鲜血好像被煮沸了似的不停地冒着气泡，水晶头骨翻滚着不时地发出几道诡异的光芒。匍匐在地的大祭司突然眼睛一闭仰面朝天倒在地上，四肢剧烈地抽搐起来。地下的一千多名白衣祭司好像也被这种抽搐感染了，都开始剧烈地扭动着自己的腰臀……突然，大祭司好像被她们剧烈的动作摇醒了，猛地从地上爬起，大睁着眼睛，眼神里流露出惊恐的哀光。

“血！我看见了血！恶魔就要来了……来了……”大祭司跪在地上仰面朝天，干枯的双臂像枯枝一样高高擎起，她癫狂地叫喊着，突然头一歪又一次栽倒在祭台旁。

“阿姆！阿姆！”跪在前面的女王大叫一声起身向大祭司扑去……

尤利也被这突然的变故吓了一跳。他猛地睁开眼，却发现自己还躺在这个房间里。不过，刚才的画面太逼真了，而且他看到的场面和纳博星上真正的祭祀活动一模一样。难道刚才就是所谓的“灵魂出窍”？这时，他又想起了他临行前的一幕，不过这次，他是大睁着眼睛想起来的。

“总督，您不应该离开这里，您是预言中唯一能拯救纳博的神，灾难已经降临，我们需要您的帮助和指引。”女王和大祭司都紧紧地盯着他的眼睛。

“我会很快回来。议会选举，这关系到纳博星球在整个联盟政府未来的地位，我相信我会很快回来的！”他态度坚定地说道。

大祭司无奈地摇摇头，将目光转向女王，她是希望奥莉薇兰女王能将他留住。

“您能保证回来吗？”女王却伸直胳膊将手掌平放在他的肩头，这是在让他起誓。

“好的，我发誓会回来。”他同样将手掌压在女王纤弱的肩膀上……

“唯一的神离开后，魔鬼就会降临！这是伟大的神族给我们的最后一条启示，它就写在我们纳博圣典的倒数第二页，最后一页是空白！女王陛下！”大祭司在一旁大声提醒着她。可看到这一幕后却又无奈地摇摇头，默默地转身离开了。

2

在银河联盟首都地球美洲核心区的一座外形巨大、完全由黑色金属建造的反重力建筑内，新升任为联盟安全调查局局长的克拉克正在他位置显赫的办公室里盯着桌上的两件东西。

“马上把全息通信器里所有通信记录整理出来，看有没有什么特别的地方。另外，对尤利议员，对了，他已经不是什么狗屁议员了，实行二十四小时三维全息监控，有什么特别的情况及时报告给我。”克拉克局长说完把议员表决器毫无察觉地揣在自己的兜里。这时，他的桌面上有个亮点儿一闪，他用手指点了一下，马上面前就弹出一个三维的全息人像。人像向他敬了个礼后报告道：“刚得到的消息，我们派出的‘美洲虎’号星舰已经接管了纳博星球，并对那里实行联盟安全管制，纳博星球女王已经被特别监控。”

“很好。”克拉克局长说完弹了个响指，并顺势将座椅转向一边。

雅各布醒了，可他觉得这还是在梦中，周围的一切对他来说比梦境还要神奇。当他告别姐姐、告别纳博星球登上星际飞船的那一刻，他好像就与那个原始美丽的星球彻底地告别了。按照纳博王国的法律，女王将在他年满十八岁的时候把王位传给他，可他对那个王位并不感兴趣。在纳博星球，权力曾经被祭司们所掌控，国王只是名义上的星球元首，几乎没有任何权力。尤利总督去了之后这种现象才有所改观，从那时起，纳博国王才渐渐有了实权，不过，这都不是最要紧的，他和姐姐的命都是尤利总督救的，总督是神又是他们的救命恩人，还有什么比这层关系更亲密的呢？

在纳博，他总喜欢和尤利总督在一起。他有时称他为“先生”。他教给了他知识，告诉他关于银河和宇宙的概念。告诉他除了纳博外，银河系还有几千个可以住人的星球。而在这些星球中，纳博是唯一一个最接近地球生态的星球。在他们纳博人的古老传说中也有关于地球的传说，他们称地球为第二母星。纳博所有的天文、数学知识都是来自于一个比地球更为遥远的星体。在他们的传说中，他们的祖先是神族用飞船送到这里来的，现在的纳博人都是这些先人的后代，他们曾在地球上繁衍了几千年。不然，他们为什么长得和地球人一样呢？

同样是从睡梦中醒来，雅各布没有感觉到任何不对劲。他像一个刚从母亲肚子里分娩出来的婴儿一样看着眼前这个陌生又奇幻的世界。他先是大睁着眼，紧跟着叫了一声“先生”。先生没有出现，眼前却如幻影般地冒出一个身材标致的黑衣女子。她对他说了些什么，他有些能听懂有些听不懂，怔怔地看着这个黑衣人说完后像青烟一样从他的面前消失。自从他踏上飞往地球的飞船，这样的梦境就一直在延续。有时候他几乎分不清什么是现实什么是梦境。

差距，这就是不同文明之间的差距。文明之间的断层把他和眼前的现实隔断了。在纳博星球，他是王子，是未来王位的继承人，可他对王室那种封闭拘谨的生活早已厌倦。在那个星球上，尤利是他唯一的偶像。他模仿着他的说话，他模仿着他的动作，他从那里知道了关于纳博、地球、银河和宇宙的所有知识，他幻想着有一天他能像一个真正的战士一样驾驶着飞船在浩瀚的银河中驰骋。

在从纳博星球来地球的光子飞船上，眼前的每一件事情都让他感到惊奇。他觉得他以前从尤利总督那里得到的那些知识远远不够了。

“先生，您说过明年要在纳博星球上开设大学吗？我可以上大学吗？”雅各布问道。

“当然可以，我的小王子。”

“那大学叫什么名字呢？”

“牛津。”

“牛津是什么意思？为什么要叫牛津呢？”

“它是地球上最古老、最知名的一所大学的名字，有一千五百多年的历史了。当然我们也可以叫它……”

在飞船上，他还一直被那个代号为Z1566的美丽星乘所吸引。她太美了，比他心目中最美的女神还要美丽。在纳博星球上，他的姐姐被公认是最美丽的女人，可他感觉这个身穿蓝色紧身短裙的女子比自己的姐姐还要漂亮，而且还有一种他说不出来的亲切感。她的一举一动、一笑一颦都让他砰然心跳，他简直被她迷住了。幸好，他的座位在尤利总督的背后，他把自己的名字写在手掌上给她看，她也趁他送早餐的机会把握紧的手掌打开，上面写着两个字："朵拉"。

她叫朵拉！朵拉就是她的名字！雅各布感觉到自己如获至宝。现在，他又把这个名字在心中不停地默念，这个名字好像就是他们星球上信奉的莫纳教里的呼唤咒语，每念一次都会让他和这个名字所代表的个体之间的联系更近一步。他感觉这个名字能将他和眼前这个陌生的世界紧紧地联系起来。正默念着，他的腰间猛地震颤了一下，紧接着又一下。怎么回事？他吓了一跳，忙把手伸向那里，却摸出一个纽扣样的物件。这是朵拉在他临下飞船时送他的礼物。他把它轻轻地捧在手心，仔细地端详着。

这是一个粉红色的、闪着金属光泽的椭圆形纽扣，纽扣的凸面有一个细小的开口。

"这难道只是一个扣子吗？"他把它放在掌心仔细地端详着。突然，纽扣中心点的小孔发出一束粉色的强光，这束光慢慢地变深变浓，最后形成了一朵莲花花瓣的形状。正当雅各布看得目瞪口呆时，花瓣的中心猛地窜起一道亮光，这道亮光瞬间就变成了一个人的形状。"朵拉！怎么是你？"雅各布惊叫道。

"这是我的三维全息影像！你好，雅各布，你找我有什么事情呢？"朵拉微笑地看着他。

"我……我找你，我没有找你。"雅各布脸一红，有点儿张口结舌。

"你没有找我怎么能触发我送你的神经元QQ？我是这个产品的第一个体验用户。你只有从心底不停地呼唤我的名字才可能触发它。难道是我自作多情了？那好，就算我自作多情，再见吧。"朵拉说完图像一闪就要离去。

"哦，别，朵拉，是我找你！你别走，我真的不懂。不过，我找你是有急事，我好像失去自由了，尤利将军也不知道去了哪里。"雅各布着急地说道。

"你的事情我已经知道了，不要太担心，我会想办法去救你。"说完影像"嗖"地一下真的消失了。

睡梦中，尤利好像听到一种嘶嘶的响声。这声音有点儿像他在纳博丛林里看到的巨蟒吐出信子时发出的声音，而且声音越来越大。这不是在梦中，常年的太空舰队生活让他对各种异样声音都有超强的警觉。

尤利猛地睁开眼睛，一骨碌爬起，习惯性地一摸腰间，激光枪没有了。他忘了这次回地球述职根本就没有携带武器。侧耳细听，嘶嘶声还在持续。黑暗中，他辨别出声音是从窗户方向发出的，可高大的落地窗好好的，并没有什么异样。不过，他的眼睛还是紧盯着窗户的方向。突然，窗户上的金属玻璃像被施了魔法一样瞬间就碎裂掉了，一股室外的凉风从窗口袭来。这时嘶嘶声也随即消失了。

“快出来！我是维尼。”窗外的夜色中有个人影在向他招手。

“维尼！？”尤利迟疑了一下，不过他马上就听出了他的声音。是维尼！他来救他了。

“好的！”尤利应了一声，一个箭步就扑到了窗前。果然是维尼，他在银河舰队里最好的搭档。

“快上来吧。”维尼又把车贴近了些。尤利看到窗外悬浮着一辆黑色的飞车，车篷已经敞开。

“好！”尤利说着一个飞身就跃了出去，稳稳地坐在了维尼的身后。车瞬间就启动了。

飞车像一道墨色的闪电斜刺里冲了出去。刚行驶了不到五百米，就发现身后红灯闪烁，一道白色的光柱照了过来，随即听到了喊话声：“我们是联盟安全调查局特别警察，你们已经被发现，马上停止行驶，把手放在头上。”

“怎么办？”尤利看了一眼昔日的队友，但维尼的脸上却没有一丝惊慌。

“坐稳了！”但见维尼猛地一扭方向盘，车子倾斜了九十度外加一个急转弯，黑色的飞车贴着一座建筑的外墙面疾驰而去。他想借此摆脱后面的追兵。维尼的驾驶技术尤利心里有数，他们俩都是西点银河太空舰队学院十一期的特优学员，毕业后又分到了同一艘战舰上。在银河之战中，他们一起出生入死，尤利后来被提拔为舰长，维尼是他的副舰长。

可这一次，后面的追兵显然也不是泛泛之辈。他们不但没有被甩掉，好像又有两辆警车加入到了围堵的行列。好在维尼的车子已经穿过了禁飞区，一片灯海一样的空中街市出现在两人的眼前。高楼鳞次栉比，各种形状大小的飞车在繁闹的街市间穿行。维尼几乎来不及做任何考虑，就一头扎进如过江之鲫的车流之中。后面追赶的警车好像早就料到他们会这样，马上进入警用车专用道，并且加足了马力追赶过来，其中有一辆车已经几乎和他们平齐。“我命令你们马上将车停在泊车位，否则我们就要动用武力了！”这声音好像在尤利耳边炸响，震得他耳膜嗡嗡直响。“抓紧了。”维尼朝尤利一使眼色，尤利心领神会，飞车猛地一个下潜式急刹，让身后的车子冲了过去，然后车子一个转弯头冲下贴着一座高大建筑的外壁直冲下去。

“妈的，怎么开的车！”一辆疾驰的出租飞车差点儿被撞上，司机停下车冲他们破口大骂。不过他们现在顾不了这么多了。

下行了差不多两千米，车子一个急停，然后沿着相反方向找了一条幽僻的空中巷道疾驰而去。这个时候，尤利才有工夫朝后看。闪烁的红灯不见了，他俩都长出了一口气。

“你怎么知道我在那里？”这个时候尤利才问了一句。

“先别问，问我也不清楚，等到了地方有人会告诉你。”

“去什么地方？地球上到底发生了什么？我竟然被指控颠覆联盟政府，有没有全息通信器？我要见菲利普总统！”

维尼没有回答，只是将车开得越来越快。飞车转眼就飞离了城市上空向一片浩瀚的海面驶去。

“最近到底发生了什么？这是去哪里？我要连线总统。”尤利有点儿真急了。

“总统，总统已经不在了。”维尼头也没有回，冷不丁冒出一句。

“总统去了哪里？”尤利已经预感到不祥，可他还是把这句愚蠢的话问了出来。他是想赌一把侥幸，可愚蠢的话从来就是不需要回答的。

维尼的沉默让尤利剩余的最后一点儿侥幸也没有了。一瞬间，他觉得自己好像从万丈高楼上坠落下来，耳边只有呼呼的风声，胸口像堵了块厚重的铅板。他在座位上身体痉挛般地摇晃了一下，突然眼前一黑就什么也不知道了。

三、玛雅金字塔

I

“将军，刚检查过了，他的体质特别好，只是受了点儿刺激，很快他就会醒的。”恍惚中，尤利好像听到有人在说自己。他微微睁开眼睛，感觉眼前好像有个白色的影子在晃动。

“醒了，他眼睛睁开了！”

周围果真的有了说话声。

尤利猛地睁开眼睛，同时看到几张面孔出现在他的眼前。首先他看到了维尼，维尼的旁边还站着总统府护卫长纽曼和总统的特别安全顾问约瑟夫上将，还有两个人他不认识。尤利挣扎着要直起身，维尼忙俯下身将他扶了一把。“这是在哪里？总统他怎么了！？你们快说！”

“这是玛雅金字塔下的地下室，这里很安全，总统他……”维尼欲言又止。

“是我没有尽到保护菲利普总统的职责，如果当时我的位置再近一点儿，说不定就可以……”纽曼低着头，嘴角抽搐了一下，眼圈红得像充满了血。

“你已经尽职了，这大家都看得见。不要再自责了，纽曼博士。总统在出事前好像已经预感到了什么，事情发展到今天，我感觉这一定是一场阴谋。”约瑟夫上将用他惯有的坚毅而平静的眼神看着大家。此时，所有的目光又都汇聚在约瑟夫将军的脸上。

“我不把这件事情当成意外，因为这种低水平的意外在联盟的历史上从来就没有出现过。即便从纯技术层面上也讲不通。我觉得我有必要把我对整个事件的分析告诉大家，我说不清楚的地方大家还可以补充。”约瑟夫上将虽然已过中年，但看上去身体依然健硕，一头花白的头发梳得一丝不苟，这和他大半辈子严谨而有规律的军人生活分不开。他曾任联盟银河舰队的总司令，是总统菲利普的好友，尤利的老上级，银河之战后调任联盟总统特别安全顾问。他对事件的分析肯定有独到之处，这时，大家都把关注的眼神投了过去。

“总统在出事前曾多次和我谈起他早有辞职之念，只是找不到让他放心的接任人选。我还一直劝他坚持到本届任期结束，因为任期也仅剩下一年左右的时间了。现在看来我的劝阻是多么的不合时宜。大家不要认为作为一届联盟总统，并且在他的任期内取得过一场战争的胜利是理所当然的。作为银河联盟的三军统帅，那是一场必须要赢的战争，他当时的压力可想而知。战争胜利了，大家或许很难相信，作为总统，他的地位却一直岌岌可危。如果大家对那场战争的历史有所了解的话就会知道：在战争之初，以地球为首的银河联盟内部一直存在着两派势力。一派是由总统和以银河舰队为主的军方势力，他们认为这场战争一定要打。虽然蛇人星际联盟的战舰数量和绝对技术水平都超过我们，但他们也不是没有弱点，我们也并不是没有一点儿胜算。大家都知道，我们银河联盟在近六百年来科技突飞猛进，武器装备虽然不能和蛇人联盟相比，但也绝对不是以卵击石。况且，我们地球是银河联盟的盟主，如果盟主不战而降，那我们联盟的几千个星球怎么办？另外，从我们截获的情报上看，蛇人联盟是想并吞我们银河联盟，而不仅仅是让我们俯首称臣就行了。从另一个角度上讲，蛇人是卵生物种，这在我们地球的物种进化体系上是低级物种。被一种低级物种所统治，对我们地球人来说是一种耻辱。翻看银河系的历史，蛇人联盟是帝国集权统治的代表，蛇皇集所有大权于一身。他们对反抗者常常采用残酷的种族灭绝政策，这也和我们银河联盟倡导的银河各星球和平发展理念格格不入。再从那次战争的起因上讲，钻石星球的资源是我们率先发现开采的，他们的势力逐渐渗透属于强取豪夺。因此，战争对我们来说是正义的。虽然按照银河星系文明通用程度计算标准，他们比我们先进三千年左右，但根据可以收集到的证据，他们的星系文明在最近一千年就突然停滞不前了。我们银河联盟的科学家认为这可能是受到卵生物种文明发展的极限限制。银河联盟的另一派势力是以银河联盟议会和银河贸易联盟为主的主和派，他们认为文明程度相差几千年，根据银河超级星云计算机推演，我们取得战争胜利的可能性仅是 1.978%，而且根据我们地球的历史和银河战争史，战败的一方文明生存的几率是 2.868%，而投降的话文明生存的几率是 28.618%。在我们地球的历史上，蒙古大军曾经对西夏文明残酷灭绝，连石佛都不能幸免，蛇人星球对客土星球的毁灭也是前车之鉴。两百年前，和银河联盟并驾齐驱的克林冈和罗慕伦帝国也先后毁在他们手中。大家都知道，地球元老院作为银河议会的上院，他们一直扮演着不偏不倚的中立角色。他们的成员都是由以前地球联邦的加盟共和国推举的。这些人大多数都是苟且偷生之辈，一听说战争都怕得瑟瑟发抖。而银河议会的下院银河联盟议会一直被银河贸易联盟所控制。松本一郎是一位强势议长，而且其背后有银河最大的财阀大和银团的支持，所以有恃无恐。战争对贸易的影响是不言而喻的，因此他们是主和派的主要力量。所以，如果银河议会的上下两院都反对的话，总统对蛇人宣战的法令就无法通过。后来的转机出现在银河科学院截获并破译的一封蛇人密件，知道了蛇人和谈的底线就是要银河联盟彻底解除武装，而且允许蛇人殖民地球。这大大出乎了地球元老院元老们的预想。他们怎么能让地球变成一个巨大的蛇窝呢？他们可是这个星球最高贵的原住民。最终总统的宣战令有地球元老院的支持还是勉强通过了。银河联盟议会那次是投了弃权票。战争的进程我就不再多说了，大家都知道。我们银河联盟从天狼星战区一直退守到比邻星，战火几乎烧到了太阳系，联盟的两千多个星球都已经倒戈在蛇人联盟一方。在战争的最危急关头，我们银河舰队使用了银河科学院研制的神秘超级武器，一举歼灭了来犯之敌，最终迫使蛇人签署了停战协议。我想我们的错误可能就发生在这里。即便是我们当时没有消灭他们的实力，也应该借此大做文章。可我们很轻易地接受了他们提出的停战协议，甚至对战犯都没有进行应有的清算。这就像我们地球历史上的第二次世界大战，当时的同盟国没有对日本进行应有的战争清算，结果导致日本军国主义在百年后重新崛起。对于这件事情，我日后曾问过菲利普总统，他告诉我这是联盟内部各政治势力角逐的结果，而且他也认为我们是侥幸取胜，如果得寸进尺，可能对我们更为不利。对于侥幸取胜，这的确是事实。对方既然认输了，我们就应该见好就收。停战协议其实就是银河联盟各派势力妥协的结果。战争是结束了，可很多矛盾和问题依然存在，最重要的就是安全问题。蛇人虽然战败了，可他们的战争机器依然保有着，一旦他们能克制住我们的神秘武器，我想他们还是会卷土重来的。另外，我们的边境并不安全。很多倒戈过去的星球虽然又回来了，但他们如同墙头草一样，随时可能又成为我们的敌人。在政治上，由于总统强行通过了战争法案，从而使银河联盟议会丢了面子。因为得罪了强大的议会，银河联盟议会此后处处与总统为敌。很多时候矛盾已经越来越激化，战后总统的很多法案后来都被议会否决，尤其是给银河科学院和银河舰队的追加预算案迟迟不能通过。要知道，蛇人一直在研制杀伤力更大的武器，银河科学院、银河舰队如果没有足够的经费装备舰队，战争迟早会再次降临。我们再不敢把战争的胜负押宝在侥幸之上。总统有一次甚至对我说，专制的帝国在很多方面比我们松散的联盟更为优越，因为他们的权力集中在一个人身上，没有那么多的掣肘。总统和我是老朋友了，他的权力欲并不是那么强，我知道他说这话的本意。可这话不知道怎么就传到了外面，说他要实行独裁，甚至有人称他为‘凯撒第二’，议会对他的弹劾案就由此而生。”说到这里，将军的语调停顿了一下，像是要听下大家对此事的看法。

“我怀疑，菲利普总统遭到了窃听！因为议会的弹劾案中涉及到了总统很多私密的言行，而且这种窃听可能在战争之后就进行了。”纽曼这时候插嘴道。他是总统的贴身护卫，他的话有相当的分量。

“有可能，我和总统的很多私密谈话都被他们恶意地引用了。外界还认为是我出卖了总统！可大家想过没有，这对我这样一个曾拒绝过竞选总统的人有什么好处！？我只是一个军人，没有任何从政经验也对政治毫无兴趣，我可能出尔反尔再次竞选下届总统吗？所以我说这是一个蓄谋已久的阴谋。”说道这里，将军又停顿了下，然后接着说道：“我们应该清楚，我们对蛇人帝国联盟的那场胜利是不彻底的，我们甚至连战争索赔都没进行就和他们签订了停战协议。翻看我们地球的战争史，索赔不仅是战胜国的权力，也是从经济、文化上彻底打击战败国的最有效措施。由于议会急于和蛇人签订协议，从而使我们错失了索要战争赔偿的最佳时机。就像六百多年前地球的第二次世界大战，如果当时对日本的清算彻底一些，那我们地球后来的战争史就有可能重写，而第三次世界大战就有可能避免。哎，说这些，大家可能觉得我扯远了，可迫在眉睫的却是——银河科学院使用银河联盟最强大的星云演算系统推测：蛇人文明在长达一千年的文明停滞后又有 86.2% 的再度高速发展的可能，而我们地球的科技在近六百年的高速发展后却又有 96.3% 的可能落入停滞的平台期，因为支撑我们科技高速发展的基础理论储备都已经耗尽。总统在得知这一数据后忧心如焚，因为他对科技和军事的增加预算案每每被银河联盟议会否决，否决的理由就是战争已经结束，不再需要那么庞大的投入。现任议长松本一郎是个难缠的角色，我感觉这个人的野心不容小窥，他的背后又有财力支持，所以，他做什么事情都有恃无恐。尤利可能感觉到了，我们目前的民用星际飞船比我们的银河战舰更先进。”约瑟夫将军说这话时把目光投向尤利，他是希望尤利发表一下自己的观点。

“的确是这样。这次我从纳博星回来，乘坐的光子飞船确实让我吃了一惊。我以为我们的恒星际战舰也达到了这个水平。”尤利证实道。

“我们的战舰比十年前还落后，很多战舰年久失修，新型战舰由于投入不足一直没有装备，这就是我们的现状。”约瑟夫将军说到这里叹了口气。尤利发现大家的眼神看上去都非常的阴郁。

“总统不在了，副总统的职位从战争之后就一直空缺。根据银河联盟宪法，临时总统由议长兼任，所有他现在已经拥有了绝对的权力。总统失事案又给了他打击政敌找到了机会，新成立的银河联盟安全调查局里面都是他的爪牙。”

“联盟安全调查局？就是那些穿黑色紧身制服的人吗？”尤利突然想到自己就是被自称安全调查局的人软禁的。

“是的，这是在总统出事后新成立的一个机构，我们这里的所有人都在被他们通缉的名单上。”纽曼接口说，“不过这里很安全，我们头顶上的金字塔可以屏蔽掉一切跟踪我们的搜索信号。科技发展到今天，‘金字塔能’仍然是宇宙中最强大的神秘能量之一。这附近一百平方公里都非常安全，金字塔的四周都是茂密的热带丛林。联通这里的古南美洲隧道一直可以通到古亚特兰蒂斯的核心金字塔下，那里有个金字塔群，据说比这里的规模还要大很多。”

“古亚特兰蒂斯？就是上古传说中的大西洲？”维尼惊讶地问道。

“是的，它就在大西洋的深处。”约瑟夫将军证实道。

“对了，我差点儿忘了，总统在做那次演讲前曾交给过我一个密件，说是如果有什么意外事件发生就把这封信想办法交给你。尤利，现在可以交给你了！”纽曼说着将一个一寸见方的金属信息盒递给了尤利，信息盒上果然显示着尤利的名字。

尤利接过信息盒，上面显示的字迹是总统的亲笔。他把信息盒打开，里面是颗红色的晶体，有蚕豆大小。

“是全息信函。”约瑟夫上将道。他说完看了看大家，那意思很明显，是希望大家回避一下，因为那封信函毕竟是总统给自己义子的私信。

“不用。”尤利摆摆手，“我想这封信函可能和总统的意外有关，总统到底是遭遇了什么样的意外，我还不清楚，我想这封信可能给大家一些线索。我现在非常想知道他老人家到底遇到了什么样的不测。”这时大家把眼光都投向了纽曼，因为当时他离现场最近。

纽曼的脸色在瞬间变得铁青。他的职责就是保护总统的安全，总统出了意外，他知道自己难辞其咎。虽然大家的目光中都没有怪罪他的意思，但他好像还是非常难以面对这样的目光。在沉默了一阵后，纽曼清了清嗓子，开始说道："我总觉得总统好像对这件事情有预感。我说这话并不是想推卸自己的责任。在那天例行的由银河核心议会发起的总统弹劾案听证会上，菲利普总统将发表演讲。总统为这次演讲准备了很久。我想作为一位战功卓著的总统，在任期的尾声被弹劾，对他来说是一件非常难堪的事情。我知道他准备得很充分。在演讲的前一天，总统办公室的灯光彻夜未灭。我和总统办公厅的人都没有去打搅他。第二天，他把我叫到他的办公室，就交给我这封信，让我有机会见到尤利的时候一定要告诉他：要为银河联盟的安全尽职。我当时就感觉到他说的话怪怪的，但也没有怎么去细想。现在我才突然想起这句话。”说道这里，纽曼将眼神投向了尤利。尤利的头“嗡”地一下，他意识到总统是在暗指那个黄金盒子。他点了点头，算是对纽曼刚才的话给予了回应。

“听证会在下午举行。总统临行前将自己的办公桌收拾得非常整洁，好像是在完成一项重要的工作。他的卧室我也去了，同样非常整洁，整洁到了让我感觉极不自然的地步，甚至让我有些吃惊。在卧室里，他送我了一支金笔，说这是一支非同寻常的金笔，一定要保护好它，必要的时候这支金笔可以按照它自己的意思和它的同类产生感应……说实话，我一直不理解菲利普总统这些话的意思，只是把它牢记在心里。不过尤利，我们就是按照金笔提示的方位找到你的。”说着，纽曼把那支金笔拿了出来，大家仔细看后，也没有觉得这支金笔有什么特别和奇异之处。

“其实总统那天演讲我是做了充分准备的。银河联盟议会的听证会就在银河联盟议会大厅，也就是著名的‘银河之碗’里举行。我们去的时候，联盟议会大厦的主席团位置上已经坐满了银河联盟议会的核心议员。有几十个标准足球场大小的银河议会大厅里黑压压地飘浮着来自整个银河联盟的核心议员们，他们都在独立的悬浮舱上环聚在四周，各种语言乱嚷嚷的。松本一郎议长的钻石悬浮舱闪着红光率先飞升了起来。他清了清嗓子，用银河通用语请大家安静。在银河联盟议会议员的心目中，松本一郎议长有着很高的威望，他一出声，大家马上都安静了下来，都在听他发言。他宣读了由银河联盟议会十五位议员联名起草的弹劾案文件，文件很长，他念了差不多一个小时。弹劾案列举了菲利普总统的多项罪证。我一直在留心注意着总统的个人安全，只听到了其中几句，这些罪证大体是滥用职权罪，其中就有尤利从舰长直接升任纳博星球总督等内容，还有就是违反联盟宪法罪，这里面列举了总统和一些人的私密谈话，在这里我就不详细说了。还有就是些捕风捉影的什么受贿罪。我注意到总统在听到这些指控时一直非常平静，好像这些罪证他已经早已料到了。紧接着就是菲利普总统为自己辩护所做的演讲。”纽曼说到这里缓了口气又接着说道：“在松本议长示意他讲话完毕后，总统乘坐的反重力悬浮舱开始上升。升到位置后，他清了清嗓子开始发表演讲。”

“首先，菲利普总统对那些指控予以了驳斥。显然，他的论据很有说服力。这我从很多议员的表情上就能够看出。大家对他在银河之战中的卓越功绩还是念念不忘。我想弹劾案很有可能在这次听证会上就通过不了。如果在这里通过不了，想在地球元老院通过就更困难了。总统在给自己做完辩护后马上就对他的银河科学院、银河联合舰队增加预算拨款案被联盟议会否决提出了自己的看法。这就是约瑟夫将军刚提到的那些。这时，我看出很多议员已经开始窃窃私语了，我估计他们已经开始对自己当时的鲁莽而偏激的表决后悔了。总统再次声言：他将向联盟议会再次提交预算修正案，并提请议会能再次考虑。说完这话，整个议会大厅突然响起了一阵掌声，我觉得总统这次可能又赢了。就在这时，总统语风一转，他从口袋里掏出一枚黑色的晶体，突然说道：‘我们银河联盟内部出现了和蛇人帝国联盟勾结的叛国贼，我这里有足够的证据指控他们！我这里有一个名单……’就在他说完这句话时，灾难突然出现了：总统乘坐的悬浮舱突然急速下坠，那速度犹如陨石撞击地球一样的快捷，一眨眼功夫，总统的悬浮舱就重重地砸在银河联盟议会大厦的金属地面上，竟然把地面都砸出一个坑。总统在瞬间就不在了，而我却还没有反应过来。”说到这里，纽曼竟然呜呜地抽泣了起来。

“好了，从事后的全息影像上看，那只是一瞬间的事情，没有人能反应过来。由于悬浮舱是以很高的加速度坠落的，现场一片狼藉。后来对总统遇难案的调查结果竟然说是意外事件！意外！？我认为是谋杀。后来很多人被以叛国罪逮捕，代总统松本成立了联盟安全调查局。很多总统身边的人都成了被调查的对象，有些人还因此还失踪了。”约瑟夫将军说完后也沉默不语。

这时，大家都把目光转移到尤利的身上。他手里还拿着那枚红色的全息影像晶体，大家都希望能从这枚晶体中得到一些有用的线索。

晶体被放置在距离地面一米高的空间立刻就悬浮了起来。晶体的端面发出一道白光后，光影迅速汇集成一个人像，那无疑就是菲利普总统的全息三维影像。影像稳定后发出了声音：“尤利，等你收到这封信的时候，或许意外已经发生了。不要难过，孩子，坚强点儿，因为更严峻的考验还在后面，我只不过先走一步而已。人都是要死的，五百年前，我们地球人的寿命只有八九十岁，我现在已经一百五十多岁了，我想我也该休息休息了。你要知道，我们的敌人不是远在四千多光年外的蛇人星球而是就在我们身边。我们对蛇人取得的胜利早已是过去，他们已经将触角深入到了我们的‘大脑’之中，而我们对他们则知之甚少。最近，我发现我的很多私密谈话已经被窃听，这不是一个孤立事件。而我得到的可靠消息则是：我们银河联盟内部已经有了蛇人帝国安插进来的奸细，对我的弹劾案只是他们行动的一个开端。我们银河联盟内部已经危机重重。你在必要的时候要肩负起保卫地球、保卫整个银河联盟的重任。约瑟夫上将、纽曼上校，还有你在银河舰队的一些战友都是可信赖的人，必要的时候要团结银河联盟议会中的大多数议员和地球元老院的力量，只有这样才可能挫败敌人的阴谋。对了，在这里，我必须把你的身世告诉你一下，我不想把这个秘密带到坟墓里去。”

全息影像说到这里突然有个明显的停顿，这时大家把目光都投向了尤利。大家都知道尤利是个孤儿，是菲利普总统从银河第一孤儿院领养的，他的身世一直就是个谜。

“尤利，你的生父是前银河科学院首席科学家约翰·戴维斯，他在四十年前研制神秘终极武器时意外殉职，你的母亲也是一位科学家，她在生你时因难产而死。他们都是为银河联盟而献身的。九年前的那场战争，你最终投向敌人旗舰的那枚暗物质镭就是你父亲当年正在研制的武器，可以说是你的父亲挽救了银河联盟三千亿人的生命。而你也将命中注定要担当起捍卫整个银河联盟的责任。好了，先说到这里，我也要去休息了，祝你好运，孩子。”说到这里，图像“啪”的一声熄灭了。

“人给我跟丢了！？一群饭桶！”一位身材瘦高的黑衣人站在克拉克局长面前瑟瑟发抖。

“从那个人的驾驶飞车的身手看，像是受过专门训练的，所以我们怀疑那人是尤利以前在银河舰队里的同伙。”黑衣人辩解道。

“好了，不用说了！”克拉克打断那人的话，“通知银河舰队司令部我们要使用他们的行星分子全息扫描系统，只要在地球上，他们就是变成一只蚂蚁也要给我找出来。对了，那个什么星的王子呢？他没有跟着跑掉吧？”

“没有，上校！”那人回答道。

“什么？叫我上校！？”克拉克一指自己的肩章。

“哦，对不起，将军。”黑衣人马上改口道。

“把那个混蛋好吃好喝养着，我还有用。如果他再跑了，你的脑袋也会不见的。滚吧！”克拉克说完又把屁股底下的全接触伺服转椅侧向一边。

“朵拉，我已经好几天没有见到尤利将军了，我挺担心他的。临走时，我的姐姐还一直叮嘱我要跟先生形影不离……”雅各布对着朵拉的全息影像说道。

“为什么要形影不离呢？他是个大男人，又是银河战斗英雄，还怕丢了？是你姐姐怕他被别的女人抢走吧？”朵拉嘻嘻地笑道。

“不是。”雅各布满脸通红，没有想到自己一句话不小心就被朵拉抓住了把柄。可朵拉说的不错，他也知道姐姐叮嘱他的真实用意是什么，不过他不能承认罢了。因为，他的姐姐不是普通人，是纳博星球的女王和最美的圣女。

“不是，我姐姐说纳博星球离不开总督，只要他在那里，我们就不会有灾难。

大祭司也说他是神，他会给纳博带来持久的和平和繁荣。”雅各布据实说道。

“那我问你一句,你姐姐漂亮还是我漂亮？你要说实话。”朵拉娇嗔地问道。

“你，我姐姐，你们都很漂亮。”雅各布这次脑子没有懵。

“好吧，不难为你了！”

“那你什么时候救我呢？我可在这里待烦了。”雅各布焦急地说道。

“救你，我还要问下我爸爸，他可什么都懂。”说完这句话，那个粉红色的影像“嗖”地一下又消失了。

2

夜慢慢地深了。从墓室一样的金字塔下的密道里出来，四周一片寂静。古老的金字塔像一座巨大的坟墓一样矗立在黑黢黢的丛林之中。抬头仰望苍穹，夜空中浩瀚的星辰像一把碎钻镶嵌在深蓝色的幕布之上。

纳博星球，纳博星球在哪里呢？两千多光年外的一颗行星，即便是用地球上最先进的望远镜也看不见。尤利仰望着星空，仰望着浩瀚的宇宙。繁星深处，他在寻找那个叫纳博的星球。那里美得像传说中伊甸园，那里的山峦、丛林、河流，还有善良而淳朴的人民。一想到纳博，他的脑海里马上就浮现出一个惊艳绝美的女人，那是纳博星球的女王奥莉薇兰。他一直避免想她，他和她之间有太多的故事，思念是一条没有归途的路，他必须马上把它们斩断！否则，他的大脑就会被思念的洪水所吞噬。

恍惚间，这个俏丽的身影就被义父菲利普的影像所取代。银河联盟的总统在发表演说时惨死在议会大厅里，两千多年前的凯撒也是这样死于一场谋杀，而他的义子则被指控颠覆联盟……他第一次知道了自己的父亲是谁，是他拿着父亲研制出的绝世武器击溃了蛇人舰船的进攻。现在，总统又让他肩负起银河联盟兴衰的重担。银河联盟，有四千多个星球，三千多亿的民众，他怎么担当得起呢？可现在，儿女私情，国仇家恨，责任、使命，所有这一切，让他的思绪像走马灯一样不停地旋转。下一步该怎么办？如何让银河联盟走出眼前面临的危局？他现在感觉自己的大脑被各种情绪和思绪充斥着，一下子不知道该如何是好。

扭过头，他看到一个伟岸挺拔的身影向自己走来。不用问，那是他在舰队的战友维尼。

在舰队的时候，他们是无话不说的好兄弟，一起出生入死，一起抗击外敌。即便是后来他离开舰队，远赴纳博，两千光年的时空将他们彻底地阻隔，可这次一见面，那种信任、那种默契是任何时空距离都无法消磨的。现在，他们四目相对，一切又都尽在不言中。

"下一步该怎么办？我们不能老躲在这里吧。对了，还有雅各布，女王把他交给我，可我现在却一个人跑出来了。"尤利看着维尼的眼睛，他感觉自己好像从来没有这样无助过，他知道维尼一直都比他有主意。

"我觉得你不用为雅各布担心，他是纳博世界的王子，纳博是古代地球的翻版，它在银河联盟的地位举足轻重。我相信他目前至少是安全的，因为他有被利用的价值，我们即便是现在把他救出带在身边也毫无意义。"

"好吧，那你觉得我们下一步该怎么办呢？我现在大脑一片混乱。"尤利无奈地用手掌拍拍自己的脑门，想使自己的大脑尽快灵光点儿。

"我觉得我们与其这样躲藏，还不如主动出击，即便我们藏在金字塔下，但能躲多久呢？他们迟早能将我们发现。那个时候，我们的罪名已经无法洗清，这是他们正求之不得的。要知道，松本目前只是代总统，议会和总统的换届选举是迫在眉睫的事情，而且总统这次遇难，很多人已经怀疑是银河联盟议会的主使。总统在他遇害前的演讲已经初步揭露了敌人的阴谋，只是他没有来得及公布最终真相而已。总统肯定是掌握了足够的证据，而对手也正是知道了这一点才对他痛下杀手的。"

"主动出击，就凭我们这几个人？我们的飞车离开这里不到两百公里就会被他们的监测系统锁定，击落我们几乎不费吹灰之力。对了，这里除了我们几个还有多少人手？"尤利问道。

"人数不多，主要是原总统府的部分护卫和约瑟夫将军的几个亲信，总数不到五十人。他们都是对总统遇难后的调查报告不满，企图冲击银河联盟议会大厦被通缉的，最后走投无路跟着纽曼来到这里。这些人应该是非常可靠的。但他们中只要有一个人叛变或者走漏消息，这个地方马上就会被发现，所以我们必须尽快采取行动，等待只能是自取灭亡。”

“是的。”尤利非常赞成维尼的分析。当年，他们之所以能在几乎不可能的条件下取得了胜利，与他们俩之间的默契配合分不开。那时，他们被誉为银河舰队的钻石搭档，是整个银河舰队里光彩夺目的双子星。

“那怎么采取行动呢？”尤利现在已经养成了善于倾听的习惯。他知道作为一个领导者，成功与否并不在于自己多么有主意，重要的是倾听和判断，是把每一个人的长处都发挥到极致。而维尼的长处就是敏锐的分析。

“我觉得我们第一步还是应该按照菲利普总统的思路去做。总统是位经验丰富的政治家，他对问题的分析和判断应该是非常深入而透彻的。从他给你的信件，还有他最后在议会大厅里的演讲中已经给了我们很多启示和思路。他早已预计到自己处于险境，他的被害只能说明对手比他想象的还要强大和凶残。对手感觉到他已经掌握了大量的关键证据，所以铤而走险杀人灭口。那块载有他们罪证的黑晶肯定已经落入了他们手里。我觉得总统做事一向周密稳妥，这么关键的证据他肯定会留有一个备份。如果我们找到了这个备份并公布出来，事实胜于雄辩，我想银河联盟议会的大多数议员是会支持我们的。总统在给你的留言中也特别强调了我们应该团结大多数的银河联盟议员，并争取获得地球元老院的支持。另外，银河舰队里还有我们多年出生入死的战友，银河科学院也和我们有着千丝万缕的联系，这些都是我们的优势。我想事在人为，下个月就是银河议会召开特别会议的日子，如果我们能混进去，将掌握的资料向银河联盟议会的一万多名议员公布，说不定我们能一举扭转颓势，将真正杀害总统、颠覆联盟的罪人绳之于法，总统的在天之灵也能安息了。”

维尼的话让尤利的眼神越来越亮，他似乎也看到了希望。更令尤利欣喜的是，昔日的战友对局势的判断还是那么精辟。他紧紧地握着维尼的手激动得有点儿说不出话来。当年他们在一起联手拯救过整个银河舰队、拯救过地球，现在重任又一次落在了他们的肩上。

“好，得道多助，多行不义必自毙！我们现在就找约瑟夫将军去，听下他的意见，他可是我们舰队的老司令啊。”

约瑟夫将军认真地听取了他们的分析，紧皱的双眉似乎有了点儿舒展。

“你们说的不错！我真地老了，长江后浪推前浪，总统的眼光果然不错！”刚才，当他看到总统给尤利的信件时，还有点儿失落和担心。他担心眼前这个年轻人能不能担此重任，现在他似乎有点儿放心了。沉思了片刻，约瑟夫将军说道：“你们的总体思路是对的，但我建议你们要注意细节，细节往往决定成败，我感觉到总统也是某个细节出了纰漏才给了对手先下手为强的机会，你们一定要引以为戒。好在你们两个搭档可以取长补短，你们必须团结得像一个人一样，这样才可能有胜算。以后，重任就要落在你们肩上了。”

说到这里，老将军好像突然想起了什么，他沉思了片刻又接着说道：“有一个细节问题我必须提醒你们，新成立的联盟安全调查局权力很大，他们可能已经动用了军用的行星分子全息扫描系统。一旦我们离开这里，我们的个人行踪马上就会被系统扫描锁定，这样我们就在明处，敌人在暗处，我们的任何行动都将毫无隐蔽性可言。我想这个问题必须先解决了才能开始行动。”

将军的话让两人顿时愣在了那里，这的确是个问题。维尼知道这次他去解救尤利冒了很大的风险。当时，他也是兜了很多圈子确认没有被跟踪，才从离金字塔很远的地道里回来的。史前的南美洲地道纵横交错，里面宽敞得可以并行开两辆飞车。

看到两人默不作声，将军又接着说道：“关于这件事，我建议你们咨询下纽曼上校，他以前在银河联合舰队就是搞技术出身的，有着物理学的博士学位，你们也听下他的意见吧。”

前总统府卫队长纽曼博士看上去文质彬彬，一眼看上去让人很难把他和总统府卫队长这个职位联系起来。其实在公元2500年以后，护卫工作在很多层面上是技术活而不是传统意义上的保镖，并不需要超级强壮的身体和敏捷的身手。总统的安全在很多时候就是信息的安全，需要对多种窃听、窥视和信息收集和反侦探等技术工作娴熟才行。两个人在靠近金字塔正下方的一间密室里找到了护卫长纽曼并说明了来意。

“请先坐下吧。我也一直有些疑问，这些疑问几乎把我整疯了！你们也好好帮我分析下。”自菲利普总统出事后，纽曼一直陷于深深的自责之中。他是负责总统安全的护卫长，自知责任重大。不管是外界的还是自身的压力他必须承受，精神一度变得抑郁不堪。

“我知道总统掌握了对手很多致命的证据，这些证据留在他一个人的手上是危险的，可他和谁都不肯说，只身犯险。我想他之所以这样做，一定有他的道理。不过这么多年来，他一直很孤独，可能人孤独久了，就什么都不愿意说了。我的确在他的办公室和卧室里发现了窃听装置，这些装置非常诡异，像是半生物体，完全和我们地球上的技术不是一个路数，窃听的原理我们根本搞不清。对于这件事，我请教过我在银河科学院里的导师，他们说这种技术有点儿像史前拉玛星球的科技。另外，总统出事时候坐的那个悬浮舱也有很多疑点。我认为是有人在上面做了手脚。总统坐的专用悬浮舱我们在一天前是检测过的，没有任何问题，为什么在总统即将宣布那个名单时就坠落了呢？我认为除了谋杀没有其他解释。因为从技术层面讲，反重力悬浮舱的关键技术是引力反相器，引力反相器的关键技术是希格斯玻色子控制术，这已经是非常成熟的技术了。即便是引力反相器出了问题，这种悬浮舱还有紧急助推系统来维持位置。而那天出事时，悬浮舱却是以十倍重力加速度下坠的，钛合金的地面都被砸了个大坑，可银河联盟议会竟然出具了连白痴都不相信的报告。这份报告竟然被地球元老院的老头们以几乎全票通过！难道他们都被催眠了么！？”他在说这些话时，情绪又开始激动起来，说完竟呜呜地哭了起来。

尤利和维尼都没有去安慰他，他们必须让他哭，哭出来比埋在心里好受多了。过了许久，尤利看纽曼的情绪慢慢地稳定下来，才走过去拍拍纽曼的肩膀：“我知道，这很难接受，不管是你还是我。但这就是阴谋，是蓄谋已久的阴谋，我们大家都必须面对。”

纽曼也感觉自己哭过后情绪好多了。倾述和发泄都是一剂良药，他现在发现自己的头脑比刚才清晰多了。他顿了下接着说道：“你们所说的行星分子全息扫描技术我很了解，我在军队服役时曾参与了那个系统的建造和维护。这个技术是银河系的通用技术，据说连蛇人星球都不例外。这种系统能分辨识别出地面以下一百米所有碳基核苷酸类生物并将他们的特征信息锁定。因此，我们一旦失去金字塔能的保护就会立刻被这个系统侦测到。”

“这么厉害？难道它就没有什么克星？”尤利吃惊地问道。

“克星，谈不上克星，这是种非常霸道的技术，至少是我还没有听说过有什么类型的生物体可以在它面前隐形。不过，好像在十年前，银河科学院有个针对这个系统的反侦测研究，他们当时制造出一种叫作分子环境同化服的装备，据说穿上这种衣服可以在系统下隐形。但这也只是听说。因为九年前，银河舰队在取得比邻星大捷后，银河联合舰队司令部曾有登陆蛇人星球的作战计划，银河科学院为了配合登陆计划开始研究这种装备，后来由于停战协议很快签署，这种装备最终也没有用武之地，最后连整个计划也都不了了之了。

“那除了这种服装还有其他方法隐形吗？”维尼急切地问道。

“没有。分子环境同化服我也只是听说过。当时我刚调任到联盟总统府，接触的信息多一点儿，一般人根本就不知道还有这种东西。”

“是啊，我们连行星分子全息扫描也是最近才知道。纽曼博士，这里就你学问大，你再帮我们想想还有什么办法。如果走不出这个大坟墓，我们最终也只能葬身在这里了。”维尼说着用拳头重重地击在石壁上。

纽曼皱着眉头苦思冥想。过了一会儿，他突然抬起头说道：“记得当年我们设计这个系统的时候，就知道这个系统有个缺陷，这个缺陷因为是受到其原理的制约所以一直没有办法解决，说简单点儿就是它一直存在着一个盲区。这个系统是以行星自转周期的十分之一为其扫描周期的，也就是说它每天有 2.4 小时的扫描盲空挡，只是一般人根本不知道这个技术细节而已。”

“2.4 小时？是按纬度进行扫描的吗？”维尼问道。

“是纬度扫描！”纽曼答道。

维尼的两眼开始放光。他从口袋里摸出一个琥珀色的圆球，然后将它轻轻地抛起，圆球悬浮在离地两米高的位置静止不动并迅速开始膨胀，最后变成直径约一米的全息地球仪。地球仪缓缓地自转着。“这是我们所在的位置。”维尼用手指在地球仪上一点，地球仪马上静止了。“银河科学院的位置呢？”两人把目光投向纽曼。

“这里！”纽曼在地球仪亚洲区域的一个位置点了一下，一条连接两个点的红线立刻在地球仪上出现，并在空中显示出了两个点之间的距离和时差。

“现在一目了然，我们有近五个小时的空挡可以利用。对了，维尼，你的那辆改装过的奔驰飞车最大时速多少？”

“五倍音速。”维尼答道。

“两倍音速够了！”尤利已经算出来，“只要我们搞到了这种隐身服，我们就不用老躲在这里了。”尤利说着和两人在空中击了下掌。“维尼，收起你的宝贝吧，我们应该和纽曼博士来杯香槟，先庆祝一下！”

“好的，我去拿香槟。”维尼一边说一边在地球仪的北极点了下，地球仪迅速变小，最后收缩成一个琥珀色的小球。维尼一把把它抓住装在自己的口袋里，转身取香槟去了。

香槟拿来了，三个杯子碰在了一起：“为我们的合作干杯！干……”

3

这是一座外形诡异的地面建筑。建筑的规模不大，而且隐藏在浓荫的密林之中。克拉克局长每次来到这里总会感到不寒而栗。

这里总有种让他到恐惧的东西，可这种东西他看不见也摸不着。他来到建筑的门前，先让自己的心跳平缓一下，然后蹑手蹑脚地穿过管道般幽深的门洞来到一处天井。天井的上方黑漆漆的，他看不见也不敢抬头去看，他只能等着这里聆听。过了一会儿，一种金属合成声音从上面传来：“我要的东西找到了没有？”

“没有，不过已经有了点儿线索。”他战战兢兢地答道。

“我要的不是线索，我能感觉到那个东西就在纳博星球，你明白我的意思吗？”

“明白。”

“还有那个纳博的总督，我只要活的，他身上可能还有我们需要的东西，等我搞清楚后告诉你！”

“明白，明白！”克拉克忙不迭地回答道。

“好了，你走吧，下次我不想听到‘明白’，明白吗？”

“明白，不！明白。”克拉克如遇大赦般地从建筑内快速遁出……

纳博星球上的艾玛大金字塔高大巍峨，它比地球上最大的胡夫大金字塔还要高出一倍，样式和形制却和古代地球南美洲的玛雅太阳金字塔如出一辙。金字塔的南面是一条宽一千三百坎（纳博星球长度单位，一坎约相当于 0.59 米）长八千九百坎的亡灵大道，大道两边已经跪满了黑压压的人群。此时，人群中分出一条路来，两千名穿着白衣的女祭司从人群中缓缓穿过。走在最前面的是纳博星球的女王奥莉薇兰。白衣女祭司们依次跪在通往金字塔顶端祭台的台阶上，登上最后一级台阶，女王的身后就只剩下她的两名白衣侍女。九年前的今天，她就是由一名即将被献祭的圣女突然变成了纳博星球的女王，这完全是因为神的眷顾。

献祭这个古老的仪式在这个星球上一直持续了近两千年。在这两千年中，纳博的祭司们每年都会把把这个星球上最美丽的少女献给伟大的卓尔金神族。两千个美丽肉体的陨灭换来了神的眷顾，神赐给纳博星光明、希望和风调雨顺。这是人和神之间的契约，人首先必须遵守。

两千年的献祭终于等来了超值的回报。那一刻，她仰面躺在宽大的黑曜石祭台上，等待祭司的利斧剖开她的胸腹，取出献给神的心。神降临了，是她第一个看到从天而降的神，她的美让神动容，她成了献给神最美的礼物。

九年来，纳博已经不再使用活人祭祀，这是神下的谕旨。神是仁慈而万能的，他不希望再看到他的子民被当成牺牲而活祭。

此时，女王跪在祭台下，祭台上放着上古流传下来的九枚水晶头骨。大祭司嘴里念念有词，水晶头骨像被这些咒语驱动着，一个接一个地跳了起来，黑洞洞的眼窝里开始冒出白烟，白烟越来越大，大祭司在烟雾中若隐若现……

“您看到了什么？”女王抬起头急切地问。

“飞船，飞船，我看到了飞船，好大的飞船啊！足有……”

“是王子和总督的飞船吗？”

“不！不！这是恶魔的飞船，他们就快要到了！快要到了，神啊，我的神啊，您在哪里啊！？他们来了，来了，我们需要您的护佑……”大祭司高举着干枯的双臂像公鸡那样凄厉地悲鸣着……

远处的天穹上出现一块豆大的亮斑。亮斑迎着维茨（照耀纳博的恒星）耀眼的光芒在迅速地变大，这和九年前神降临前的征兆一模一样。这时，所有人的目光都聚在那里。不一会儿，一艘硕大的飞船就像巨大的华盖一样悬浮在大金字塔的顶端，暗影将祭台上所有的人都覆盖了。

四、银河科学院

I

巍峨的秦岭绵延八百余里。它横亘在银河联盟首都地球亚洲区古代中国的腹地，是这个星球上唯一一个文明始终没有中断的文明古国的南北气候分水岭，在整个地球的地理位置都非常重要。在秦岭的上空悬浮着一座规模浩大、气势宏伟的反重力建筑群，这就是在整个银河系都声名远扬的银河科学院。在整个银河系中，科技实力能与之相匹敌的只有远在四千光年之遥的蛇人星球帝国研究院。它们的研究成果代表了银河星系科技的最高水平。

银河科学院是一座以反重力系统为基础的中国古典庭院式建筑群落。它的设计理念充分体现了古代中国“天人合一”的哲学思想，又融入了银河联盟现代科技发展的最新成果。从外观上看，它像一座气势宏伟的中国古典宫殿建筑群。飞檐、穹窿与尖拱巧妙地融入在钟灵毓秀的庭院式布局之中，将中国古典主义建筑的美学思想发挥到了极致。每当夕阳西下，钛金色的合金外墙反射出落日的余晖，加上茂密的秦岭丛林蒸腾起的水分形成的云雾让它常常掩映在云蒸霞蔚之间。远远地看去，它就像古代中国传说中的天宫。可实际上，整个建筑的内部结构上则采用了最现代化的功能模块式结构，功能划分明确、切换自如。整个建筑所采用的都是银河系中最先进的技术和材料，它是集建筑美学和实用主义于一体的建筑典范。它曾在上个世纪初和银河联盟首都地球上的银河联盟议会大厦（银河之碗）、地球元老院一起入选为整个银河系的“十大不可思议建筑”。而真正让这座建筑声名鹊起的则是它研制出的神秘武器，这种神秘武器曾让蛇人多如飞蝗的恒星级战舰一瞬间灰飞烟灭。甚至有人认为：银河联盟因为银河科学院的存在而在科技上已经领先了不可一世的蛇人帝国星际联盟。

时值夜幕降临，太阳落在银河科学院宫墙上的最后一瞥余晖也将渐渐地隐去。此时，一辆黑色超音速飞车像一支黑色的利箭一样划破宝蓝色的夜空从东方疾驰而来。转眼间，飞车就驶入了秦岭上空。

“就是这里！”纽曼一指远处那片像一座小型城市一样的巨型反重力建筑。

尤利和维尼此时都睁大了眼睛，这是他们是第一次在夜间看到这样奇特而浩大的建筑。建筑的四周有一道高约十几米的钛金色围墙，里面的建筑一个套一个，层层叠叠，一眼望不到边。

“怎么这么大？你来过这里吗？”维尼问纽曼。

“来过几次，每次都是总统私下交代的事情，来来去去好几次了。总统和银河科学院的联系非常密切，他经常和这里的科学家交换意见，很多科学家都是总统的朋友。”

尤利此时沉默不语。在他的记忆中，这里好像很熟悉，他年幼的时候好像还在这里待过，但那些记忆在突然之间一下子又变得模糊了。最近他的记忆似乎是真的出了问题。“你的父亲曾是银河科学院的首席科学家。”他感觉到菲利普总统的声音还在他的耳边萦绕。他的根就在这里，他为寻根而来。看着眼前气势恢宏的建筑，尤利突然感觉自己的眼眶湿湿的。

“根据测定的行星分子全息扫描系统盲区，我们的时间并不宽裕。”维尼看看腕上的原子表，用眼神催促着纽曼。

“正门我们不能进，联盟安全调查局恐怕对这里也进行了重点监控和防范，我们从偏门试一下。”

“还有偏门？”维尼问道。

“当然有，总统府也有偏门，而且还不止一个，只是一般人不知道罢了。你们瞧这个。”纽曼说着从衣袋里摸出一块方方正正的金属牌朝两人晃了下。

“什么东西？”维尼伸手来抢，他向来对这类新奇玩意很感兴趣。

纽曼把他的手挡在一边，说道：“这是银河科学院首席科学家给我签发的特别通行证，能在任何时候从偏门进入银河科学院。你们别小瞧这张金属片，这种通行证的数量整个银河联盟不会超过十张，当然我是作为联盟总统的密使才有这种荣幸的。”

“好了，别显摆了，告诉我偏门在哪里。我们没有时间听你絮叨这些。你再不说我就要从墙上飞过去了。”维尼催促道。

“飞过去？除非你真的不要命了。你看那墙边的警示牌上写的什么。不要以为这里的围墙只有十几米高就想一飞而过。我告诉你，这里围墙的顶部都有个你肉眼看不见的超导磁力保护罩，当有金属物体试图从顶上越过这道围墙时，墙上用室温超导材料做成的磁极就会将它们牢牢地吸附在墙头上，那时候，呵呵，就有好瞧的了！”

“我还以为这和北京的故宫一样呢。”维尼有点儿不好意思了。

“故宫？你还去过北京的故宫啊！故宫的上空也是禁飞区，防护措施也不比这里逊色。你总指望从天而降吗？”

维尼开着车沿着围墙兜着圈子。

“到底侧门在哪里呢？你能不能快点儿，时间会被你这样磨蹭完的，里面这么大。”维尼着急地看着表催促道。

“停！好像就是这里，我记得这里的墙上有个拱形的缺口，对应的下方就是暗门。”纽曼盯着墙壁终于找到了地方。

等维尼将车泊到墙边，纽曼把手中的那张金属片插进墙体上的一个不显眼的凹槽里，墙体“哔”的响了一下，就开始向两侧分开，宽度正容一辆车驶入。等车驶入后，墙壁又“哔”的一声慢慢地在身后合拢了。

等把车泊在墙内的停车位，三人走下飞车借着皎洁的月光定睛一看，尤利和维尼都有点儿傻眼。只见眼前长廊环绕，小桥流水、亭台楼阁相映成趣，一幅月光下中国古典园林的水墨画出现在眼前。

纽曼看两个人怔怔的，知道是怎么回事，自己第一次来，也曾被这里恍如仙境一般的景致震慑住了。

“银河科学院的整体设计按照中国传统‘天人合一’的哲学理念，在环境上特别要求贴近自然。这里是科学院的休闲区，仿照了中国古代苏州园林的建筑模式，只是把地上的东西挪到了空中而已。沿着前面的那条长廊再往前走，就是科学院的功能区。银河科学院分十大学科，一千多个分学科，这里集中了银河联盟一百多个星球的科学家，总人数超过五千。要是白天来到这里，经常能碰到外星球的科学家，其中科技比较发达的拉玛星球、怒拉星球在这里都设有专门的研究机构。”这时，维尼突然看到前面好像有个黑影，马上就在腰间摸枪，可他的手却被纽曼机警地按住了。“在这里千万不能用枪，我们有通行证，来这里就是客人。一会儿要通过功能区更要注意，除非万不得已不要出手。你们俩拿着这个吧，这个比较安全些！”纽曼说着从口袋里摸出两支钢笔粗细的银色棒状物，吩咐道：“你俩一人一个。”

“这是什么？”尤利问道。

“我们都叫它光子棒，它的学名叫光子眩晕枪。你一按这里的红色开关，会射出一道类似激光的光束，被光束碰到的人或者动物都会立刻晕厥十二小时，但对其身体不会产生不可逆转的伤害。我们在总统府当护卫的时候从来不使用激光枪，那东西容易伤人，还不留活口。这次出来多带了两支送你们了，你们在这里最好都把激光枪收起来。”

“还有这好东西！那我们就恭敬不如从命了。”维尼将光子棒握在手里，对着近处的一棵树一按开关。“砰”的一声，一道绿色的亮光直击在树干上，合抱粗的大树竟然微微晃动。“能量真大啊，可以当手电筒用哦，用这东西打猎啥猎物都跑不了！”维尼开玩笑道。

“小心点儿，不要射在我的身上，晕厥期间是无法唤醒的。”纽曼在一旁忙提醒道。

转眼间，三个人就绕过一座假山走上一条长廊。长廊的旁边是一个池塘。穿过池塘上的拱桥进入一片竹林，再穿过竹林中幽深的小道，三人最后进入一道圆形的月亮门。月亮门后是一座高大的五边形建筑。建筑的顶层采用的是中国传统的飞檐加阁楼的形制。虽然已是深夜，但建筑内的很多窗户还透着亮光。

“怎么看像是图片上古代美国的五角大楼？”维尼又向纽曼请教道。

“完全是两个不同的建筑，即便是外形也没有多少相似之处。你说的那个五角大楼是六百多年前历史上的美国国防部五角大楼，它早在公元 21 世纪的第三次世界大战中被月球轨道炮给报销了。银河科学院的五角大楼和那个楼没有任何关系，它是按照中国传统的阴阳五行的理论建造的。我进去过几次，里面的布局非常巧妙，阴阳五行，相生而又相克。你要是不熟悉那个理论，在里面是很容易转向的。”

“那现在该怎么走？”尤利急忙问道。

“这个大楼我们不要进了。它其实是银河科学院民用科技的办公楼，在里面很容易碰到生人。我们从大楼的侧边通过。侧边有个小门，平时都不开，不过我的通行证应该可以打开那里。穿过办公楼，前面就是科学院的研究区了。

研究区分军事和民用两部分。首先要经过的是民用科技区，它由二十八座外形各异的建筑组成。每个建筑都不很大，但都很有特点，他们的排列是按照中国古代的二十八星宿在黄道和天赤道的排列位置来划分的。穿过这二十八宿就到了我们今天要去的地方。

三个人正说着就绕过大楼来到了一道小门前，门果然紧闭着。纽曼又从口袋里拿出那张金属卡片，在门上一插，门应声而开。走进门，里面是条幽深的走廊，走廊的四壁都是用一种淡黄色的合金制成，而且这种金属材料本身就能发出荧光一样的微弱光线，没有灯，但走廊里并不感到幽暗。往前走，拐过一道九十度的弯，走廊的地面开始向下倾，越走越低。走到尽头，眼前出现了一个圆形的大厅，差不多一千平方米左右。圆厅的周围分出五条通道，通道的顶端分别用中文写着：金、木、水、火、土。尤利回头看看，自己刚是从“金”走出。“现在该怎么走呢？”维尼又不解地问道。

“金、木、水、火、土，是中国古代哲学的五行，五行相生又相克，现在没有时间研究这个了。走这里！”纽曼一指写有“水”的走廊，“金生水，金克木。”纽曼说着大踏步朝那里走去。走廊的样式和刚才的一样，只是金属墙壁的颜色变成了淡蓝色。走廊的尽头同样是一道门，纽曼又用它的那张卡将门打开。

门一开，一股凉风迎面而来。三人极目远望，只见夜色中几十座形态各异的建筑星罗棋布地分布在一个椭圆形的区域之中。每个建筑之间似乎都有路径相连，乍看上去就像是海面上浮动着的，大大小小形状各异的岛屿。

“怎么过去呢？我们的时间不多了，在这里绕很容易迷路的。”维尼有点儿担心。他看着尤利，尤利又看着纽曼，纽曼却开始挠头。他以前每次来这里都有专人陪同，只需跟在别人后面就行。现在让他带路，还是在夜晚……“先走吧，我们不能站在这里！”他看看腕上原子表上的指南针，硬着头皮往前走去。只要方向不错，总能走过这片建筑，尤利和维尼紧紧地跟在他的身后。

前面是一个贝壳一样的建筑，整个建筑像是用一种半透明的柔性材料建造的，从贝壳微微张开的缝隙中露出一道白色的亮光。借着亮光，三个人迅速从建筑的门前穿过。此时，月亮被一片云层遮住了，四周一片漆黑，只有远处的建筑物投射出星光般暗弱的亮光。

纽曼有点儿踯躅。他站住抬起手看了下时间，离他估算的下次扫描的时间还有不到两个小时。时间已经很紧了，他们必须在下次扫描之前找到隐身服，否则……

“你看。”维尼一拉纽曼的衣袖，三个人这时都不约而同地发现不远处突然亮起一团红色的亮光，亮光似乎还在迅疾地移动。

“跟上！”尤利的直觉突然有了反应。他疾步往前一跃，纽曼和维尼紧跟在他的身后朝亮光奔去。

他们三人离亮光越来越近。这时，尤利几乎看清了那个光源：是一个穿着紧身夜行衣的夜行者释放的光源在快速行进。这是三人进入银河科学院后第一次看到人影，心里不免有点儿紧张。

穿着夜行衣却带着光源，这似乎很矛盾，但顾不了那么多了。前面的夜行者好像对路很熟悉，星罗棋布的建筑和曲里拐弯的道路都奈何不了那个人。

大约走了二十分钟，三人终于看到了一堵墙挡住了夜行者的去路。夜行者停下了脚步，站在一道门前不走了。

三人都屏住了呼吸。别是被夜行者发现了？他们都把自己的身形压低点儿。夜行者在门前迟疑了下，似乎还往身后瞧了瞧，那样子好像也是怕被人跟踪。

站在门前，夜行者仔细地看了下那扇门，突然从口袋里摸出一样东西。借着光源，纽曼看清楚了那是一张和他手上一样的钛金色通行证，这把他惊得差点儿叫出声来。“是个女的！身材很好！”维尼悄声对尤利耳语道。

那人将通行证往门里一插，门应声而开。那人像幽灵一样身子一转就从门中穿过，门又马上关上了。这一幕其实就是一霎的工夫，只不过三人在暗处，所以都看得真真切切。

“你刚才还说你手里的那个东西整个银河系不会超过十张，我怎么看这个东西现在都人手一张呢？”维尼朝纽曼不屑地撇撇嘴。

“跟上！”这次纽曼冲在了前面。

三人疾步来到门前。这时，月亮穿透云层将银色的清辉洒向大地。借着月光，纽曼将那张金属卡在门上插了下。门轻轻地滑开，没有一点儿声息，三个人闪身钻过门去。

门后出现的一幕更加让人震撼。

不远处的前方有一座“活着”的巨型建筑。建筑呈八边形，每个边差不多有两千米长，整个建筑高约千米，像座奇形怪状的山。映着月光，可以看到它的顶部同样也是中国传统的飞檐挑梁，但这些还远远不是最主要的。这个等边八边形的巨型建筑在不停地缓慢沿轴向旋转，转到一定的方位就突然发生了变化，八边形的每个边又多生出八个边，这样推算的话就是六十四边形，几乎接近一个圆柱了。

看到尤利和维尼呆呆地站着发愣，纽曼解释道："你可不要小看这个八边形，它是按照古代中国的八卦理论演化而来的。八卦推演成六十四卦，刚才就是一个变化。太极生两仪，两仪生四象，四象生八卦，八卦变成六十四卦，六十四卦还可以继续推演，整个建筑可以说变化无穷。我第一次见到这个建筑时，它是一个圆柱形的建筑，那时它处于太极图形。第二次看到时是一个类似立方体的建筑，那时它处于四象。现在变成了六十四卦了，形状也快接近于一个圆柱体了。据说整个建筑还可以脱离它的母体基座——银河科学院移动到任意地方，甚至在大气层之外。当时设计这个建筑时，就考虑到了它的机动性，特别在建筑的底部安装了巨型光子引擎。一旦地球受到攻击，它就可以像星际飞船一样逃离地球。"

"这么大的飞船，比我们的大秦号战舰大多了哦。"维尼看着尤利，对眼前这个巨无霸一样的东西惊叹不已。

"你们看！"尤利迅疾地用手一指。顺着尤利手指的方向，一个行动快捷的黑影已经接近了那个巨型建筑。不用说，那个黑影就是刚才三人一直跟踪的那个人，只是现在月亮透出来了，那个黑影也熄灭了身前的光源。

"跟上！"尤利第一个冲了出去，两人紧随其后。

黑衣人好像对这个复杂的建筑非常熟悉。她站在大楼前，只抬头扫了一眼，就抬腿走了进去。看到黑衣人消失了，三人疾奔而至，跑到刚才黑衣人站立的位置，却发现那里进去的通道已经关闭。"怎么办？"尤利和维尼都看着纽曼。

纽曼也是一头雾水。他听说过这个建筑的门不是随便进的，需要深通易理。可他对《易经》只有个大概的常识，对其中的奥妙并不了解。门的上方用汉字写了个"坤"，纽曼知道这是八卦之一。三个人站着发愣，门却突然又开了，这时纽曼却不知道该进不该进。

"进去吧，我们别无选择。"三个人的眼神此时又碰在了一起。

走进坤门，行之不远，三人举目四看，却发现这里芳草萋萋，绿树成荫，一条鹅卵石铺成的小道延伸到远处的密林之中，密林边好像还有个池塘。这和大家心目中的银河科学院相差得很远。

抬头看，天空中好像有个人造的聚变太阳。外面已是深夜，这里却如同白昼一样。刚走了几步，一只野兔从身边“嗖”地窜出，把三人吓了一跳。顺着野兔奔去的方向，尤利好像看到前面的密林中有个人影一闪。事到如今，只有沿着这条小路追过去。三个人不容分说径直朝那边快步奔去。

树林里光线一下子暗了下来，刚才那个闪了一下的人影又不见了。借着树叶间隙投射下的光线，三个人疾步而行。密林并不很大，和地球上其他地方的树林好像没有什么区别。他们一路走着，时常有小动物从他们身边一闪而过。“不会出现大型野兽吧？”维尼紧握着手中的光子棒，希望这东西能发挥一下作用。

密林并不很大。走了大约十几分钟，眼前突然一亮，三人同时惊得叫出了声。只见眼前一片开阔的草地，远处是一道微微隆起的山坡，一条晶亮的溪流如玉带一样从山坡上蜿蜒而下，山坡上有几座像别墅山庄一样的建筑点缀其间，真是一派田园风光。维尼下意识地蹲下，摸摸脚下的草地。是真的草和泥土，这一切都不是幻觉或三维全息影像使然。

“你看那里！”维尼抬起头，顺着尤利手指的方向，只见一个绿色的身影在一座别墅的门前一晃，转眼间就不见了。“看身形像是刚才的那个穿夜行衣的黑衣女子，怎么一下子变成了绿色了？怪不得我们追到这里突然看不到她了。”维尼有点儿不解地问道。

“她穿的是一款专业级的变色服，衣服的颜色会和周围的环境相一致，就像蜥蜴一样，会根据环境不停地变色。”纽曼解释道。

“那我们也跟着过去吧，反正我们跟了她一路了，今天成败就在此一举！”尤利道。

别墅离他们站的树林也就五百米的样子，三人一路小跑地跟了过去。别墅的大门虚掩着，三个人敲了下门，见没有人来开门，犹豫了下还是推门走了进去。

别墅里的装修非常豪华，是典型的传统古代欧式风格，高大的弧形落地窗配饰着华美的壁挂让整个空间显得典雅而肃穆。只是客厅里没有人，安静得让人生疑。难道是中了埋伏？三个人都将手里的光子棒紧紧地握住，时刻准备着一场死拼。

“纽曼博士别来无恙啊？”背后传来的一声问候让三人惊得差点儿坐在地上。一回头，见前厅的楼梯上缓步走下一人。此人体格健硕，身材修长，头发有点儿花白，穿一身淡蓝色宽松的家居服。纽曼一看，此人正是银河科学院的首席科学家肖恩教授。

“您好，教授，我们不请自来啊，真是冒昧打扰了。这里是？”纽曼有点儿惊诧地问道。

“哦，这里是寒舍，还算宽敞吧。这两位朋友是？”肖恩说到这里突然脸色一变，他看到了尤利……

“哦，还没有给您介绍呢，这位是纳博星球总督尤利将军，这位是刚退役不久的银河舰队‘大秦’号舰长维尼上校，他们都是当年银河之战的银河英雄啊。”纽曼以为教授不认识尤利和维尼，忙介绍道。

“哦，久仰久仰，是两位银河英雄驾到！”肖恩走到近前表情有点儿尴尬地和两人握手寒暄了两句。

“我这里的太阳永远不会落山，请跟我来吧！”

三人跟在教授的身后转过一道门廊来到别墅后的花园。花园里花草繁盛，在一株碗口粗的葡萄藤下，放着一张石桌和几把藤椅……

茶已经沏好，还冒着热气。

“您已经知道我们要来了？”纽曼坐下后试探着问道。

“别忘了，你进门用的通行证是我签发的，想不知道都难啊。”肖恩教授喝了口茶说道：“菲利普总统的事情我很难过，我劝过他凡事不要操之过急，可他还是……”

“总统是遭了暗算，对吗？”纽曼想在肖恩教授这里找到答案。

肖恩没有马上回答，他沉思了片刻说道：“我在这里表达的只是我个人的观点，和银河科学院无关。我认为这个事件是非正常的。你明白我的意思吧？纽曼博士。但有一点，我也非常疑惑，那就是为什么反重力的悬浮舱会以十倍的重力加速度下坠，这根本解释不通。因为我找不到任何一种理论可以解释施加在它上面的力！大家不要以为这是个简单的事情，以我们银河科学院现有的科技都做不到这一点。我主张科学不问及政治，我说的只能是这么多。另外，我代表我和科学院对总统的遇难深表哀痛。要知道，他和我们科学院很多人都是朋友。但科学院不能牵涉到这件事之中，银河科学院必须保持它在银河系科技的前沿地位，这事关我们银河联盟四千多个星球的福祉。当然，这也包括尤利总督的纳博星球在内。”肖恩教授在说这句话时用一种怪异的眼神瞟了尤利一眼。

“纳博星球，教授您也了解纳博星球吗？我在那里待了九年仍然有很多疑惑。”尤利感觉到了这个眼神，浑身猛地一颤，他想极力掩饰住自己的这种情绪波动，连忙说道。

“我只知道那里人的先祖在地球上待过一阵子，据说他们就是地球上消失的玛雅人。我听说在你刚去的时候那里还盛行玛雅人几千年前的活祭，是这样吗？你去那里任总督的事情，总统当时也跟我说了，他想派您去干预一下纳博星球的文明进程。”

“玛雅人？就是地球在两千年前突然集体失踪的玛雅人吗？”尤利这一惊非同小可。“在纳博流传的很多传说好像都是关于地球的。那里使用的三部历法其中有一部和我们地球的运行周期简直一模一样，我还以为是巧合呢。在他们的传说中，他们母星的名字叫科比特，由于恶魔的入侵他们被神转运到一个叫库奇的星球，他们在那里生活了几千年。后来神为他们找到了一个世外桃源，那就是纳博。最后是神把他们带到了那里。我也注意纳博的大金字塔的样式和地球上的玛雅金字塔几乎一模一样，只是规模要大很多……他们用的文字好像就是在地球上早已没有人使用的玛雅文。可我觉得纳博距离地球两千多光年，就再也没有往那里想了。要知道玛雅人神秘失踪是在地球公元 750 年左右，那个时候地球上连蒸汽机车都没有出现，当时的玛雅人怎么会有能力进行星际旅行呢？我们地球也是在近三百年内才能利用虫洞和光子飞船技术进行星际旅行的呀。”

“这的确是个谜。我想这个谜可能和一个高度发达的星系文明有关，但我们对这个文明所知甚少。在银河系甚至河外星系都曾经有过高度发达的星系文明，或许他们和我们不是一个阶段的文明。他们可能在我们还处于蒙昧阶段就已经达到了很高的文明，这种现象在地球上也不少见。举个例子，当古埃及和古巴比伦文明达到鼎盛的阶段，中国古文明才刚刚起步。在一个星球上文明的差距都如此巨大，在整个银河系甚至整个宇宙这种差距就更大了……”

见尤利和肖恩在讨论着纳博星球的文明，一旁的纽曼有点儿坐不住了。他不时地看看表，离下次行星分子扫描的时间不到半个小时了。难道这里也和玛雅金字塔一样能屏蔽住行星分子全息扫描系统的解析？他不停地对尤利使眼色，并用脚踢了下尤利。不过他的这些小动作都让肖恩教授察觉到了。肖恩教授笑了下，说道："纽曼博士，是不是有什么急事？我看你有些坐立不安啊。"

纽曼又看了下表，微微地欠起身，说道："肖恩教授，我们也是无事不登三宝殿。自从菲利普总统遇难以后，由于我们质疑当局的调查结果，所以一直就被当局稽查。可你知道，总统的确是被谋杀的，当局的调查报告只是在掩人耳目。我们必须调查出事件的真相，可当局可能已经启动了军用的行星分子全息扫描系统，我们必须能躲避这种跟踪，所以希望能借用下你们的分子环境同化服……"

肖恩听了没有马上答应。他清了清嗓子，略微思考了下说道："在你们用通行证进入科学院的时候，我就想到了这件事。只是我对这件事非常犹豫。按说，我不应该答应你们，因为科学院和议会及联盟政府必须保持融洽的关系。如果这件事被议会和联盟政府知道，我们将惹来非常多的麻烦。但从道义上讲，我又不能不帮你们。菲利普总统也是我的好朋友，他的突然去世也让我非常难过，而且我也倾向于他是被暗杀的，也想为追查元凶尽绵薄之力。但最近出现很多异常事件让我不得不重新考虑立场。首先是总统遇难时候的悬浮舱下坠之谜，还有就是银河科学院遭到的神秘念力波探测。因为对于念力的深层机理，银河科学院目前还不能完全洞悉，而蛇人星球对念力理论的掌握远在我们之上。但我们的反侦探系统还是察觉到了这种力的渗透。如果把这个事件和总统遇难联系到一起，那就让人非常担忧了。因此，我帮助你们有个交换条件，那就是要及时向我们反馈你们所知晓的不正常事件。"

"没有问题，这个我们一定尽力。对了，总统在留给我的一封信里也谈到了您的这种忧虑。"

"总统留给你的信中提到了蛇人？"肖恩吃惊地看着尤利。

"是的，总统曾非常明确地表达了他的这种担忧。"

"原来是这样。我们用银河科学院的八卦预警系统也侦测到了，只是不敢下断言。如果也总统在信件里面提到了这个事情，那我们科学院要提早做准备了。你们带来的信息非常的重要……时间不早了，"肖恩教授看了下腕上的帝舵原子表，"你们马上从这里下去，在二区行星防御研究中心有七件分子环境同化服是给你们准备的。代我向约瑟夫将军问好。对了，你们离开这里时拿着这个。”肖恩教授从口袋里取出一颗蓝色的晶球，“在科学院，它可以引导你们去你们该去的地方。”肖恩说着将蓝色的晶球抛在空中，晶球在空中划过一条曲线后静止悬浮在众人的眼前。

2

别墅的卧室里有一堵墙慢慢地向两侧滑开，前面是一条幽深的隧道。飘浮在三人面前的蓝色晶球像一盏指路的明灯，总和他们的身体保持两米左右的距离。“好了，再见吧，祝你们好运。”肖恩教授朝他们招招手，墙壁在他们的身后又慢慢地合拢。

幽深的地道像一个地下的迷宫，不断有岔道出现。如果没有蓝色晶球的指引，三人早就迷路了。走了差不多十几分钟，眼前突然一亮，一个圆形的大厅出现在隧道的终端，“行星防御研究中心”几个激光全息字体影射在大厅顶部，大厅的周围有几十个不同功能的小厅。三个人正迟疑着往哪里走，却见蓝色的晶球已经径直朝中间的一个小厅门飘去。三人紧跟其后。

这个厅房有五百来平方米，里面密密麻麻地摆放着各种奇形怪状的东西。蓝色晶球径直朝一个金属柜子飘去。等飘到柜子前，柜门自动打开了。维尼抢先走到近前一看，里面整齐地挂着一排黑色的衣服。“怎么只有五件呢？教授不是说有七件吗？”尤利用眼睛扫了下就发现数目不对。

“时间不多了，我们先穿上再说。”维尼不管那么多，先拿出一件套在自己身上，尤利和纽曼也赶紧穿上一件。剩下的两件，维尼装在了自己随身的包里。尤利这时一看表，离下次扫描的时间不到三分钟了。

走出行星防御研究中心，蓝色的晶球没有从原路返回，而是引着他们沿着一条宽敞的通道继续朝前走去。通道有五十米左右宽，都是用本身可以发光的荧光金属制成，通道里的光线很好。蓝色的晶球像飘浮在他们前面的一滴晶莹剔透的大水滴，一路上路过“夸克武器研究中心”、“电磁武器研究中心”、“光子武器研究中心”等等。正走着，迎面走来几个长有大象鼻子一样的外星人。“你们好。”纽曼上前和他们用银河通用语打着招呼，“大象”们则摇着鼻子向他们点头致意。等他们走过很远，纽曼才解释道："这里有很多怒拉星球的科学家，他们的大脑容量在银河系的泛人类中是最高的……"正说着，过道的另一侧走过几个一尺来高的人，他们都站在一个特制的小车子上。"那是小人国的科学家吗？"维尼俏皮地问道。"哦，地球人都这么叫，其实是离我们比较远的外星人——库珀人。别看他们人小，脑子都非常聪明！"三个人正说着，一拐弯，过道马上变得狭窄，大约只有十余米宽，过道的尽头是一道大门。

"是不是快出去了？"维尼问道。

"可能吧，不过，我也不是很清楚。这里的空间非常的复杂。我们从坤门进入，坤在八卦里代表地，万物依赖它获得生命的基础，它顺承着天道的变化。"纽曼似乎答非所问。

"别扯这些八卦了，听起来都头晕。我感觉这里不仅有自己独立的太阳，还有自己独立的空气循环机制，是一个完全封闭的生态系统。如果它脱离母体科学院基座，在外太空或者其他星球上也完全可以独立生存……"维尼朝四周看看道。

门缓缓地开启。尤利注意到，这扇门足有十几米厚。蓝色的小球已经穿过门洞，在外面的夜色中闪着幽蓝的光，他们也紧跟着走了出去。

外面月朗星稀。尤利回头望着这个巨大的建筑，发现它此时又变换成了一个巨大的准立方体。

"万事万物都是不断变化的，古老的中华文明用阴阳八卦来阐释他们对世界万物的理解。太极生两仪，两仪生四象，四象生八卦，八卦生成六十四卦，六十四卦还可以继续往后推演以至无穷。这些卦象不光是在简单地不断变化，它所表征的是不断变化中的宇宙中的不确定性和暂时的稳定性。这种暂时的稳定性就给了我们可以预测的可能。所以，这座巨大的建筑还有一种非常神秘的功能，那就是预测。现代科学的很多发现都具有偶然性，为了排除几乎无限多的可能性，预测就成了非常重要的环节。据说科学院的很多科学发现都和这座大楼独特的预测能力分不开。"纽曼在一旁解释道。

"落后就必定会挨打，这是古代中国的一位伟人说的，在银河星系这个大的竞技场上更是如此。我们不能指望银河系的每一个文明都像我们地球文明这样毫无侵略性。其实在我们地球文明进程史上也曾经出现过非常多的有侵略性的民族，比如罗马帝国、大秦帝国、蒙古帝国、奥斯曼帝国还有日本军国主义、德国法西斯等等。有人曾经把宇宙比喻成黑暗的森林，每个文明都是带枪的猎人。这未免耸人听闻，但对类似蛇人文明这种邪恶文明的高度警惕仍是非常必要。如果我们没有办法对他们赶尽杀绝，那么对付他们的唯一方法就是在科技上全方位地超越他们。纵观人类起源和文明发展的进程，和人类一同进化的很多动物都被人类远远地抛在身后。不管是凶猛的虎狼还是拥有致命毒牙的毒蛇都不会对人类造成什么威胁，因此科技的领先是非常重要的。这也是银河科学院在银河联盟中地位无比尊崇的原因。在银河联盟的法律中，银河科学院的院士具有无可争议的各种豁免权，联盟总统见他们都必须主动问好。在银河之役的关键一战中，银河科学院发明的秘密武器又起了决定性的作用……”

三人一边听着纽曼的介绍一边跟着蓝色的晶球，不知不觉中已经穿过那片像迷宫一样难走的二十八宿区。

维尼看看表，现在正好是午夜时点。这时，他突然想起一件事，便随口说道：“对了，刚才也没有好意思问肖恩教授那个给我们引路的女子是谁。我们这一路都有人引路，看来是吉星高照啊。”

“我更相信事在人为！如果总统出事的那天我做好了万全的准备，那悲剧就不会降临……”纽曼总是对那件事情无法释怀。

“不要自责了，纽曼。那件事情连肖恩教授都无法解释，你当然更是无法预知和防范了。不过我答应你，一定将真相调查清楚，一定会为菲利普总统报仇！”尤利安慰道。

三人穿过科学院五角办公大楼侧的通道，进入那片园林。此时，一片云影将月光完全地遮住，四下一片漆黑，只有眼前的那颗蓝色晶球发着幽幽的蓝光，将脚下的一块草地照得清楚一点儿。

他们走上一条长廊。长廊的一侧好像是个小池塘，在蓝光的映射下，反射着幽暗的水光。突然间，水面上“扑棱棱”的一声响将三人吓了一跳。他们转过头看，见一个白影从水中窜起，掠过水面向远处飞去。

“是被惊扰的白鹭！秦岭是地球上野生动植物的宝库，当银河科学院的悬浮位置比较低时，很多当地的野生鸟类就飞了上来，把这里当成他们的家。尤其是晴空万里，秦岭山上的植被蒸腾起的水雾形成的云彩将整个科学院掩映其中，这里的亭台楼阁都在云中若隐若现宛若仙境一般……”

“你看那是什么！”三人正说着，尤利突然发现前面好像有个红色的亮点在闪动。顺着尤利手指的方向，大家看到在他们前方差不多一百米的地方有个红色的亮光在快速地移动。“好像就是那个把我们一直引到肖恩教授家里的神秘女子用的光源。”

“教授给了我们引路用的晶球了，不会在暗中派人给我们引路了。难道是……”尤利没有往下说，他是担心联盟安全调查局已经提前派人埋伏到了科学院，故意“引君入瓮”。

“不会吧，如果银河科学院那么容易被打入也就不叫银河科学院了。要想搜查这里，需要银河联盟总统、银河联盟议会和地球元老院的三方核准，这几乎不可能办到。”

三人正说着，前边突然传来光子引擎启动时的呼呼声，这把三人吓了一跳。“别是我们的车……”这时，眼前突然白光骤显。借着这突然暴起的白光，他们看到在距离他们不到一百米的地方，一辆外形炫酷的黑色单人飞车已经启动，微型光子引擎喷出的耀眼白光将周围的景物照得一片通亮。科学院的院墙上已经洞开了一扇门，随着一道闪电一样的白光掠过，眼前又恢复到了初始时的黑暗。

3

雅各布感觉时间突然间变得很长，长到让他感觉几乎无法忍受。

房间里的每一样新奇的东西他都试过了，可新奇劲就那么一瞬，转眼又变成了漫长的无聊。他甚至开始怀念起在纳博星球的生活。在纳博，他是众人眼目中的焦点，数不清的仆役围着他转。姐姐告诉过他，当他真正长大成人的时候就会把王位传给他。他就是纳博之王，是纳博星球上有史以来第一位男性国王。他知道这一切都是尤利总督在幕后的安排。

他是总督府的常客，他有时候真的想把尤利总督当作他的至亲。他教给他知识，告诉他文明的起源和发展阶段。纳博星球已经从青铜时代快速跨越到了铁器时代，这一切都是总督在按部就班地推进。他知道银河的田园牧歌时代早已结束，进化的终极之战就要打响。留给纳博星球的发展空间和时间都已经很小了，一个文明要想高速发展，必须直接借鉴外星球文明的成果。这也是尤利这次下决心将他带到地球来的原因。

现在，雅各布的心却又在怦怦直跳。每当夜幕降临，这种不规则的跳动就尤为剧烈。紧接着，手心开始出汗，那枚粉红色的水晶纽扣被他汗津津的手死死地攥着。朵拉告诉他，每天只能联系一次，每次不能超过十分钟，否则通信就极容易被监听。虽然他不知道什么叫监听，但他大概明白她的意思。为了那十分钟，他可以忍受一整天的孤寂。只是每当暮色降临的时候，时间就变得特别难捱。他把手指咬在嘴里，一下一下地数着自己的砰砰的心跳。这是不是就是人们常说的思念呢？这种感觉第一次出现在他的身上，对此他毫无把握。不过，他知道他的姐姐奥莉薇兰女王也曾经这样魂不守舍地坐在镜子前看着桌面上飞速流逝的沙漏，因为那天，尤利总督要到王宫来拜访……

时间到了。他用一只手握着自己另一只手的手腕，将手掌慢慢向上张开。“砰”地一下，被他急速跃动的心驱动着的莲花猛地被弹开，莲台上的影像瞬间就出现在他的眼前。

“我什么时候能见到你？”他急切地问道。

“这不是见到我了吗？”朵拉笑着回应。

“不！我不是这个意思，我是想见到你本人，不是影像，就像我们在飞船上那样。”

“这有什么区别吗？”

“当然有区别，这里感受不到你的温度和气息，而且我的心似乎要跳出胸膛，忍都忍不住。我想要一直和你在一起……”

“一直在一起，这怎么可能呢？”朵拉突然变得有点儿羞涩起来……

“哦，对了。”雅各布的脸也一下子红了。

“我有个疑问。我觉得纳博星上有那么多的美女，你是王子，未来的纳博之王，你这么急切见到我只是因为寂寞吧？”

“不！不是！寂寞和孤独的感觉我知道。可这不一样，我从来没有过这样的感觉，我只知道你是唯一的，在我的眼里，除了你之外再没有其他的女人！”

“那你的姐姐呢？”

“那不一样，她是我唯一的亲人……”

“好了，说正经的吧，我已经准备好了所需要的东西。明天这个时候，我们不见不散。”

“明天？还要等到明天？！”雅各布还想再说些什么，却发现眼前的全息影像已经完全消失了。

雅各布已经学会看墙上的全息时钟和日历，他知道离明天的这个时候还很漫长。现在，他可以平躺在床上，静静地等待着时间的热力学箭头在他的面前缓慢而坚定地穿过。等待突然变成了一种浸满幸福的企盼，他甚至期盼时间不要走得太快，让这种幸福感再绵延得长久一些。

他把那枚粉红色的晶体放在胸口，胸口在发热，好像是个千钧的重物压在他的身上。这么多天来，他一直在亢奋、惊恐、激动、无助的情绪中度过，感觉身体被这么多种类复杂的情绪掏空了。现在，他展展地躺在床上，盯着墙上计时器数字一下一下地跳动，时间一秒一秒地滑过。他在嘴里默念着数字，好像时间可以因此被操控。外面的天色已经大亮，还有八个小时，他努力提醒着自己不能睡去，可倦意却像突然抬起的潮水一样向他涌来，他的眼皮像被一只无形的大手不经意地抚摸了一下，终于昏昏沉沉地睡着了。

睡梦中，他听到有个熟悉的声音在叫他，猛地一睁眼，却被眼前的景象吓了一跳。他什么时候回到了纳博星球？而且身体像一个气球一样飘浮在纳博大金字塔的上空。金字塔下是绵延几十里如蚁群一样的纳博人，他们好像都在紧张地等待着什么。雅各布听到姐姐奥莉薇兰正在大声叫喊，可他却无法回应，只能眼睁睁地看着金字塔顶发生的一切。

怎么！纳博大祭司阿姆躺在地上，地上还有一滩鲜血！不远处还悬停着一艘他从来没有见过的巨型飞船，几十个荷枪实弹的黑衣人站在一旁。姐姐摇晃着阿姆的身体，似乎想把她摇醒，可她已经永远地闭上了那双像黑洞一样深邃的眼睛，嘴角还留有一道血丝……

“你们杀了她！是你们杀了她，她是我们唯一与神沟通的人……”奥莉薇兰扬起头对那群黑衣人怒目而视。

“我们就是神！胆敢妖言惑众就是这个下场。”领头的一个秃顶举起一支枪，瞄准了祭案上的一排水晶头骨。一束白光闪过，垒在顶端的一个水晶头骨瞬间就被气化成了一缕白烟，紧接着，第二个水晶头骨也开始冒烟……跪在台阶下的两名白衣祭司突然扑了过来想用身体护住剩下的几个水晶头骨，可瞬间她们的血肉之躯就被白光洞穿了。紧跟在她们身后又有更多的祭司扑了上来，她们像叠罗汉一样前赴后继地想挡住那道刺眼的白光，可白光仍然挡不住……第二个水晶头骨也气化成了一缕白烟。“住手！”奥莉薇兰冲了过去，想夺下那人手中的武器。白光一闪，奥莉薇兰只感觉到自己高高盘起的发髻像被一缕风吹散了。

“我是女王，不要再屠杀他们！他们没有武器！我可以跟你们走！”秃顶淫邪的眼光吸附在女王身上，他摆了下手，嘴角渗出一丝不易察觉的微笑。

“大祭司已经升天，女王不能跟他们走！”越来越多的白衣祭司继续涌上祭台。她们手挽着手，嘴里嗡嗡嗡地念着驱魔时才用的咒语慢慢地向这群人逼近。突然一道闪电一样的犀利的白光闪过，涌上祭坛的祭司身体突然全被从腰部切断，两腿还在往前迈，可躯干却颓然倒了下去，从腔内泵出的鲜血像喷泉一样四处喷射……“不要！”奥莉薇兰双手掩面，她被眼前的惨景吓得瘫软地坐在了地上。

“姐姐！”雅各布大声叫着，可他的嗓子却发不出声音。他挣扎着想冲过去，可他的身体像被固定在半空中怎么也动不了。他只能眼睁睁地看着眼前惨不忍睹的景象：大金字塔上血流成河，成百上千的残肢断体像故意摆放着的一样整齐。似乎是不愿意沾上血污，黑色的飞船已经悬浮在了半空中。飞船的底部突然冒出一束绿光，这束绿色的光将站在塔顶的人罩住，光在往回收，几个人包括奥莉薇兰女王都被这束光提了起来，越提越高，一直提到飞船里面，转眼间，飞船就不见了。

“姐姐！”雅各布大叫一声，身体猛地挣脱了束缚弹了起来。“砰”的一声，他刚从床上弹起的身体却被一股更为强大的气流掀翻在了床上。那扇钛合金的大门已经轰然洞开，门外硝烟散尽。借着外面皎洁的月光，他看到一个身穿紧身衣的黑衣女子骑在一辆黑色的飞单车上正向他招手。

“朵拉！是你吗？”他惊叫了一声。

“快来吧！”

这个声音不会听错！雅各布从床上一跃而起，飞奔出去。

“快上来！”朵拉拉了他一把，雅各布稳稳地坐在她的后面。“马上把这个穿上，不然我们跑不了多远。”

他接过朵拉递过来的一件黑色衣服套在身上。说话间，飞车已经开始启动。

“抱紧点儿！”那个声音继续命令道。

“好！”他迟疑了一下。飞车猛地往前一窜，雅各布差点儿被闪了下去。他忙抱紧前面的躯体，却发现自己的一颗心却如奔马一样的狂跳。

“我刚梦见我姐姐了！朵拉。”雅各布喘着粗气说。

“还有谁？”

“还有几个暴徒，他们在纳博大金字塔上杀了很多人。”

“抱紧点儿，我要转弯了。”朵拉说着将车在空中猛地一个急转，却发现身后有两辆蓝白相间的警车已经向他们疾驰而来。

朵拉加足了马力，想把身后的警车甩掉，可身后的警车却由两个变成了四个。多亏朵拉在这附近踩过点儿，对这里的道路比较熟悉。她利用单车良好的机动性不停地在楼群间穿插，可还是无法将尾巴甩掉。这时，迎面出现两座高约千尺的双塔一样的建筑，朵拉果断地将单车来个俯冲从双塔腰部的缝隙中穿过。回过头，还以为摆脱了后面的追踪，却发现迎面又驰来两辆警车。

“你们已经被包围，请停车，不然我们就开枪了！”一个刺耳的声音在耳边响起。

雅各布看到四面八方都有警车向他们驶来，有点儿着急了。“怎么办？”他大声地问着朵拉。

“不要紧，把眼睛闭住不要睁！”朵拉似乎将车速降低了一点儿，却猛然从口袋里摸出一样东西向空中一扬。“轰”的一声，一道白光似乎将整个夜幕都点亮了。借着刺眼的白光，黑色的单车像一支黑色的利箭直插城市的夜空。过了许久，雅各布才将眼睛徐徐睁开，却发现自己正行驶在城市像繁星一样的车流中。

“没有人来追了吗？”他问道。

“暂时没有了。”

“你刚才扔的是什么东西？”雅各布好奇地问道。

“哦，眩盲弹，那些追我们的人都会暂时失明十分钟。”

“什么叫失明？”

“哎，你怎么什么都不知道？快把这个戴在眼睛上。”朵拉说着又从口袋里摸出一个像眼罩一样的东西回手塞在雅各布的手里。

“这是什么？”

“《银河通用百科输入全书》最新版。你把它罩在眼睛上，几分钟后就什么都明白了。”

雅各布把眼罩罩在自己的眼睛上，突然他感到自己的大脑一片澄亮，无数幅画面、无数种声音在他眼前急速变换和响起。他无法聚精会神看其中的一幅，也没有办法集中精力听清其中的一句，可这些画面和这些声音却往不停地往他的脑子里钻，而且速度越来越快。最后，声音和画面竟如排山倒海一样倾注在他的脑子里。十分钟后，画面和声音都渐渐地停止了，雅各布感到自己的大脑如同一个被烧红的铁球一样滚烫滚烫的。

“知道什么是失明了吗？”朵拉感觉时间差不多了。

“知道，就是眼睛看不见东西。”他把眼罩摘掉回答道。

“朵拉，我有个问题想马上问你，你是机器人吗？尤利将军好像说过你有可能是机器人。”

“机器人？你正抱着我，你的感觉呢？”朵拉反问道。

“我感觉不出来，我只感觉到有两颗心在一起狂跳，我的整个身体像要燃烧了一样……”

“这些话也是你刚学会的吧？”

“不！我还没有学会更加精确的表达方式，不过，对词典里出现最多的一个词我始终无法理解。爱，什么是爱呢？朵拉。”

“爱，爱就是……”朵拉咬了下嘴唇，“别说了，抱紧我！我马上要加速了，小心把你闪下去！”

4

尤利、维尼和纽曼三人回到玛雅金字塔下的密室，把一路上的见闻告诉了约瑟夫将军。

约瑟夫将军沉思了片刻说道：“连肖恩教授都无法解释的事情，我想在整个银河系就只有一种可能了，那就是蛇人星球的势力策划了这次谋杀。因为在银河系，只有蛇人星球的科技要超出地球科技一大截。我们在银河之战的胜利只是因为我们意外地拥有了神秘的超级武器。看来总统的担忧是有确切依据的。至于你们说的路上碰到的那个神秘女子，我倒觉得不可能是联盟安全调查局的人。因为她其实是帮了你们的忙，不然的话，你们很难在限定的时间内拿到隐身服。另外，肖恩教授还是值得信赖的。”

“是这样。”三人频频点头，大家都觉得约瑟夫将军的分析非常在理。

“就在你们去银河科学院的时候，我又得到了一个惊人的消息：银河联盟的临时总统松本已经提请解散本届银河联盟议会，并于下周进行议会表决。在此之前，地球元老院对他的这个提案已经投了赞成票，现在只需要过半数的议员代表通过，这个提案就会成为正式法案。”

“解散联盟议会？怎么会这样！和银河联盟议会休戚相关的地球元老院怎么最近和临时总统一个鼻孔出气，这太反常了！”纽曼大声质疑道。

“是有点儿意外。”约瑟夫将军神情肃穆地说道：“银河联盟议会和地球元老院向来互相掣肘，但这次事关大局，如果失去了银河联盟议会，地球元老院也将名存实亡！这是很简单的道理。没有想到，这次元老院通过这项对他们极为不利的议案只有一张反对票！”

“事情不会这么简单。如果联盟议会被解散了，在新的银河联盟议会明年选出前，总统将大权独握。到时候，地球元老院如果敢否决总统的提议，很容易就会被解散。另外，根据银河宪法，新议会的选举必须由总统提出动议，如果总统不提议，那么新议会就永远不会产生。到那时，三权分立就变成了一权独大，银河联盟恐怕就会回到黑暗的独裁时期。这对由四千个星球组成的星际联盟来说无疑是一场天大的灾难。要知道，我们银河联盟为了这个民主的体制努力了几个世纪。”纽曼博士也忧心忡忡地说道。

“决不能让他们得逞！”尤利将拳头狠狠地砸在石桌上，“我怀疑这一切的幕后就是那个像人妖一样的松本在指使，他背后的大和财团在战前和战后都一直和蛇人联盟有贸易往来，当年阻挠我们银河舰队乘胜追击的就是银河联盟议会！”

“可现在他们大权独握，我们能有什么办法阻止他呢？”维尼担忧地说道。

“我已经想好了对策，就等你们回来商量了。”约瑟夫将军又恢复了几分他当年在银河舰队时指挥若定的神态。

“我越来越确信总统是掌握了对手很重要的证据才遭到了毒手的。以我对菲利普总统的了解，除了那天他带往议会演说用的那份证据，他一定还会留下一个文件副本的。对手对这个证据也是非常害怕，不然他们不会在大庭广众之下冒那么大的风险去刺杀总统。虽然漏洞百出的调查报告被议会两院都通过了，但媒体和民众并不买账。毕竟我们银河联盟是一个民主制的联盟，民众要求彻查此案的呼声一浪高过一浪。据说有很多联盟星球的议员对这份调查报告投了反对票，松本正想借此解散议会，来个一箭双雕。我想我们第一步就是要找到他们的罪证。”说完这段话，约瑟夫又看了一眼纽曼，“你在总统府多年，对总统府的内部结构都非常熟悉。我们是不是可以悄悄地潜入进去搜罗一些关键证据。如果我们有了这些证据，松本想轻轻松松解散议会也就不那么容易了。我想揭露他们的罪行也是菲利普总统在生前冒着生命危险去做的事情。”

“没有问题！”纽曼欣然应允，“我们已经有了隐身服，我也正有此意。我相信，相对于去银河科学院，我更有资格当这个向导。”

“我还是劝你们要更加小心。科学院毕竟不是他们的势力范围，可总统府已经易主，他们一定会严加防范的。另外，尤利，我刚得到一个不好的消息，纳博星球已经被联盟安全局的人接管了，据说还发生了流血事件。新闻说，纳博人攻击飞船，很多暴徒被当场击毙，其中包括纳博的大祭司和祭司团的许多成员，死亡人数超过一千人。”约瑟夫将军表情忧郁地说道。

“大祭司！？”尤利吓了一跳，“那女王呢？”尤利脱口而出。

“新闻说，为防止暴民造反，纳博女王奥莉薇兰已经被联盟控制，调查局正在收集纳博星球反联盟的证据。”

尤利听后怔怔地愣在了那里，一时缓不过神来。总统遇难，大祭司和近千纳博人惨死，自己和雅各布王子被拘禁，奥莉薇兰女王不知所踪，还有身边这么多人被追捕，所有这一切都隐隐约约地和那个神秘的黄金盒子有关。黄金盒子就在纳博星球上，如果他们要找的话迟早能找到。如果真如菲利普总统说的那样，金盒子一旦落在蛇人手里，那么地球和整个银河联盟的浩劫就将来临。整个银河联盟四千多个星球、三千多亿的人口，将这么重的担子、这么大的责任压在他一个人身上，他真有点儿承受不起。

看到尤利沉默不语，维尼过来拍了下他的肩膀，他想让他振作起来。在和尤利接触的这几天，他一直隐约地感觉到尤利好像有什么心事深藏在心里。他们分开太久了，尤利的很多经历他并不清楚。看着尤利这么消沉，他也不知道该怎么劝慰才好。

“尤利！”约瑟夫将军有意将声调提高了很多，“菲利普总统生前曾和我多次说过，他对你抱有很大期望，并希望你能有机会竞选下一任的银河联盟总统。虽然他过早地走了，我想这也是他的一个遗愿。现在，银河联盟遇到了比十几年前更严重的危机，我想这个时候应该有人站出来有所担当，消沉只能使我们失去最后一线生机！”

“尤利，约瑟夫将军说的没错。”纽曼这时也站起身走到尤利的面前：“总统出事后我也曾消沉了很长一段时间，但从银河科学院回来后我就知道我们再没有时间消沉了。对手已经磨刀霍霍，消沉只能让我们自己最终坐以待毙。”

“是的，尤利，有什么事情我们大家一起担当。我们还会像当年一样再来一次绝地反击！”维尼把一只手重重地压在尤利的手上，坚毅的目光直视着尤利的眼睛。

望着一双双信任而坚定的目光，尤利突然感觉有一股奇异的力量从丹田里升起。这种力量在一瞬间就传遍了他的全身。他把自己的另一只手重重地压在了维尼的手上。是的，有这么多人信任，有这么多期盼的目光在等着他勇敢地站起来，自己有什么资格放弃！他站起身，用同样坚定果敢的目光回望着大家，一双双有力的手叠压在了一起。

五、卓尔金文明遗迹

I

银河联盟的总统府位于地球大洋洲悉尼郊外靠近海滨的一个极不显眼的地方。它没有采用当今最流行的反重力建筑模式。远远地看去，它和悉尼郊外任何一座风景秀丽的海滨度假别墅没有什么两样，只是规模比较庞大而已。坐在时速四马赫的飞车上，纽曼让维尼把车速稍微放慢些。在距总统府一百五十公里的距离上，尤利顺着纽曼手指的方向，用茶色的望远眼镜看到悉尼的海边上有好几幢大小不一形状各异的别墅。

“那幢规模最大、乳白色、周围有着大片绿地，旁边的山坡上还有一个小树林的别墅就是银河联盟总统府。其实银河联盟总统在地球上的五大洲和太阳系的火星上都建有自己的总统府，只是一般人不知道罢了。不过，在我待在总统府的近十年，菲利普总统几乎一直就待在澳洲的总统府里，只是偶尔在其他几个洲的总统府度度假。”纽曼介绍道。

“五大洲的总统府我倒是听说过，至于说火星上还有个总统府，我真的还是第一次听说。怪不得人人都想当银河联盟的总统，连大鼻子的外星人也差点争破了头。如果下一届的总统是怒拉人当选，恐怕连总统府所有的门都要翻修扩大上一倍。”维尼笑着把车静止悬浮在半空中。

“火星的总统府我去过好几次，那里的环境真还不错。自从火星上引进气候改良机制后，火星的自然环境已经大为改观，现在那里成了地球移民最多的星球，还成了银河联盟旅游度假的胜地。”

“哦，度假胜地。总统当然需要度假了，那里养人的温泉和热辣的太空美女总是令人难忘。”维尼笑着揶揄道。

“我去那里可是执行公务！维尼，你想偏了。那里的娱乐场所我从来都没有去过！”纽曼忙解释道。

“好了，纽曼博士，不要辩解了，我和尤利都太不关心个人的隐私。想想我们今天该怎么顺利混进澳洲的总统府吧，别是一会儿您又从口袋里摸出另一张银河限量版的‘通行证’吧？”维尼说着把车子高度降低，几乎悬浮在海平面上。这是他们在西点银河舰队学院就知道的常识，高度和隐蔽性成反比，他们要时刻提防还没有接近总统府就被里面的监测仪器当成空中疑点锁定。

“好！让我先看下总统府的情况。”纽曼说着从口袋里摸出一块拇指大的正四面体茶色水晶，在晶体上按触了一下，一幅总统府的全息三维图像就出现在晶体的上方。接着纽曼又在全息地图上用手指点了几下，地图里立刻出现了十几个红色的小点儿和几十个蓝色的小人。

“你们看，这是我用全息遥感解码器测得的总统府内部的防卫情况。红点代表里面的监控设备，蓝色的小人就是里面的防卫人员。现在，这儿比以前的监控密集多了。另外，我再看看里面的人员信息。”纽曼说着又在地图上输入了几个指令，“哦，遥感器无法采集 DNA 和分子信息，这说明里面的人没有一个是过去总统府的防卫人员了。否则的话，这上面应该显示人员的个人信息。”

“哦，这里面已经没有您的部下了。那怎么办？我们硬闯进去？”维尼戏谑似的看看纽曼，又看看尤利。

“不行！”尤利说道，“硬闯进去是自投罗网，他们正愁找不到我们呢。而且即便冲进去也没有实际意义。我们来这里是为了寻找总统被害的真相，而不是来攻占总统府的。但从现在的情况看，总统府应该早就被他们底朝天地搜查了不知道多少遍了，因为他们也害怕总统府里还藏有他们犯罪的证据，我想任何对他们不利的证据都已经不可能留在这里了。”

“那我们不是白来一趟了！”维尼有点儿愤愤不平。

“是啊，如果我们没有关键性的证据，总统的遇难就真成了他们所说的‘意外事件’，而我们这些总统府的护卫就要背一辈子黑锅。”纽曼呆望着眼前的地图显得一筹莫展。

尤利盯着眼前不断变换着角度的三维地图，突然想起了一件事，问道：“这是总统府的全图吗？”

纽曼被问懵了，一时不知道该怎么回答。

“是吧，我在总统府待了差不多十年了。”

尤利此时想起了一件事。就是在九年前菲利普总统交给他那个神秘金匣子的时候，他曾和菲利普总统一起从卧室里的一个密道里下行了差不多五公里，而这张地图根本就没有显示这条密道。

“纽曼博士，您再想想，总统府还有没有什么比较秘密的地方在地图上没有标出，比如就像我们现在藏身的玛雅金字塔下的秘密隧道？”

“对呀，我在银河舰队服役时就听说澳洲总统府的下面是个大得惊人的地下隧道，我昨天还想和你求证此事呢。”维尼此时也盯着纽曼。

“隧道！？总统府的总统办公室底下是有一个地下密道的，但那个密道从来没有使用过。据总统说这个密道是用来在特殊时期当临时指挥所用的，比如说总统府地面建筑受到了攻击，在地面办公已经不安全。根据银河联盟宪法，银河联盟总统是银河联盟所有部队的总司令，他必须指挥整个战争。但那个密道是几百年前的地球联邦时期留下的，银河联盟自成立之后也一直没有使用过。总统也只私下告诉过我，并让我下去过一次，里面湿乎乎的，我怀疑里面很多设施都已经年久失修了。总统当时特意让我重新设定里面通道电梯的密码。如果能进入总统府的话，这个地方确实有必要去找一下！”

“除了你说的这个地下指挥所还有其他可以进入总统府的密道吗？”维尼紧接着问道。

“其他的密道？还可以进入总统府！？我可真还没有听说过。如果真有的话，约瑟夫将军应该知道，也会提醒我们的，所以……”纽曼说到这里，突然又放慢语速，他好像想起了些什么。

“好像总统府在十年前又修过一条秘密隧道。当时，银河舰队在银河之战中节节败退，战火一度要烧到家门口了。为了总统的安全，联盟政府特意在总统府地下修了一条可以说是紧急逃生用的通道，以便地面上的总统府在受到蛇人军团的攻击后，总统有机会从密道里脱逃。据说这条通道的另外一个出口在近千公里外的澳洲大堡礁……而总统府内的通道入口我相信除了总统没有几个人知道，因为在密道修好不久，银河舰队就在太阳系附近的比邻星系奇迹般地实现了战略逆转。当时大家谈的最多的已不是如何在地球上和蛇人军团打游击战，而是谈论如何直捣黄龙，怎么能彻底摧毁蛇人老窝的事情。因此总统府的密道修好后几乎就被人遗忘了。如果不是你们刚才问起，我几乎忘记还有什么密道了。我想外界关于密道的传闻可能就是指的这条密道。”

“应该不是哦，澳洲总统府的地下密道传闻是很久以前的事情了，至少在我二十年前加入银河舰队的时候就听说过。”维尼显然对纽曼的这个说法不以为然。

尤利也对纽曼的这个说法也有点儿怀疑，因为十年前他见过的那条隧道非常神奇。那条通道一直深入地下深层，就他沿途所见，规模大得惊人。更重要的是，那个地下密道不像是仓促间新修的，而是很有历史了，但也绝不像是纽曼所说的湿乎乎的总统临时避难所……

“不行我们就冲进去算了，至于冲进去能找到多少证据就只有听天由命了。”维尼一边说着一边转过身拉开飞车引擎旁的储物箱，从里面取出一个长方形的钛金匣子。“几十个人我们应该还能对付！”维尼说着打开匣子。大家往里面一看，原来是几支外形各异的枪支。

“哪儿来的？”纽曼的眼睛有点儿放光。

维尼炫耀般地从盒子里拿出一支外形怪异的银白色手枪递给纽曼：“博士，您看这个和您送我的‘警棍’可有一比？这些武器都是我在银河之战中收集到的，本来准备去蛇星上使用，结果没有派上用场。”

纽曼掂了掂手枪，又仔细地看了一下：“这是号称‘银河死光’的强力激光枪吧？”

“是的，算你还有见识。别看它体积不大，但这可是银河功率最大的手持激光枪之一，他甚至能切开蛇人飞船的强相互作用材料的外壳。在银河舰队其他手持式热能武器无法射穿蛇人身上的特能防护服时，这种枪算是立下了汗马功劳。一米厚的钛合金板，它只要轻轻一划就能将其切开。我不希望别人用激光枪指着我的脑袋时，我只能掏出一支令对手美美地睡上一觉的家伙来。”维尼说着又从钛金箱里摸出一支外形非常小巧的金黄色激光枪递给尤利。这支枪只有手掌心大小，表面还蚀刻有一种奇异的鱼鳞状花纹。“这支枪是咱们当年击毁了蛇人旗舰，我在他们逃逸的一艘救生艇里找到的战利品。当时没有给你说就私藏了一支，现在就送给你吧！我试过这支枪，别看这么小，同样威力惊人！”

“那你用什么呢？”尤利接过维尼递过来的手枪细细地看了看，这种枪他还真没有见过。

“我还是习惯我用我的家伙。”维尼说着从枪盒里掏出一支硕大乌黑的手枪。尤利知道，那是他在战舰上就一直用的 AK147——银河系最强悍的伽马射线粒子枪。

“怎么，我们真的要冲进去？”纽曼摆弄着手里的武器，用询问的眼神看着尤利和维尼。

“我们现在没有必要硬拼，敌众我寡，硬拼绝对不行。再说我们好不容易从科学院搞来了隐形服，为的就是能神不知鬼不觉地和敌人周旋。纽曼，你再好好想想，我们还有没有其他办法能进去？”尤利这时显得无比冷静。

“不是我想不出办法，是实在没有办法。你们要知道，银河联盟的总统府是银河系里戒备最森严的建筑之一。别看他外观上不起眼，他实际上集中了银河联盟防卫体系中最尖端的科技。我们身穿的这种分子环境同化服只能抵挡住银河舰队的军用行星分子全息扫描系统的解析，但对总统府里面的超临界亚原子雷达扫描是根本没有用的。在这里待这么久，我甚至怀疑我们现在已经被他们的监视系统锁定了。因此，可能还没有靠近总统府，我们就已经成了敌人的靶子，况且从我的全息地图上的遥感数据上看，现在总统府的防卫又比以前几乎严密了一倍。”

“那……”维尼被纽曼说得大张着嘴。现在，他的眼神里也没有了刚来时的那股霸气。

“纽曼博士，”尤利停顿了一下又接着说道，“你刚才提到的那个通往大堡礁的密道确切吗？我感觉这是我们唯一的机会。”

“是啊，纽曼。尤利的直觉一向很准，你再好好想想。”维尼也急切地望着纽曼。

“是的，这个可以确定。只是这条地下密道从来没有启用过，没有人确切知道它的出入口在哪里。”

“你的这份地图上真的没有这些密道的标注吗？”尤利问道。

“真没有，就连菲利普总统让我下去过的那个地下指挥所这图上都没有。看来所有这些地下密道信息的密级都非常之高。我的这份地图是我离开总统府时刷新的最新内部保密版本，再也没有比这个版本更详尽的地图了。大堡礁离这里上千公里，又是个岛屿群，即便是有个密道的入口，但怎么找得到呢？”纽曼的表情有点儿为难。

“走吧，找找看，撞撞运气，总比待在这里什么都不干强吧！况且我的车上还有个宝贝。”

“又有什么宝贝？”纽曼现在也开始对维尼的那些新奇玩意感兴趣了。

“呵呵，我的车上安装了我从星舰带上下来的中微子全功能探测仪。你听说过这种东西吗？”维尼炫耀道。

“又是带下来的！说得真好听，好家伙，你把银河舰队的星舰当成了你家的私人飞车了！”纽曼打趣道。

“坐稳了！”维尼一边说着一边启动引擎，“谁让他们无故将我解职呢？我只不过为菲利普总统和约瑟夫将军说了几句公道话！你要知道，因为没有连续服役五十年，我养老的退休金也没有了，本来是打算失业后用这个仪器在外星球上帮私人公司找找金矿，弄几个钱花。人啊，总要给自己找条生路吧？”维尼说着已经调转车头，引擎喷出的亮光一闪，飞车贴着海面像一只展翅的鲣鸟向黑色的夜幕中掠去。

2

今天，位于地球北美纽约市郊上空的银河联盟安全调查局总部大楼气氛相当的凝重。在这座结构庞大的全金属反重力悬浮建筑内，每个人都似乎噤若寒蝉。

代总统松本要求捉拿归案的一个个要犯都跟人间蒸发似的无影无踪。行星分子全息扫描系统已经开启好几天了，可还是一无所获！唯一让克拉克局长感到欣慰的是纳博星球行动小组的进展还算顺利。

“怎么！纳博星的王子也跑了？还是和一个神秘女子！饭桶！这件事要是让总统知道了，我们都吃不了兜着走！妈的！”克拉克气急败坏地将桌上的一块全息晶体摔在地上。

“我们尽力追了，本来能将他们一网打尽的，可那个女子使用了一种很少见的眩光弹，让我们追踪的人都失明了一阵子……”安全调查局特行队队长奥利维声音嘶哑地解释道。

“那行星分子全息扫描系统没有扫描到他们吗？总不会又蒸发掉了吧？”克拉克像鹰一样的目光盯着这个相貌堂堂的部下。

“行星分子全息扫描系统好像对他们毫无用处。”奥利维颤巍巍地回答道。

“放屁！毫无用处？你上次不是告诉我这个系统连只蚂蚁都可以给我找出

来吗？”克拉克没好气地质问道。

“呃……”奥利维一时语塞，“可……可我在银河舰队服役的时候用过这个系统啊，谁知现在却……不过我还有个情报需要向您报告，就是救纳博王子的那辆车的情况我们查清楚了，那辆车是在银河科学院院长的名下，不知道我们可以不可以去搜查？”

“你说是肖恩这个老家伙的车子？”克拉克听后倒吸口凉气。他知道在银河联盟，一提起这个名字，连总统和议长都要让他三分，搜查没有十足的证据，仅凭一辆车是万万不行的。“暂时不要惊动那个老狐狸！”克拉克摆摆手，“不过对秦岭附近要严加监控，有情况及时向我汇报！”

“是！我吩咐手下马上去安排。”奥利维“啪”的一个立正后答道。

两个人刚说到这里，克拉克桌面的红色紧急通信晶体突然亮起来。奥利维示意自己是否要回避，克拉克摆手示意他可以留下。接着克拉克他用手指了下晶体，一个真人大小的全息影像陡然出现在两人的面前。

“局长，在距总统府一百五十公里处，我们发现了一辆可疑飞车。我们用超临界亚原子雷达扫描发现那三个人正是我们正要追捕的逃犯，其中一个还是您以前的上司纽曼。”

“胡说，我的上司是总统兼议长！”克拉克气急败坏地打断那人的话。

那人有点儿不敢说了。克拉克等了下说道：“把他们的图像传真过来。”

红色的晶体亮度猛然加大，刚才显示三维影像的位置慢慢的有一个飞车的图像出现了，紧接着车上人的图像也显现了出来……

“是他们！”克拉克和奥利维几乎异口同声地说道。“看来我们俩有必要亲自过去迎接他们一下。奥利维，通知特行队马上集结，三分钟后出发！”

3

飞车在如漆般的海面上急速地飞驰。

“刚才我感觉我们离总统府还是太近了。一百公里内任何可疑的车辆都有可能被总统府里面的亚原子雷达发现和锁定。”纽曼不无担心地说道。

“我刚才看我们距离总统府大约有一百五十公里的距离呢，应该没有问题吧？”尤利说道。

“很难说。我刚用全息地图查看，里面的防卫等级好像提高了不少，我担心的是这个。”

“让他们来吧，我的AK147有九年没开荤了，我倒想让他们见识见识我的枪法。”维尼一边开着车一边环视着周围的海面。现在，车子贴着海平面和澳洲海岸线保持着一百公里的相对距离。这样的距离和飞行高度对任何陆基的探测仪来说都属于盲区，而空中的探测仪也很难将其识别。

“现在离大堡礁还有多远？”尤利问纽曼。

纽曼看了下腕上的雷达原子表：“按现在的时速十五分钟后就到了。问题是大堡礁指的是沿澳洲东部的一大片珊瑚礁岛屿，岛屿绵延两千一百公里，据说岛屿数量超过两千九百个。我们去其中哪个岛屿呢？因为那个暗道从来没有启用过，所以根本就没有人知道那个密道口在什么地方。”

“没有人知道是因为没有人去找。我的行星级中微子全能探测仪本来是准备在蛇人星球上找蛇洞用的，它能在一分钟内扫描一平方公里的陆地区域。由于这个设备是可以对地下的物质结构和组分进行实时分析，所以一米以上的空洞他都能很快检索和识别出来。”

“大堡礁岛屿群到了。”纽曼指着前面黑黢黢的一片岛屿说道。

维尼放慢了车速，将车的高度升至距海面一百米左右。这时，他把车子悬浮在一座岛屿的上空，用手在仪表盘旁边的一个按键上点触了一下，车的大灯旁顷刻伸出一根一米多长的机械臂，仪表盘的上方也随即出现一个岛屿的三维全息影像。不到一分钟，岛屿的地形结构和物质组分就出现在影像旁的数据列表上。“够神奇的吧？这台仪器我找行家改装过，用的都是银河联盟中最顶级的配件，比以前的功能强大了不止一倍！”维尼回过头朝尤利和纽曼挤眼一笑接着说道：“中微子探测仪探测的深度原理上可以穿过整个地球，甚至可以检测到地心的成分，但那需要天文数字般的运算量，等待的时间可能非常长。我们只探测到地下一百米的深度就够了。”

“要不了一百米，十米或者五米就足够了！”纽曼兴奋地说道。

“按一分钟探测一个岛屿，两千九百个岛屿要完全探测完也需要两天两夜的时间！”尤利焦急地看看腕上的原子表，时间已经是晚上九点多了。

“大堡礁说是有两千九百多个岛屿，其实很多岛屿都是面积只有几平方米大小的珊瑚礁，只有不到六百个算是真正的岛屿。而且一平方公里的探测范围经常可以涵盖很多个小的岛屿。如果我们运气好的话，探测不到一半的岛屿就可以发现暗道了。”纽曼紧盯着探测仪上的三维全息显示影像说道。

维尼将车速放慢，把车子设置成自动导航模式，在大堡礁群上方每隔一平方公里车子就停一分钟，然后紧接着是下一个一平方公里。

车灯全熄了，只有仪表盘旁边的三维全息显示窗口上的影像和数据在不停地翻新。三个人都目不转睛地盯着全息显示窗口一动也不敢动。此时，时间还在一分一秒地滑过，并没有因为他们内心的焦急而放慢前行的脚步。

“你看！”突然，纽曼大叫一声，手指着全息窗口。这时，全息显示窗口的数据和图像已经定格了下来。“蜥蜴岛！”尤利看着屏幕上闪动的提示。

“图形放大！”维尼在显示口的下方用手点了下，这时三维全息图像显示窗口显示出了一个标注尺寸为直径十米的空洞，洞口就在海岛的中心位置。尤利看了看表，时间才十点过十分。看来他们今天的运气相当不错。

维尼将车子高度降低，这时大家都看清了下方的岛屿。

蜥蜴岛是位于大堡礁最北端的一个小岛，据澳洲大陆库克敦一百公里。这个大陆岛干燥、多山，还有二十多个几近完美的海滩。

岛上植被茂密，整个岛屿没有一点儿灯光，如同一座从来没有人迹的处女岛。几个世纪前，大堡礁所属岛屿曾经是整个星球闻名的旅游胜地，这里建满了大大小小的各种公共或私人度假会所。由于人满为患和过度的旅游开发，整个大堡礁上的珊瑚礁遭到了严重破坏。大约三个世纪前，也就是银河联盟成立初始，当时的联盟政府就下令对整个大堡礁进行生态封闭，禁止旅游、酒店等商业行为。紧接着银河联盟的星际宇航时代真正开启，地球上的人类更热衷于去外星球旅游，这个曾经闻名遐迩的旅游胜地才从人们的视界里渐渐地隐去。

维尼将车子的高度一点一点地降低，车底的激光散射灯将车下的树林照得一览无余。可能是很久没有人登上这座岛屿了，树木和荒草将整个岛面都盖得严严实实，连一块停车的裸地都不好找。

“算了，就把车子停在沙滩上吧！”维尼调转车头斜下而去，在靠近海岸的地方终于找到一片银色的沙滩。三维全息图像显示这儿的沙滩的石英成分含量是87%，深度是五米。

三人下了车，每个人将各自的东西收拾好，主要是各自的枪支和维尼的中微子探测仪。这时维尼又从车的后备箱里取出三件衣服：“一人一件，这是我从舰队带回的最后家当了，都散给大家吧。”

“热能武器防护服！还是最新款的！？”纽曼眼前一亮。

“你真识货！退休后真应该去苏富比银河拍卖公司任职。这是银河科学院最新研制出的激光和高能粒子武器防护服，在我离开舰队时才配备下来的。我看样式不错，就多弄了两套均码的，你们看合适不？”

“多谢你帮我申领到了一套。早就听说这套衣服样式很时髦，我在总统府时就申请过，结果被议会审查委员会驳回。原因是配发的范围极其有限。原来都是被你们这些人收藏了啊！”纽曼说着抢过一件马上穿在身上赞叹道。

“这可都是用我的退休金换来的！不是怕你受伤连累了我们，才不给你呢！”维尼气哼哼地瞪了纽曼一眼。

蜥蜴岛并不大。可能是因为很久没有人登岛，从银色沙滩向岛心去的小路已经是杂草漫径，找不到一条可以下脚的地方。三人正走着，冷不丁从路边的树丛里窜出一个黑影，把三人吓了一跳。“袋鼠！”一道绿光一闪，维尼手中的光子眩晕枪已经将那个黑影放倒。

“这里怎么会有袋鼠？又不是在澳洲大陆。”纽曼惊诧道。

“可能是很久以前人类带来的，后来人走了，袋鼠留在了这里。不管它了，十二个小时后它又能活蹦乱跳了。”尤利走过去拍了拍倒在路边的袋鼠脑袋，三个人继续往前走。

荒草越来越深，卵石铺成的小径几乎完全被荒草所淹没。维尼手持的中微子全能探测仪显示的地道口的图像也越来越清晰。图像的数据显示：还有不到三十米就到地道的入口了。这时，三个人的心跳都不由地加快起来。

绕过一片浓密的树林，三人的面前突然出现了一座小巧玲珑的建筑，像一幢外观精致的独栋别墅。借着维尼手上的探测仪上的纳米荧光射灯，可看到别墅前一块半人高的卧牛石上清晰地镌刻着“落日点别墅”的字样，字体很新。“不像是三百年前的东西哦？”维尼看了一眼回头说道。

“当然，这个应该就是十年前建造暗道时修建的。你看这别墅，和现在陆地别墅的样式没有啥区别，除了墙壁上爬满了藤类植物。”纽曼附和道。

别墅的门没有锁，这出乎三人的预料。可他们仔细想了想，也不觉得奇怪了。锁现在只是个概念，世界上最坚固的锁在高能激光器面前也只是一缕若有若无的青烟。

沿着仿石的金属台阶走进别墅大厅，别墅像是有感应一样突然亮灯了。不对！不是灯，是墙壁突然亮了。纽曼走过去摸摸墙壁，点了点头，是用荧光合金材料建造的。建筑本身带有红外感应器，这已经是当今很普通的房屋建筑和装修技术了。

中微子探测仪显示整个建筑都是合金的，外观小巧而精致。刚进门的大厅也不过二十多个平方米，大厅一侧是厨房和洗手间，另一侧则是一个封闭着的房间。洗手间和厨房里面的设施都一应俱全。

“如果住在这里一定不错，四周都是大海！你们先转，我要方便一下。”维尼说着径直走进右手边的洗手间，不一会儿，里面传来哗哗的冲水声。

客厅旁是一道精巧的旋梯，木质的扶手好像才被人擦拭过，光亮如镜，纤尘不染。尤利正在疑惑，纽曼过来用手在上面擦了下，说道：“这是用避尘材料做成的，一百年也不会落一丁点儿灰尘！”两人沿着楼梯往上走，还没有走到顶端，就看见维尼急冲冲地从厨房里冲了过来，朝他们大喊：“我感觉这里不对劲，好像有人居住！”

“有人居住！？”尤利和纽曼都扭过了头。

“我刚在厨房看到有吃剩下的食物。这个世界上不会有十年不变质的食物吧？”

尤利和纽曼急忙从楼梯上下来，进厨房一看，只见厨房案台上的玻璃容器里还放着一条吃了一半的石斑鱼。纽曼把玻璃罩打开，用叉子在鱼身上戳了下，又用手在鱼身上轻触了下，鱼还没有完全凉，看来是刚吃完不久。纽曼又提鼻子嗅了下，清蒸的鱼还很新鲜，只是佐料太差了，只放了一点儿海盐。“这样吃海鲜真有点儿浪费啊。”纽曼说着又摇摇头。

“我想人就在这附近。”纽曼回过头对维尼道。

“我感觉到人就在这栋房子里。纽曼，你把住别墅房门，我和维尼挨个房子搜，说不定能有意外的收获。不过，不到万不得已不要用武器！”尤利说着已经跨出房子冲向客厅……

一楼的那间房子空空荡荡，墙壁都是用白色的荧光金属制成的，奇怪的是整个房子没有窗户。尤利转身出来沿着楼梯爬向二楼，却听见维尼在二楼的房间里大喊一声：“别动！”

“怎么了？”尤利三步并作两步冲上二楼楼梯口的那个房间，见维尼正用枪顶着一个人的脑袋。那个人胡子拉碴，一头猿人一样散乱的长发，刚从一个破睡袋里钻出来，吓得浑身瑟瑟发抖。

尤利朝维尼一使眼色，维尼大喊一声："谁派你来这里的！"

"没……没有人派，我……我是自己潜水过来的，觉得这里环境不错就住了下来，请不要把我交给联盟警方……我……我……"那人好像很久没有和人说过话了，每说一个词都需要使很大的劲，不过他还是把意思表达清楚了。

"现代鲁滨逊哦。"尤利心里暗笑。

此时，纽曼已经从楼下跑了上来。维尼知道纽曼最擅长处理这种事件，就朝纽曼一努嘴："把人交给你了，你问吧！"

"不要怕，只要你配合，我们保证不会把你交给警方，你还可以继续在这里过你的逍遥日子。"纽曼一条腿蹲下，降低自己身体的高度，试图让对方减小点儿心理压力。这是他在总统府当护卫长时的经验。

"好，我知道的都可以告诉你，只要你们不把我交给警方，因为我怕冷，不想再回到木卫二上的监狱……"那人坐了起来，目光中的恐惧似乎减少了几分。

"我问你，这里有没有地下密道？"维尼在一旁插嘴道。

"密……道？"那人一看见摆弄着乌黑枪支的维尼又有点儿紧张。

"就是通往地下的过道，你仔细想想。"尤利示意维尼先离开一下。

"通往地下？有！楼底下的一间房子可以下降。实话告诉你们吧，我就是当年修建这个房子和地道的工人。修建这个地道的都是从外星球来的犯人。我以前也是犯人，被关在木卫二的监狱里。这个工程都是我们修建的，建好后我们还要回木卫二继续服刑，我实在受不了那里的严寒，就想办法脱逃。在修建完这个工程后，我终于找了个机会跑掉了，可我在地球上又没有别的地方可待，只能回到这里。我可以告诉你们地道怎么走，希望你们能信守诺言。"

"可以，不过我还是想知道你到底犯了什么罪被关在了木卫二。"纽曼和尤利、维尼相互看了一眼，心里一阵窃喜，因为他知道木卫二的监狱里主要关的都不是什么重罪犯。

"盗窃罪。可我实在不知道那个戒指那么值钱。我只是想给我的女人送一件礼物，她嫁给我，等了我十年，可我一张画也没有卖出去过，她盼我给她买个结婚戒指很多年了，可我的画总是没有人要……他们判我三十年的监禁，我已经在木卫二坐了二十年的牢……"这个男人絮絮叨叨地说着，还不停地用手比划着，好像还害怕说不清楚。"我保证以后再不偷东西了，我是画家，总有一天我的画会卖……卖出去的，我有力气，可以干活养活自己，我只是太怕冷，你们……”

“你是个画家？”尤利惊奇地问道。

“是……是吧，可没有人肯出钱买我的画，如果我能卖出一张画的话我就不会……”

“好了，我知道了，我愿意收藏你的作品。只要你能帮我找到密道，我们愿意为你保守秘密。请教下你叫什么名字？”尤利向那人善意地伸出一只手表示自己会信守承诺。

“我叫丹尼·邱，中文名叫邱中华，别人以前都叫我丹尼，可我自己还是喜欢那个中文名字——邱中华。不过已经好久没有人这样叫我了。我……我可以站起来吗？”那人小心翼翼地看着尤利。

“可以，我拉你一把。”尤利说着友好地把手伸了过去。

四个人来到楼下那间靠近客厅没有窗户的房间。

“就是这里。”邱中华把门关好。“你们看这里。”邱中华说着把门把手向内旋转了九十度，再往外一拉。“咯哒”一声，屋子的顶部突然射下一道红光，红光逐渐凝聚成一幅立体圆锥形的全息图案。“这里还需要输入一个人的名字——弗朗西斯卡。这些都是修建这个隧道的工程师告诉我的，他说这是他的女人的名字。”

4

“人呢？你刚才说的那三个人呢？”在银河联盟总统 999 平方米的椭圆形办公室里，克拉克气急败坏地坐在总统办公室里的大皮椅上训斥着总统府内的一班护卫。此时，奥利维就站在他的身边。在总统府当护卫的那些年，他做梦也想不到自己有朝一日也能坐在这个银河最有权势人坐的自适应椅上。现在，他把目光放肆地投向这个奇幻的空间。华丽的彩金镶嵌金属画、地球上早已绝迹的纯手工编制的波斯地毯、一千多年前达·芬奇的油画，还有许许多多外形奇特叫不上名字的外星球艺术品……他感觉到现在他就是这里的主人。他把后背尽量往后仰，宽大的椅子像一件听话的活物一样把他身体的每一处都契合到了。在这里，人很容易联想到权力……权力真是个好东西啊，他现在尽量不正眼看眼前的这些小人物。

“我们的超临界亚原子雷达刚将他们捕捉到，他们就突然向北逃逸了。总统府的雷达监控系统虽然改进了，但也只能监控和捕捉到半径为两百平方公里区域内的可疑目标……”新任的总统府护卫长约克上校紧张兮兮地汇报道。

“好了，我不愿意听你的狗屁解释！都是饭桶，怎么不去追？”他把眼睛一瞪质问道。

“我……我们没有得到您的命令。”护卫长约克战战兢兢地站着一动也不敢动。

“你能确定是往北逃走了吗？”奥利维看看自己的表，现在，时间离他们接到报告也不过二十分钟。

“从雷达上的逃逸轨迹上可以确定他们的逃跑方向。”约克用求救的眼神看着奥利维。希望他能替自己说说话。

“要不要去追？将军。”奥利维小心翼翼地问道。

“追，当然去追！”克拉克的脑子里突然感觉到一阵惊悸。一个嘶嘶的声音好像在他的脑子里响起，他激灵灵地打了个冷战，身子赶快从靠背上拔起。他知道他又要去那里了。他站起身对奥利维吩咐道：“我派你们去追，我还有要事要办，有什么紧急情况马上通知我。”说完低头看了一眼总统办公桌上的签字金笔，拿在手里转过身揣在口袋里出去了。

“你们看，这里显示的就是地下暗道的线路图。”纽曼指着锥形全息影像上的一段不停地闪烁着的曲线说道。

“深度 5001 米，时速 890 公里！这简直比地球上的洲际地铁还快啊！”维尼看着影像上不断变动的数据真有点儿不敢相信自己的眼睛。

“邱中华，你以前坐过这个去总统府吗？”尤利还是很难相信从这个地洞里能直达银河联盟的总统府，这也让人觉得太容易了些。

邱中华有点儿紧张，他不知道眼前这些穿制服的人到底要干什么。不过，当他看到尤利明澈而期待的眼神时，不知道为什么，他突然感觉到一种从未有过的安全感。“我只坐过几次，刚来这个岛的时候，我总钓不到鱼，有次我想去总统府弄点儿吃的，可发现去总统府的最后一段路还是封死的，根本过不去。我们当时修这条地道的时候就没有完全修通，所以我只能在我们以前干活的工地上找一些东西……”

“现在我终于知道为什么没有几个人知道总统府的密道了。原来修这些密道的人都是从木卫二来的工人，修完后又都回到了木卫二。”纽曼说到这里用善意的眼神看了下邱中华，他在这里有意避免用“囚犯’这个字眼。这就跟几个世纪前印刷钱币的人都来自一个用不到钱币的地方一样，这样才是最安全的。另外，把密道的出口安排到已经封禁了近三个世纪的大堡礁，则更没有人能想得到。

“我也是在一次偶然的机会听说过这条密道，当时觉得大堡礁距离总统府那么远，以为是无稽之谈呢。而在密道口修建一座别墅则更是高妙之举。一旦总统府遭到蛇人舰队的袭击，这个别墅各种设施一应俱全，总统甚至可以把这里当作一个非常隐秘的临时指挥所使用！所有这一切考虑的都是别具匠心啊。”

这时，尤利也突然想起了九年前他和菲利普总统深入总统府地下的一些情节，当时他对这些细节都不是很理解。他只觉得总统带他去的地方很深、很大，大到让他的大脑都以为发生了错觉。

他记得当时是在总统府的总统私人卧室里，他很奇怪总统为什么要在自己的私人卧室里和他谈一些事情。可能总统觉得这样更亲密一些吧，毕竟他们还是名义上的父子关系。所以，当时他也没有多想。

奇怪的是总统在卧室里并没有和他谈什么，只是在墙壁上的一个显示屏上输入了一串字符。突然间，他感觉到整个卧室好像动了一下，紧接着，他感觉到一阵让他浑身肌肉产生莫名紧张的失重感。尤利在星舰上待的时间长了，他对这种失重的感觉比一般人敏锐的多，否则，这种微小的失重感是很难察觉的。不过，卧室墙壁上显示的信息还是让他大吃一惊。时速接近每小时一百公里，深度还在不断变化，仅过了几分钟，他们下行的深度已经接近五公里。他想张嘴问下总统，可是总统用手语暗示他不要说话。现在想来，那间下行的卧室和现在他们乘坐的房间一样，都是类似电梯和微型地铁车厢一样的交通工具，只是他们平常看上去就是一个房间。

这个房间和真正的房间嵌套在一起，如同传说中的俄罗斯套盒一样，一个套在另一个房间的里面。可能总统知道他当时的疑点很多，而且无法一两句话解释清楚，所以示意他不要问。当卧室里的显示器显示到五公里的时候，尤利感觉到房间有一个明显的停顿。紧接着，房门打开了，出现在他眼前的是一个差不多有一千多平方米的一个巨大的圆形大厅。大厅的四壁都是用发出柔和白光的特殊金属制成的，是一个标准的圆柱体。当身后的门关闭后，整个圆柱体竟然看不出一点儿痕迹。

整个大厅空无一人，让人感觉非常的离奇和怪异。“这是哪里？”他终于忍不住问了一句。可总统还是没有回答他的问话，继续往前走。

在这样毫无标记的空间里人很容易产生幻觉。尤利感觉自己好像进入到了一种幻境，这和他第一次登上外星球的感觉是一样的。跟在总统的身后，他们终于走到了大厅对面的墙壁附近。其实，这也很难说是对面。因为回过头，早已不知道自己是从哪个地方走进来的，偌大的空间里几乎找不到一个可以算作标记的痕迹。总统的手指在墙壁上的一个特定的位置用左手指上的金戒指的端面碰了下，弧形的墙壁马上滑开了一道缝。缝隙在逐渐的扩大，最后变成能容两个人进出的门。“进来！”总统回过脸来向他点了个头，他跟在总统身后走了进去。

这是一条幽长的过道，四壁都是能发荧光的太空金属制成的。让尤利感到奇怪的是过道的四壁都是些非常精美的壁画，这些壁画不是用画笔画出来的，也不是用蚀刻或者光刻技术雕刻出来的，而像是用一种彩色的金属直接生成的。画面艳丽脱俗，视觉冲击力极强。尤利来不及细看这些画，他的大脑接受的信息瞬间发生阻塞了，只感觉如同梦游一样。

大约走了几百米左右的距离，过道突然到了尽头，前面好像出现了一个盲端。菲利普总统这次又在墙壁上的一处用戒指的端面碰了一下，那扇封堵着的墙壁缓缓裂开，一个巨型的半球形大厅出现在他的眼前。

这个大厅就像一个从中间切了一刀的巨大半球扣在了这里。只是这个球体太大了，粗略的估计足有五个足球场那么大，人站在这样巨大的空间里感觉自己就像蚂蚁一样。半球形大厅的中央有一块圆形的区域像是被某种强光罩着，看不到里面去。尤利目瞪口呆地望着眼前的一切，总统朝他微微一笑，说道：“这边来。”说完就沿着圆弧形墙壁又往右走。

尤利感觉到自己大脑很难一下子接受眼前的事实，他只有紧跟在总统的身后如梦游一样往前走……紧接着，他们好像又进入到一个房间，房间好像又在下行，尤利感觉自己好像已经深入到地球的中心，等他真正感觉自己的头脑开始变得清醒的时候，他和总统终于来到了这条密道的尽头，一个蛋形的房间里。房间不大，像一个舒适的卧室，里面所有的家具都是用一种尤利从来没有见过透明金属材料制成的。就是在这个蛋形的空间里，总统从一面刻有奇怪图案墙壁的夹层中取出了那个黄金盒子……

“到了。”邱中华的一声提醒把尤利从九年前的回忆中惊醒过来。不知不觉中，高速行驶的车厢（虽然也可以称之为电梯，尤利更愿意把它称为车厢）已经静止不动了。这从车厢内已经停止变化的全息显示图上也可以得以印证——即时速度：0 千米 / 小时；行驶里程：1501 千米；距离地面深度：5.015 千米。

邱中华在门把手上推了下，又将门把手按逆时针扭动了九十度，车厢的门嘎然而开。

维尼第一个跳出车厢，用手在隧道壁上摸了下，洞壁光滑冰凉的如同玻璃一样，这和几年前才通车的洲际高速地铁一样用的是纳米真空磁悬浮技术。“嘿，你看那里！”纽曼这时已然走到车厢外面。

车厢的外面俨然像是一个空间巨大的地铁站，犹如一个巨型广场一样的地下空间还杂七杂八地堆了很多没有来得及搬走的建筑材料。“地铁站”的大部分结构是都是用银河联盟最先进的荧光合金建造的，没有任何照明依然光线很好。

通过一路上和尤利他们的交谈，邱中华现在已经能很好地用语言表达自己的意思。他看着眼前的这一切说道：“当时，通往总统府的密道就修到这里，没有继续往前修。”邱中华一指前面二百米处的一个碟形建筑，“听说那里就是和总统府对接的入口，而这里以前是堆放建筑材料和设备的地方。本来听头儿说修建完这条隧道我们还要修一条规模更大的隧道，可是没有想到战争很快就结束了，这项工程也草草收场。几年前，我还在这里找到几件旧衣服和一些当年没有来得及带走的日用品，其中还有几片上个世纪的吉列牌刀片，要知道那几个刀片可解决了大问题……”邱中华说着又摸摸自己满是胡子的脸，目光凝视着地面，好像还想在这里找到一点儿东西。

“邱中华，给你这个。”维尼这时跟了过来，从自己腰上的挎包里摸出一个圆形的白色金属盒子递给了他：“这是飞利浦火星公司最新款的剃须刀，全智能贴面的，你可以试下，永远不用担心它会没有电，里面用的可是高品质的核子电池。”

“送我吗？”邱中华吃惊地睁大眼睛看着维尼，他没有想到这个刚才还对他凶巴巴的粗壮汉子此时会对他这么好。他迟疑的看着尤利，不知道该不该接。

“如果喜欢就拿上吧，维尼喜欢收藏此类小玩意儿，他的各种牌子的剃须刀我想不会少于十个！”尤利微微一笑说道。

“是没有用过吧？我来给你演示下！”维尼说着把那个白色的金属盒子放在掌心，用手指在盒面上轻点了下。盒盖像莲花花瓣一样向四边缓缓分开，从盒底升起的绿色莲台上托起一个乳白色的“青蛙”。“青蛙”的眼睛这时猛地一睁，“啪”地一下跳在了邱中华的脸上。邱中华吓得忙用手打，胳膊却被维尼一把拉住。这时，这只白色的“青蛙”已经在中华的脸上来回爬动，爬过之处，胡须被剃得一干二净。剃完后，青蛙又“砰”地一下蹦回到那个莲台之上，眨了眨眼睛，荷花开始收起，将青蛙包住，最后整个都又收回到白色的金属盒子之中。邱中华用一只手摸了摸自己的下巴，感觉犹如清风拂面。真神奇啊！他咧开嘴笑了。

尤利走在着最前面。他看看腕上的浪琴原子表，已经是夜里十二点了。他们今天的任务是找到菲利普总统留下的敌人犯罪的证据，而不是流连在这规模浩大的地下世界而完全忘了正事。

“这么大的工程，怎么也没有听约瑟夫将军说过呢？按说他是总统的高级幕僚，应该知道这个工程的。”纽曼一边走一边看着眼前空旷而巨大的地下空间。

“战争时期，他是银河联合舰队的总司令。战争之初，他因为战事不利而饱受非议。战争胜利后本来他有机会竞选新一届的银河联盟总统，可他拒绝了。最后在菲利普总统的劝说下勉强接任了总统安全顾问，那个时候这个工程也无疾而终了。”尤利回答道。

“我感觉也不完全是这样。”纽曼接着说道：“我感觉菲利普总统好像有很多秘密只隐藏在自己的心里，这我感觉得出来。他常常一个人在幽静的花园里散步好几个小时，当我问他有什么事情可以为他效劳时，他总是善意地笑笑，说这谁都帮不了，还是我自己来吧。还有几次，联盟议会和元老院有紧急事情要和总统商榷，我负责通知总统，可找遍了整个总统府，也不见总统的影子。

可要不了多久，总统就会奇迹般地回到他的房间。还有次，我甚至以为总统失踪了，吓了个半死，要知道，银河联盟的总统失踪可是件天大的事情！”

“嘿，艺术家，什么时候让我欣赏下您的画作吧，这可是地球上早已失传的艺术啊，不过，我想会有王宫收藏您的这些作品的。”维尼这时和邱中华搭起讪来。

“有王宫会收藏我的作品！？是地球元老院的英联邦王宫吗？”邱中华一听有人会收藏他的画作，两只眼睛都放出了光。

“是两千多光年外的纳博星球王宫，那里的绘画艺术才刚刚启蒙，对吧，尤利！”

“是的，以后有机会欢迎您去纳博星球做客，您可以在那里向那个星球的民众传授您的绘画技艺！”尤利回过头朝两人莞尔一笑，“不过，我们今天先有件事情必须完成。”

5

“队长，前方车载亚原子雷达发现可疑目标。”一名前方队员用全息通信器向奥利维队长报告道。

奥利维从腰间拔出激光枪，急急地问道：“是那三个人吗？马上成扇形编队，开启飞车热能防护罩！”

“亚原子雷达显示只有一辆可疑飞车，暂时没有发现其他可疑碳基生物体。”队员回复道。

“飞车？马上把扫描图像传送过来，让我看下！”奥利维紧张地有点儿坐不住了，他知道他正要追捕的这三个人的名头。其中的两个竟然是九年前银河之战中的“银河英雄”勋章获得者！不过，不管追捕的是什么人，他只是个执行命令的军人，听从命令从来就是军人的天职。

图像传过来了。不用细看，肯定是刚才他们要追踪的那辆超级飞车。只是这辆车没有牌号的飞车太罕见了，它具有超酷的外观和高强度的纳米球金属车身。一般的激光武器打在上面就像拳头打在棉花上，纳米球会瞬间把热量向周围空间散发，而普通的动能武器则根本打不动它。除了它的防弹和防热能性超常外，这部车子更配有太空飞车才使用的核聚变发动机和光子引擎，其时速更是高达四马赫以上。这辆车子对于任何一个像他这样的“飞车发烧友”来说，吸引力简直太大了。

“队长，怎么办？”发现飞车的队员还在等待他的命令。

“继续对方圆十公里的生物体进行亚原子级别解析，找到可疑迹象立刻向我汇报。我想车子在这里，人就一定走不远。”奥利维按照导航仪锁定的目标继续向前飞驰，他无论如何也要亲眼看下这辆性能彪悍的超级飞车。

飞车像一具搁浅的幼鲸俯卧在银色的沙滩上，显得格外突兀。

奥利维绕着飞车走了几圈，不由得在心里对这辆飞车的配置啧啧称奇。这辆飞车如果配上氧气呼吸系统甚至可以当行星际飞船使用！在太空中没有空气的阻力，它的时速可能更加的惊人。

“队长，刚发现离这辆飞车二百多米的山顶上有一座别墅。我们用红外线遗迹跟踪仪测定二十四小时内别墅里有住人的痕迹，而且找到了那人遗留下的毛发。我们对毛发进行DNA及生物分子银河生物数据检索，发现这个人是一名十年前失踪的逃犯。”

“十年前失踪的逃犯！？”奥利维有点儿吃惊不小。他摸了下车子的发动机还是滚烫的，他们肯定走不远。

“继续搜！”他又低头朝车下看看，一行杂乱而清晰的脚印印证了他的判断。那三个人是朝山顶的别墅而去！难道他们的老巢就在那里！？奥利维对他的这一个判断深表震惊。必须马上禀报克拉克局长，他感到自己对这样的场面实在是无法掌控。

这是一座圆碟形的建筑。大半个圆形露在外面，还有差不多三分之一还隐藏在后边的岩层里。维尼手持着中微子全能探测仪，仔细地查看着全息数据显示口显示的地形数据。

“尤利，根据中微子探测仪的全息地图功能，这里的确是在澳洲联盟总统府附近的地层下。目前我们的精确位置是地表以下5.007132千米，也就是说我们差不多离总统府也就五公里远，我说的是直线距离。”

“邱中华，你能确定这就是你们以前修建的通往总统府的对接入口吗？”尤利盯着这座巨型的碟形建筑，希望能从这座建筑的金属墙壁上找到点儿缝隙。

“是的，这里肯定是通往总统府的通道对接口。听以前的头儿说，整个通道是单向的，只能从里面往外出，而从外面是不能进去的。最后我们又听说总统府到那个碟形建筑的那一段隧道是现成的，我们只负责修到这里就不用管了。”邱中华想了下说道。

“哦，这个建筑的材料是罕见的铷锡钛荧光合金，墙壁竟然有一米半厚！”维尼用手持的中微子全能探测仪对着这座建筑，他看着显示口的数据说道：“建筑里面的空间有大约 12056 立方米，气体成分是空气，洁净度和氧气含量符合地球人类呼吸。”

纽曼走到建筑的近前，用手敲了下，没有一点儿回音。这么厚的墙壁几乎算是实心的了。

尤利绕着建筑的外壁走了几步，突然，他的脑海里又回忆起一段久远的影像。“圆形的大厅！”对了，他想起菲利普总统带他深入总统府地下时经过的那个圆形大厅，一定就是眼前这个！

尤利用手在冰冷的金属墙壁上按了下，仔细地查看着金属外壁，高度十米的金属外壁连一个细小的焊缝都没有。他围着建筑外壁又走了十几米，还是找不到一点儿缝隙。尤利看看腕上的原子表，时间又过去了将近半个小时。

“要不，用这个试下？”维尼看看尤利，从腰间拔出他的高能伽马射线粒子枪。

“还是用这个吧。”纽曼把维尼送他的强力激光枪递了过来：“高能粒子束对这种合金的穿透效果没有激光束效果好，激光的热能相对要高很多。”

“找个不显眼的地方，最好是靠近岩壁附近！”尤利也从腰间拔出维尼送他的激光武器。

“现在别用从蛇人那里缴获的那个东西了，那个东西最好留下用来打蛇人。这把枪应该就可以。”维尼接过纽曼递过来的“银河死光”，朝三人一努嘴：“你们靠后点儿，别看！”说着上前一步，双手握枪，扣动扳机。

一道炫目的白光从枪口喷出，厚达 1.5 米的金属墙壁立刻就被熔出一个深洞。可能是这种合金的熔点太高了，激光枪只能使用满负荷的最大功率。维尼的双手紧握着枪支，可能是反作用力太大了，维尼只能倾尽全力地握着枪柄慢慢地划出一段弧线。不一会儿，墙壁已经被穿透一个大圆弧了，被熔掉的合金变成晶亮的液体汩汩地往下淌，当熔到一个半圆时，维尼的额头已经开始冒汗。

“要不要我帮你下？”尤利走上近前。

“不用，这种合金简直比蛇人舰船的强相互作用的有机材料还难切。那种材料一旦穿透，马上就和切豆腐一样，不……不像这个。”维尼几乎用上了吃奶的劲。

终于划出了一个直径约一米的圆洞。待洞口切割面的高温冷却下来，尤利和纽曼靠近那个洞口，仔细观察了一下切割面。切割面光滑如镜，两人将手伸进缝隙，猛一用力，直径一米，长约一米五的一根合金圆柱竟然被他们硬生生地扯了出来！这么高强度的合金竟然密度这么低，这真有点儿超出他们的意料。

现在洞口大开，维尼伏在洞口朝里面望去，里面白茫茫的什么都看不清楚。

“我先进去了。”他回头朝尤利示意了一下就钻了进去。“小心点儿！”尤利在后面忙叮嘱道。等维尼完全穿越过这 1.5 米的距离，直起腰看着眼前的这一切时，他一下子愣住了……

看着维尼钻了过去，尤利忙俯下身，他想等维尼进去后传递出来一些里面的信息，可维尼进去后呆立在洞口一动也不动，尤利以为维尼在里面出了什么意外。“维尼！”尤利大声叫着，不顾一切地俯身窜了进去。“维尼！”他猛地从后面一推维尼的腰。维尼转过身，见是尤利，忙让开了洞口的位置，让尤利也进来：“你看，尤利！这是什么！？”

尤利抬起头，这里正是九年前菲利普总统和他一起从密道里经过的那个圆形大厅。九年过去了，这里几乎和当初一模一样。所谓的差别只是身后多了个圆洞。

“尤利。”尤利听到身后有人叫他，忙一回身，看见邱中华和纽曼紧张地伏在洞口正朝里面张望。“进来吧。”他俯身朝他们一招手。

四个人站在圆形大厅的一角，他们被眼前这个奇幻的空间震撼着。如果说刚才走下车厢看到的一幕让他们倍感惊奇外，这时就只能用“震撼”来形容了。这里的空间并不太大，但他是几何形状非常完美的圆柱形空间。高约十米，总面积有一千多平方米，其间找不到一点儿接缝和瑕疵。整个空间都反射着柔和而莹润的白光，这种白光和银河联盟很多当代建筑中的所采用的荧光合金所发出的白光相比，要柔和内敛得多，给人的感觉就像是一大块完整无暇的白玉雕琢成的一样。

“这是怎么建造的呢？我的天啊，一米五厚的外壁，这么大的空间，关键它是建在如此之深的地层之下啊，……”纽曼博士喃喃自语。

“这是真的美啊，无暇之美！”邱中华干脆盘腿坐在地上，用手在空中轻慢地挥舞着，好像面前有一幅需要他去完成的画作。

这里面只有尤利是第二次看到眼前的奇景。虽然震撼如初，但脑子还没有完全痴愣愣地僵住。“维尼，纽曼，”他轻声地叫着，“这里好像没有多少我们需要的信息。”

纽曼愣了半天才缓过神来，“嗯”地应了一声。他缓缓地转过身：“我是在想，这个空间如果没有进出的门那它是做什么用的呢？这完全不符合逻辑！建造它的人不会愚蠢到把它做成一个封闭的罐头一样需要我们用激光枪给它开洞吧？再说，即便是罐头，也是有开口的吧。”

尤利使劲的回忆着当初菲利普总统带他来这里时的场景。他记得这里看上去光洁无痕的弧形内壁并非没有进出的门。如果将脸贴着内壁沿圆弧的切线方向看，就能看到内壁上其实是有一些很抽象的符号的，这些符号分布的并不均匀。这是当年菲利普总统领着他穿过门洞时他扭过头无意中发现的。这时，他又把脸颊贴紧内壁试着向一侧望去，果然他在内壁上看到了奇怪的字符。“纽曼博士，你过来看！这是什么文字？”

“还有字？让我看下！”纽曼急转过身也学着尤利的样子眯着一只眼睛去看。果然，他也看到了墙壁上奇怪的字符：“这到底是一些什么字呢？或者根本就不是什么字而只是一些表意的简单符号呢！”此时，维尼和邱中华也被吸引了过来。

“整个银河我们已知的文字就有十万多种，光地球上曾经出现的文字就超过七千种，况且这些奇怪的符号还不一定是文字呢？”纽曼说着用手在这些字符上摸了下，感觉这些字符不是凹凸地蚀刻在合金壁上，而是像嵌在墙壁里面一样，而且这些字符不从特定的角度上观察就根本看不见。“如果我带了那部《银河通用大词典》就好了，说不定可以破译其中的一部分来。”

“你说词典？我这里好像有！”维尼突然想起自己的中微子全能探测仪就附带着符号和文字检索功能。不过这个功能他从来没有使用过，只是在仪器的说明书中看到过。维尼说着马上从探测仪中调出词典和图形识别功能的说明书："喂，博士，你过来看，这个探测仪说能识别银河系甚至少数河外星系的文字和符号共二十多万种，号称是目前我们银河联盟最强大的文字和符号检索终端。"

"二十多万种？甚至还能检索到河外星系的文字？"纽曼有点儿吃惊："我的《银河通用大词典》只能检索不超过六万种字符，看来军用系统还是比普通民用品的级别高很多！"

"当然了，这就叫专业级！这个字符检索系统据说是当时银河科学院为配合银河舰队登陆蛇人联盟星球作战时准备的。它能检索绝大多数蛇人星际联盟的很多文字和符号，我们一般使用的词典根本不包括蛇人联盟的几万种文字符号。"尤利在一旁解释道。

"别说了，现在赶快看看怎么将这些字符导入到探测仪上，从正面几乎采集不到这些字符，从侧面采集也不行！"维尼手持着探测仪变换了几个角度仍无法将字符的图像导入。

"看来这个仪器还有改进的余地，再怎么精密还是不如人的眼睛的结构精妙！"纽曼站在一边也急得直摇头。

"要不要我把这些字符给你们画下来，我只要看一眼就会一丝不差地把他们画出来。"邱中华这时转过头来看着大家。

"你有笔吗？"尤利惊喜地问道。

"我的笔从不离身！"邱中华说着从口袋里摸出一支金属画笔，"只剩下这最后一支了，平时我都舍不得用！"

"看看在合金墙壁上能写下字吗？只要稍微有个痕迹我的探测仪就能进行图像采样。"维尼将他的探测仪采样口调好了位置。

邱中华这时走到墙壁边。他把脸贴在墙上眯上一只眼睛，不一会儿，他又换了个位置，继续这个动作。等他把附近所有有字迹的地方都看完一遍后转过身，用手里的金属画笔开始在合金墙旁上唰唰地书写着。他一边写着，站在旁边的维尼已经用探测仪将写好的字迹完成了图形采集。等他差不多写完了这里的所有字符，维尼的探测仪也基本完成了图样采集工作。不一会儿，邱中华刚写在墙壁上的字迹也慢慢地开始自动褪掉了。看来这种合金也有自洁功能。这时，大家都盯着中微子全能探测仪投射出的三维全息数据窗口，那里面有海量的数据流飞快地闪动着。

“已经检索了十五万种文字了，还是没有结果！”纽曼有点儿担心。如果破译不了这里的文字，他们这一趟就算白来了。他们已经在如此完美的建筑上开了一个洞，他相信其他两人没有人再会支持维尼对这个建筑做任何一丁点儿的破坏了。

探测仪的全息三维数据窗口还在飞快地闪动，这是每秒钟达千亿次逻辑运算的海量检索。这时，邱中华已摹写在墙壁上的所有字符都已经全部消失，四个人都焦急地等待着数据检索的结果。

“十九万种文字了！”维尼握着探测仪的手都在颤抖。他掌心的探测仪已经开始发烫，系统随时有可能被这种超长时间的海量运算搞得系统崩溃。“二十一万了。”纽曼有点儿不敢看那个疯狂闪动的数据口了。他转过身，想让这最后一刻不要在自己的注视下结束。“二十一万五千！”马上就接近检索进度条的末端了。就在这时“哔”的一声，探测仪的数据窗口弹出了一个了检索结果：“文字种类：卓尔金文。使用区域：河外星系大仙女座第52旋臂21区，使用时间……”

“怪不得检索了这么久，竟然是河外星系星球上的文字！”看看检索出来的结果，尤利这一惊非同小可。“卓尔金，卓尔金。”尤利在嘴里默念着这个词，好像这个词他在哪里听到过，感觉非常的熟悉。对了！他一拍脑袋，突然记起纳博星球上用的三种历法之一。其中最奇怪的一部历法就叫“卓尔金历”，又叫“神历”，因为这个历法和纳博星球的天文观测格格不入。这个奇怪的历法中，一年是二百八十天，没有一个纳博人知道这个历法是用在哪个星球上的。因为和地球公转的周期差的不是很远，纳博星球公转一圈也大约是整整三百六十个地球日，可那个奇怪的卓尔金历已经被纳博人整整推算了十万年了！现在，竟然又在银河联盟总统府的地下发现的河外星系的文字也叫卓尔金文，这和纳博星球上的卓尔金历有什么关系呢？

不过，在这里能发现河外星系的文字还是太出人意料了。本来，地球作为银河联盟的首都，有些外星球的文字都好理解，可出现了河外星系的文字就太让人费解了。因为，在银河系里进行星际旅行，可以通过穿越银河星系内部的虫洞而将旅程大大缩减。而去河外星系基本上无法使用虫洞穿越这一技术，因为银河系内部的虫洞生成及维持需要对银心内质量巨大的黑洞物质进行希格斯玻色子质量效应操控，而去达河外星系就无法使用这一技术。要去河外星系只能靠飞船本身的速度来实现。按照我们目前所知晓的物理学理论，“光障”还是无法突破的，光速仍旧是目前星际旅行的最高速度。虽然在几个世纪前，地球联邦等星际联盟科学家曾发明出曲速理论等变相超光速飞船推进技术，但最终事实证明这些技术比虫洞穿越慢很多，而且同样只能在银河星系内部使用。所以，银河联盟和河外文明的联系本身就很少，对河外星系的了解很多都是从观测的数据中得到的。

搜索出了文字类型，翻译的结果很快就出来了。由于数据库里收录的卓尔金文字信息非常有限，翻译的完整性不尽如人意，但基本大概意思还是能弄清楚的。

“翻译过来的文字简单的描述了公元一万年前的一场惨烈的史前星际战争。内容有点儿断断续续，但大意思概就是这些：卓尔金人、奎尔顿人，最后战争蔓延到整个星系，后来卓尔金人失败被迫进行星系大迁徙，长达五千年的迁徙，这里好像还提到玛雅人，还提到卓尔金人在公元前3114年第一次来到银河系的地球，公元750年再次，哦，好像还提到这里是公元1000年修建的……”

“不会吧，是不是翻译的有问题了？”纽曼质疑道，“这怎么可能是公元1000年左右修建的呢？那个时候，地球上科技最先进的是中国的北宋王朝。地球上最先进的技术也不过是刚刚发明了指南针和火药，而欧洲正处在黑暗的中世纪教会统治之下，科技几乎处于停滞状态。难道那个时候，河外星系的卓尔金人就在澳洲地下修建了这么匪夷所思的工程？”

“文明的差距有时是很难想象的。九年前我去纳博星球的时候，他们还正在进行活祭，那时他们还没有进入青铜时代。就拿地球的公元1000年来说吧，根据我在舰队上看到的资料，当时的蛇人星球早已进入星际宇航时代很久了。所幸的是他们离我们太远了，以他们当时的科技对我们地球还是鞭长莫及。”尤利解释道。

“真有活祭这回事儿？就是用活人当牺牲来祭祀！？”维尼惊奇地问道。

“是的！不过我去后就下令让活祭停止了。文明毕竟要取代血腥和愚昧。好了，先不说这些了，看看我们现在该怎么办。”尤利极力把纳博星球的话题扯开，现在时间对他们来说已经很紧了。尤利看看表，已经是深夜一点了。如果在这里找不到总统被害的证据，那么后天的联盟议会特别会议上，他们就根本无法阻止联盟议会被松本解散！

“尤利，这里有个字符好像是出口的意思，我刚对比过探测仪上的译文，你过来看看！”纽曼在一处弧壁前向他们招手。

尤利、维尼和邱中华急忙奔了过去。的确，那一行字符的确对应的是“出口”这个词义。

“但出口在哪里呢？”矗立在他们面前的是如镜面一样光滑平整的墙壁，根本看不出一丝缝隙。这时，尤利的脑海里突然涌出一个清晰的画面，那是菲利普总统九年前和他一起穿过这道墙壁时的那一瞬间。当时，菲利普总统在墙壁上用左手指上的金戒指的端面在墙壁上碰了一下，做完这个动作还回头示意了他一下，那意思好像是让他记住这一刻。此时，尤利伏在墙壁上寻找着可疑的印记。他终于在墙壁上找到了一个边长一尺左右的三角形的图案。只是这个图案隐在墙壁之中，不注意看很容易就将其忽略掉。但这个图案和其他字符不一样，从正面的各个角度其实很容易看到。他把左手无名指上的戒指端面朝向墙壁，在这个图案的内部轻轻地碰了一下，心突突乱跳……

奇迹陡然在眼前出现了。平滑如镜的墙壁突然裂开了一道细纹，紧接着，细纹逐渐扩大。维尼和纽曼都被吓了一跳，只有邱中华无意中注意到了尤利刚才那个细微的动作，此时他也愣愣地站在他的身后，眼神几乎要僵住了。

6

“让我看看车在哪里！”克拉克局长急匆匆地赶了过来。由于着急，刚才还冒了一头的汗，现在额头的几缕头发黏腻腻地粘在脑门上。

“他妈的！总统为什么总让我去见那个怪物，腥臭腥臭的。”不过，他刚才还得到了个意外的好消息，纳博星球上的行动小组找到了总统要找的东西！看来任务比他预想的要容易多了。至于地球上这群公开反对松本总统的残渣余孽，用不了多久他就会将他们一个个捉拿归案。因此，他一听说已经找到了嫌犯的车子，就马上风驰电掣地赶了过来。

“将军，您看。”奥利维现在已经揣摩出了局长的喜好，他知道局长喜好自己的下属称他为将军。因为在九年前的银河之战中，这位局长只是一名负责检修飞船的下等兵。从下等兵到将军，九年内，克拉克局长完成了一个堪称华丽的转身。

“光是这辆车吗？还有些什么发现？”克拉克将军很受用地踱着方步，他在等待着下属进一步的汇报。

“我们在这座被称为蜥蜴岛的地方还发现了一座山顶的别墅。别墅在二十四小时内还住有一名逃犯，现在这四个逃犯都失踪了。”奥利维小心地汇报着，他知道他的这位上司不好伺候。

“失踪了，屁话！怎么变成了四个了？你在我眼前失踪下看看！他们把车子扔在这里能长了翅膀？”说到这里他又突然想起一件事：今天上午，银河舰队的新任司令桥本向他通报了一件事，就是银河舰队的行星分子全息扫描一直正常运转，目前只有银河科学院研制的分子环境同化服能躲避这种分子级别的解析。

又是银河科学院！那个老匹夫肖恩竟然对他的质问不屑回答。克拉克恨得牙根痒。“别让我逮到机会。”他在心里暗暗地骂道。

“再调用下银河舰队的行星分子全息扫描数据，看看这群王八蛋到底躲到哪个窟窿眼儿里了！”克拉克吩咐道。

“好的。”奥利维立即将数据端口并入到银河舰队中心网络数据库，查询的数据马上就出来了。

“那个叫邱中华的罪犯两个小时前还在别墅里。突然间，系统就找不到他了，其他三人的数据还是没有查到！”奥利维答道。

“难道他们上天入地了？妈的！”克拉克恨恨地骂道。

“行星分子全息扫描的范围是大气平流层以下到地面以下一百米的范围内任何的碳基有机体！”奥利维据实回答道。

“上天？！他们怎么可能把最好的交通工具都扔在了沙滩上？看看这辆车能启动不。奥利维，你亲自去试下。”克拉克有点儿不耐烦地吩咐道。

“车好像用基因密码锁锁着呢，发动机点不着火。”奥利维站在车旁为难道。

“妈的，扭门撬锁还需要我来教你！给你发的激光枪是用来给婊子点烟的么？”克拉克气哼哼地骂道。

“这么好的车。”奥利维嘟囔着。他拿着枪围着车转了一圈，实在是下不了手。对了，他一摸自己的口袋，有了，他几乎忘了自己的口袋里还装有一把“万能解匙器”。这是他在北美纽约市当警察时留给自己的一件宝贝。

一条幽深的通道已经出现在他们眼前。和那个圆形的大厅不同的是，这个通道四壁上图案非常的明显。图案连绵不断而且有浅浮雕一般的立体感，上面尽是些奇怪的人物、建筑、鸟兽和各种植物的图形。

“这上面的人应该不是地球人吧。”纽曼感叹道。虽然非常像地球人，但他们看上去远比一千年前的地球人漂亮，眼睛更大更有神，身上穿的服饰也非常漂亮，建筑都是非常规则的几何形状。总而言之，那上面绘有的绝不是地球上的景物，人类也绝不是地球人，动物也不像是地球上现有的和曾出现过的物种。

“真美啊！”邱中华站在一幅图画面前走不动了。他用手指在空中临摹着，嘴里念念有词：“这绝不是地球上人的画作！在整个地球绘画史上也不曾出现过这样高超的表现技法！”邱中华的手颤抖着，禁不住泪如泉涌。

“尤利，你看邱中华，他怎么了？”维尼转过头来，看到邱中华跪在一幅壁画的面前双手掩面。浑身不由自主地颤抖着。

“你怎么了！？”尤利大吃一惊，忙转身奔了过来。他双手搭在邱中华的胳膊上想把他搀起来。

“尤利，你们走吧，我想在这里一直坐下去。我不想走了，这里的画太美了，你知道那种极致的美，美到让你的灵魂都出窍……我找了近五十年，就是在梦中也不曾找到这种美啊。现在，我终于找到了我要找的东西……”邱中华嘴里喃喃自语。

“不行！我们不能把你留在这里。中华，先跟我们走，过一会儿让维尼把这里的图案都用探测仪给你扫描保留下来。或许……或许前面还有更美丽的画面呢！”尤利在一旁劝慰道。

“好了，邱中华，我已经用探测仪把这些图案都收录了。我们回去慢慢看，慢慢研究。”维尼也过来拉着邱中华的胳膊。

“尤利！”尤利突然听到纽曼喊他，猛地抬起头，却不见了纽曼踪影。“纽曼！”他急急地喊了一嗓子。“尤利！我在这里！”随着喊声，纽曼又如变魔术一般出现在了尤利的眼前。“怎么回事？”尤利惊道。

“这前面有个接近九十度的弯。但这种墙壁反射过来的光却让人感觉不到前面有个弯道，人一走过去，身后的景物好像马上就消失了一样。你们也试下，刚才一回头不见了你们，吓了我一跳。”

“让我看看。”维尼这时跑了过来。果然，人一转过那个弯，就像在空气中蒸发掉了一样，这真是“转瞬即逝”啊！

四个人都转过了那道奇怪的弯，没有走多久，一道笔直的墙壁将过道彻底封死了。

尤利走上前，这次他很确信开启这道墙壁的方法。九年前，是菲利普总统带着他来过这里，现在他要带着他们再次开启这扇奇迹之门。

门在缓缓地开启，虽然早有心理准备，尤利还是被眼前重现的一切震慑住了。维尼、纽曼和邱中华则是痴呆呆地看着眼前的一切，一动也不能动！

尤利的手在身后的墙壁上扶了一下，他感觉到有点儿眩晕。眼前的视界猛地变大了，大到他的眼睛无法适应的地步。如果说几天前看到银河科学院让他深感震撼的话，那这里就远远不能用“震撼”来形容他的感受。这是完全不同类型的文明，和这里的科技所达到的高度相比，银河联盟的文明还可能处于幼稚期。九年前，菲利普总统带他来这里的时候，他的感触远远没有今天这么强烈。

过了好久，他好像听到维尼有点儿变调的声音。“这么大！直径足有五千米的半球形空间，它的各个方向的误差竟然不到一毫米！这是探测仪能识别的最小误差单位了。”维尼低头看了一下中微子全能探测仪上显示的数据又马上抬头看着眼前这个巨大的空间，探测仪显示这个半球形的球壁是用平均厚度达五米的合金材料制成的，而且各个方位的厚度还不一样，顶部最薄处只有一米厚，而他们所站的位置的球壁厚度接近十米。

“你看那里，维尼！”纽曼一指半球形空间中部的那个圆形区域，那里被耀眼的白色光柱罩着，看不清那个区域里里面到底是什么。

维尼其实早就注意到了半球形空间中央区域的那根直径达几百米的白色光柱，只是他的探测仪对突然涌进的大量异常数据一时处理不过来。维尼小心地调整手持的中微子全能探测仪，将它的探测区域对准那道高度达两千多米的光柱。这时，大家的眼睛都紧盯着探测仪的三维数据显示窗口。不过这次探测采样和处理数据所耗费的时间好像很长，探测仪数据显示口的识别符闪动了很久才终于跳了出来。

“那白色的光柱是冷激光，波段区域非常窄。好像激光罩着的地方里面还有东西，探测仪的识别还没有结束，还在继续……”正说着，突然一个金字塔形状的物体出现在探测仪的三维显示窗口中。金字塔的各个等边都是二百米，成分竟然是接近 100% 的黄金！

“我的天啊，黄金的金字塔！”四个人被这个显示得越来越清晰的画面惊得大张着嘴，半晌说不出话来。正当大家直愣愣地看着探测仪显示口上的三维全息图像一时缓不过神来时，突然，维尼腰间的一个仪器哔、哔哔地响了起来。维尼低头大叫一声：“不好！”这一句又惊得大家连忙把惊异的目光又投在了维尼表情惊惧的脸上。

7

奥利维花了九牛二虎之力之力终于将车子启动了。飞车功率强大的核子聚变引擎喷出的白光像一道炽烈的闪电，车子瞬间就腾空而起。这算是他最难开启的飞车了，在他以前的交通执法中，拖走这样类似违章的飞车通常都用不了两秒钟。

“车子是好的，就更证明他们跑不了太远。就在附近搜，掘地三尺也要给我挖出来！”克拉克这时感觉到自己的机会又要来了。

“局长，我们总统府的五十人小分队已经将整个小岛都探测了一遍，发现了二十九只袋鼠，十二只考拉，另外还有海龟一百二十六只，蜥蜴一千三百五十六……”约克上校颤巍巍地站在克拉克的面前神情紧张地汇报着。

“混蛋！我问你那三个人！不对，是那四个人哪里去了！”克拉克把三角眼一瞪。

“那四个人，目……目前还没有踪……踪迹。”约克紧张的额头满是汗。

他本以为可以立一功的，可没有想到竟给自己找来了那么多的麻烦。现在，他有点儿后悔向克拉克局长汇报总统府的飞车了，本来，他待在总统府里好好的……

“将军，我怀疑岛上的那座建筑可能有问题，因为只有这座建筑疑点最多。蜥蜴岛，其实包括蜥蜴岛在内的大堡礁已经被联盟政府封闭了好几百年了，可我用同位素测定仪测它的建筑年代却是在大约十年前。另外，从外观上看这也是座几乎全新的建筑。”看奥利维不在身边，奥利维队长的副手艾弗森手持着测定仪直接向克拉克汇报勘测的结果。

“你的意思是这座房子有问题？”克拉克对眼前的这位年轻人投过赏识的一瞥。这个年轻人的判断和他不谋而合。正说着，克拉克身边的行星三维分子全息扫描接收器响起了报警。艾佛森快步走了过去，在仪器上操作了一下，一幅清晰的红色三维图像显示在接收器的上方。克拉克一看，果然，那座建筑下有地洞！他向艾佛森吩咐道：“叫上奥利维，我们一起去看看这个老鼠洞。”他一边看着图像一边嘴里愤愤地骂道：“妈的，真狡猾！不过再狡猾，还是让老子抓住了你们……”

“怎么了，出什么事了？”尤利看着维尼一脸惊惧的表情知道是出了大事。

“可能是我的飞车出了点事情！”维尼说着把掌心中一个钥匙扣大小的东西展示给大家看，“这是我的爱车上配备的防盗系统专用的智能晶体遥控器，能将那辆车的防盗系统破解的都非等闲之辈。我偷偷在我的爱车上装了个分子摄像头，能将被盗时候的场景拍摄下来，并通过这个晶体遥控器看到影像。”这时，大家看到那个钥匙扣上的一个红色显示灯不停地闪烁着，维尼在那个红灯上按了一下，一幅清晰的三维全息图像顿时出现在大家的眼前。三维图像上还意外地拍摄到了几个人影。

“那个人像是克拉克，新任联盟安全调查局的局长！我们就是一路被他追杀，当时在总统府的时候就应该把他开掉！”纽曼气狠狠地一指影像上的那个秃顶。

“把他开掉？他以前是总统府里的人吗？”维尼问道。

“他以前是总统府的一名护卫，后来突然辞职不干了。总统出事后，他竟然摇身一变成了联盟安全调查局的局长，我怀疑是他出卖了总统，至少是给对手提供了某种方便。”

“那个开走维尼飞车的是什么人呢？”尤利问道。

“那个人啊，是安全调查局的特别行动队的队长奥利维，以前也是银河舰队‘凯撒大帝’号的一名上尉。战争结束后他先退役到了联盟警察部队，最近才加入到联盟安全调查局的。要知道约瑟夫将军负责的联盟安全局在总统出事后就解散了，这个部门的信息调查职能目前就归属了新的联盟安全调查局，其他的职能分别被银河联合舰队，联盟安全警察部队等几个部门瓜分。我想我们可能是在总统府附近逗留时就被他们的系统锁定了。看来，我还是太大意了，没有预想到总统府的防卫系统这么快就升级到了接近二百公里的水平。”纽曼不无担心地说道。

“如果他们发现了飞车，我想那个地道口也有可能被很快发现！我们可能只有一条路了，那就是必须一路向前！”尤利说着又看看腕上的原子表，“时间对我们来说越来越紧了。”

“走吧，不管这么多了。只是可惜了我的那辆飞车！”维尼将晶体遥控器按了下，影像立刻收起，四个人迈开步子急速地朝那团白光走去。

“会不会是你的中微子全能探测仪探测数据有误？边长二百米的纯金金字塔，整个地球的黄金蕴藏量也建不了几座这样的金字塔啊？”纽曼质疑道。

“不会！我的探测仪本来就是想用来帮别人找金矿的，其他的物质测不准还情有可原，测黄金它可是最拿手的。你身上有啥金饰品可以放在我的探头前试下。纽曼，你看这里显示黄金的纯度是十九个九，现在市场上做金饰的黄金最高纯度也不过是九个九，听说这也是地球上或者说银河联盟所能提纯出的最高纯度的黄金了。”

“你来测测我的这支金笔，这可是菲利普总统送我的。”纽曼从口袋里小心翼翼地将金笔放在探测仪的采集窗口前。

“十九个九！”维尼有点儿不相信自己的眼睛。“怎么可能！？你这是……谁那里还有黄金的家伙，我再试下。”

“尤利，你手上的金戒指！”纽曼一把抓起尤利带有戒指的那只手放在中微子全能探测仪的采集口。“又是十九个九！今天绝了！”显示窗口很快地显示了黄金的纯度。“难道是我的这个仪器出毛病了？”维尼不放心地看着他的这台仪器，“怎么可能都是十九个九呢？要知道多一个九都很困难，因为黄金的提纯是一门非常高深的技术，这是和一个时代的科技水平直接挂钩的。公元1000年左右，地球上最先进的技术也只能将黄金提纯到95%，到了公元20世纪，黄金的提纯才达到四到五个九。”

“可能总统府里的黄金纯度比一般地方的高吧。尤利，你的这枚戒指也是菲利普总统送你的吧？”纽曼猜测道。

尤利点点头。他抬眼看了一眼那边被白光笼罩着的地方，心里终于有些明白了：菲利普总统和河外星系的卓尔金文明有很隐秘的联系。那个黄金盒子也许就是卓尔金星球上的东西，但那个盒子到底是干什么用的呢？菲利普总统为什么那么看重那个东西？只有在非常危急的时候才可以开启？难道……尤利这样想着，不由得又加快了脚步。

四人差不多走了有一公里远近，那道直径三百米、高约两千四百多米的白色光柱看起来越加的气势惊人。从这里看，这条白色光柱犹如从天而泻的瀑布一样从几千米的高空直挂下来。白色光柱的光源到底在上面还是在下面也分辨不清，不过这些都不重要。越往前走，越能感觉到有一股逼人的凉气迎面袭来。

尤利转过身，看到穿着单薄的邱中华抱着双肩，有点儿瑟瑟发抖，忙将维尼送给他的那件热能防护服脱下递了过去。“我，我不冷。”邱中华摆着手，可他的牙齿已经开始打架。

“穿上吧，和我们在一起就不要客气。刚才你也看到了，你的别墅因为我们可能也住不成了。”维尼替他接了过来，帮着邱中华把衣服套在身上。“我都感觉有些冷，等我回去再给你弄几身厚点儿的衣服。”

“根据激光受激辐射的原理，这个波段的激光不具有热效应，而应该是保鲜的。不知道它在这个地方起什么作用？难道黄金金字塔需要保鲜吗？”纽曼看着越来越近的巨大白色光柱陷入了沉思。

离白色的光柱越来越近，探测仪显示的距离还有五十米，可让人感觉好像已经触手可及似了。四个人都放慢了脚步，好像每迈一步都有可能迈进那个光的世界。一米一米地靠近，终于走到了白色光柱的边缘，现在人的眼睛好像已经适应了这种强光的刺激，透过白光甚至隐约地可以看到里面黄灿灿的金字塔。

四个人如同站在一座巨大的神器面前一动也不能动，好像任何一个微小的动作都有可能亵渎眼前的这片无与伦比的神迹。激光、金字塔——一个代表着银河或许是宇宙最先进的科技，一个代表着地球或者是银河最古老、最神秘的建筑符号。两种从概念上就相差甚远的东西竟然在这个地方神秘地交融在了一起，真是让人匪夷所思。

“虽然我们银河联盟的科技已经高速发展了近六百年，但金字塔一直还是我们这个星球，甚至我们整个联盟里一个没有完全破解的谜。它的很多机理至今仍然弄不清楚。”纽曼盯着眼前的光幕向大家解释道。“地球银河科学院有个专门的研究机构就叫做‘金字塔研究部’。这个部门一直都是由科学院院长、首席科学家直接领导的，它们就是专门研究金字塔的奥秘的。菲利普总统出事后，约瑟夫将军受到指控，后来其实是肖恩教授私下告诉了他可以躲在南美的玛雅金字塔下，说金字塔发出的金字塔能可以阻挡一切现代技术手段的探测。我们最后也都躲在那个地方。不过，那里地下的密道到现在我们也搞不清有多长，总之，好像没有尽头似的。”

“纽曼博士，您刚说这种激光是用来保鲜的，那就是说不会对我们有所伤害了？”维尼不知道为啥突然对纽曼尊敬起来。

“您可以把您的小拇指伸进去试下，看会不会变得又白又嫩！这种激光频段非常窄，银河的很多美容院里都备有这种频段的激光发生器。”

“我看您还是应该先把您的头伸进去。相比起我的手指，您的脸可能更需要接受这种高级别的美容服务。”维尼笑嘻嘻地站着不动。

两个人正说着，发现邱中华已经突然一步迈入到光影之中，惊得大家几乎都惊叫起来。虽然，维尼的探测仪给出的结论显示这种激光对生物体无伤害，但谁能保证探测仪的数据无误呢？因为在这个地下密道里，未解之谜太多了。

“没有事，进来吧！邱中华在光影之中又转身出来，你们看，没有事情吧？”

三个人都用眼睛盯着邱中华看，突然，维尼惊叫了一声：“你们看，邱中华好像比刚才漂亮了！”

“真是！好像皮肤比刚才白皙细腻了一点儿。或许是我们心理作用吧，也可能是白光照在脸上反射的效果。刚进去一瞬就能有这么大的变化，要是在这里待上一天，我们还不各个都成了银河明星？”纽曼质疑道。

“好了，你们先在这里争论了，我先进去了。”维尼说着一步跨了进去，接着四个人都走进入了这片白色的光罩之中。

8

“怎么！这么久了还找不到地道入口？都是一群饭桶！调银河舰队的重型设备，把那个狗屁别墅给我轰开，看看下面是什么样的老鼠洞。”克拉克站在悬浮在半空中的飞车上，气急败坏地向手下发着火。

“将军，用安全调查局的空中起重机就能将这个房子吊起来，用不着把它打个稀巴烂！”副队长艾佛森这时又凑上前去。

“好吧，赶快去办！”卡拉克吩咐道。

“我刚才已经提前把起重机调来了。将军！”艾佛森不失时机地汇报道。他觉得这是他在上司面前一个很好的表现机会。

“好！”克拉克又向这个年轻人投去赏识的一瞥，“马上给我把这个房子吊起来，我要亲眼看下这个别墅底下的地洞！”克拉克说着，他乘坐的飞车已经斜刺里向山顶别墅的上空飞去。在那里，一台体型庞大的空中起重机已经悬浮在山顶别墅的上方。

“马上安装好吊装构件。”艾佛森站在奥利维的指挥车上，感觉自己俨然已经取代了队长奥利维的位置，现在他是这里的主角之一。

吊装构件很快就安装好了，就待克拉克将军一声令下。

克拉克示意司机将自己飞车的位置再提高一点儿。终于该他扬眉吐气一次了，自从他被破格擢升为联盟安全调查局的局长，很多人都质疑他的领导能力，甚至有人把他当作前总统府的叛徒，认定他是靠出卖主子得到的高位。

克拉克一挥手，空中起重机顿时向上升起，连接起重机和别墅的纳米超纤维绳索绷得紧紧的。起重机在空中兜着圈子摇晃着，像一只巨大的蜻蜓被一条绳索牵引着不停地在山顶上盘旋。“加大功率！加大功率！”艾佛森站在一辆敞篷飞车上朝着起重机的方向大声吼叫着。

克拉克摇摇头，感觉这幢奇怪的建筑如同生了根一样。一架空中起重机对付这个奇怪的别墅简直就像蚍蜉撼树，整个别墅基本上是纹丝不动。奥利维呢？他突然想起好久没有看见队长奥利维了。

“刚还在，现在不知道哪里去了。”旁边的一个侍从回答道。

正说着，只见一辆黑色的飞车已经风驰电掣般地来到克拉克局长的近前，车上的人正是队长奥利维。

“这么长时间，你去哪里了？”克拉克气恼地质问道。

“我刚和银河舰队取得了联系，已经调用了他们最先进的诺顿级行星起重机，它能将一座小岛连根给吊起来。您别看这个建筑不大，军方行星扫描系统进一步发现这座建筑下面连通了地下一百米以上的深度，也就是说，这座别墅的地下还连着很多东西。对付这种生了根的建筑，一般的空中起重机根本不行。您看……”顺着奥利维队长手指的方向，只见一艘外形奇特的星舰已经悄无声息地向这边驶来，其巨大的展翼将头顶的一大片星光都遮挡住了。

如同被迎头泼了一盆凉水，四个人都激灵灵地打了个冷战。但这种冰冷的感觉马上又都消失了。

尤利微微地抬起头，发现这道巨大的光柱应该是从顶上射下来的，脚底下的金属也和光线一样是纯白色的。可能是温度低的缘故，光影中弥漫着层层薄雾。不远处的金字塔在雾霾中时隐时现。

“快点儿走吧。”维尼一马当先走着最前面。他急切地想看到这个宇宙中独一无二的奇迹——纯度高达 99.99999999999999999%，边长为二百米的黄金金字塔！

纽曼紧跟其后。在总统府当了十年差了，他从来不知道总统府的地下隐藏着这么巨大的秘密。难怪菲利普总统总是独来独往，如此大的隐秘如果散布出去的话，那整个银河联盟可都会炸了锅。且不说这里的黄金价值无法估量，而这种价值还是其次的，这里的每一样东西所蕴含的科学上的意义和价值更是让人无法想象。要知道一个文明进步的最好方法就是借鉴比自己更高级文明的现成知识。在科学上，自己探索就像是在漆黑的夜里摸索一颗掉在地下的宝物。宝物不会俯首皆是，因此探索总是漫长的，还有很多运气的成分。而借鉴其他星球的高度文明对于一个已经有了相当文明的世界来说，就犹如在漆黑的大海中眼前出现了一座指引航线的灯塔。现在，他突然明白了，有好几次他因紧急公务去找总统，总统一下子突然失踪了。而过不了多久，总统就又神奇地出现在他的面前。他每次问总统去了哪里，总统总是笑而不语，问急了就说："就在我的卧室里啊。"其实，他知道根本不是！因为他在总统的卧室里已经去了不止一次。就在总统出事后，他也天真地以为总统是在和他开玩笑。说不定什么时候，总特就会像变戏法一样出现在总统府的过道上，朝他亲密地一挤眼睛。如果不是约瑟夫将军及时通知他赶快离开总统府，他可能现在已经……

这短短的几十米，尤利感觉到从未有过的漫长，好像他生命的进程就浓缩在这几十米之间。这时，他的大脑里突然出现了自己儿时的一些场景，甚至连婴儿时期他出生的那一刻也奇迹般地出现在他的脑海中：他被一团炫目的光包裹着，从一条狭长的通道中挤出，周围都是淡红色的海洋……他被一双大手抱着，那双手在不停地颤抖。他终于睁开眼睛"哇"的一声哭了出来……泪光中，他看到了一个美丽的女人躺在一片鲜红的血海之中，脸色像金箔那样透亮，那时候他似乎就知道这个女人是他的妈妈……在往后，他开始蹒跚学步，一个忧郁的男子双手拖着他，眼神中透出一丝凄苦的悲凉，他叫他爸爸。爸爸终于笑了，这是他第一次看见他笑。他紧紧地抱着爸爸，像是抱着一个世界。再往后，那个男人不见了，他满世界地找他的爸爸。又一个男人出现在他的眼前，将他抱起，轻吻着他脸颊上咸涩的泪滴，很多人都让他叫他爸爸，可他怎么都不愿意叫……在往后，他开始上学了。他每个学期都会轻松地拿个第一……尤利的大脑像走马灯一样闪过一幅又一幅的画面，好像是他身体上的某个记忆按钮被突然开启了，他想让画面停下来都不行。越往前走，他脑海里闪过的画面就越快，画面最后定格在一个美丽的女人身上，这个女人像极了他曾见过一面的妈妈……

四个人都将自己的手轻抚在这无与伦比的黄金金字塔上，一种神奇的能量瞬间如触电般贯通在每个人的躯体中。

"我感觉这座金字塔好像是有生命的。"维尼撤回自己的手细细地端详着自己的指尖，"我感觉它刚下向我的身体里灌输了某些东西，而我的身体也不由自主地接受了。"

"是的，我也感觉到了！"纽曼的双手如同吸盘一样紧贴在金字塔上，他感觉到浑身好像一瞬间充满了力量。突然，他发现自己的口袋里有个东西在一闪一闪地发光。他伸手掏出，却发现是那支金笔的顶端在发出一道又一道的红光，那感觉就像是正在充入一种神奇的能量。

尤利的手指也突然冒出一道耀眼的红光，这道红光穿透乳白色的激光光幕直冲黄金金字塔的塔顶。四个人都被这突然射出的红光吓了一跳，大家都把视线投射在尤利的手指上，发现是那枚外形硕大的黄金戒指发出的。红光持续了好几秒钟才渐渐地变弱。尤利感觉到手指热乎乎的，应该是那枚戒指传递过来的热量。

“他们之间似乎存在着某种感应，金笔、戒指还有金字塔。我感觉他们之间好像是在用一种符号语言在对话！”纽曼握着那支菲利普总统送他的金笔，这时金笔顶端的红光已经停止闪烁。“上次我的金笔就是突然传来了你的信息，当时把我吓了一跳，以为是幻觉。现在想来，才知道菲利普总统当时说这话的意思。他说让我一定要保护好这支金笔，它是有生命的……”

“不要老炫耀你那支小小的金笔了，看我这里！没有问题，这的确是宇宙中纯度最高的黄金！”维尼此时摆弄这他的中微子全能探测仪仔细核对着上面显示的数据，“它的总重量达到令人吃惊的一千五百万吨，抵得上整个银河联盟中央银行金库全部黄金储备量的三分之一。”

“银河联盟中央银行的金库？”纽曼吃惊地看着维尼，因为这个金库很少有人知道，它的位置和黄金储备量则更是一个谜。

维尼明白纽曼惊诧的眼神，他支支吾吾又轻描淡写地回应道：“我也是偶然用我的中微子探测仪发现的。不过，我可没有其他想法啊。君子爱财，取之有道嘛。”说完嘿嘿地笑着。

好久没有吭声的邱中华这时突然扭过头对尤利说：“我感觉这个金字塔里面好像有什么东西，你听里面好像还有声音呢。”邱中华说着又将一只耳朵伏在金字塔的表面上。

“是吗！”几个人都附耳上去，却什么声音都没有听到。

“这会儿声音停了，刚才是真的有声音，那声音就像是蜜蜂在闪动翅膀。”邱中华执意道。

“不管里面有没有东西，让我用探测仪的图像解析计算功能算下就知道了，几个边长的数据是没有问题的，那它的总质量就是一定的，如果探测仪探测到的质量低于这个数据就说明这个金字塔可能是空心的，里面必定有内容！”维尼一边调整着他的探测仪一边解释道。

“看来你的这台探测仪对探测黄金真是颇为卖力，仪器也是见钱眼开啊。”纽曼在一旁打趣道。

“你错了，我的中微子探测仪唯一难以完全穿透的就是这种超高纯度的黄金。而且根据沃尔夫定律……维尼正说着，突然话一下子停住了，“果然里面有空间还不小呢，你们看！”这时大家又都把眼神投向了中微子探测仪的三维图像显示窗口上。

这时，一幅全息的三维金字塔内部结构影像陡然出现在大家的视野前。影像开始是朦胧的，现在变得越来越清晰了。“哦，里面还有条有点儿像古埃及胡夫金字塔里面的坡道哦。”纽曼惊叹道。

“啊，里面好像还有个人！”四个人几乎同时惊呼道。

“难道这座黄金金字塔也和埃及的大金字塔一样是座陵墓吗？”尤利惊诧地用目光向纽曼询问道。因为在他们几个人当中，纽曼博士不仅年龄最长，学识也最渊博。

“不好说。”纽曼说着又摇摇头，显然这个问题对他来说也颇费解。他想了一下又接着说道：“关于金字塔，我知道在我们地球包括整个银河联盟里，一共不外乎两种类型：一种如古代埃及的法老金字塔，是作为陵墓用的；另外一种就类似我们现在隐身其中的玛雅金字塔，这种金字塔主要的功能则是祭祀。两种金字塔从形制来说也是不一样的，祭祀用的金字塔顶上一般都有祭台或神殿，而作为陵墓的金字塔一般在金字塔内部都有墓道和墓室。尤利，纳博星球的那个大金字塔其实就是专门用于祭祀的，它和玛雅金字塔的功能如出一辙。这一点毫无疑问！一般认为，那种作为陵墓的金字塔可能还更古老一些，但这两种金字塔都蕴含某种神奇的能量，这种能量我们目前就称之为金字塔能。对于金字塔能，待解的谜团还很多。但从这座黄金金字塔的外观上看，它无疑类似古埃及的大金字塔，所以这里面如果真有墓葬也是完全可以理解的。

“但问题是谁会葬在这里呢？不会是古埃及的法老吧！古埃及的图坦卡蒙博物馆我还是有幸参观过，不过和这里相比，他那点儿黄金只能算是小巫见大巫了。”维尼这时候看上去有点儿激动，有点儿跃跃欲试了。

“最好看看里面有没有什么文字和壁画。”邱中华提议道。

“这个探测仪能探测到里面有人已经非常不容易了，他的分辨率还达不到能看清里面文字的地步！不过，让我看看这个黄金陵墓的入口在哪里。”维尼说着又开始调整他的探测仪上的参数了。

看到大家这么积极，纽曼这时候脸色突然一沉，他有点儿担心地说：“我们要不要打搅这墓室里面的主人呢？因为关于这种类型的金字塔还有很多古老而神秘甚至恐怖的传说。”

“什么恐怖的传说？”维尼有点儿吃惊地问。

“在地球上，最早将金字塔作为陵墓是在六千多年前的古埃及法老时期。作为当时地球上的七大奇迹之首，金字塔是怎么建造的一直就是这个星球上一个难解的谜，因为此后的许多科学家们发现：即便是历史再往后推三千年，人类的科技水平依然无法建造出如此巨大的石头陵墓，因此外星人帮助法老建造金字塔是长久以来对金字塔成因的一种推测和解释。说实话，我的博士研究论文就是关于金字塔研究的，因此我曾在银河联盟公用数据库里检索了很多这方面的文献，很多文献也是近几十年内才逐渐解密的。现在，银河科技界对金字塔建造的权威解释就是古埃及人利用了先进的反重力技术建造了规模庞大的金字塔，这几乎已经成了学术界的定论。而反重力技术在我们地球上是近三百年内才掌握的超级技术，因此，外星文明帮助建造金字塔可以说已经成了大家的共识。虽然如何建造的问题解决了，但金字塔上依然有很多谜团无法得到科学的解释，其中比较恐怖的就是关于‘法老的诅咒’。”

“‘法老的诅咒’？我似乎以前也听说过。就是说参与发掘法老陵墓、开启金字塔墓室的科学家或者盗墓贼后来都无一幸免非常离奇地死去，而且一个个都死得都非常恐怖。真有这回事情吗？”维尼紧张地问道。

“对于‘法老的诅咒’，其实在科学界一直都有两派观点。一派观点认为‘法老的诅咒’纯属是无稽之谈，参与发掘的某些科学家的神秘死亡是和很多自然因素有关，比如各人的体质、疾病甚至是一些意外事故。还有科学家认为是法老的陵墓由于封闭过久，里面产生了很多在厌氧环境下生存的未知病毒，是这些病毒导致这些非正常死亡的。而另一派观点则对‘法老的诅咒’却持认可态度。因为很多考古学家在法老陵墓的内壁上发现了非常恐怖的咒语，比如‘如果有人打扰法老的安宁，死亡之翼将降临在他的头上’。紧接着发掘者接二连三的意外死亡事件就不断出现。甚至发掘者自己家里的很多宠物都无法幸免，一个个都非常离奇地死亡了，用意外和巧合来解释这些现象就太牵强了。我在做博士论文时，特意检索了银河科学院关于‘法老的诅咒’的最新研究成果，最新的研究认为，这可能和一种称之为咒力的神秘超时空力学有关系。我们目前对这种力的认识还远远不够，无法用科学解释其中的某些机理。目前，我们银河科学院对念力的认识尚处于初级阶段，而对咒力这种超时空的力的解释更是无从谈起，那些被法老诅咒过的人肯定是受到这种咒力的影响。”

“你说的这种咒力和蛇人使用的念力武器及思维控制是一回事吗？”尤利突然想起了自己在银河舰队时所经历的一次险境。他当时分明将银河科学院交付给他的“暗物质镭”的投射方向设定为蛇人的旗舰，可实际操作中他却鬼使神差地将“暗物质镭”的投向区域设定成了银河联盟的首都——地球。如果不是当时大脑中突然有个奇怪的声音提醒他，他就准备按确认了。要知道那一指头如果按下，整个银河联盟的首都地球都会在一个星期后被“暗物质镭”侵蚀成为一团能量，连块完整的岩石都不会剩下。等他明白了这一错误后已经惊出了一身冷汗，后来才知道自己可能是中了蛇人念力武器的暗算。

“可能是类似的一种力吧，但我们目前也不是很清楚。”纽曼解释道，“后来总统派我和银河科学院取得联系，‘念力保护罩’在战争最艰苦、最危急的时候终于研制出来了。后来很多人包括很多战史学家都认为，我们和蛇人军团决战的决定性胜因是因为我们使用了暗物质武器。但还有另一派观点则认为，对战争起决定性因素的应该是‘念力保护罩’的及时发明，它对念力武器的强大防御能力才使我们终于能够发挥出我们的优势。试想在战争的初期，我们的银河舰队被蛇人的思维控制念力武器所左右，舰队间经常是无意识的自相残杀！”

“好了！别提那场不堪回首的战争了，我们赢得太艰难，甚至根本就没有赢！”提起那场战争，维尼就想起了他和尤利的那次争执。明显感觉可以将敌人一举击溃的时候，银河舰队司令部却下达了撤退的命令！尤利以大局为重同意撤退，可他却要求继续进攻。‘他们的银河舰队被蛇人战舰欺负得太惨了！当时因为这件事，他几乎和尤利闹翻了。将在外军令有所不受！这是我们唯一一次登陆蛇人星球作战的机会！”他记得当时他朝尤利挥舞着拳头大声吼叫道。

尤利知道维尼的话外之音，事后他也无数次地反思那场并不光彩的撤退。对于那次撤退，银河舰队司令部的解释很简单——银河联盟政府和议会通过中间人已经接受了蛇人帝国星际联盟提出的停战协议，而且，以我们舰队当时的实力，根本不可能在蛇人星球上取得登陆战的胜利。不过这些都已经是历史了，历史这本词典里从来就没有"如果"这个词。

说到这里，大家好像一下子都变得沉默了。维尼已经调试好了中微子全能探测仪的显示窗口，黄金金字塔的进入通道口的位置已经显示在探测仪的深度解析图上。大家这时候都将目光投向了纽曼，在这件事情上他应该最有决定权。

"这样吧。"纽曼顿了一下说道，"我们先按照这个图去通道口看看，如果我们没有受到什么警示和阻碍，我们就可以进；如果受到了阻挡，我们绝不可以像在圆形大厅里那样用武器打开强行进入。这样也是对金字塔里面的逝者的一种尊重。另外，我们绝不可以拿走里面的任何东西，不管它再怎么价值连城。如果大家能做到这两点，我想就不会有什么诅咒降临在我们大家头上。况且，我的这支金笔和尤利的戒指刚才好像都受到了某种邀请似的发出了某种信号，我感觉这就是一种良性的暗示。说不定菲利普总统真的将一些非常重要的秘密藏在了这里！"

"对啊，我们只是来收集总统遗留在这里的信息，来完成菲利普总统的遗愿。我们问心无愧！我相信诅咒是不会降临在我们任何一个人头上的。"尤利这时用一种坚定、不容置疑的眼神看着大家。

探测仪显示的通道口就在他们站立位置的背面，和他们整整隔着一座"金山"。四个人沿着这座"金山"的边缘缓缓地向前行进。

"这么大的一整块黄金，将它铸造成一座金字塔的形状，如果没有神一样的力量简直无法想象！如此高度发达的一个超级文明怎么可能战败又被迫做星系级的迁徙呢？"维尼一手轻抚着光滑的金壁一边感叹道。

"文明的发展是无止境的。一万年对于宇宙来说只是惊鸿一瞥的一瞬，而对于一个文明来说则意味着翻天覆地和沧海桑田。在地球上，几千年的文明差距已经让人无法想象。想想看，一个文明如果比另一个文明提前了十万年或者一百万年那会是一种怎样的差距呢？所以说时间真是个可怕的东西。不要说十万年、一百万年了，就拿我们地球上的人类来说，一千年前的人类谁能想到我们现在变成了这个样子——国家消失了，星际旅行如同出个远门。当时的人类甚至否认外星球有文明存在，认为地球是宇宙中唯一有智慧生物存在的星球。”纽曼解释道。

尤利沿着金字塔的边缘走着，突然感觉到自己的心跳陡然加快了。这种感觉他以前从来没有过。他将一只手按在胸口的位置，想平复一下那颗狂跳的心，可是却毫无用处。以前在军校、在舰队，他的禀赋异于常人已经是个不公开的秘密。自从人类基因组改良以后，一般人的心跳都在每分钟三十次左右，而他平时的心跳却只有十五次。可现在，他用一只手握着手腕，感觉自己的心跳可能超过了每分钟一百下。

拐过一道弯，又走了一个二百米，再转过一道弯，他们的目力已经能看到那个金字塔边上的台阶。像是感受到了某种召唤，四个人的脚步突然都加快了。

诺顿级行星起重机如一个巨大的铅盖一样压在大堡礁的蜥蜴岛上。从某个角度看，它甚至比整个蜥蜴岛的面积还要大。克拉克眼瞅着这个庞然大物心里却不免有点儿发憷。

“好了，你去指挥吧。”克拉克知道奥利维在银河舰队服过役，而指挥这些超级的庞然大物，自己完全没有经验，弄不好还会惹出什么笑话。

“我是诺顿级星舰起重机舰长哈桑。现在起重机和被吊体的吸合已经自动完成，只要您一声令下，就可以执行了。”奥利维的飞车上不知啥时候又多了一个人，这个人朝克拉克局长敬了个军礼后请示道。

“好的，开始！”克拉克一声令下。

诺顿级行星起重机开始慢慢地向上抬升。那座小巧精致的“落日点别墅”好像生了根一样在巨大的拉力作用下开始变形，它像一个有弹性的皮条一样被拉细、拉长……紧接着，整个岛屿开始颤动，岛屿上的山体似乎也被拔高了一些。突然“砰”的一声，别墅离地而起，它的下面还带着一截几十米长的金属粗管，管径足有五米。

“终于拔起来了！拔起来了！”起重机下的飞车上响起一阵欢呼声。

执行完任务的行星起重机像一片浮动的乌云一样渐渐地隐在星光暗淡的天际。蜥蜴岛上又恢复了往昔的宁静。一大群飞车如同乌鸦一样在蜥蜴岛的山顶上盘旋，不一会儿，四处亮起的微型核子探照灯几乎将整个山头照得如白昼一般。小巧精制的别墅不见了，取而代之的是一个深不见底的洞穴。

“探一下这个洞有多深，有没有其他出口。”看到这个洞穴，克拉克刚才的那股兴奋劲儿一下子就消失了。以他对自己的老上司纽曼博士的了解，这只狐狸绝不会将自己困死在一个没有退路的地穴里。刚才这里地动山摇，他其实已经意识到了这一点。不过洞已经挖了出来，他就必须把这个工作进行到底。

“将军，我的车载超临界亚原子雷达可以探测二百公里的深度，我想这个洞再深也不可能超过二百公里！”刚才在起重机上失算的艾弗森此时急于找回点颜面，他感觉在克拉克的眼里，自己已经完全可以和奥利维分庭抗礼了。

“好，去执行吧。”克拉克一皱眉头，他感觉这个年轻人太急于表现了。不过，对于年轻人来说，这也并不是件坏事，他现在就急需要这样的人为自己效劳。

雷达的扫描数据出来了，在场的人都吓了一跳。

二百公里远没有到达洞底！雷达的智能回波显示这个洞可能要深得多，而且地洞的方向拐向了澳洲大陆！

“妈的，果然不出所料，又让他们跑了！”克拉克阴沉的脸上能滴下水来。

“将军，雷达数据显示洞里面氧气充足，而且洞口的大小正好能容下一辆飞车通行，我想是不是我们可以进去捉拿逃犯？”艾佛森那张精明的瘦脸此时又挤在他的眼前。不过，他可不想继续等着这里了。看了看腕上的卡地亚原子表，一个好觉几乎被耽误了。他打了个哈欠，吩咐奥利维道：“你在这里替我守着，我还有些急事需要处理，有啥大事情再向我汇报。”说完朝司机一努嘴，黑色的兰博基尼飞车像一阵风一样掠去，转眼就不见了。

9

站在通往金字塔入口的黄金台阶下，谁也不想第一个踩踏上去。这是真的黄金啊！邱中华俯下身，单膝跪在台阶下，用手抚摸着这无与伦比的奇迹。他抬起头仰望着银色苍穹之下的金字塔顶，用灵魂去感受着这种极致之美。简洁的线条、和谐的比例，美的极致就浓缩在这惊世骇俗的结构之中。他亲吻它，亲吻着脚下每一寸的黄金！过了好久，尤利的手搭在了他的肩上。他扭过头，泪眼婆娑地看着尤利，轻轻地摇摇头。

“走吧，邱。”不知道为什么，尤利的眼眶也湿湿的。

他点点头，站起来跟在尤利的身后一步一步地向上攀登。

台阶的间隔很窄，开始还能容得下一个脚掌的位置，沿着塔身上的台阶走了差不多十几米，台阶的间隔就越来越小，最后竟消失了。

“洞口就在这里。”维尼弓着腿保持着身体的平衡，他的手持探测仪的显示窗口已经精准地指向了脚下这个地方。可洞门是关闭的，仔细查看这里的塔壁，没有看到任何痕迹。维尼用手试着在洞口位置的四周摸索着，希望能像尤利一样一不小心就将洞口开启。

“算了，可能是金字塔不欢迎我们，我们就不打搅它里面的主人了。”纽曼说着转身就要离去，他怕维尼一时兴起又会掏出激光枪在这里开个洞。在上来的路上，他还在后悔没有阻止维尼在那个圆形大厅的墙壁上打的那个洞，虽然他知道那是迫不得已。

“好吧，走了。”尤利和邱中华也转过身。刚往下走了两步，尤利突然感到自己的手指一阵震颤。他忙抬起手，发现那枚戒指一下子变得通红，连他手指肌肉里的蓝色血管都看得一清二楚。紧接着，一道红光直射塔顶，几秒钟后，红光消失，身后却传来维尼的一声惊呼：“门开了！”

三人猛地回过头，看到刚才维尼站立的位置已经豁然洞开了一道两米高、一米宽的口子，维尼傻愣愣地站在洞口前不知道该不该进。

“尤利，”纽曼叫道，“是你的戒指发出的红光吧？”

尤利点点头。

“那你走在前面吧，说不定你会给我们带来好运气。”维尼侧过身把靠近洞口的位置让了出来。

尤利侧过身走了过去，刚刚稍许平复了的心又开始狂跳起来，仿佛那颗跃动的心要跳出胸膛似的。“这是怎么了？”他暗问自己。可答案却始终无法寻觅。

尤利进入洞口才发现这是一条有点儿倾斜向上的坡道。通道里的光线不好，只能隐隐约约地看清脚下。坡道里面的宽度也仅容一个人通过，两米高的洞口在水平方向的高度也就一米五左右，尤利必须俯下身缓缓地向前行进。走了差不多三十几米，通道突然一下子变宽变高了，一个五米见方的空间出现在尤利的眼前。终于可以直起腰了，尤利站起身，等着后面的三人。

“这里应该就是墓室吧，怎么什么也没有？”纽曼直起身稍感失望地看看四周，却发现这里只不过是个类似中转间的空间。方形空间的对面还连接着两条通道，一条通道缓缓向上，另外一条则向下延伸。“往哪里走？”纽曼看着维尼，“你不是刚才说你的探测仪发现里面有人吗？那人是在哪里呢？”

维尼再次将探测仪的采样窗口分别对准两条通道口，不一会儿，图像和数据都显示在显示窗口上。维尼指指那条斜向上的通道，然后说：“斜向下的那条通道里除了黄金和空气没有其他任何东西。”

这条向上的坡道明显比刚才进来的那条坡道宽敞了些，除了维尼，其他几个人都可以站直了身形往前走。“看来长得太高并没有多少优势，还得低着头！”看着一行四人都不说话，维尼打趣自己道。

越往前走，尤利的心跳得越快。他甚至感觉到自己的身体也被这强烈的心跳带得震颤起来了，整个身体犹如一个巨大的心脏，在不停的膨胀、收缩。无形中，好像还有一种强大的引力拉着他往前走，他的喉结蠕动着，好像心已经跳到了嗓子眼儿。眼前的通道里的光线也开始变得明亮起来，他加快了脚步，向着越来越明亮的光影走去。猛然间，通道变成了四四方方的一个大厅，他的心忽悠一下子仿佛跳出了胸膛。

面前是一个四四方方的“金厅”，蚀刻着奇异花纹的大厅四壁像古时候基督教堂的尖顶一样拉着细长的弧线直插塔顶。一束柔白的激光自塔顶直射而下，在近一百平米的方厅中央投射出一块白色的光影，光影中竟然悬浮着一个平躺着的女人！

“奥莉薇兰！”尤利大叫一声冲了过去。就在他的身体快要碰触到那束白色的光影之时，他的身体却像撞在了一道光滑无形的坚壁上一样给弹了回来。“咚”的一声，反弹力之大，几乎将他的身体直弹了回去，多亏后面迎上的纽曼将他一把抱住才没有摔倒。“怎么！你认识她！？”维尼吃惊地站在一旁大瞪着双眼。

“她是奥……奥莉薇兰，纳博星球上的女王！”尤利挣扎着从纽曼怀里出来大喘着气。

“奥莉薇兰？纳博星球的女王？”纽曼和维尼都大吃一惊。“不是听你说，她留在纳博星球没有和你们一起回来吗？”

“是啊，她怎么会……”尤利大睁着一双快要喷血的眼睛，那可怕的神情将其余三人吓得都不敢吭声。过了许久，维尼的嘴角嗫嚅了几下，他指指探测仪的三维显示窗口对尤利怯怯地说：“我听说纳博人的平均寿命只有七十岁左右，相当于地球在公元20世纪的水平。可这个人的实际寿命是一百一十二岁，死亡的时间是在四十三年前。”

“真的？！”尤利吃惊地揉揉自己的双眼，又向前走了几步，双手伏在那如空气般透明的光墙上伸着脖子看着里面的那个女人。

里面那个美丽的女人如同睡着了一般，好像只要有一点儿响动就能将她惊醒。你说她有一百多岁？尤利怀疑地回过头看了下维尼一眼又若有所思地摇摇头。“不是奥莉薇兰。奥莉薇兰的脖子上有块红色的胎记，不过，她们简直太像了，太像了。年龄、发型、肤色、五官，甚至连裸露在外的脚趾都是一模一样的！”

“尤利，你看，这里金壁上有段卓尔金文的铭文我的探测仪已经识别出来了一些。上面好像写着：‘加布丽艾勒，卓尔金公主，死于难产，终年一百一十二地球年。’好像还有些卓尔金文识别不了，能识别的信息目前就这么多。”维尼遗憾地看着探测仪摇摇头，“不过这些数据已经够了，已经能证明这个人并不是你担心的纳博星球女王。”

听到这句话，尤利的脸突然一下子红了，他知道自己刚才有多失态。自从他来到地球，他就想把和奥莉薇兰女王之间的一切都暂时封藏起来。因为在地球上，那种男女之间非常古典的爱情早就像冒牌的古董一样让人看着可疑又可笑。因为早在一百年前，银河联盟的科学家们早已弄清楚了银河系泛人类们在各种爱情体验中身体所产生的各种化学物质的成分。银河联盟各大制药公司更是投其所好，花样翻新地将这些化学物质做成各种药丸，使产生真实爱情效果的各种药品层出不穷。现在，最时髦的爱情就像辉瑞火星制药公司的星际广告所说的那样：“一枚蓝色药片，给你全宇宙最完美的爱情！”所以，每次想到奥莉薇兰，尤利都坚定地将它阻断在萌芽状态，不去回味，不去触动，将所有的一切都先斩断！他不想让自己沉迷于此！可现在，他却发现自己对奥莉薇兰女王的思念犹如燎原之火一样一瞬间就将他完完全全地吞噬掉了。

看着大家一双双真诚的目光，尤利的心终于放平缓了一些，可心跳依然很快。

邱中华仰着脖子盯着方厅墙壁上的壁画，过了许久他长出一口气道："这个墓室的壁画讲述了这个女人的一生。我似乎能看懂一些这里的绘画语言。你看那边的第一幅画，上面是说她的婴儿时期。她的父母是地球上最后一对卓尔金人，他的父亲是卓尔金王，母亲是卓尔金王后，他们是卓尔金人在地球上的最后一对夫妻。这对夫妻只有她这一个女儿。父母死后，她就是这个星球上唯一的一个卓尔金人了。画面中，她显得很孤独。第二幅画说的她的少女时期，画的是她在地球的学校里读书，一直念到大学，她的成绩永远都是第一，这几乎是个奇迹。第三幅说的是大学毕业时认识了一个地球上的男人，他是她的同学，后来他们相爱了，最终这个人成了她的丈夫。最后这一幅画是说她的死亡。卓尔金人无法和地球人通婚、生育，而且他们来到地球后每对夫妻只能育有一个后代，这是他们最终灭绝的原因。她们的身体结构和基因组类型异于地球人，不能和地球人产生后代，但她和他却意外地有了孩子，这是一个奇迹。这个和地球人共同生育出的孩子，就是卓尔金预言中最终拯救整个银河系的唯一一人。但预言同时也说，生他的母亲会因难产而死。不过，这个卓尔金公主最终还是决定用自己的生命去换取这个预言中的孩子，因为他是卓尔金文明延续下去的唯一希望！"

"尤利！你看，探测仪又识别出了一些！说她的丈夫是约翰·戴维斯，是银河科学院的首席科学家！你的父亲，还有你的名字：尤利！她……她可能是你的母亲！"维尼指着中微子探测仪的显示窗口惊叫道。

"我看看。"纽曼也急忙扭过头盯着探测仪的显示窗。

"我的母亲！？"尤利惊呆了，一时间，他好像又恍然大悟！难怪自己的心在不停地狂跳，原来他和这个美丽的女人有着最近的血缘！

"尤利，难怪你干什么总是第一，你原来有一半的外星血统！"维尼这时也好像恍然大悟。他们在一起的时候，不管是体育还是学习，包括在舰队服役的日子，尤利干什么总是第一。当时就有人说，如果尤利参加银河奥林匹克运动会，不管是什么项目，他要想当冠军就没有人能够阻挡。

"哦，现在我终于明白了！"纽曼轻轻地摇摇头，"为什么菲利普总统对你寄予那么大的希望。原来这里面隐藏着这么大的秘密！我现在也理解了菲利普总统为什么敢于和蛇人帝国联盟宣战，原来他的背后有卓尔金超级文明的支持。怪不得银河科学院在那么短的时间里制造出了令蛇人惊恐万分的超级武器。只是卓尔金人为什么在地球上会最终灭绝呢？他们的科技和文明如此发达，无性繁殖、克隆技术几乎可以为所欲为。这……这实在是一个无法解释的谜。”

尤利呆立在那里，看着她的母亲。他的脑海里又突然显现出那副画面，只是画面越来越清晰了：他的母亲在血泊中抱着一个婴儿，在婴儿的额头上轻轻地吻了下，这个婴儿就是他啊。他趴在母亲的怀里吃着最后一口奶，渐渐地发现母亲抱着他的手慢慢地松了，洁白的奶汁从他的嘴角溢出……婴儿“哇”的一声哭了起来……一个泪眼婆娑的男人用一双颤抖的手将他抱了起来。这时，他低头最后看了一眼他的母亲，母亲的嘴角好像还溢出一丝欣慰的微笑……

“妈妈！妈妈！”尤利终于抑制不住夺眶而出的泪水，趴在那道无形的光障上痛哭失声。“您为什么非要生下我！可我却这么没用！……”

过了许久，维尼走到尤利的身边。“尤利，请节哀顺变吧。人死不能复生，在宇宙中没有人能逃得过死亡，让你的母亲安息吧，她如果活着也一定希望你坚强。我们今天还要……”刚说到这里，他腰间的那个晶体遥控器又突然“哔、哔”地响了起来。维尼马上将它掏出，按了一下，这时一个令人吃惊的三维影像又“嗖”地跳了出来，四个人一看都大惊失色。

奥利维看到克拉克一溜烟地跑掉了，不由得在心里叹了口气。把这个不好收拾的烂摊子扔给他，而且眼前还有个难缠的副手艾佛森。

他知道艾佛森一直想取代他成为特行队的队长。可对付如此锋芒毕露的下属自己却毫无经验，不知道该压制还是放任。现在，艾佛森就冷冷地站在他的面前，全然没有了克拉克局长在时的殷勤劲儿。“你能将我怎样？看你怎么安排。”艾佛森的眼神里就是这种挑衅的意思。不过，他硬着头皮也要把眼前这档事处理完。

“你刚才给局长说，你要下去看看？好吧。你要带几个人？我在这里等你消息。”奥利维强压着怒气问道。

“哦，队长，我的车有点儿问题，垂直升降好像不灵了。”艾佛森说着用手在自己车上的控制键上点了下，表明自己没有说谎。他明白，克拉克不在，他没有必要这么卖命，干得越多，错就越多，不如自己坐在这里看他奥利维如何收场。

奥利维又在心里叹了口气，他知道强行命令他下去也没有用。艾佛森还会想出其他花样和他周旋，最后责任都是他的。不过，奥利维突然非常想自己亲自下去看看，看看这个洞到底能通向哪里。他这样想其实还有另外一个原因，他是想会会尤利和维尼。因为当年在银河舰队服役的时候，他就听说过尤利和维尼这两个人的大名，而自己当时只是星舰上一名普通士兵。

“好吧，你在洞口守着，没有我的命令不许离开！我带着几个人下去看看。”奥利维没有好气地说道。他朝身后的几十人一挥手：“你们和副队长留守在这里，准备接应，我和费雷罗、库奇还有大卫一起下去。”说完他朝坐在洞边飞车上的三人一招手，自己则驾驶着那辆刚缴获的改装飞车徐徐驶向洞口。

从洞口看，里面深不见底。奥利维将车的前灯打开，后面的三人都坐在另一辆车上和他相隔一百米远。这辆车的性能太好了，控制起来升降自如，怪不得当时的十几辆警车竟然没有挡住它。走过了一百多米，奥利维突然发现洞壁变成了金属的，再往下走，奥利维发现了通道上还有明显的室温超导磁悬浮轨道！这一惊非同小可，奥利维的额头慢慢开始冒汗。这哪里是一般的地洞啊，这分明是一条用来跑地铁的隧道。

飞车早已行驶了几个两百公里，隧道的终点还是遥不可及。根据他车载的全息导航仪测定，这条隧道至少还有上千公里长。这条隧道最终会通往哪里呢？奥利维越往前行驶心里就越慌。“还要往前走吗？”后面的三名队员早已沉不住气了，他们用全息通信器的语言功能向他请示。他只能咬牙回答道：“跟上！继续！”

看到奥利维他们都下去一个多小时了，依然没有任何声讯和图像传上来，艾佛森不免有些着急。可又转念一想，莫不是他们出了意外，死在了里面？如果是这样的话，他可以把洞口一封，直接向克拉克局长汇报去了。多亏自己刚才没有答应下去，这么深的洞口里面没有机关才怪呢。这时，他又不禁庆幸自己刚才耍了个滑头。正这样想着，突然自己车上的全息通信器的红灯亮了起来，他忙点了一下，奥利维有点模糊的半身头像立刻出现在他的眼前。

“艾佛森，洞口里面非常深，我们行进的距离已经超过五百公里，我在洞里实测的长度还有近一千公里。由于洞内金属管道屏蔽，我感觉车载的全息通信器信号衰减得很厉害，已经快没有信号了。”奥利维的话还没有说完，“啪”的一声图像已经自动关闭了。

“妈的，还有一千公里！这是什么王八洞。”艾佛森气狠狠地骂了一句。他知道有奥利维一天，他在这个队里就永无出头之日。但怎么把这块绊脚石掀掉呢？他常常是苦思不得其解。

看着如镜般光滑的洞壁，奥利维将飞车的模式调整为自动驾驶，这样车速更快，他始终绷紧的神经也可以稍微松弛一下。

“队长，我们和洞口的信息联络已经失去，还要继续走吗？”后面的队员传来的声音听上去有点儿惊慌。

“继续前行！”听到这声音，不知为什么，奥利维的恐惧感却一下子消失了。他知道这么深的洞一定隐藏着巨大的秘密。极地探险一直是他的爱好，他当年加入银河舰队的初衷也是希望能有更多的机会遨游太空。后来虽然退役了，他更是把所有的业余时间都用在了星际旅游和探险上。探险和旅游都是需要很大花费的，目前这份工作干得不是很开心，但薪水还是令他满意的。“人为财死，鸟为食亡”，不知道为什么他突然想起了这句不吉利的老话。

“这通信器真烂！”他把一只手重重地拍在那个已经显示超距的全息通信器上。早知道要进这么深的洞，他可以带上自己那个野外探险用的专业级引力波通信器，那个宝贝几乎可以将全息信号传送到银河系的另一个旋臂上也没有丝毫的信息衰减。战争才过去了九年，除了银河舰队的装备还行外，其他的防卫性部队包括银河联盟警察部队配备的警用装备竟然比民用品还差！哎，奥利维叹口气。如果再有一场战争的话，真不知道银河联盟还有没有机会取胜。

车子在垂直下降五公里后一直在水平方向上行进。奥利维把自动驾驶模式又换回了手动模式，驾驶着这样一辆犹如飞龙一样的宝车，那种感觉是超炫的。他幻想着有朝一日，自己也能拥有这样一辆豪华配置的飞车。那时，他会再一次把工作辞掉，驾着它游遍银河系的每一个角落。正这样美滋滋地想着，他突然抬头发现车头的激光大灯照在了一面墙上。自动紧急停车系统已经开始制动了，飞车随即停了下来。看看里程仪，车子已经行驶了一千五百公里，停的位置距离前面那堵墙仅仅十五米远，多亏和后面的车距保持得还算不错，要不然真有可能撞在了一起。

尤利走下车，发现前面的光线很好。他想去查看下前面那堵墙怎么会突然横在隧道里。刚走了几步眼前一下子豁然开朗，一个巨大的地下空间出现在他的眼前。他又狂跑了几步，发现那堵墙竟然是一个车厢般的房子。房子的门是开的，里面没有一个人！“你们快过来看！”他朝身后已经停下车的几个人使劲地招手，那几个人明显也被眼前出现的一切惊呆了，只是傻傻地站在那里，对他的叫喊并没有大反应。

10

“怎么？这么快！他们已经进入隧道到达了广场！”维尼看着自己的宝贝车子停泊在隧道车厢的一边，奥利维和其他三个穿黑色制服的人正站在车厢旁商量着什么。

“他们也只有四个人？”纽曼轻声地问道。

“从这个角度看，只有两辆车，四个人，但这可能只是他们的先头部队。蜥蜴岛上的别墅不用说是被毁了，那可是你的房子啊。”维尼说这话时抱歉地看了下邱中华。

“那别墅也不是我的，况且我也不想回去了。”邱中华默默地说道。

“尤利，”纽曼看了一下尤利，然后不无担心地说道，“我现在担心这里会被他们发现。这里是一块圣地，是你的母亲安息之处。菲利普总统一个人保守这个秘密那么多年，我不想让这个秘密因为我们的闯入而被泄露。”

“那我们不用再找菲利普总统留下的证据了吗？”维尼看着纽曼问道。

“走吧，时间来不及了！”尤利看了下腕上的原子表说道。“现在已经是周一的凌晨四点了，今天上午十点银河联盟议会的表决就要进行了。这么短的时间内，在如此大的地方找一个小小的证据简直就如大海捞针一样。即便是我们现在找到了证据，也无法在议会表决前赶到那里。现在再坚持在这里待下去反而容易将他们引到这里来。而且，我也想让母亲安息了。”尤利说完“扑通”一下子跪在了母亲身前，两行热泪又禁不住从脸颊上缓缓地流了下来。

四个人从金字塔上沿原路走了下来。等他们站在塔下再一次回过头时，却发现金字塔上的那扇门已经自行关闭，刚刚拾阶而下的台阶也“咔嚓”一声抹平了，整个斜面又变成了一个光滑无痕的平面。“或许它永远地关闭了。她留着那些台阶就是为了今天最后再见尤利一面，在睡梦中看看她的儿子。”纽曼这样想着，就又看了一眼走在一旁沉默不语的尤利。

“如果他们一直开着我的那辆车子就好了，这样我们就一直能监视他们。”维尼这时边走边调整着他的晶体遥控器，却发现自己的车还停在那里，只是刚才看到的那四个人已经不见了。

“绝不能让他们从我们开的那个洞钻进来，那个洞口太危险了。”纽曼一边说着一边在腰间摸着那把维尼送给他的“银河死光”激光枪。

“没有那么危险吧？即便他们进入了那个圆形大厅也很难找到这里来。我感觉我们走了这么久也只是走了总统府地下密道的一小部分，那个大厅应该只是个中转枢纽。尤利，我好像感觉我的中微子探测仪的灵敏度比以前高了，这里面突然增加显示了很多数据和结构。这些结构我们来的时候根本没有察觉到。我们目前走过的地方还不到整个地下结构的十分之一！”维尼一边盯着中微子探测仪的数据口一边说道。

“什么？我看看！”纽曼正要抓过维尼的探测仪，却被维尼的手挡在一边。“尤利，中华，你们看纽曼博士是不是比以前年轻漂亮了！？”四个人面面相觑，都大吃了一惊。皮肤好像是细腻了些，还有眼睛也看上去更明亮了。

“我感觉这是金字塔能或冷激光的效果，你们也是！”纽曼摸摸自己的脸庞，觉得皮肤是比以前紧致了些。

“早知道效果这么好，我们应该再在里面多待半个小时，火星上的美容院也没有这个效果啊。”维尼说完转身又朝身后的金字塔看了一眼。

“快走吧！”纽曼道，“我们要赶快出去想办法把他们从这里引开，或者把他们干掉！决不能让他们发现这里更多的秘密。我想大堡礁的蜥蜴岛上的那个密道口已经被破坏，我们又在那个圆形大厅的墙壁上开了口子，如果进来的人多了，这里的秘密迟早会被发现。那个时候，菲利普总统不惜用他的生命保守的秘密就会大白于天下，那么我们就真的成了历史的罪人。”

尤利一直默不作声，他感觉自己今天真如梦游一般。他在这里见到了他从未真正谋面的母亲，他做梦也没有想到自己的母亲竟是传说中的外星系人。在上大学的时候，虽然他总是能轻而易举地取得他想要的任何一个第一，别人也总是羡慕他的成绩，可他总觉得自己和大家一样。在他刚懂事的时候，父亲就不在了，他和许多孤儿一样在银河保育院里长大。可这也不是什么特别的事情。自银河联盟的前身地球联邦的全人类基因组改良之后，因婚而生的孩子本身就很少，很多的孩子都是政府按计划从精子库和卵子库里通过基因优化筛选而人工培育的，因此一个孩子没有父母并不是件奇怪的事情。更何况，银河舰队的菲利普将军也就是后来的银河联盟总统很快就收养了他。因此，他的童年、少年都是一帆风顺的，而他也从来没有把自己的身世当成一个谜。

四个人快步穿过半球形的大厅。在走进通道关上大门的一瞬间，尤利转过头最后向那白光中的金字塔回望了一眼，心里默念道：“安息吧，妈妈，我不会让您用生命换回的东西白白浪费掉！”说完，他转过身，毅然朝前方走去。

奥利维好不容易才把另外三个人的注意力都集中在他的身上。他们下到这长达一千五百公里的地穴下并不是来探险和观光的。因为从地下建筑的规模上看，这里很可能是银河联盟反叛组织的地下老巢。而自己这边只有区区四个人，而且还和洞口的接应部队失去了联系。

“要不然我们先回去吧。您可以把这里的情况向局长汇报一下。就说这里面积太大，我们的通信设备也无法和上面取得联系。”四人中最年轻的上士库奇颤声说道。

“回去？”奥利维想了一下又朝向四周看看。这里怎么看上去有点儿凌乱，到处是一堆一堆的建筑材料，有点儿像一个还没有完工的地铁建筑工地。

“我们开了几个小时的车就为看一下这个修了一半的地铁站？连个敌人的毛都没有发现就回撤？回去怎么交代？”留着络腮胡子的费雷罗显然不以为然。

“大卫，你的意思呢？”奥利维问道。

“我吗，无所谓，呵呵，您决定吧！我感觉好像这里没有啥危险哦，而且挺好玩的。”大卫说着还笑嘻嘻地四处张望。

“那好。”奥利维看了下腕上的原子表，“现在已经快凌晨四点了，我们抓紧行动，多搜集些情报和资料，不管发现没发现敌人，五点钟准时返回！”他知道就此打道回府，等在洞口的艾佛森肯定会讥笑他，说不定还会偷偷去克拉克那里说他无能！

“您看那边！靠近右侧岩壁的那个碟形建筑好像有个洞！”

大家顺着大卫手指的方向看，果然在前面二百米处，一个靠近地铁站右侧岩壁的地方有个圆碟形的奇怪建筑。建筑的大部分都深嵌到岩层里，只留下三分之一的部分在岩壁之外，而且在靠近岩壁的地方豁然留下了一个洞口。

“好吧，我们先过去看看。这里也只有那个建筑最可疑，看完后大家再分头行动！”说完后奥利维率先朝那个方向走去。

“太奇怪了，这好像是用大功率的激光器临时切割下来的！切割面非常不规则。”费雷罗俯下身用手在洞壁的切口上摸了一下，又看了看那根扔在一边，直径有一米的圆柱体，不禁摇了摇头。

“怎么？”奥利维俯身问道。

“这是种非常奇怪的合金材料，硬度和熔点都非常高，它的切面和镜子一样光滑，甚至能照出人影来！”

“那又怎样？我想进去看看里面到底有啥。”大卫一脸不在意的样子，好像这里根本不存在什么危险，说着俯下身就要往里钻。

“我来！”奥利维将他拉到一边，他不放心这个做事向来激情有余稳重不足的年轻人。

“如果我进去出了什么意外，你们赶紧就向朝地道口跑，赶快回去报信，不要去营救我。这里敌众我寡，不要让敌人把我们一网打尽。”奥利维给费雷罗他们交代了几句俯下身钻了进去。

三个人守在洞口紧张地等着，里面的奥利维像一枚棋子滑进了鱼缸，连起一个泡的反应都没有就销声匿迹了。

“我们快回去报信吧。”库奇颤声向费列罗提议道。

“别急，再等一下！奥利维并不白给，里面好像也没有打斗的声音。要不，我进去看下？”说着费雷罗也要俯下身往里钻。

“别，你再走了，我……我们……”库奇正说着，突然发现奥利维的脑袋又出现在洞口，并朝他们一招手，意思是他们可以进来。

纽曼其实最担心在那个圆厅里遭遇上奥利维他们。那个光滑无痕的一千多平米的圆形大厅里根本没有退路，不是你死就是我活。即便是把那四个人都解决在了那个地方也不是什么好事情，在那犹如神迹一样的地方留下几具敌人的尸体实在不是什么值得庆幸的事情。更何况伤亡都是在毫厘之间，即使是他们四人都穿了防护服，谁也无法保证自己这边就会安然无恙。

维尼也摸了一下自己的那把高能粒子枪。这把射速威力巨大的伽马射线粒子枪跟了他近二十几年，第一次用它开火还要追溯到九年前的那场异常惨烈的星际战争。当时，他用这把枪将一名迎面而来的蛇人士兵射杀，现场血腥的场面让他久久不能忘却。战争就是要流血的。他一次次地对自己说，就当自己射杀了一条体型巨大的蜥蜴（蛇人战士长得很像地球上的史前巨型蜥蜴）。到后来，战争进入白热化，他对这种越来越多血腥的场面渐渐变得麻木了。

走在狭长的通道里，墙壁上那些艳丽绝伦的壁画已无法吸引住四人的目光，只有邱中华不时地驻足看上一眼然后加快脚步跟上。

“一定要把他们引得远离这里才行，离得越远越好。我现在几乎完全相信菲利普总统说的都是事实！”纽曼说着看了眼大家又接着说道：“蛇人已经早已渗透在我们周围，总统一定是借助卓尔金的超级文明洞察到了这点，可为了保守这个古老的秘密，他一直没有办法说出来。他一直在保守卓尔金文明的秘密和揭露蛇人的渗透中权衡着利弊。我现在终于理解他了，理解他在最后的日子里的那种无奈、孤独和彷徨。他没有人可以商量，他只能像个无所畏惧的斗士那样去做最后的一搏。”

“蛇人集团一直对他们的那次失败耿耿于怀，他们所畏惧的并不是我们自以为了不起的银河舰队。我是战争的亲历者，知道两者实力之间的悬殊。他们害怕的只是比他们更高级的卓尔金文明传递给地球的某种知识。”说到这里，尤利突然想起菲利普总统交给他的那个神秘的黄金盒子。总统说那个盒子事关整个银河未来的命运，现在想来，那个盒子一定和卓尔金文明有关。想到了盒子，尤利不由得又想起了纳博星球和奥莉薇兰女王。女王现在还好吗？那个托付给她的黄金盒子是不是安然无恙？想到这里，尤利的脑海里突然想起昨晚那个可怕的梦境。本来这个梦境在他醒来时已经忘记了，可不知为什么，现在这个可怕的梦境却突然在他脑海里非常清晰地一段段重现，怎么驱赶都无济于事……

“尤利，尤利……”睡梦中尤利突然听到有人叫他的名字，声音听起来是那样的熟悉。他猛地一睁眼，却看见是奥莉薇兰女王怎么好像被关在一间小屋子里，身边只有一个贴身的侍女。

“怎么，这是哪里？是他又回到了纳博星球还是奥莉薇兰来到了地球？”他使劲睁大眼睛辨别着周围的一切，却发现自己什么时候已经回到了纳博，眼前的建筑应该奥莉薇兰居住的纳博星球王宫。

“可为什么奥莉薇兰把自己一个人关在了这里？”

“奥莉，奥莉。”尤利试着小声地叫着，他是怕让别人听见，可这回奥莉薇兰好像根本就没有听见。更奇怪的是，小屋的门一开，屋外走进来了几个穿黑衣的人。这几个人的装束怎么像是地球人呢，而且看起来很眼熟？哦，他终于看清了，这几个人竟然和拘捕他的联盟安全调查局的人穿着一样的制服！这一惊非同小可，尤利好像突然明白了眼前发生了什么。这时，他再想喊，可嗓子里却再也没有一点儿声音可以发出。他突然注意到自己整个身子像浮在半空中，犹如一个传说中没有重量的魂魄，只能漂浮在半空中眼睁睁地看着下面发生的一切。

“快点儿交出来尤利藏在这里的东西！我们知道他把东西交给你了。”一个秃顶的家伙冷冷一笑道。

“您说的什么东西，我根本没有见过。”奥莉薇兰神色冷冷地说道。

“看上去挺聪明的人就不要装傻了。尤利从地球上带到这里的一个什么盒子，那个盒子是联盟政府的资产，他涉嫌盗窃公物，已经被政府拘捕了，我们是奉命追回！你要是合作的话，他的罪责就可以减轻，否则，他的小命难保！”一个体态微胖的人厉声说道。

“尤利没有交给我什么，你们要是怀疑可以搜。”奥莉薇兰示意身边的侍女不要紧张，可她自己的表情却开始变得紧张起来。

“尤利和雅各布已经落在联盟政府的手里，如果交出来的话可以饶他们一命。你们看到大祭司的下场了吧！”那个秃顶的家伙鼻子哼了一声，从腰间取出一个蓝色的晶球，晶球在他的掌中闪着一道道蓝光，紧接着，蓝光中突然出现一幅真人大小的三维全息图像，是他和王子雅各布躺在一个房间里的全息影像。“你仔细看看，马上把东西交出来，否则，他们和大祭司一个下场。”

“尤利！他们把你怎么了！”奥莉薇兰大叫一声扑了过去，却一下子重重地扑倒在地板上。

“他们现在还活着，要想让他们活命，就赶快把那个东西交出来，晚了，他们就会像那天被拦腰斩断的祭司一样暴尸街头！”秃顶说完几个人互相一使眼色。

尤利突然醒悟过来，他急得大叫道：“奥莉薇兰！不要上他们的当！”他大喊着，可他的声音好像被封冻住了一样，丝毫不能传出去。他着急了，猛地一伸胳膊，想把六神无主的奥莉薇兰拉住，手臂却重重地碰在了石壁上，一疼，猛地睁开眼，却发现是一个梦。

现在这个梦又像幽灵一样在他的脑海里浮现。

这个梦境为什么会这么真实？奥莉薇兰是不是已经把那个盒子交给了他们？尤利越想越害怕。自从他回到地球，他就一直就被各种离奇古怪的梦所困扰。这难道就是所谓的念力扰动？正想着，突然，维尼在身旁大叫一声：“你看！他们已进入了圆形大厅！”

几个人顿时都停下了脚步。从维尼的中微子探测仪上的图像显示窗口看，果然有四个人影站在圆形的大厅里。只是由于那里的金属墙壁太厚，图像并不是很清晰。

“怎么办？”这时，大家都把征询的目光投向了尤利，觉得尤利一定会有大家想要的答案。尤利也第一次感觉到他必须要拿主意，幸好，他好像已经有了对策。

“我想，最好还是把他们先引开，不能在大厅里发生冲突，这里是圣迹，不能沾染任何肮脏的血污。我估计他们在圆厅里得不到什么有用的信息，到时候就会离开，然后我们伺机行动。最好是能抢到维尼的那辆车，然后把他们引得离开这个地方。如果能在地道里把他们干掉那就更好！决不能让他们把这里的秘密带出去！”尤利在说这些话时感觉自己自信满满。当年在银河舰队担任舰长时的自信一瞬间好像又回到了他的身上。

“是的，这里的秘密一旦被泄露，我们所有的底牌都暴露给了敌人！”纽曼想了下接着说道：“如果蛇人有了对付暗物质武器和念力防护罩的方法，第二次银河大战就无法避免了。那个时候，我不知道我们银河联盟还有什么武器能击溃来犯之敌！”

“还有那个大堡礁的地道口也一定要封掉！别墅被破坏了，这条密道也就失去了存在的价值！而且这条密道极容易被发现！”维尼插嘴道。这时他扭头又看了一眼探测仪，大叫道：“他们果然离开了！”

II

大卫第一个钻了进来，抬起头。“这是什么地方啊？”他惊叫道。

“屁股又不性感，撅着干嘛？快让一下！”费雷罗用手推了下他的屁股也钻了进来。

等四个人都站在这个圆形的大厅里，奥利维才突然感觉到问题的严重性。如果这些叛乱分子的老巢在这里，那也太可怕了。作为一个资深业余探险家，他去过的外星球少说也有几十个，探访过的名胜遗迹更是数不胜数。但将那些所有他探访过的名胜加起来也好像没有眼前的这个大厅给他的震撼那样强烈！本来那条长达一千五百公里的隧道已经够让他吃惊的了，再加上那个广场般庞大的“地铁站”……

“好了，我们可以回去汇报了吧？”库奇站在洞口颤巍巍地说，“这么大的地方，我感觉好像不会只有他们四个人，而且我们是在明处。”

“好吧，我们看到的一切够让人吃惊的了。这里没人，我们也只能先回去再说了。”奥利维说着又朝身后看了眼，光洁的墙壁反射出的人影把他吓了一跳。

四个人出了圆厅。奥利维又看了下腕上的原子表，现在离刚才约定的时间还有半个多小时。就这样打道回府？他还有点儿不甘心。“这样吧，这里的面积还很大，尤其是那边，我们分头到四周看看，看有什么可疑的东西，十分钟后到地洞口集合。”

“赶快，别让他们跑了！”维尼没有等那扇隐形的大门完全开启就冲了出去。大厅里果然已经没有一个人，他用眼角的余光扫了下就径直冲向那个洞口。

“小心伏击！”尤利在身后提醒着他，这时纽曼和邱中华也已经跟了上来。“维尼，先用仪器看下他们，如果他们是想逃跑，就必须用激光枪将他们几个留住！”

维尼稍稍放缓了下脚步。他看了下仪器说道：“他们好像分散着朝‘车站’的内侧走去！不知道那里还有什么。”

“别管那些，我们先抢到车子再说！”纽曼这时已经跑到那个洞口，正扒着洞口朝外张望。他朝尤利做了个手势，意思是让他们赶紧过来。

四个人都围了过来。从洞口这个角度看，奥利维和另外三人都朝后边走去，现在正好有一个土堆快挡住了他们的视线。尤利第一个从洞中钻了出去，紧接着，纽曼和维尼也钻了出来，只有邱中华动作有点儿慢。不过还好，那几个人没有回头往这边看，而且身形渐渐地被另一堆建筑材料挡住了。

“快！”维尼和纽曼已经俯下身径直朝地道口冲去，尤利拉着邱中华紧跟在后面。

一百米，五十米！维尼离自己的那辆爱车越来越近了。如果这个时候被奥利维他们发现就只有火拼了。不过，他还是想先赶紧钻进他的车子，只要进了车子，任何热能和动能武器都很难在短时间内奈何得了他。

眼看只有五米就能碰到他的爱车了。就在这时，维尼突然听到身后传来“哎呦”一声，回头一看，能见邱中华可能是崴了脚，正痛苦地卧在那里，幸好旁边有个土坑，尤利只能拉着他的手蹲在那里。

这“哎呦”一声在空旷的地下广场显得分外响亮。已经走到一堆建筑材料后边的那几个人都回过了头，吃惊地朝这边看。

没有时间了，如果现在转身接应他们，大家可能都走不了。一旦发生枪战，死伤都在所难免！他必须先把车子弄到手然后再转过身来接他们！维尼一个箭步就冲到了车前。还好，车子的防盗系统只是被解密，遥控器很轻易就将车门弹开。一钻进车子，维尼就感觉心里踏实了。

“纽曼，坐这里！”他朝纽曼一使眼色，身体稍微往后倾。纽曼一个鱼跃从他的胸前穿过，然后接着一个高难度的空中转身已经稳稳地坐在他的身旁。

熟悉的引擎声在空旷的广场上轰鸣，飞车像道黑色的闪电一样疾驰到尤利和邱中华的身边，并用宽大的车体将两个人完全遮挡了起来。“快上车！”一侧的车门已经自动打开，尤利猛地将邱中华抱起一个箭步冲了进去。就在这时，“啪、啪”的两声，几束激光已经射在了车窗上。“再见！”维尼朝正向这边冲过来的奥利维招招手，调转车头。“嗖”的一声，车子炫耀般地在空中划出一道优美的弧线一瞬间就钻进了地道。

“快追！”猛然醒悟过来的奥利维握着枪一马当先地冲在最前面。只一愣神的工夫，那几个人就都上了车子。他现在后悔刚才的决定，要是刚从大厅里出来就直接坐上车子离开，就不会发生这种意外。

还好，对手还给他们留下了一辆车子。如果那伙人把两辆车子都开走，麻烦就大了！奥利维第一个跳上飞车，库奇、大卫、费雷罗也气喘吁吁地跑到近前。

“赶快上车，不能让他们跑了！”奥利维一边招呼着队友一边发动着车子。燃料氢引擎的车子无论如何也追不上前面那辆核聚变引擎的车子，但还是要追。奥利维只好把车子的功率调到最大。虽然在地道里开快车很危险，但多年练就的驾驶技术还是没有白费。在加大马力追了五百公里后，奥利维渐渐地能看到前面车子尾灯的亮光。“把枪准备好！要打车子的变速器！打其他部位都没有用！”奥利维向坐在身边的费雷罗吩咐道。

“维尼，怎么车速变慢了？”纽曼不解地看着时速表又回头望了一眼。

“不着急，等等他们，我这里还有一枚大枣要送给他们尝尝。”维尼说着从口袋里摸出一枚大枣摸样的物件朝纽曼一晃又放回兜里。

“夸克雷！”纽曼惊叫道。

“真不愧为工科博士，啥都知道，呵呵。”维尼咧嘴笑了一下。

“又是从战舰上顺下来的吧！别把我们的车子也报销了！”纽曼没好气地说道。

“没事！我这个是当量最低的贫夸克弹，本来是用来在外星球上开矿的。夸克雷我可不敢用，这么深的位置，弄不好把地球崩成了两半。”

“要小心，维尼，一定要算好时间。”尤利这时也朝身后望了一眼。

维尼知道后面的警用飞车在这种路况下时速不可能超过两马赫。他耐心的和后面的车子保持着两公里的车距，由于隧道本身的弯曲，这个距离对方只能看见自己车尾灯的亮光。

“已经行驶了一千四百八十四公里，再有不到十五公里车子就要窜出隧道了。”纽曼小心地提醒着维尼。

维尼又核对了一下时速表和里程表，他把车子的速度又降低了一些，好让后面的车子感觉到有希望能追上。这时他把手又伸进口袋，摸出那枚枣子大小的金属球，用手在金属球上的凸起上按了五下，然后迅速从车窗把金属球丢了出去。

“坐稳了！”维尼一踩聚变燃料门，飞车像一支离弦的箭一样猛地向前窜出。顿时巨大的加速度把几个人紧紧地压在靠背上，胸闷得连气也喘不上来。几秒钟后，就听到身后地动山摇的一声巨响，巨大的冲击波几乎将飞车和身边所有的东西一起抛了出去。等大家再一次睁开眼，发现飞车早已冲出了地洞，回过头来，只见黎明的蜥蜴岛笼罩在一片蒸腾着的蘑菇云之中。

前面突然一声巨响，奥利维感觉自己的车子就像被风吹起的一片落叶一样控制不住方向。巨大的冲击波连同岩石沙土颗粒瞬间就将整个空间弥漫住了。他死死地将刹车踩住才没有撞上前面扭曲变形的金属墙壁。多亏他及时发现了前面车子设下的埋伏，不然的话，他可能像罐头里的沙丁鱼一样被封存在扭曲成十八弯的金属容器之中。

氢燃料飞车熄了火。几个人走下飞车，看见前面的洞口已经被杂乱的金属和沙石堵严了。奥利维马上打开车载的全息通信器，却发现通信器的显示窗口一片宇宙背景辐射般的扰乱波。“妈的！”他一拳砸在车窗上，身体顿时像散了架一样站立不稳。

刚才他已经发现对方在引他上钩。这两辆车子他都开过，知道如果前面的车子想甩掉他们只需要用脚轻点一下核燃料门。可前面的车子总是故意和他保持着距离，让他有希望追上又总追不上。多年的野外探险让他感觉到这是一种欲擒故纵的伎俩。虽然感觉到了危险，可他没有办法放弃。他只能硬着头皮往前开，只是把车速又调慢了些。追是不可能追到了，只要能安全回到洞口就行，他给自己宽着心。可现在，回到洞口是不可能的了，威力有限的激光枪仅能将眼前的金属穿个洞，可前面的道路已经全堵死了，不知道有几公里长，激光枪有什么用呢？

艾佛森已经被瞌睡折磨了将近两个多小时。

他不时地打个哈欠看看腕上的雷达原子表。“妈的！天快亮了，让老子在这里等了他一夜！”他眼睛闭上想再打个盹儿。猛然间，他的车子被一种奇怪的力量在空着掀着翻了几个跟头。紧接着，一声巨响，眼前整个山头的沙石连同那个扭曲变形的废弃别墅都飞了起来。一瞬间，一个高高顶起的蘑菇云将整个天际都遮住了。“妈呀！”他一抱脑袋顿时就昏了过去。

“尤利，我们去哪里？”维尼将车子悬停在一片阴云之上看着那片渐渐淡去的蘑菇云。

“还是先回去吧。邱中华没有穿分子环境同化服，他的身份很快会被行星分子全息扫描系统识别，到时我们又要东躲西藏。邱中华，跟我们先回去吧？现在这里正是扫描盲区。”

邱中华默默地点了下头，尤利的话他听懂了一些又似乎一点儿也没有听懂。“我跟你们走，不管去哪里！”他知道自己的生活已经彻底变了，回到过去是永远不可能的。

飞车在云层之间穿梭着，不一会儿，调转车头向下，一转眼就隐没在南美洲浓绿的丛林之中。

应该开一瓶上好的 2446 年份的拉菲庆祝一下。

克拉克在寝室里穿着宽大的丝绸睡衣，手里端着一个钻石高脚酒杯，一边品着绝世的美酒一边看着窗外深沉的夜色。

大堡礁的那三个家伙有可能跑了，但这不会影响大局！更何况如果这些人都抓净了，那总统要他这个安全调查局长干什么呢？凡事都要留点儿尾巴，这样才显得他很重要。

总统交代给他的任务他已经完成了一大半。冈萨雷斯这个王八犊子真有两下子，刚一去纳博星球就能找到那个东西。不过，他再能干也是在自己的领导之下。总统当时许诺过，如果在纳博星球找到那个匣子，纳博星球总督议员的位子就归他了，到时候当个舒舒服服的联盟议员，这个提心吊胆的安全调查局局长他早就干够了！克拉克正想着美事，他床边的加密量子通信器的红灯突然开始闪动。克拉克放下钻石酒杯快步走过去。一个清晰的三维全息影像像出现在屋子中央，不用看，是失魂落魄的艾佛森。

“局……局长，不，将军，地道爆炸了，把我的车子都炸飞了。”

“奥利维呢？”克拉克焦急地问道，

“估计死了。”

“那逃犯呢？”

“估计也死在里头了。整个山头都炸平了……银河地震台网的监测数据显示爆炸发生在距离地面五公里的地方，爆炸当量相当于里氏 7.5 级地震。现在爆炸已经引发了三米高的海啸，刚才我又调用了银河舰队的遥感探测数据，显示洞口以下十公里以内都堵得严严实实，爆炸类型是夸克超核子聚变！……”

“夸克弹！？“克拉克惊得一屁股坐在了床上，半天缓不过神来。

“局长……局长……”

“什么事？”克拉克听到艾佛森欲言又止，有点儿不耐烦了。

“现在我手下的兄弟们问我，奥利维死了，现在他们听谁的？谁是队长……”艾佛森有点儿吞吞吐吐。

“妈的！”克拉克在心里骂道。明明是你想问，还拉上别人，真比老子还会钻营！

“好吧。这个问题容我再考虑考虑，你先代理队长吧。”克拉克强压着心头的不快说道。

六、玛雅之谜

I

邱中华从来没有想到，在地球南美洲的丛林里竟隐藏着如此规模浩大，保存完好的古代建筑群落。玛雅金字塔的大名他以前也听说过，可这次真正站在它的面前，还是让他大开了眼界。

从眼前的这个白色的广场望过去，首先映入眼帘的是一座巨大的白色金字塔，塔基呈四方形，粗略估计约有一个足球场大小。塔基往上共分二十七层，由下而上层层堆叠而又逐渐缩小，就像一个玲珑精致而又硕大无比的生日蛋糕。每一层有九十一级台阶，坡度达到近七十度，直达塔顶，总高度应该超过了二百米。在它的左右两侧各有一座较小的金字塔，各有二十四层和十八层高。在广场和金字塔之间，是一组狭长的建筑群，中间是十余块高度超过十米的石碑。金字塔左右两侧的建筑颇像神庙，左侧第一座神庙，在门口竖立着一座半人半虎的雕像；而右边神庙的门前则矗立着一座半人半蛇的雕像，蛇的身上还长有一对展翅欲翔的双翼……如此规模宏大的建筑群落让人很难相信这是只处于石器时代的玛雅人建造的。

“只要是见过玛雅文明的人，谁都能一眼认出这是他们的杰作。他们的文明是如此独特，完全不同于世界上任何一种别的文明。”纽曼看着邱中华惊惧的眼神解释道。

“只有纳博星球的金字塔可以和这里的媲美，甚至规模比这里更大！”尤利冷不丁地冒出一句。不知为什么，一看到这儿的金字塔，尤利就又想起远在两千光年外的纳博星球。

“看来除了欧洲的玻璃金字塔外，地球上所有的金字塔都可能是卓尔金人帮助建造的！包括你们纳博星球上的那个。卓尔金人成了银河系金字塔建造的专业户了。”维尼调侃地看着大家说道。

四个人一路说着，不知不觉已经来到了大金字塔下的密道口。

看到他们回来，守在洞口的一个侍卫马上去报信。不一会儿，约瑟夫将军亲自迎了出来。

“这是我们昨晚刚结识的画家邱中华，他帮了我们不少忙！”尤利忙把邱中华向将军作了介绍，说完又回过头来对邱中华说：“这是我刚在路上跟你提到过的约瑟夫将军，他曾是前银河联盟总统的特别安全顾问。”

“欢迎你。”约瑟夫将军紧握着邱中华的手，把他们让到进地道口。

看看周围没有外人，尤利把这一晚上的经历向约瑟夫将军详细地讲述了一遍，有遗漏的地方，纽曼和维尼又做了点儿补充。

约瑟夫将军越听神色越凝重。他一会儿沉思，像是在回忆一段久远的往事，一会儿又点下头，接着长叹一声。等几个人把要说的都说完了，将军用手捋了下满头的银发叹了口气说道：“作为总统唯一的安全顾问，对于总统府地下密道的一些传闻，其实我是有所耳闻的，因为这早已不是什么新鲜事了，但没有想到那里面隐藏着那么大一个秘密。这个秘密可能已经被历届银河联盟总统保守了好几百年了。你们或许不知道，每任总统上任时，都有一个很奇怪的宣誓，誓言的内容是绝密的。我现在怀疑这个誓言和保守卓尔金人的秘密有关。

“现在，我终于弄清楚了为什么总统当时有那么大的勇气和蛇人帝国联盟宣战。原来他的背后有个如此令人叹为观止的超级文明的支持。早在银河之战的前夕，那时我还在银河舰队任职，总统就亲自找到我，我记得旁边还有银河科学院的肖恩教授作陪。他们让我对这场可能预见的战争做个预判。要知道，对于这场战争，菲利普总统是有准备的，他在他的第一个任期十年里就加大了对银河舰队和银河科学院的投入。可以说，银河联盟最尖端的技术和设备都投入到了银河舰队里了，更不用说财力的支持了。尽管如此，从我们军方收集到的数据和情报看，银河舰队和蛇人帝国联盟舰队之间的差距还是很大的。这个差距不在乎战舰的吨位、数量，而是在于其技术层次和技术核心。因为我们当时根本无法破解和对付蛇人军团的念力武器。当时，总统暗示我们将会拥有威力更加惊人的超级武器，并让我在即将召开的银河联盟议会听证会上表明银河舰队军方对蛇人挑衅的强硬态度。虽然如此，但对于那场战争，我当时是有疑虑的，但军人的天职就是服从命令和捍卫我们银河联盟的尊严和利益。因此，我代表军方在议会听证会上表明了军方的强硬态度。在座的各位心里都很清楚，这场战争我们打得很艰苦，赢得很蹊跷。在战争开始的几个月里，我们银河舰队节节败退，最后不得已才冒险在比邻星附近完成了一次集结，准备最后一搏。也就在这个时候，我们突然拥有了令人难以置信的暗物质武器和念力防护罩。这两大法宝是我们最终取胜的关键。因为在此之前，银河的很多战略家都已经预言了我们的失败，很多政客已经开始准备弹劾我和总统，有的议员甚至提议要将我们作为战犯送到蛇人帝国联盟那里接受审判。但是，我不知道大家想过没有，对于暗物质和念力这两个科学领域，我们银河联盟在十年前连最基本的原理都弄不清，怎么会突然生产出威力如此巨大的武器呢？这个谜团一直困扰着银河战史学家。这有点儿像地球在公元20世纪的第二次世界大战，当时的同盟国也是在战争的紧要关头研制出了原子弹，才将邪恶的轴心国的心理防线一举击溃。如果将两者颠倒一下，是轴心国率先研制出原子弹，那么整个地球或者说银河联盟的历史就要重写了。”

说道这里，约瑟夫将军喝了口水，又将眼神投向尤利。

“尤利，你的身世现在越来越清楚了。你的母亲是卓尔金人，怪不得总统力排众议让你去纳博星球。现在我们都知道，两千年前消失了的玛雅人和现在的纳博星球人都用一部奇怪的历法——卓尔金历，而这部历法所反映的天象和地球以及纳博星球本身的天文观测毫无关系。看来纳博人、卓尔金人还有两千年前神秘失踪的玛雅人一定都大有渊源。”

“以前我也怀疑纳博人就是两千多年前神秘失踪的玛雅人。因为从文字、建筑和宗教信仰上看，两者的确有很多相似之处。只是他们离我们太远了，以我们现在的科技去一趟纳博星球都不容易，更何况九年前他们才刚刚从石器时代进入青铜时代！”尤利回答道。

“现在看来，他们去纳博星球一定和卓尔金人的帮助有关。对于星际旅行，卓尔金人在几千年前都能从外星系到达地球，他们要想让玛雅人去纳博星球应该是很容易办到的。”纽曼插言道。

“对了，光顾说了，忘了告诉你们一件事情。对于玛雅人的研究，有个人应该很有发言权！你们要不要见见？”约瑟夫将军说完朝身后看看。

“谁呢？”维尼不解地问道。

约瑟夫将军笑了一下接着说道：“你们昨天刚刚离开，我们这里的侍卫就发现了一个可疑的人在前面的大金字塔边转悠。因为这个地方很隐秘，一般的游人很少晚上出现在这么阴森的地方。开始我怀疑是联盟安全调查局的特务，所以就没有惊动他，后来这个人竟然找到了我们藏身的密道，所以侍卫就不得不把他请了过来。一问之下，这个人竟然是银河联盟很有名的神秘文化研究学者、哈佛大学客座教授钟鼎先生。以前，我读过他的研究文章，对他有印象。”

“钟鼎？一听这名字，就知道和邱中华一样可能是来自地球上的文明古国——中国的后裔。古代中国可是这个星球上唯一一个文明延续下来的古代文明。而且在历史上，这个国家一直爱好和平，它的文明发展史也非常特殊！”纽曼说这话时，目光一直看着在座的邱中华。

“的确是这样。看他开诚布公，我也把我们的大致情况向他简要说了一下，我想我们现在多争取一个人就多一份力量。他则告诉我：银河联盟的大多数民众都怀疑菲利普总统是遭到了暗杀，他和许多哈佛大学的教授也对那份漏洞百出的调查报告嗤之以鼻。目前只是民众的力量没有凝聚起来而已。他的这些话从我刚刚收到的一则消息上也得到了印证：由于地球元老院九大常任元老之一的中国元老胡振中对代总统松本一郎提出了不信任案，银河联盟议会的表决最终被无限制延期。现在看来，以前不问世事的地球元老们终于觉醒了，这对我们来说是一个重大的转机。要知道地球元老院相当于银河联盟议会的上院，他们一般不参与具体政策的制订，但他们的权力是非常大的，所以就连银河联盟议会也对这个上院忌惮三分。而这次弹劾总统的元老胡振中跟我和菲利普总统都私交甚好，当年也是他在元老院力主和蛇人宣战才使总统的法案在议会上最终通过。这位老先生都快三百岁了，依然精神矍铄，仙风道骨，真是地球元老们的楷模啊。”约瑟夫将军说这话时，友善地和邱中华点了下头。

“正好，虽然我们现在手上证据不足，但松本现在也遇上了麻烦，这也给我们也争取到了最宝贵的时间！”纽曼欣喜地说道。

“要不，你们先见一下这位钟鼎先生？因为我一直担心松本这次派人去纳博星球，他和菲利普总统都对那个星球那么重视，我想知道究竟是什么原因。”

约瑟夫将军用眼神征求着大家的意见。

“好吧！我们也有问题向他请教。”尤利看了下大家说道。

约瑟夫将军站起转身出去了，不一会儿，一位学者模样的人跟在他的身后走了进来。这个人刚一进门，纽曼就突然站了起来，大叫道：“怎么是你啊！？我还以为……”

“只有这一条回去的通道，现在全堵死了，我们怎么办啊？”库奇对着堵在眼前的扭曲金属和碎石用激光枪狂射了半天，手腕终于支撑不住疲软地垂了下来。

“省省吧，库奇，激光枪奈何不了岩石的。”奥利维站在一旁冷眼看着眼前的一切。

“艾佛森总会通知克拉克局长来救我们的吧？”只有大卫这时表情还略显轻松。

“救？你等着吧，他可能盼我们早死！没有在洞口上再加点儿石料就万幸了！”一直不吭声的费雷罗终于发话了。

“看飞车上的里程表，这里距地面还有差不多十五公里。十五公里，你知道是个啥概念吗？即便是等他们挖到这里，我们早就渴死饿死了。我们现在只有回去，看看那个像地铁站的地方是不是还有其他出口。”素有星际野外探险经验的奥利维的话犹如一剂强心剂，几个人顿时觉得又有了一线生机。

幸好车子虽然在金属壁上磕碰了几下，但依然能发动起来。“谢天谢地！”大卫打了个响指，又拍了拍库奇的肩膀，“老弟，别担心，天塌下来有我、奥利维队长和‘费雷罗将军’顶着呢。”

“去你的把，你倒好，还有兴趣打趣我，看出不去咋办！”费雷罗也是一脸的凝重。

返回的路上，奥利维把车子开得慢了许多。一路上，原本光滑如镜的金属密道现在则被巨大的爆炸冲击波震得扭曲变形。还好，近一千多公里的路上没有遇到完全阻断的地方，而且离爆炸点越远洞壁也越完好。这一千多公里路，车子竟然走了差不多四个小时。

“我看下那车厢一样的房子里有没有啥吃的？”大卫感觉到饥饿难忍。他走过去推了推那房子上的门，门纹丝不动。

“现在可以用这个了。”奥利维掏出激光枪，对着门锁的位置划了一个圆，紧接着飞起一脚，一扇被划开的“门”轰的一声被踢开了。

里面空空荡荡，什么都没有！

“妈的，是间空房子。我感觉那几个逃犯就是坐着这个下来的，因为他们的车子当时还留在了沙滩上！”大卫站在屋里愤愤不平地说道，“没有想到他们那么阴毒，差点儿要了我们几个的命！”

“现在，我们的命也不保啊！”费雷罗朝屋内看了一眼冷冷地说道。

“走吧，别在这里耽误时间了。我们现在分头去找，看哪里还有密道之类的地方。”奥利维说完径直朝那片开阔的广场走去。

“你们先找吧，我的胃比一般人的大，现在饿得走不动了。”大卫扶着门框一步也不愿意挪了。

半个小时后，三个人都陆续回到了车厢旁，从他们一脸失落的表情可以看出这次行动一无所获。

怎么办？大家把空寂的眼神都投向了队长奥利维。

奥利维的眼神也向四周发散，目光最后锁定在了那个二百米开外的碟形建筑上。“从他们跑动的线路上看，他们肯定是从那个建筑里跑出来的。我们还得回去，那个建筑里面一定还应该有其他的通道，只不过隐蔽得比较好而已。”

“好吧，也只有这样了，希望里面能找到一点儿水和食物。”大卫跟在三个人的身后再次向圆形大厅走去。

2

“纽曼，怎么是你？”我们有差不多五十年没有见面了吧？”走在约瑟夫将军身后的钟鼎教授也惊叫了起来。

“老同学，你还是没有变！”纽曼和钟鼎热烈地拥抱在一起，久久不愿意分开。

“怎么，你们认识？还是同学？”约瑟夫将军惊诧地看着他俩半天没有回过味来。

“我和钟鼎教授是清华大学的同学，后来我去牛津大学念了工科，钟鼎则去哈佛学了好像是古代史吧？我们差不多有五十年没有见过面了，没有想到他现在成了研究玛雅文化的专家了。”纽曼说着又重重地拍了钟鼎的肩膀几下。

“呵呵，你高升了，我以为你早就忘了我们清华的一班同学。几年前，我们清华的同学还聚会过一次，大家都说你现在不得了了，是银河联盟总统身边的红人。我还曾想借你的光谋个差事呢？”

“别笑话我了，我只是个给总统看门的，有什么呢？我倒是希望能和你们一样搞点儿学术。”纽曼自嘲地说道。接着，他又忙把在座的几个人都给钟鼎教授介绍了一下。当介绍道尤利时，钟鼎吃惊地看着尤利：“你就是当年在比邻星用超级武器击溃敌舰的银河英雄！？”

“就是他！”维尼在一旁插嘴道。

“久仰！久仰！后来听说你去了纳博星球。哎，我们地球包括银河联盟的很多人都以你为荣。今天见到，果然是不同凡响啊。”钟鼎拉着尤利的手久久不愿意松开。

钟鼎的一番话却把尤利说得满脸通红。

大家一番客套之后，各自落座。

“钟鼎教授，先把你来这里的目的和我们交流下吧，不会是受了玛雅人幽灵的召唤来见老同学的吧？约瑟夫将军可差点儿把你当作当局派来的奸细抓起来。”纽曼说完呵呵地笑着。

“呵呵。”钟鼎也笑了起来，“说实话，这里的金字塔是南美丛林里保护得最好的一处金字塔遗迹群了。当我踏在被雨水冲刷过的石质地板上，穿梭于各种具有古典风格的白石建筑群落中，每一间被树影遮掩的房屋都近在咫尺，伸手可及。那些没有门的房舍里，连器物都摆放得整整齐齐。除了被动物植物破坏的痕迹外，仿佛一切都还是两千多年前那个模样。两个月前我来过一次，在这里意外地发现了许多刻满了玛雅文字和图案的石板，我称之为‘玛雅石书’。我将这些文字和图片的全息信息拿到哈佛资料馆进行了检索和破译，终于有了玛雅学研究的重大突破。这次来这里是想再度核实一下我的研究结论。可没有想到，在来的路上我的那辆老爷车就出了点儿麻烦，弄到天黑才抵达这里。”

“重大突破？有什么样的重大发现呢？难道不是外星人帮助玛雅人建造了

金字塔这样的老生常谈吗？这不早已成为学术界定论了吗？”纽曼不以为然地说道。

“外星人？我们现在知道的外星人太多了，是什么人呢？是从哪个星球上来的呢？”钟鼎教授将目光均匀地洒向大家，如同他在哈佛大学讲课时卖的关子。

“我猜是卓尔金人吧？”纽曼故作平淡地回答道。

“卓尔金人！你们怎么知道！？这是我最近才研究出的结论，而且还没有向外界公布啊！”钟鼎吃惊地看着他的老同学，好像一下子不认识了似的。

“跟你说是我猜的吗。”纽曼呵呵地笑着。

钟鼎过了半天才缓过劲来，他清了清嗓子接着说道：“的确如你所言，玛雅金字塔是卓尔金人帮助建造的。玛雅人在公元前3114年乘坐卓尔金人的飞船来到了地球的南极。那时候南极的气候温暖潮湿，后来由于地球的冰川期的到来，南极变得不适合居住了，他们被迫迁徙到了南美洲的丛林里。在‘玛雅石书’的记载中，他们称卓尔金人为‘神’，卓尔金星球的历法称之为‘神历’。在他们的描述中，卓尔金人具有神一样预知未来的力量，玛雅人是神永世的奴仆，他们的献祭可以让神拥有无穷无尽的力量。”

“那么他们在地球上待得好好的，又有‘神’的庇护，为什么突然消失或灭绝了呢？”纽曼问道。

“根据我的研究，他们不是灭绝了，而是大规模地迁徙了！在我发现的‘玛雅石书’上写得很清楚——卓尔金人当初将他们迁徙来地球，这里只是个类似中转的星球，他们最终的目的地并不是这里。神最终要为他们找一个独立的星球让他们繁衍下去。地球在当时已经住满了人类！”

“中转一下就待了差不多近四千年？按您的研究，玛雅人从公元前3114年来到地球，公元750年离开地球，这也太久了吧？况且他们费了这么大的力气把这里建造得这么宏伟壮丽，又好像是一夕之间就决定离开的，这是什么原因呢？”尤利接着问道。

“这个问题您问到点子上了。根据我的研究，卓尔金人是一个高度发达的外星系文明。在玛雅石书上记载：‘神’和‘魔’一直进行着长达万年的星系战争。玛雅人一直是‘神’最忠实的仆人，他们担负着为神祭祀的任务。他们的献祭可以使神的力量更加强大。为了避免他们的种族在星系大战中被毁灭，‘神’

派飞船先将他们迁移到安全的地方，再为他们寻找最终的归宿。这个最先找到的安全的地方就是地球。但后来，‘魔’的力量越来越强大，神族卓尔金人已经岌岌可危。‘神’告诉他们可能要在地球上长期居住了，并告诉他们金字塔上的献祭可使神的力量成倍地增加。这时，玛雅人才开始在丛林里大兴土木建造金字塔和神庙以供养他们的神。在玛雅的历法中，有几个非常重要的日子值得关注。第一个就是公元前 3114 年 8 月 11 日，这个日子已经被认定是他们从母星迁徙到地球的到达日；第二个日子就是公元 750 年 3 月 28 日，这个日子现在我确定是他们离开地球的日子；另外一个重要日子是 2012 年 12 月 21 日，这个日子以前曾被地球上的许多人解读为地球上的世界末日，可它真实的意思却另有含义。这个含义我认为是偏正面的，其真正的含义应该是‘重生’的开始。”

“先别说什么世界末日，您还没有说他们为什么突然离开呢？”维尼已经听得入了神，忍不住插嘴问道。

“别着急吗，小伙子。玛雅石书上对这一点只提了一下，而且说得特别晦涩。这个石书的写成日期我用碳 12 测定过了，大概就是在公元 750 年前后。石书上是这样描述的：虽然有他们不断地献祭，‘神’最终在一场决定性的神魔之战中还是失败了，神人死伤殆尽，卓尔金星球也最终被毁。最后‘神’决定用他们最后的神力将十万玛雅人转运到一个叫做‘奎’的星球，这也就是神曾答应为他们找到的最终归宿。由于剩余的神力有限，他们只能挑选十万人在一天内撤离，这个日子就是公元 750 年 3 月 28 日。最近我通过对石书上这个玛雅人最终归宿大概位置的描述并比对银河系行星地表遗迹检索图片，最后确认这个被他们叫作‘奎’的星球就是我们银河联盟的纳博星球。”说到这时，钟鼎用一种学者特有的矜持眼神看着尤利，似乎是等待尤利对他的这个观点进行确认。

尤利点了点头，算是对钟鼎教授的这个判断表示了认可。

钟鼎看到自己的这个判断得到了证实，就进一步说道：“虽然我知道了玛雅人的最终归宿，但奇怪的是，这个叫纳博的星球的很多资料都是绝密的。我即便使用了银河联盟最高学术授权仍然看不到这个星球的更多资料。因此，我怀疑关于纳博星球以及玛雅人的很多绝密信息银河联盟政府其实都是知道的，只是因为某种原因不能公开而已。对于这个问题，我和约瑟夫将军也交换了意见。他告诉我，只要是和银河联盟安全有关的机密，任何级别的学术授权都是无法检索的。”

“那最后一个关键日子——2012 年 12 月 21 日，我们现在知道它不是什么世界末日。但在这个日子到来之前，根据现有的史料得知，地球人确实曾陷入过一阵莫名的恐慌。但这个奇怪的日子到底对玛雅人和卓尔金人还有我们地球人到底意味着什么呢？”纽曼这时也听得入了迷。

“通过对‘玛雅石书’的破译，我发现这里也提到 2012 年 12 月 21 日这个日子，这是他们玛雅大周期历法的最后一天。这一天之后再无明日可言，明天就是另一个新的大循环的开始日。由于玛雅人的突然离开一直是地球上人类的一个最大谜团，所有后来以讹传讹，让这天就变成了永远没有明天的‘世界末日’。这其实是闹了个笑话。如果我们查看地球古代的历史，就知道在这一年里，很多国家的人都准备好了各种逃生设施——有准备随时逃入深山野林的；有把自己准备封闭在一个坚固容器里的；还有准备坐上当时最先进的飞船准备逃生到太空的。当时的很多电影也过分渲染了这一主题。更有很多人及时行乐，将一辈子积攒的钱都花干净了。另外，还有很多人选择了自杀。这都是因为‘世界末日’之说引起的。如果说末日预言，玛雅人的确预言了他们的神族卓尔金人最终的消亡。石书上是这样说的：由于抵达地球的神人太少，而且离开了卓尔金星球，两个卓尔金人只会产生一个后代。另外，神人和地球人之间无法通婚生育，所以神人最终的消亡无法避免。玛雅人只有通过力量最为强大的活祭希望超自然的奇迹可以发生。至于为什么玛雅人的历法是个循环历呢？我通过研究这部‘玛雅石书’还是得到了一些启示和结论的。这些结论就有了许多猜测的成分，你们如果愿意听，我可以和你们谈谈，但这就和学术研究无关了，因为我还没有找到足够的证据来证明我的这些推测。”

“您先说说吧，说不定尤利可以帮你找到纳博星球上的证据呢！”维尼看了眼尤利抢先道。

“学术研究是必须是以证据为基础的。可根据我收集到的证据和玛雅石书的记载：玛雅人离开了地球，但他们的神——卓尔金人并没有跟他们一起离开地球，他们只是藏在地球上一个非常隐秘的地方，他们的使命是在等待有幸逃到地球上的卓尔金人和一个特殊的东西的到来。毕竟一个超级文明的生命力还是很强的。我发现他们给玛雅人制定的历法很特殊，地球上没有任何一部历法和他们的历法类似。他们从玛雅人到达地球的那一天开始纪元，即公元前 3114

年开始纪元，并以 1872000 天，即 5125.37 年为一个循环，这个循环到 2012 年的 12 月 21 日结束。为什么要 5125.37 年呢？石书上是这样记载的：他们从卓尔金到达地球所花费的时间正好相当于地球上的 5215.37 地球年。而从玛雅人安全到达地球的那一刻，卓尔金人就将他们星球亿万年文明所掌握的知识用一艘黄金飞船送到地球上来，这个飞船到达地球的日子正好就是 2012 年的 12 月 21 日的晚上。他们将这几个重要的日期编到历法里以时刻铭记，也使玛雅人的子孙永远不会忘记自己的历史和使命。”

“那最后这艘黄金飞船到了吗？”纽曼也急着问道。

“这个我就不清楚了，五千多年的星际航行，怎么听起来都像是一个神话！”教授说着也摇摇头。

“哦，那您还没有说这个最后的日期到底代表着什么含义呢。为什么您说是‘重生’的开始？是卓尔金人还是玛雅人的再次复兴？”维尼这时明显已经被卓尔金人、玛雅人的传奇经历吸引住了，因为在总统府的地下密道中，他们的确看到了真正令人震撼的奇迹。

“是这样，我们地球虽然有几次核危机，但都不在 2012 年。2168 年要撞击地球的小行星也被我们当时的美国及中国太空部队在太阳系边缘就摧毁了。因此，‘世界末日’之说肯定站不住脚。但为什么说这一日是‘重生’之日呢？我的推理是这样的——由于逃到地球上的卓尔金人数量很少，他们既不能和地球人通婚繁衍后代，而且自身繁衍的后代也在不断递减。关于这个观点，‘玛雅石书’上是有明确记载的：‘如神人通婚，父母必殇！且无后。’由于这个限制，卓尔金人的灭绝不可避免。但对于一个文明传承了千万年的超级文明而言，这种结局或许很悲惨。他们唯一能将自己文明传递下去的方法就是向地球人传递他们文明的知识。我猜测在公元 2012 年之后，集卓尔金星球科技之大成的那个‘神器’就抵达了地球，从而也揭开了地球文明的新篇章。而我们的地球文明也正好是从 21 世纪突然开始突飞猛进的，尤其是近三百年，地球的科技发展可谓一日千里。如果我们地球真的是从卓尔金人那里得到的科技知识，那么对我们地球甚至整个银河联盟来说都算的上是一种脱胎换骨的重生。因为在‘玛雅石书’上，关于运载那件‘神器’的黄金飞船的大小和形状都写得非常详细。”

“黄金飞船！？你没有搞错？密度那么大、强度那么低的东西怎么能做星际飞船呢？”纽曼觉得这个可能是传说了。

“石书上的确写的是黄金飞船，是真的黄金。这个词我不会翻译错！我只是转述而已，其实这个我也不太相信。”钟鼎争辩道。

钟鼎教授说到这里，尤利突然激灵灵地打了个冷战，好像忽然间恍然大悟。他的母亲是卓尔金人的公主，他的义父是联盟总统菲利普，他突然想起了菲利普总统交给他的那个黄金盒子，这个盒子莫不就是卓尔金人用黄金飞船送到地球上的那个东西？地球如果没有外来的知识，怎么可能在区区六百年间掌握如此多的超级技术。想到这里，尤利突然又想起了那个恍如现实一样真实的梦境，难道那个黄金盒子真的已经被……

“我们在总统府地下……”维尼正要说话，却被约瑟夫将军用眼神制止住了。约瑟夫将军环视了大家一圈后目光又再次投射在钟鼎教授身上：“钟教授提供给我们的信息非常重要，如果您想了解纳博星球的一些情况，您可以和尤利再交流一下。他在那里待了差不多十年。不过有一点，我恳求教授考虑一下，您是否可以将您的这个发现推迟一下公布。因为您的这个发现很可能让我们藏身的这个僻静地方变成了热闹的景点和集市。另外，我可以非常明确地告诉您，关于卓尔金文明在地球存在的秘密是包括我们地球在内的银河联盟最核心的机密之一，这个秘密只有每一任的银河联盟总统知晓。我们现在正在调查的总统遇害案也和这个秘密有关。作为换取您答应我们这个要求的条件，我们可以向您提供一些关于卓尔金文字的记载。”

“你们还有卓尔金文字的记载？那是连古玛雅人都很难看到的‘神’字？”钟鼎教授惊诧地大张着嘴。

3

奥利维从来没有像今天这么紧张过，不论是他以前在银河舰队服役，还是在纽约警察总队任职还有后来作为个人探险家的职业生涯。现在，他需要考虑的不仅仅是他自己的安危，还必须把手下的这三个人带出险境。

“库奇，过来服用一粒全能量颗粒，这样你一整天都不会感到饥渴。”奥利维从口袋里的一个袖珍金属盒子里倒出一粒红色的药丸递给库奇。这些药丸还是他以前在外星球上探险时吃剩下的，不过现在也所剩无几了。

“大卫、费雷罗，你们也都服用一粒吧。”奥利维把手中的盒子朝两人晃了下。

“省点儿吧，我们还能撑住！”大卫和费雷罗都摇摇头。他们知道奥利维手上的这一点儿能量丸可能是他们四个人仅有的一点儿补充能量了，要把它留到最需要的时候。

站在这个恍如梦境一般的圆形大厅里，奥利维凝重的神色变得越来越疑惑。几个小时前，当他第一次进入这个大厅时，奥利维只是觉得这个地方看上去比较怪异。可能是地层下面的建筑都是如此吧，他给着这种怪异找着合乎逻辑的解释。可现在，他隐隐地觉得这种解释有点儿站不住脚了。

首先是这个建筑所用的材质，从那个像伤口一样的圆形切口看，这是一种他从来也没有见过的荧光合金。密度非常小，可硬度却非常之高。他用自己腰间罗氏硬度达到十度的韦氏瑞士军刀在切口处试了下，竟发现这种合金的硬度也达到了十度甚至更高。他不解地又拿出自己的警用激光枪，对着切口试了下。他的警用激光枪根本奈何不了这种合金。还有，就是这里的整个结构：一千多平方米的空间如同一块巨大无暇的白璧，看不到任何的接口和缝隙。这种高超的工艺他也是闻所未闻。更让他感到疑惑的则是那个切开的洞口。如果这个建筑是反叛组织的巢穴的话，那为什么会有那个像是用高能量激光器切割出的洞口呢？如此大的一个空间进出的门在哪里呢？难道他们也和自己一样也不知道门在哪里？想到这里，奥利维又马上觉得自己的这个想法根本不对。从方位上看，刚才那几个人肯定是从整个大厅里跑出去抢走飞车的，而他们当时在这里的时候并没有看到过一个人影！

看到奥利维站在那里不吭声，大卫有点儿着急了：“这里看上去是个死胡同，我们怎么出去啊？”

库奇和费雷罗更是一脸的迷茫。

“大家分头在墙壁上找一找，看上面有没有什么标记之类的。”奥利维说完径直朝一面墙壁走去。

看着从维尼的中微子探测仪上显示的文字和图片信息，钟鼎激动得浑身都在颤抖。“天啊！这就是玛雅文献上提到的‘神文’——卓尔金文啊！只有‘神’才能看懂的文字，你们从哪里找到这些文字的？快领我去看看，这图像显示的是在哪里啊？怎么看上去像一个圆形的大厅？”

“这里已经被彻底地封闭了，现在没有人能看到。”维尼据实相告。

“果……果然如‘玛雅石书’记载的那样：卓尔金人没有和玛雅人一起走，他们的王族还留在地球上，等待他们从卓尔金星球飞来的飞船……看来关于那个黄金造的飞船的记载也是可信的了！石书上记载，黄金飞船的长度是五百坎，宽好像是……”

“钟教授，您要是不着急离开这里的话，可以在这里多待一段时间。您可以去金字塔下的密道里看一看，这里的密道四通八达，还有一条密道据说直达海底，密道里的很多玛雅文字和符号我们都弄不清是什么意思，不知道您是否愿意多待一段时间呢？”约瑟夫将军问道。

“好的，我也正有此意。我早就想在这里的多待几天，只是怕打搅了各位。”

“哪里！我们这里欢迎还来不及呢。”约瑟夫将军和教授说完又转向尤利。

“尤利，我有件事情想和你商量下。鉴于目前的形势，我想让你去地球元老院一趟。虽然地球元老院的胡振中元老向银河联盟总统发出了弹劾动议，但要真的弹劾总统，必须有超过三分之二的地球元老院元老支持这一动议才行。但从总统意外失事调查报告在元老院顺利通过来看，胡元老的这一动议在元老院通过的可能性不大。因为当时的总统意外失事调查报告也只有胡振中一位元老提出了反对意见，其他的地球元老都通过了那份有明显瑕疵的报告，我感觉到这里面一定有问题！因此我希望你能去一趟。胡老先生与前总统菲利普和我都是老相识了，我这里写了一封信，你可以以转交这封信的名义去找他。另外，我想让纽曼再去一趟银河科学院。肖恩教授和地球元老院的联系也非常密切，他在地球元老院的影响也非比寻常，不知道纽曼博士能否说服肖恩教授去向元老们施加一下他的影响，争取让弹劾案最终在元老院通过。我们银河联盟如果有了地球元老院的权力制衡，至少能牵制住松本集团。松本想各个击破、大权独揽的计划恐怕就暂时无法实现了。”

“信？”尤利接过将军递过来的一个信封摇了摇，里面好像没有晶体。

“给胡振中元老的信我是用纸写的，现在找一张信纸真的很不容易。我知道他老人家习惯看这种手写的东西。”约瑟夫将军说着搓了搓手。

“好的。”尤利把信叠好收起，扭过头，看到维尼正向他使眼色。

“还是让维尼也和我去吧。离开地球太久了，没有他，恐怕我找不到那个地方。据说地球元老院没有一个固定的地方，总是在不停地飘。”尤利又瞟了一眼维尼说道。

“你俩搭档，我最放心！”约瑟夫将军呵呵地一笑说道。“地球元老院这个季节应该是在澳洲的新西兰海滨的上空，他们总是会找最舒服的地方待着。”约瑟夫站起身又拍了拍维尼的肩膀转过头来对纽曼说：“纽曼博士，我这里也有一封给肖恩教授的信，烦请你代为转交。我把我的意思在信里已经说得很清楚了。”

“我也想跟他们去。”邱中华在一旁很不自在地搓着手。他看着尤利，想让尤利替他说句话。

“我是怕你累了，如果你不累的话，休息一天，明天你就和尤利他们一起去吧。我这里还有一件尤利上次带回来的分子环境同化服，你就先穿上吧，我估计你的身份信息也已经被联盟安全调查局查到了。一走出这里就会立刻暴露行踪。”

“那我开哪辆车呢？我们这里除了维尼的那辆改装过的车可以畅通无阻外，其他人的车子都被联盟安全系统特别锁定了，现在改装都来不及了，一开出去马上就会被系统重新识别。”纽曼道。

“开我的那辆吧，我的车子虽然破点儿，但也同样没有任何记录，是我为了来玛雅临时在北美黑车市场里低价买来的，只要加点儿氢燃料就又能开了。”钟鼎教授说着将一个水晶钥匙扣递到纽曼博士的手里。

七、地球元老院

I

清晨，当第一束金色的阳光照着亚马逊丛林高达百米的云杉树梢时，两辆外观各异的飞车犹如丛林中两只迅捷跃起的箭蛙一样从浓绿的树冠顶部射出，一转眼就消失不见了。

尤利看了下腕上的浪琴原子表，又抬头看了一眼才从地平线上慢慢拱起的橘红色太阳。此时，座下这辆已经自动变成墨绿色的飞车犹如一支利箭在蓝天与绿树之间飞驰。

“维尼，你的车开得太快了。你不是说从来没有去过地球元老院吗？”尤利有些担心地问道。

“总督大人，您怎么像是昨天才来到地球的外星人呢？我的车子已经设定为自动导航，而且选择的是最隐蔽的线路。地球元老院不是谁想去就能去的地方，我正担心我们是否能进去呢。弄不好吃个闭门羹也不是什么稀罕的事儿！在我们银河联盟不是有句老话：见总统易，见元老难啊。他们这些元老都是我们这个星球上最后的贵族了！”维尼说完长叹了一口气。

“我以前学画画的时候听说：地球元老院的前身就是几百年前地球上的联合国。而地球元老院的元老们都是地球上原来各个国家的前总统或前国王。是这回事情吗？”好久没有吭声的邱中华突然发问。

“差不多就是这样。”尤利这时又看了下手表接着说道：“在我们银河联盟的联盟总统、银河联盟议会和地球元老院这三大权力机构中，地球元老院的历史是最为悠久的。大约在四百年前，由于地球科技的飞速发展和经济一体化进程的不断加快，特别是亚光速宇航技术和虫洞形成及维持技术的成熟应用，我们地球接触到了越来越多的外星文明并与之发生了贸易往来。以前那种各自为政的国家体制越来越不适应新的宇航时代，当时权力已经达到顶峰的联合国不得不解散了各个分散的国家，成立了新的地球联邦。这个地球联邦就是我们现在银河联盟的前身。地球联邦在成立一百年后，由于贸易的关系，又有数以千计的外星球加入到这个联邦，地球联邦不得已又进行了重组，形成了现在的银河联盟。因此，不管是在短暂的地球联邦时代还是在现在的银河联盟时代，从最早的联合国蜕变而来的地球元老院都是极有权势的一个机构。到目前为止，地球元老院的元老数量和联合国解体前的国家数量是一致的。也就是当时联合国的的每一个成员国都在地球元老院拥有一个元老席位。只是到了后来，这些养尊处优惯了的元老们不再愿意过问政事，才显得银河联盟议会和银河联盟总统权势擎天。其实从银河宪法上讲，地球元老院的权力要大于银河联盟议会甚至总统。再从我们银河联盟的实质上说，这个联盟其实是一个比较松散的贸易联盟，有点儿像几百年前的WTO（国际贸易组织），而与之相对应的蛇人帝国星际联盟则是一个准军事联盟，有点儿像地球在第二次世界大战之后形成的华沙条约组织和北大西洋公约组织。”

“哦，怪不得蛇人帝国联盟那么好战！尤利，你的这个比喻确实比较贴切！”维尼一边开着车子一边附和道。

“既然元老院不问政事了，那我们为啥还要去找他们？”邱中华好像意犹未尽。

“地球元老院虽然一般不过问具体政事，但关键时候还是会出手的。当年，如果没有地球元老院元老们的支持，菲利普总统对蛇人帝国联盟的宣战就是非法的。我们银河联盟毕竟是一个三权分立的民主政体。在这种体制中，地球元老院不仅扮演着议会上院的角色，还掌有银河联盟最高法院的绝大部分权力。银河联盟最高法院的大陪审团都是由地球元老们组成的，只是一般的案件烦劳不到他们而已。他们如果想介入某个案子的话，他们就会有绝对的发言权。”尤利接着解释道。

“哦，原来是这样！”维尼笑着说：“怪不得在一般人的眼里地球元老们跟不食人间烟火的神仙一样。一说起元老，我总会把他们和几千多年前古罗马共和国的元老们混为一谈。元老这个称号听起来就够牛逼的，还挺有历史感。

这几十年来，总听见总统和银河联盟议会之间吵吵嚷嚷，而元老们像是懒得过问这些俗事的世外高人一样对世事不闻不问。昨天，胡振中元老对松本代总统的弹劾案动议一出，松本马上就推迟了银河联盟议会的表决。看来地球元老们的实力还是不容低估啊！”

“当然了！”尤利接着又说道：“松本他也知道，元老们不但有权力弹劾他，如果弹劾案在元老院通过的话，最终审判他的大陪审团也是由这些元老们组成。更何况，胡振中元老是元老院九大常任理事元老之一，可以起到议会召集人的作用，他当然有些害怕了。”

“哦，原来是这样！”邱中华大瞪着眼睛，他好像已经被神秘的地球元老彻底地迷住了。不一会儿他又突然问道：“昨天听你们说，地球元老院所在的位置在不停地变化，这是怎么回事情？”

尤利笑了一下接着说道：“地球元老院的永久院址是一个直径达三十公里的巨大的球形反重力建筑。由于地球元老们的地位无比尊崇，他们可以一年四季把自己的院址不停地迁徙。地球上哪里的季节和风景最好，他们就会把地球元老院迁移到哪里的上空。因此，他们所处的环境都是地球上最宜人的！”

“呵呵，”维尼听后笑了起来，“他们真会享受生活啊，银河联盟的总统也不过有五六个总统官邸，而这些元老们每天都在换地方。有句俗话不是这样说吗：‘要问地球上哪里的风景最好，看看自己的头顶上有没有地球元老’。”

“那不对啊！”邱中华这时好像听出了点问题，“你们不是说地球元老院是由联合国当时的席位确定的吗？当时联合国有接近一百多个成员国，也就是说目前有一百多个元老，你说这里好，他说那里好，谁不说自己的家乡好，到底听谁的呢？”

“那当然是听权势大的了。这个事情我倒真是听别人说起过。”维尼接过话题想了一下说道：“地球元老院的组织结构和以前的联合国类似，也有九大常任理事元老。他们每年去的地方有几个是固定的，如亚洲的九寨沟、黄山、亚龙湾，欧洲的普罗旺斯、阿尔卑斯，美洲的黄石，澳洲的大堡礁、黄金海岸和新西兰海滨，这些都是些自然风光最好的地方，他们去的时节也是那里最好的黄金季节。除此之外，九大常任理事元老每个人可以选择一个自己想去的地方待一周，这就是常任理事元老所谓的特权之一了。”

三个人正说着，突然听到维尼的车子发出嘟嘟的报警声。维尼低头一看，原来是飞车导航提醒：地球元老院还有一百公里就到了！这时，三个人都抬头朝前方望去。只见远处的海天之际有个像地球仪一样的巨大球体悬浮在银色绸带一样的海滩之上。

在几十年的军旅和探险生活中，奥利维从来没有像今天这样彻底地绝望过。时间已经过去了整整一天一夜。这个神秘的白色大厅每一寸能触摸到的地方他都已经检查过了，墙壁严丝合缝，绝对没有任何的一点儿可能开启的缝隙。

库奇已经绝望地躺在地板上很久了，他的两只眼睛直勾勾地盯望着天花板，一副死不瞑目的架势。

大卫蜷着身子从破损的圆洞里又钻了回来，他是出去寻找食物的。整整一天一夜，他们每人只分得半粒能量丸，现在只剩下最后一粒了。看着奥利维望着他，大卫摇摇头："我只在外面找到几个生锈的空罐头盒，里面连一滴水都没有。"大卫说着用舌头舔了一下已经干裂出血的嘴唇。

"哎，这么深的地层里怎么可能有水呢？"费雷罗长叹一声，"没有想到我们几个就要死在这个鬼地方。还好这个地方还算不错，亮亮堂堂的，总比死在某个黑暗的角落里强啊……"费雷罗坐在地上抬头望着白亮的天花板又开始发呆。

"妈的！放屁！我不想死！我才四十岁，还有一百多年的活头呢！"躺在地板上的库奇突然爬起来，竭斯底里地对着费雷罗大声吼叫。

费雷罗没有理他，只冷眼瞟了一下这个神经脆弱的"可怜虫"，用鼻子轻蔑地哼了一声。

"你……你敢小看我！老子跟你拼了！"情绪已然失控的库奇突然从腰间拔出激光枪，双手握着枪柄，朝着费雷罗扣动扳机……

"库奇！你要干什么！"坐在地上的奥利维猛地一个斜扑将库奇扑倒。但库奇手上的激光枪还是射出一道亮光，幸好这道亮光只扫到费雷罗的热能防护服的袖子上。

"我要杀了他！杀了他！看他还敢……还敢轻视我！"倒在地上的库奇发狂般地吼叫着，他蜷着身子使劲挣扎，双手还紧握着那支激光枪，激光枪的扳机突然被触发，枪口耀眼的白色光柱撞在白色的合金墙壁上冒着一串串晶亮的火花。

“你疯了！”大卫眼疾手快，飞起一脚踢在库奇的手腕上，激光枪哐的一声被踢出老远。等奥利维从已经没有力气再挣扎的库奇身上起来时，眼前的景象突然变了——刚才库奇激光枪光束扫射到的位置缓缓地开启了一道门。

“大卫，你看！”奥利维失神地望着那边惊得半天说不出话来。

“他们为什么把地球元老院设计成一个大的‘地球仪’或者说是一个小的‘地球’呢？”越来越自信的邱中华已经开始用一个艺术家的眼光审视着眼前这个巨大的球体。

维尼不知道为什么开始有点儿愤愤不平：“我看这种设计是虚荣心膨胀的表现，能让这些元老们以为自己还是这个星球最尊贵的主人！”

“从某种意义上说，他们是这里最尊贵的主人。他们的祖先曾为了整个联盟的利益而放弃了统治一个完整国家的巨大权力。从这一点讲，他们是值得钦佩和尊重的。要知道权力对银河中的任何一个星球上的人来说都是极具诱惑力的！”

维尼的脸一红，嗫嚅道：“我没有说他们不值得尊重，我只是说这个建筑设计成一个地球的形状，未免有点儿太直露了。”

“不过，我还是觉得这个设计非常的别致，他让我想起地球久远的历史。”

“这么大的一个球，哪里是入口呢？”眼看这飞车离这个球体越来越近，邱中华还是看不明白这个建筑的细节。

“昨天，我特意查了地球元老院的资料。”尤利用手一指这个巨大的球体说道，“这个球体和四百年前的古地球仪一样，是根据著名的‘地图四色原理’绘制的，你们看，那里是古代美国，美国的上面是古代加拿大，下面是古代巴西。每个国家都有自己当时对应的国土，就连很多袖珍小国也在这个球体上拥有几百平方米的对应位置。要知道，这个球体并不是空心的，国土面积对应下的内部建筑就是该国元老的住处，面积比较大的国家比如俄罗斯、加拿大，里面甚至建有银河标准的高尔夫球场，而面积小的国家就可怜了，只有个办公室和起居间，连一个像样的花园都没有地方建。不过，这也没有办法，谁让他们当时的国土面积就那么小呢？在这个巨大的球体的中心，还有一个小的球体，这个小的球体就是元老院的议事堂，代表每一个国家的元老在这里都有一个属于他们自己的席位。刚才看上去的不平等现在好像又变得平等了。只不过美国、英国、法国、俄罗斯、中国、印度、日本、巴西、南非这九大常任理事元老在这个地方行使的权力更大一些而已。有些小的事情，九大常任理事元老商定后就成了决议，这好像又变成了平等中的不平等。总而言之，这个星球上就没有绝对平等的事情。"说最后这句话时，尤利不知道为什么感觉自己的脸突然有点儿发烧。因为他突然想起维尼曾不止一次地对他抱怨道：老天总是在有意无意地眷顾他。

"尤利，说了半天你还没有说怎么进去呢？"在离球体十公里的地方，维尼把车停了下来。

"你们看，"尤利又用手一指，"那个红色的区域就是我们今天要去的中国区。每一个区不管大小形状都有一个这个区的大地原点。大地原点的地方有个可供进出的门，我们必须先在那个门前递交进入申请，申请获得批准后才可以进入。"

"哦，是这样。我怎么突然感觉到这个球还在微微地旋转呢？好吧，先不说这些了，那我们现在就直扑那里了。"维尼说着就要再次发动引擎。

就在这时，正在四处张望的邱中华突然转过头，神情紧张地对尤利说："我感觉好像有人在背后跟踪我们，你们看……"

大卫第一个挪动脚步朝那扇"门"走去。奥利维看了一眼还躺在地上的库奇也站起身来。费雷罗和库奇相互冷漠地对视了一眼也站起身跟在奥利维身后。前方只要有路，大家就还有希望！

前面黑乎乎的没有一丝光线。大卫走了几步回过头等着后面三个人跟上。费雷罗是最后一个跨出这个大门的。刚一出门，就发现眼前的路更黑了，简直伸手不见五指。

"门！门怎么关上了！？"库奇一扭头，发现他们身后刚刚打开的那扇厚度有一米多的"门"已经无声无息地关上了。

"糟糕！"奥利维也吓了一跳，忙扭头看了一下。"关上就关上吧，也不知道那个'门'是怎么打开的。"他估计最大的可能就是库奇的激光枪发出的激光束意外地撞上了门上的某个开关……

"队长，你有手电没有？我的鼻子碰到墙上了。"大卫刚走了几步就一不小心撞在了墙壁上。

“哦，有的。”奥利维庆幸自己随身总爱带上那把探险用的万能瑞士军刀，军刀上有个号称能连续发光一百年的袖珍核子电池手电筒。

手电光打开了，几个人循着亮光仔细地看着眼前的这个空间。

这里好像是一个狭长的过道，迎面正好是一个六十度的拐角，过道墙壁上粗糙的金属表面让人联想起全息电影中几个世纪前废弃的防空地道。脚底下还湿乎乎的，一股浓烈的霉味熏得人只想呕吐。

“这是什么鬼地方？要知道这样，还不如留在刚才那里！”费雷罗跟在后面小声地咒骂道。

的确，这儿和刚才那个一墙之隔的大厅反差太大了，简直是天壤之别！在那个环境待久了，人还一下子适应不过来。可现在想退回去已经不可能了。“走吧！”奥利维鼓励着大家，把手电筒的光打到最亮。

差不过走了一百多米，眼前突然被一道金属墙壁硬生生地阻挡住了。

“妈的！又是死胡同。”费雷罗又恶狠狠地骂了一句。大卫此时又眼巴巴地看着奥利维，现在大家都有点儿后悔没有怎么考虑就从那扇“门”里走了过来。

奥利维往前走了一步，用拳头在铁壁上重重地锤了一下。哐的一声，手臂被震得酸麻。他转过身，又朝侧面的墙壁猛地锤了一拳，听声音却好像比较沉闷。奥利维点点头，一声不吭地拔出激光枪，示意三人都闪开。

一道刺眼的弧光射出，铁壁很轻易就被射穿了。奥利维双手握枪，在铁壁上划出了一个门的形状。等划到底部时，哐的一声，一扇“铁门”应声倒下。看切口，这扇“门”足足有十厘米厚！

四个人依次从门洞里穿过，感觉眼前突然一下子变得开阔了，一个四方形的空间出现在大家的眼前。这个空间的另外三个面各有一条延伸出去的通道。几个人站在这个空间里面面相觑，不知道该往哪里走?

“你看那边过道上面好像写着什么？”大卫一把抢过奥利维手上的电筒高高地举过头顶，凑近右手过道顶部，那里的确有几个很模糊的字迹。

“上面好像写着紧急指挥中心。”大卫道。

大卫说完又跑到其他两个过道下看上面有没有字迹。他一边看一边大声读道：“总统府。这里竟然写着总统府！另外一个过道顶上写着储物中心，都是用古英文写的！”

“古英文？总统府？这会是哪个总统的总统府呢？”奥利维一时有点儿糊涂了。因为从外观上看，这个地道太有年头了。从坑洼不平的洞壁和刚才用激光枪就能轻易切割下的金属材料上看，不像是近几十年内的东西。不过，他们是从大堡礁的蜥蜴岛上下来的。从大堡礁到这里……哦，奥利维突然明白了，这个地道差不多一千五百公里长，而悉尼的银河联盟总统府距离大堡礁也差不多是这个距离。难道总统府的密道竟然修了那么长？怪不得那几个逃犯开始在总统府周围晃悠，后来突然就跑到大堡礁去了，原来他们早就知道那里有个密道可以通往总统府！对了，其中那个叫纽曼的就是总统府的前护卫长，他们肯定知道总统府地下的密道！从这里肯定可以上到总统府！奥利维突然感到自己又一次绝处逢生了。

2

“有人跟踪我们？”尤利这一惊非同小可。

他知道他和维尼、邱中华可以一走了之，可他们要找的这位元老如果受到了牵连就让他们实在过意不去了。尤利机敏地转过头，的确发现有辆形迹可疑的飞车此时也悬浮在距离他们两公里远的地方。

“邱中华，不要回头。我问你什么时候发现他们跟上我们的？”维尼没有回头，他调整了一下车子的全息后视镜就已经将那个车子锁定在飞车的全球导航仪上了。

“差不多有半个小时了。本来我也没有太在意，可我们的车子突然一停，那辆车子紧跟着也停了，我就感到奇怪！”邱中华不无担心地说道。

“是不是在跟踪我们目前还不好确定。不过我们的确应该小心点儿，要不我们先绕着大‘地球仪’兜一圈，看看能不能把它甩掉？”维尼侧过脸问尤利。

“好吧。”尤利刚说完，却发现导航仪上锁定的车子突然消失了。回头一看，那辆刚才还悬停在那里的车子不知什么时候已经不见了。

“哎，虚惊一场！”维尼苦笑了一下，看来我们大家今天都有点儿神经过敏。

维尼这次将车速调得很慢，十公里的路，其实一转眼就到了。

望着眼前这个越来越大的球体，邱中华突然想起了一个问题："尤利，你说这里的每个元老都有一块和他们当时国土面积成比例的地方，那不属于任何国家的海洋怎么分配呢？在地球上，海洋的面积要远大于陆地啊。"

"海洋所占的位置是公共区域。这些公共区域包括地球图书馆、元老院博物馆这类公共建筑。其中地球图书馆号称是银河第三大图书馆，藏书仅次于银河联盟议会下属的银河图书馆、蛇人星球的帝国图书馆。元老博物馆则集中了地球上最有价值的私人收藏，每一件都可称得上稀世珍宝。"

车子离这个巨大的球体越来越近，这个巨型的建筑给人的视觉冲击也越来越强烈。大家这时都产生了一种体积对比过于悬殊的眩晕感。这种眩晕感很像他们当年在银河舰队服役，抢滩登上一颗小行星时才有的那种空间比例丧失感。

"那个朱红色的门楼就是中国区的大地原点吧？"维尼将车子停在门前，仰视着这个刚登陆的"星球"。

尤利将门楼上下打量了一番：门是典型的中国古典传统样式的朱漆大门，一排排包金的铜钉在朝阳的映衬下闪闪发光，门的两侧还立着两只张牙舞爪的铜鎏金狮子。

"尤利，你去敲敲门吧。我总感觉门一开，里面会有一只夹着尾巴的大狼狗猛地窜将出来，咬我们一口。"维尼说完呵呵地笑了起来。

"那我正求之不得呢。你知道我有多久没有见到过狗了吗？说实话，我喜欢狗！以后要能回纳博星球我一定带上几只。"尤利说着已经走下车子，径直朝那扇朱红色的月亮门走去。

朱红的大门上有两个狮首含着的门环，尤利好像记得几十年前在一部中国古典题材的全息电影中好像看见过这种门环。在他的手指轻触到那个门环的一瞬，尤利突然感觉到自己好像已经置身于那个两千年前的古老国度。"《图兰朵》！"他的脑海里猛地蹦出这幕歌剧电影的几个经典场景……

"哐，哐哐"，清脆的敲门声如同在他的大脑中响起。尤利打了个冷战，赶忙把自己的思绪抽回来。他朝维尼和邱中华使了个眼色，两个人急忙从车上下来快步走到门前。

过了好一阵子，门吱呦一声开了一道缝。一个头上扎着两个小髻的小女孩探出头来，忽闪着两只大眼睛朝他们问道："你们找谁？"

维尼有点儿想笑。尤利忙咳嗽了一声，转身拿出一封信双手交了过去："我们找胡振中老先生，这里有他一封信，烦请您代为转交。"

不知为什么，尤利感觉到自己说话一下子变得文绉绉的。小女孩白了维尼一眼，门哐的一声又被关上了，维尼终于忍不住乐了起来。

"有什么好笑的？"尤利瞪了维尼一眼，可自己不知道为什么也跟着笑了起来。

三个人在门口等着，过了好半天也没有听见门内有动静。

"你说，胡振中老先生会不会不见我们？毕竟我们现在都是……"维尼想了下没有往下再说。

"不会吧。我们拿有约瑟夫将军的亲笔信，况且按照法律，元老院对任何事件都有介入调查的权力。我想他不会因为安全调查局的一个什么通缉令就不敢见我们。"尤利想了下道。

"是的，中国是礼仪之邦。我想老先生无论如何都会见我们一面的。"邱中华在一旁附和道。

三个人正说着，就听到门内传来说话之声，听声音就知道来人是位年长的老者。

门朝两边吱呦呦地自动分开，门内像粉团一样的小姑娘旁边站着一位须发皆白的长者。长者穿着一身丝绸质地的白色中式衣裤，看上去鹤发童颜，如同传说中的仙人一样。长者朝他们呵呵地笑着打着招呼，又向小童吩咐道："还不快请朋友们进来？里面宽敞，把车也停在里面吧。"

尤利和邱中华移步走进大门，维尼转身去发动他的车子。自从大堡礁事件之后，维尼对他的这辆宝贝飞车可是爱惜备至。

"你就是大名鼎鼎的尤利总督吧？我就是胡振中。"长者转过身把眼神落在了尤利身上。

"不敢当，我是尤利。您看过约瑟夫将军的信了吧？"尤利慌忙答道。

老先生点点头。"以前我也曾听菲利普总统说起过你。那位不用问，是你的老搭档维尼上校吧？"老先生说完又把目光停在邱中华的身上。

"这位是我们才结识的一位书画家，姓邱名中华，他跟您一样，祖籍也是中国。”尤利赶忙介绍道。

“哦，画家？稀客稀客！原来都是自己人！我这里还有幅东西想请您看一下呢。”老先生说完哈哈大笑，引着尤利他们几个沿着竹林中的一条小道径直朝前走去。

“总统府？哪个总统府？”刚才越走越陷入绝望中的费雷罗此时也一下子来了精神。

“我们现在待的地方可能就是银河联盟澳洲总统府的地下！”奥利维对他的这个判断深信不疑。以前，在野外探险时，他也曾听说过悉尼总统府地下有密道这类传说。不过，这类传说好像都已经很久远了，并没有引起过他的好奇心。近两百年来，银河联盟都已经进入到星际宇航时代了，一条什么地下密道实在是不足挂齿。

“那我们怎么上去呢？”早已陷入绝望的库奇这时像又抓住了一根救命稻草。

“别着急！”维尼这时从大卫手上拿回手电筒，在方形的大厅四壁寻找着什么。这时，他突然发现了一个隐藏在墙壁里的电闸开关，伸手猛地一扳。“啪”的一声，整个方厅和方厅连接的三条密道上的顶灯全亮了。

“哦，这里还有电！”大卫惊呼了一声。“不过墙上这种灯看上去很古老，这种样式和发光机理的灯根据《银河通用百科输入全书》的说法早就淘汰了，是大约几个世纪前的东西。今天真是奇了怪了，刚才待的那个地方像是在未来世界，而现在这个地方又像是在几百年前，难道我们今天真的坐上了传说中的时光穿越机？”

“大卫，别做什么时光机器的黄粱美梦了，我们现在能活着出去就谢天谢地了！”费雷罗看了大卫一眼不屑地说道。

奥利维一直没有吭声。他其实一直在想如何能将这几个人安全地带回地面。按说，总统府的地下密道是一定会有升降装置的，就像那个被扔弃在“地铁站”里的那个“车厢”。根据他的车子导航仪最后显示的深度，这里距地面差不多是五千米，如果用车载的全息通信器说不定就可以和地面取得联系。可那个通信器还在车上，刚才进入的那道合金墙壁已经关闭了，想回去去取通信器也是不可能的了。

“走吧，我们先去‘总统府’这条道上看下，说不定我们很快就能脱险！”

奥利维说着已经带头向那边走去。

一条用彩色鹅卵石铺就的小径蜿蜒着从竹林中穿过，路的两边是一望无际的大片竹林。胡元老脚步轻健如御风而行，尤利三人和小童紧紧地跟在后面。

“这里为什么种这么多竹子啊？”维尼望着身边直插云天如碗口般粗细的竹子有点儿大惑不解。

“‘宁可食无肉，不可居无竹’，这是中国古代一位贤人说的。中国的古典文化对竹子有很高的评价，认为它‘中通外直，不蔓不枝’，这也是对一个人气节上的最高评价。中国古代很多画家都擅长画竹，胸有成竹这个成语就是这样来的！”邱中华在一旁向维尼解释道。

胡元老回过头来赞许地看了邱中华一眼，“中通外直，不蔓不枝，始终保持一个民族正直无畏的天性，这是我们中华文明的精髓之一，也是我们这个古老文明始终能绵延不息、薪火相传的原因。”

沿着竹林间的小道行走了差不多十分钟，眼前突然敞亮起来。只见竹林的尽头是一大片开阔的土地，土地上面种满了各种花卉和蔬菜，靠近竹林的边上还有个硕大的池塘，碧绿的池水中一群鸭子正在戏水，池边鸡犬相闻，一派世外桃源般的田园风光。沿着小径再往前走，走过一个缓坡，小径尽头的篱笆墙后出现了几幢茅草房。房边绿树掩映，一盘巨大的石磨平卧在柳树之下，几个天然形状的石凳分列在磨盘周围。

“这就是我住的房子，你们没有见过吧？”胡元老呵呵地笑着，先请几位在屋前树下的石凳上坐下。

“去给几位朋友倒茶去。用肖恩教授送我的子午仙毫招待客人。”元老向站在一旁的小童吩咐道。

“您就住在这样的地方？您可是地球元老院最有权势的元老之一啊？”维尼有点儿吃惊地看着眼前简陋的茅草房，不解地摇摇头。

“三个小伙子，你们知道我们中华文明给整个世界文明最大的贡献是什么么？”胡元老笑吟吟地望着尤利、维尼和邱中华。

尤利、维尼和邱中华面面相觑，都有点儿不敢说，其实也说不上来。

元老呵呵地笑了一下，示意身边的小童给三位客人先上茶：“你们仔细地品一下，这是集秦岭终南山灵气于一身的子午仙毫，你们喝完后告诉一下有什么感觉。”

尤利端着杯子，用鼻尖嗅了一下，一股绿茶特有的清香沁人心脾。他把白色的茶盏端到唇边抿了一口，淡淡的茶香犹如一缕忘却尘世烦恼的青烟让他好像置身于茫茫的青山绿水之间。他感觉到自己身体好像轻得犹如一片在杯底悬浮着的绿芽，渐渐地融入碧绿的茶水之中。

“我感觉稍微有点儿苦。”维尼一口喝下，砸了咂舌。

邱中华则盘腿危坐，双目微闭，好像正在进入一种“羽化登仙”之境。

“我感觉自己好像融入一片绿叶之中，自己好像成了大自然的一部分！”尤利突然感觉到自己身无一物、心无一物，已经完全和周围的一切同化了一样。

“有悟性！怪不得菲利普总统曾向我举荐过你，孺子可教也！”胡元老赞赏地看了尤利一眼，“我们中华文明给整个地球文明的贡献既不是什么所谓的‘四大发明’，更不是什么低温核聚变技术的率先使用，它给我们这个星球最大的贡献其实是我们民族的那些先哲对自然、对宇宙和对人的认识。‘人法地、地法天，天法道，道法自然’。怎么能和自然融为一体，做到‘天人合一’，做到‘无为而无不为’，这才是一个文明发展的最高境界。可惜啊，我们当今的星球文明却走向了另外一条路，一条靠技术的不断翻新，靠物质的极大浪费而人为搭建起的文明之梯。试想一下，现在我们人人几乎都能活到二百岁，我们乘坐亚光速飞船穿越虫洞可以抵达银河系的几千个星球，科技可谓登峰造极。可我们依然有那么多的敌人和对手，我们的烦恼不是比古人少了而是更多。我们总在改造自然而不是亲近自然，要知道自然也会有枯竭的一天。到那个时候，再先进的科技都无法挽救我们自己！”胡元老说完这些又长叹了一口气。“其实我不问世事已经近百年了。只是近一二十年实在是没有办法，每每看不过眼，眼看着地球文明走到了死胡同又无法袖手旁观。十几年前，菲利普总统找到我，让我支持你们对蛇人帝国联盟宣战；肖恩教授也不止一次地和我谈我们遇到的困境。我也知道地球文明已经骑在了老虎背上，只能硬往前冲。一个文明落到了这步田地真让我死不瞑目啊！我都快三百岁了，还能活多久呢？”胡元老说完这话看上去真的有点儿神伤。

“是啊，如果文明的进步只是为了耗尽宇宙总量有限的资源，那么文明的意义就值得商榷和反思！我也觉得我们的文明走的是一条不归路！”尤利说到这里突然想起了那个遥远而又曾无限接近的卓尔金文明。一个像神迹一样伟大的文明最终都无法逃脱灭绝的命运，而地球未来的命运会是什么呢？想到这里尤利也不由得暗自神伤起来。

“哎，我虽然知道靠技术对抗的文明最终都难逃厄运，可是我们地球文明就是这样一步一步走过来的，谁也没有办法改变它。这次菲利普总统出事，其实我是早有预感的！我甚至提醒过他一次！”胡元老说完又不禁摇了摇头。

“您有预感！？还提醒过他？”三人这一惊可非同小可。

胡元老喝了一口茶，然后悠悠地说道：“其实我们现在说话，如果我不是用气场罩着，我们说话的内容有人肯定能知道，因为我们这里一直被一种奇怪的意念力渗透。”

“什么是气场？”维尼大睁着双眼问道。

“气场就是一种念力场。关于这个问题，肖恩教授曾跟我说过。我们中国古代道家对气场和意念的研究已经非常深入，只是后来的文明中断了这种研究。因为据可靠史料记载，一千多年前的在秦岭终南山修真的隐士已经能很娴熟地掌握了气场的规律，他们用于自身的修炼。比如说我们目前非常引以自豪的反重力技术吧，大家都知道这是近三百年才有的超级技术，可我们秦岭终南山的道士早在几千年前便可以让自己的身体悬浮在空中，就是这项技能，现代人不依靠反重力设备就根本做不到。而对这种念力技术的研究，蛇人一直领先于我们。所以，关于那场战争，我们在名义上是打赢了，可就是在我们战胜蛇人军团的那一刻，我们真正的麻烦也开始显现了。”

“您的意思是蛇……”尤利捂住嘴没有敢说下去。

胡元老默默地点了下头。

尤利好像一下子什么都明白了。

“怎么蛇人又要向我们进攻了？”维尼大张着嘴好像不敢相信胡元老的话。

“你要知道，我们静修者在冥想时是和大自然、和宇宙相通而融为一体的。整整快十年了，我一直感觉到有一种邪恶的念力在地球上蔓延和渗透，而且这种趋势最近越来越快。我提醒过菲利普，因为他必定是首当其冲的。其实，在这十年中，他每天贴身穿戴着肖恩他们科学院研制的念力防护服，可念力防护服本身就是件不成熟，仓促投入战场上的东西。我们地球科技包括肖恩所说的超级外星科技对念力的研究都还不够。由于对念力形成机理不是很清楚，所以不管是‘念力防护服’还是舰队所用的‘念力防护罩’，本身就是个在技术上很粗糙的东西。特别是总统出事那天，我当时正在冥想中，突然感觉到银河议会大厦那个方位出现了非常暴烈、异动的念力波，后来听说菲利普总统在银河议会大厦出事了，我就知道他可能是遭了暗算。”

“既然您知道总统是遭到了暗算，那为什么地球元老院还通过了那个对总统遇难案所作的调查报告？难道元老院也被念力控制了？”尤利大睁着眼睛问道。

“我不知道其他元老的具体情况。我的念力场也只能护住这么大一块地方，甚至连池塘那边都护不住。昨天，我的池塘里就莫名死了几只鸭子，这是非常奇怪的事情。我怀疑是有人在警告我不要多事！”

“那我们这一来会不会影响您呢？”尤利听到这里脸色突地一变。他深知念力干扰的厉害。他瞟了一眼坐在傍边的维尼，突然想起了在那场银河之战初期发生的一件事情。在一次他率领的战舰和蛇人战舰的遭遇战中，他突然之间感觉控制不住自己的情绪，拔出枪来要对着维尼的脑袋开火，当时的那种想法强烈到无法控制的地步，他只有把头撞在了墙上昏了过去才没有让那场惨剧发生。在那场战争中，银河联盟战舰的损毁大部分是因为舰队内部的自相残杀，而真正被蛇人舰队击毁的战舰则寥寥无几。这一状况在比邻星大捷之后，银河舰队拥有了“念力防护罩”之后才有所改观。

“年轻人，不要怕。我想他们一时半会还奈何不了我，要不然在总统遇害后下一个出意外的就应该是我了。我都已经快三百岁了，还要活多久呢？呵呵，和我相比，约瑟夫将军还年轻得多，告诉他邪恶战胜不了正义！只要‘正气内存’，就‘邪不可干’！”

“对于这件事情，肖恩教授了解吗？”尤利又急切地问道。

“他昨天才从我这里离开。他告诉我他的科学院的‘八卦预测系统’也明显察觉到了念力波的干扰。不过，他那里还好，他的那个巨型八卦建筑能产生强大的保护场。另外，银河科学院门前还有那对可以镇邪的翡翠狮子，所以他那里还暂时无忧。可他也告诉我，银河科学院虽然集中了数十个星球的科学家，可他们暂时还研制不出功能更加强大的念力保护装置。因为在战争之后，银河联盟对他们科学院的投入每年都在减少，很多科研项目不得不压缩开支。所以，对念力的研究至今也没有太大的突破。一门学科，基础理论不扎实，就很难在应用上再有所突破。说到这里，我又想起了菲利普总统，他为了拨款的事情和银河联盟议会扯了多少年的皮。在这件事情上我也没有帮上他多少忙。哎，想来都是我太不愿意过问这些事情了。”胡元老说完又长叹一声。

“我知道菲利普总统是鞠躬尽瘁、死而后已，可银河联盟议会却处处和他作对！……”尤利说到这里突然停下说不下去了。

“我们在来这里之前拜见过肖恩教授，他还送我们了‘分子环境同化服’，不然我们现在也寸步难行。不用说念力干扰了，我们就是连银河舰队的行星全息分子扫描这一关都过不了。”维尼紧接着说道。

元老盘腿坐在那里静静地听着，这时连眼睛似乎也微闭了起来。突然，他的身体猛地一怔，好像感受到了什么不祥的东西。

有了灯光的照明，通道的四壁看得更清楚了。圆形的吸顶灯嵌在银白色金属材质的墙壁上，白灼的光显得分外刺眼。这里的墙壁看上去都是用焊接在一起的不锈钢金属板制成的，条条粗鄙的焊缝清晰可见。走了差不多一百米，通道像是到了尽头，一个圆形的小厅出现在众人的眼前。

“那个好像是电梯间！”一直没有说话的库奇惊叫了一声奔了过去。在圆形厅房的正中间一个直径三米的直立镂空金属管中镶嵌着一个两米高的透明舱体，不用问，那应该就是通达到银河联盟总统府的电梯。

三人紧跟其后来到了透明舱体前。舱体的门是开的，库奇一个箭步抢身先钻了进去。舱体不大，站四个人大小正合适。奥利维在舱内壁找着可以操作的显示窗。找了半天却发现这个电梯间没有配置常用的三维全息显示口，而留有一个很古老的液晶显示屏。奥利维根据经验在上面按触了一下，液晶面板显示灯立刻就亮了。奥利维又按了一个上行的三角箭头，液晶面板却显示了一行提示，三个人一看都愣在了那里。

“请输入八位数密码。”

“密码是多少？”库奇着急地问道。

其他三个人都没有回答他这个愚蠢的问题。

沉默了好久，奥利维看了大卫一眼，说道：“如果没有密码我们很难从这里出去的。”

大卫点点头，想了一下说道：“要不我们任意按一个八位数试下，很多时候密码只是个摆设，按个任意八位数就可以。”

希望如此。奥利维想了一下，在液晶面板下方数字键上按了个最简单的密码——1、2、3、4、5、6、7、8。

“密码错误。还剩下最后两次机会系统将彻底关闭。”液晶显示器立刻显示了这样一串提示。

“我来试下！”库奇这时突然冲向前去，在键盘上疯快地按下八个“1”。

“密码错误。还剩下最后一次机会系统将彻底关闭。”

“库奇！你干什么！”大卫一把把库奇扯了过来，“你今天想把大家都害死吗！”

3

克拉克局长一大早就被恼人的全息紧急通信声吵醒。迷糊中，他按了一下通信晶体。艾佛森那浓重的非洲裔口音又传到他的耳膜上。“将军，我们派出的暗探发现了银河科学院肖恩的专车，他的车子直奔地球元老院去了！我请示您是否可以拦截？”

克拉克一个骨碌从弹性金属床上爬起，嘴里骂道：“妈的，这个老狐狸终于钻出来了。”他正准备吩咐下去，忽又转念一想：“不行，这个老家伙不好惹，万一出了差池吃不了要兜着走。”对于肖恩，他还是应该请示下总统大人，看看松本总统的意思。

他想了想，又看了下表，已经八点多了，这个时候打搅总统好不好呢？总统可明确告诉他没有紧急事情不要和他联系的。对了，昨晚得到的那个消息算是件大事情，可以报告总统，也说明自己最近的工作很有成效。想好后，克拉克终于小心翼翼地连通了那个号码。

“什么事情？”三维图像窗口没有任何显示，只有个合成音像是从耳边传来。

“总统，您要找的那个东西，我派往纳博星球的人已经得手。”

“我已经知道。不是我要找，是你要找的东西，记住。”

“是。”克拉克感觉自己的额头开始冒汗。

“还有什么事情？”“合成音”有点儿不耐烦了。

"我的人发现银河科学院的肖恩去了科学院，要不要将他拦截拘禁。"

这时声音没有马上传来，过了几分钟，合成音再次在他耳畔响起："我已经知道。肖恩和元老院的事情你不必插手，有事情向我告诉你的那个人汇报，不必什么事都来找我。"说完"哔"的一声通信中断。克拉克摸了摸额头，上面已经渗出了不少汗珠。

"妈的！"克拉克在心底骂了一句。

"你敢骂我？"克拉克的脑海里突然传来一个细小的声音，吓得他激灵灵打了一个冷战，所有的睡意一下子全没了。

昏暗的烛光映照在奥莉薇兰消瘦、苍白的脸庞上，贴身侍女薇拉跪在一旁手里端着黄金镶嵌的食盒。

"陛下，您已经有两天没有吃东西了。您不吃东西，您也要为你腹中的孩子吃一点儿吧？"侍女在一旁几乎是哭着哀求道。

"孩子！？"奥莉薇兰浑身一震，泪水顺着她柔美的脸庞一滴滴地滑落下来。

"大祭司让我把他留下，可我却……"奥莉薇兰说着眼泪又如雨般滚落了下来。

"将军和您盟过誓说他一定会回来的，大祭司说过他是神，神说过的话一定会兑现的。"侍女在一旁劝慰着奥莉薇兰。

"可'神器'丢了！他们说那个东西可以交换回他和雅各布王子的生命，我就交给了他们。可我答应过总督一定会把那个东西保护好的，是我先违背了诺言！"

"东西是死的，可人是活的！我想总督只要活着，那个东西一定会夺过来的。您就吃一口饭吧，这是您最喜欢吃的奇异果沙拉，总督以前教我们做的。"侍女跪在那里仍不肯起来。

"是总督教你们做的？"奥莉薇兰终于从食盘上将那个小金碗拿起，放在唇边，看了一眼，一滴眼泪落在了里面。

"老人家！您怎么了！？"尤利这一惊非同小可。他发现元老的脸色猛地一变，红润的脸色瞬间变得煞白，嘴角紧嘬，像是在用一种体内的力量顶着外面的压力。

“太爷爷！”站在一旁的小童也着急地看着胡元老，手里拿着的白瓷茶壶“啪”的一声掉在了青石板地上，摔了个粉碎。

这时，只见胡元老双目紧闭，两只手在胸前掌心相对合在了一起。突然间，元老盘坐在石凳上的身体好像是被一种神奇的力量托了起来，悬浮在距地面一米高的位置不动了。在坐的三人连同小童都吃惊的看着眼前的一切，似乎不敢相信自己的眼睛！

过了差不多有几分钟，元老好像在空中长出了一口气，身体也像是泄了气一样的氢气球一样缓缓地落在了石凳上，过了好久才慢慢地睁开眼睛。

“刚才有一股强大的念力波向这里冲涌过来，我不得不用自己的‘混元一气’将这股念力波挡住，不然你们几个瞬间就会被这种念力波控制住！”元老说这话时，脸上露出一丝忧色。“看来他们对这里的攻势即将展开了。”

“老先生，别是我们来这里影响了您。如果是这样我们实在过意不去。”尤利马上起身，他觉得肯定是他们几个连累了元老。

“不关你们的事情。我和这股念力交锋很久了，它总想控制住我，可我的‘混元一气’也修炼了上百年，只是这次他们的攻势很猛罢了。”元老又长吁了一口气说道。

“对了，我有些话还想和你们说下，也不知道以后还有没有机会了。肖恩教授昨天找到我，其实是向我询问一件事情。”

“什么事情？”维尼着急地问道。

“他问我是否知道，总统在生前是否托付给我一件东西，这个东西的样子应该是个黄金盒子，因为只有那个盒子里面可能有抵抗念力的终极武器。哎，其实，总统和我的联系也不多，尤其是这几年，他也知道我不愿意过问世事，也很少打搅我了。肖恩说：如果我们找不到那个盒子，或者盒子被蛇人夺去，我们基本上就无法再次抵御蛇人的进攻，战争或许就又近在眼前了。”元老说完长叹了一声。

尤利听到这里心猛地一收，脑子“嗡”的一声差点儿失去了知觉。原来肖恩教授也知道那个盒子。难道总统在九年前就预感到危急，而让他把那个盒子带到了纳博星球？可在那个可怕的梦境中，奥莉薇兰女王已经将那个盒子交给了那帮人!

“那个盒子是不是就是钟鼎教授所说的‘卓尔金神器’呢?”邱中华这时问道。

尤利默默地点了点头。在座的只有他知道这个盒子的下落，可他无法说也不能说，这个盒子关系着银河联盟三千亿人的安危，他必须坚守着这个秘密。

“难道除了菲利普总统掌握的那个‘卓尔金神器’，再也没有什么东西能抵挡住蛇人的进攻吗?”维尼这时也变得紧张起来。

胡元老想了下接着说道:“肖恩教授说，九年前的那次战争，我们只是侥幸取胜，我们几乎付出了整个地球被毁的代价。他的银河科学院的‘八卦预测系统’曾经监测到一次我们地球几乎与死神擦肩而过的瞬间。当年用的暗物质武器的负面效应到现在还没有完全清除掉。如果蛇人的念力武器能量级别再次提高的话，他就绝对不敢再使用那种武器了。如果投射的方向稍有偏差，我们的地球很可能就从宇宙中消失了。他说只有找到那个‘盒子’，从‘盒子’里面获取更多的知识，我们才可能制造出完全克制住敌人的新型武器。哎，肖恩也是病急乱投医，总统不在了，新总统还在清算老总统的旧账，根本指望不上。找我?我只有把我珍藏的一本中国古代关于意念力引导和静修的古籍善本《混元一气论》送给他，希望他能从中国古代先哲那里汲取知识了。”

“中国古代对意念的研究非常深入吗?”维尼紧追着问道。

“是啊。中国古代的先哲对意念力的研究一直走在整个世界的前列。气功就是完全靠意念引导真气在人体经络中运行，中药也是靠动植物的四气五味来调整人体的阴阳平衡。更有些修真的隐士，他们对念力的运用和控制可谓登峰造极。你们看这只杯子。”元老说着一抬手，放在石磨上的茶杯晃动了一下开始自动升起，一直升到元老的手掌的上方才停止。元老拿住杯子喝了一口茶说道:“肖恩教授说现代银河联盟所掌握的科学理论对这个现象根本无法解释清楚。我们当今的科学从两千多年前就开始走另外一条路了，这条路似乎已经走到了尽头。”

这时，维尼也把手抬高，两眼紧盯着台面上自己的茶杯，眼睛干瞪了半天，可杯子根本纹丝不动。

系统显示只剩下最后一次机会。大卫把库奇的胳膊紧紧地抓住，他怕自己一松手，这个做事冲动的家伙又会扑上去再输入一个自己臆想中的密码。

大家这时都盯着显示屏，希望有意想不到的奇迹发生。

“我们必须找到密码，否则谁也无法离开这里！”奥利维说完毅然地转过身，头也不回地离开这里。

大卫把抓住库奇的胳膊松开，跟着走了出去。费雷罗和库奇相互敌视地看了一眼，也无可奈何地跟了上去。

密码！八位数的密码！这时大家的眼睛都在向四处扫视，希望能看到一个写有八位数字的地方。

可是这里到处都光秃秃的，连一个字符都没有。奥利维想起，好像只在那个方厅里看到过几个写在过道上方的字。

几个人一路走着，相互再没有一句话，一直走到方厅才停下。

“要不然我们再从这个门洞钻过去，如果能打开那个圆形大厅的门，我们去取车上的全息通信器，说不定在这个位置可以呼叫到上面的人。我想总统府的人一定知道这个地道电梯的密码。”费雷罗此时建议道。

“好！”奥利维赞许道，“只是那边没有灯光，还要用我的手电筒。”奥利维说着带头先从那个门洞里走了过去。

一行人跟在他的身后，大家默默无语地又走回到圆厅的外壁边缘。

像白壁一样的墙壁就矗立在眼前。奥利维用手摸了一下，感觉光洁滑腻的如同婴儿的肌肤。他实在不忍心用激光枪去破坏它，可用手在“白壁”上摸了半天，并没有找到一丝可能开启它的痕迹。

凡是手能摸到的地方都摸遍了，奥利维遗憾地摇摇头。他转过身拔出激光枪，眼睛一闭就冲着墙壁开了火。

顿时火花四射，大卫也拔出激光枪加入了其中。两条白色的光柱在“白壁”上游走，可“白壁”并没有出现被击穿熔化的迹象。两个人住了手。过了一阵儿，奥利维拿着手电再次走到“白壁”近前细看，白壁上只有一丝烧蚀过的痕迹，用手一擦，烧灼的痕迹竟然被擦掉了。

“还是回到那边去吧，那里写着有个‘储物中心’，看我们能不能找到一些食物。”大卫此时感觉到饥饿难忍，说完已经独自朝那边走去。

“这不是在外太空的失重条件下，地球对杯子的引力远远大于你的手施加给它的引力，这是我们不用学就输入大脑的银河通用科学知识！”尤利白了一眼维尼冷声说道。

“尤利说的不错。”胡元老说着又把手中的杯子放在石面上，“我们现代的科技要将这只茶杯浮起来，就要给杯子装上个引力反相器，就像我们现在正在悬浮着的这个地球元老院一样，他们的差距只是引力反相器的载荷大小不同。另外一种方式则是使用念力产生一个和杯子受到的引力大小相等、方向相反的力。”

“用念力浮起一个杯子还可以想象，但想让念力浮起像地球元老院这么巨大的建筑物就应该不可能了吧。”维尼争辩道。

“呵呵，不可能？”元老摇了摇头，“我也曾经也认为不可能。但昨天肖恩教授竟然告诉我：蛇人星球的很多反重力建筑完全采用了和我们地球不一样的原理。这种原理竟然就是用念力抵消物体间的万有引力。他们的帝国研究院就是一座在科技上超过了银河科学院和‘银河之碗’的反重力建筑。最新的情报显示，蛇人在战败之后对念力的研究又有重大突破。我们目前之所以还相安无事，他怀疑只是因为上次的暗物质武器的威力对他们的印象过于深刻，他们惧怕地球所领导的银河联盟再次制造出类似的超级武器。所以，肖恩教授怀疑蛇人也有可能知晓那个记载着有关超级武器知识的盒子。一旦他们找到了那个盒子或者将那个盒子毁掉，战争的阴云必将再次笼罩整个银河，第二次银河战争就无法避免了。而对于这场战争，我们显然没有任何准备。”元老说完幽幽地叹了口气。

元老说到这里看到大家都不再吱声，就想了一下接着说道：“约瑟夫将军的担忧不无道理。他认为松本是这一切事端的罪魁，我却不这样认为。松本其实只是个商人，他的身后有银河第一大财阀大和银团的支持，而大和银团主要是通过贸易获取巨额利润。如果战争真的爆发，银河联盟战败对他们也绝对没有什么好处。要知道蛇人帝国联盟对自由贸易是限制的。说松本有野心想当这个联盟总统我相信；说他引狼入室，助纣为虐我看则未必。因为我和松本打了几十年的交道，他们曾经的天皇就住在我的隔壁，时不时还过来一趟。天皇是一个非常低调的人，而且这次我弹劾松本总统的提案是得到他的支持的。根据宪法，至少要由两名以上常任理事元老支持的议案才具备被审议的资格。我的这个提案得到了包括日本元老在内的美国元老、俄罗斯元老的支持，所以地球元老院才对这项议案进行表决。至于说让我发挥影响力，这个我已经做了。明天的元老院理事会就会对这一议案进行议会表决。根据银河联盟《地球元老院法》，我无权干涉其他元老的任何决定，这是他们的权力。这个还请你们转告约瑟夫将军，但我还会想一些其他办法的。"

"如果松本和其他元老被蛇人用念力控制住了呢？"尤利突然问道。

"这！……"胡元老一时语塞。过了好一阵儿，元老点了点头："这种可能无法排除！"

看着三个人都坐在那里沉默不语，胡振中元老站了起来："你们来一次也不容易，我就带你们参观下我的住处了。我一直奉行中国古典哲学的'大道至简'，所以这里的房子都堪称陋室。我吃的东西也是这里自产的蔬菜。这里的时令蔬菜非常新鲜，周围的很多元老都来我这里要一点儿。日本元老每次都不好意思空手来，总要找机会送我一些礼物。这些书画都是他过去的皇宫旧藏，其中有一张是中国古代的书画。我对那东西没有研究，这不有画家正好帮我看看。"元老说完朝邱中华微笑着一点头。

"好，我很久没有看到中国的古代书画真迹了！日本皇宫曾收藏了很多幅中国古代名画。"邱中华兴奋地站了起来。

茅屋里面的陈设也很简陋。一张木床，一套椅案都是古色古香，只有靠着墙面摆放的书架看上去甚是抢眼。"呵呵，我这里就是这些书值钱，都是中国古代先哲的作品，你们很少见到纸质书了吧？"

"四百年前纸质的书都很少见了，现在好像只有在博物馆里才能看到这些东西！"尤利羡慕地说道。

"走的时候，我送你们每人一部书。我也不想让这些书都失传了啊。她还太小，以后也不一定喜欢这些东西。"元老朝着小女孩呵呵地笑了笑。

"哼！我才不稀罕你的这些书呢。"小丫头哼了一声转身出去了。

"哎，这是我的小玄孙女，没事就待在我这里。她的父母都去外星球定居了，因为辈分差的太多，我对她也失于管教，溺爱惯了。几位见谅啊！"元老说完呵呵地笑道。

“哪里！哪里！有个孩子在身边也是天伦之乐啊！”邱中华在一旁羡慕道。

屋里的光线不错，胡元老从一个紫檀木匣中小心翼翼地取出一幅颜色发黄的卷轴，放在木案上徐徐展开。

“是中国古代书圣王羲之的真迹《丧乱帖》啊！”邱中华兴奋地惊叫起来。“好久没有见过如此精彩的中国书法作品了，两千多年了啊，现在看上去还是墨色如新！你们看，这部作品笔法精妙，结体多欹侧取姿，有奇宕潇洒之致，是王羲之创造的最新体势的典型作品，和故宫博物院收藏的乾陵地宫出土的天下第一行书真迹《兰亭集序》各有千秋！”

“我只对书法略通一二，但每次看这幅作品都感觉到气韵生动，浑身有畅快淋漓之感。”元老手捻长髯在一旁暗暗点头。

“是啊，中国书画都以气韵见长，看整体而不看局部。您看这部作品：字断而意不断，意在笔先，一气呵成，让人能感觉到一股浩然之气长存于胸，山川河流都尽在其中，给人一种气贯长虹的之感。这也是中华文明虽然历尽磨难仍能独存于世的原因。”邱中国解释道。

看着这幅作品，尤利突然感觉到腹内有一股凉气直冲自己额头。那一字一笔犹如一条蛟龙在自己体内上下游动，意至而气达，感觉浑身有使不完的劲儿需要发泄！这难道就是所谓的真气吗？如果他手里现在有一支笔，他甚至也想将体内这种感觉和力量宣泄和倾洒在纸上。

“好一个山川河流都尽在其中啊！其实在我们地球上，有两个文明最为特殊，一个是在地球上已经消失了的玛雅文明，另一个就是在地球上一直薪火相传的中华文明。这两个文明都使用世界上独一无二的方块字。”胡元老说到这里，将字画慢慢地收起。他看了一下身边的三人：“你们这次来，我还想了却一个心愿，想把这幅画交给一个懂画之人，让这幅古人的作品不要在我手上失传。我已经快三百岁了，身后留下这部作品也是累赘！”

“好的，我们想办法一定完成您老的这个心愿。”尤利和邱中华几乎同时说道。

“好，那我就先谢谢你们。走，先跟我出去转转，说不定你们还能看到一些意想不到的东西。”

4

穿过那道用激光枪开出来的“门”，奥利维他们四个人再次站在方厅里。

“我们先去找点儿吃的吧。靠您的那粒全能量丸我们已经顶了整整二十四个小时了。”大卫望着奥利维说道。

“好吧，你一说我也感觉到饿了。看看这个‘储物中心’里有些什么东西。我想这个既然是银河联盟总统的地下临时指挥中心，总少不了吃的东西。走吧。”奥利维说着带头朝那边走去。

差不多走了五十多米，眼前突然出现了一个极为开阔的大厅。大厅差不多足有两千平方米，高度也陡然增加到十米以上，看上去犹如一个地下运动场。大厅的四壁又开了很多扇门，每个门上面都带有金属的标牌。

“哦，这个是配电室。”紧靠入口的第一个门上豁然写着配电室，大卫正要开门进去，却被奥利维一把拉住：“你进这里面干什么，小心触电。”

“对了，银河通用知识上说，几个世纪以前地球上用的电是会伤人的。”大卫有点儿不好意思地转身退开。

“看看那边的门上写的什么？”奥利维往前走几步，只见下一个门上写着“超导电池室”。

“这是什么意思？”大卫好奇地问道。

“超导电池就是一种把电能以无损耗的方式储存起来的电池。电能放在里面如果不使用几万年也损耗不了一点儿。我们学校的很多实验室还在用这种东西。”库奇盯着房门淡淡地说。

“哦。”奥利维几乎忘了，这个神经脆弱的大男孩曾是斯坦福大学的硕士研究生呢。他朝库奇赞赏地看了一眼。

紧靠着“超导电池室”的房间旁边又有一间室温核聚变发电室。不用说，这里有一个微型的核聚变发电站。

“我们现在头顶灯光中的电能就是从电池里发出的，电池的电能又是用核能反应堆产生的。这是一个完整的电能循环过程。我们学校里最古老的实验室里还保留着这种发电设备！”库奇接着解释道。

“我看看前面的那些房间。”大卫这时已经跑到了前面去。

“你们看！这里有个冷冻食品室！”大卫突然站在一个门前冲大家叫道。

一听到有食品，几个人都卯足了劲朝那边跑去。果然，在一个房间门上豁然写着“冷冻食品室”。

“这门怎么打不开？大卫用力扳着门把手，可还是无法将那扇金属门打开。

“闪开！“费雷德已经拔出了枪。

一道亮光闪过，紧接着“当”的一脚，门应声而开。

房间里雾气弥漫。等雾气慢慢散去一些，众人举目而视。只见一个几百平方米的偌大空间里沿墙壁摆着一个个巨型的金属容器，每个容器都有三米长、一米宽、一米高，容器的周围不断有雾气渗出。

“冷冻箱！”库奇脱口而出。

“是不是和我们现在用的光子保鲜柜一个道理？”奥利维问道。

“原理上不一样，但都是用于食品保鲜的。过去地球上人为了让食品存放的时间长一些，就降低这些食品的存放温度。因为在低温下，导致食品腐败的微生物会被冻死，或处于休眠状态而不能大量繁殖。”库奇现在俨然成了这几个人的科学导师。

“那这里面的东西现在能吃吗？”大卫已经走到了一个容器前，准备伸手开盖了。

“别动！小心你的手！”库奇一个箭步冲了过去，将大卫的手拉到一边。

“怎么了？”大卫和跟上的奥利维都吃惊地问道。

“你们看这里！”库奇指着巨大容器边上的液晶显示器说道：“这个容器内部显示的温度已经达到了摄氏零下二百度，它无疑是用液氮做的冷却液。这么低的温度，你的手一旦伸进去，整个手掌立马就会变成一截冻肉而坏死。虽然现代科技可以用你的干细胞给你再造一个手掌接上，但那也必须在十二小时内实行。”

“哦，那怎么办？”大卫吓得往后退了一步。

“我再看看。”库奇伏下身，仔细地看着这个容器上的标注。“哦，这里写的是冷冻牛排，是生的，即便我们取出来也无法立刻食用，而且解冻需要很长的时间。”

“牛排？”奥利维的脸上露出一丝微笑，他最喜欢的早餐就是煎牛排了。

“是的，这种动物性食品在如此低的温度下可以保存上千年而不变质！

“行了，别说这些吃的了，我快要渴死了！”费雷罗已经开始在房间里四处寻找，看哪里能有一瓶水或饮料。

“液体什么器？”这时他站在一个一米高的金属槽边喃喃自语。“液体，这里哪有液体啊？”和金属槽隔着一块挡板的地方上看到一个水龙头模样的东西，他走过去按了一下，却没有一滴水下来。

库奇这时走了过来，他看了看这个槽子，又看了看槽子旁边不远处的水龙头旁的古英文说明，突然出人意料的解开皮带，脱下裤子，对着金属槽就开始尿了起来。

“你干嘛！？”奥利维怕两个人又发生冲突，一个箭步插到两人中间。费雷罗银牙紧咬，已经握紧了拳头，时刻再准备教训这个长不大的大男孩。

“这个地方可能就是用来方便的，槽子的高低正合适。”奥利维在一旁打着圆场，他不希望这两位再在这里动起手来。

“本来就是吗！大卫，你想方便也赶快，这里用古英文写着小便器。”库奇系上裤子，朝大卫招呼道。他的话还没有说完，那个金属槽的上方突然向下喷出一些水，将他刚才排的小便冲洗了干净。

水！众人这时都看到了水，但接着都一皱眉头，这冲便池的水怎么饮用啊！？

一看到水，大卫就憋不住了，他推开挡住前面的费雷罗，大声嚷道：“我也有点儿紧了！本来准备在过道上方便呢，一直看不到这里有厕所。不过，你们让开点儿，在别人的注视下看，我基本上尿不出来。”

“哦，你还有这种怪癖？怪不得我总看不见你上厕所，我还以为你那里藏着什么秘密呢。”库奇打趣道。“好吧，我们都闪开，让你方便一下。”

几个人先退出房间，等大卫方便完了才又走进来。“还有您，队长，我见您二十四小时也没有方便过了，难道您也有那种怪癖？不过，我在斯坦福曾选修过一门心理学，一般当头的都不愿意在自己的下属面前展示自己的私处，所以头的私人办公空间里一般都配有方便的地方。如果是这个原因，我们也回避一下。”不知道为什么，库奇现在突然变得爱说话起来。

“没有吃东西，不过我也想尿了，都是被你们引的！闪开，我要是有怪癖的话，就没有人没有怪癖了！”奥利维解开裤子，对着金属槽也是一通的扫射，尿液四溅。

“别尿到外面！讲点儿公德吧！”库奇在一旁嗤嗤地笑道。

“笑什么！？难道我下面的家伙比你的细，比你的小？”奥利维一边转过头一边呵呵地笑着。

“不在乎粗细大小！时间长才是个硬道理！”大卫也在一旁也跟着打趣道。

“要不，你也方便一下，一会儿找不到地方？”奥利维转过头朝费雷罗问道。

“我刚出了一身的汗，现在没有尿！”费雷罗冷冷地答道。

等奥利维方便完，库奇突然又朝金属槽走去。

“怎么刚方便完，又要来一‘梭子’？真是条件反射！”大卫笑得几乎合不拢嘴，只有费雷罗傻傻地站在那里一动也不动。

库奇在金属槽边没有停下，而是继续往前走，隔着一个挡板，他在有水龙头摸样的地方停下，用手在一个墙面按键上按了下。按键旁立刻弹起了一个透明抽屉，抽屉里放着一排排白色的杯子。库奇从里面拿出一个杯子，将杯子放在水龙头下，紧接着就在抽屉边的另一个蓝色按键上点了下。“哗——”一股清亮的水竟然流了下来。库奇仰着脖子咕咚、咕咚地喝了几口，吧嗒了一下嘴朝奥利维说道：“我感觉有点儿像依云矿泉水的味道，很甘甜！”

“我尝尝！”大卫一把抢过杯子，咕咚一口将水喝完。“还有没有啦？”说着端着杯子向库奇问道。

“要喝热的，就按那边那个红色的按键。”

“好，我来点儿热的，最好能有杯咖啡！”大卫有点儿得寸进尺。

“咖啡？我看看，哦，这里还真有！那个咖啡色的按键可能就是咖啡，但可能过期了，有可能是几百年前的咖啡，这里写的字都是古英文，你可能看不懂。”

“那算了，我还是先喝点儿热水吧。给你的杯子，我要重新用一个。”大卫说着又从那个透明的抽屉里取出个杯子，按了下红色的按键，一股冒着热气的水果然流了出来。

“我来杯咖啡，我的肠胃好，不怕过期食品。”奥利维走了过来，也取了一个杯子。他早就饿得够呛，但为了防备不时之需，他把那粒已经含在嘴里的能量丸又偷偷地放回了盒子。

黄褐色的液体流了出来，一股咖啡的浓香扑面而来。奥利维不顾烫，猛地喝了一口：“好咖啡！应该是哥伦比亚的。”

“我也来一杯咖啡！”费雷罗终于顾不了那么多了，拿了一个杯子就接了满满一杯咖啡。也顾不了烫了，大口大口地喝了下去。

“好久没有喝这么地道的咖啡了。我们喝的这可是文物啊，超过两百年的东西，银河联盟政府都定为文物了。”

“不过这水是从哪里来的呢？是不是用的地下水呢？不过为什么把厕所的冲水马桶和喝咖啡的地方离得这么近呢？”奥利维说着又接了一杯咖啡喝了口问道。

“当然，我们喝的大部分应该是地下水。地下水的分布在地表以下一公里的范围，再深的话，地下水就越来越少了，而且矿物质的含量也越来越高，不太适合人饮用。当然，用化学方法也可以让它变得可以饮用。地球在差不多四百年前，由于科技的发展，地下水的过度开采导致了地下水几近枯竭，现在我们地球上的饮用水都是海水淡化处理过的。”库奇解释道。

“你说我们刚才喝的大部分是地下水，还有小部分呢？”奥利维喝了口咖啡接着问道。

“小部分就是我们刚才撒的尿！”库奇又开始嗤嗤地笑道。

“尿！？”大卫一口咖啡差点儿喷了出来。费雷罗也皱着眉头，手里拿着杯子不知道该喝还是该倒掉。

“别浪费，这可是文物！”库奇马上制止住几个人的冲动。

“这个说起来是一项很古老的技术了。差不多在六百年前，水处理中的逆渗透技术就已经被发明出来。最早，这项技术是用在原始的宇航飞船上，当时送一千克水上太空的费用赶得上一千克的黄金。地球人发明了这项技术，使宇航员排出的液体可以循环使用，这样就节省了大笔的费用。后来这项技术得到了广泛推广。”

“哦，怪不得呢，我喝不出尿味！”奥利维说完又狠狠地喝了一口。

胡元老吩咐小童留守在屋里，领着三人走出茅屋。茅屋的后面又是一大片竹林。不过这种竹子比刚进来时看到的那一片竹林里的竹子细多了，最粗的也只有杯口粗细，竹竿上面布满了紫色的斑点，每个斑点都有蚕豆大小。

“这是什么竹子？上面还长有黑斑？”维尼诧异道。

“这是我们中国特有的一种竹子，叫湘妃竹。关于这种竹子还有一段美丽的传说呢。”邱中华在一旁解释道。

“竹子还有传说？”尤利也突然对这种奇怪的竹子发生了兴趣。

“竹子一直是中国人气节的象征。这个传说也是非常久远了。”邱中华想了下说道：“相传在远古时期，中国最早的皇帝尧帝有两个女儿美丽而贤惠。大女儿叫娥皇，二女儿叫女英，她们嫁给了舜。舜后来做了天子，娥皇年长为后，女英年幼为妃。天下人都称赞娥皇和女英聪明、坚贞、仁慈。舜常常出外巡视，认真考察诸侯的政绩，施行赏罚，受到天下人的拥护和爱戴。这一年，南方衡山一带有苗部落发动叛乱，舜亲自南征，至苍梧之野而死。娥皇、女英听到这消息悲痛极了，决定去寻找舜墓。她们到了九嶷山，被湘水所阻，就在江边哭，泪水洒在竹子上，竹子上就落下了斑斑的泪痕。从此以后，只有这里的竹子上才有泪痕。”

“哦，原来是这样。”尤利和维尼听了后都默不作声。不知为什么，尤利突然又想起了奥莉薇兰，想起了他们在一起时的恩爱和缠绵……

过了湘妃竹林，再往前走，是一片巨木参天的树林。林中百鸟齐鸣，彩蝶飞舞，晶亮的溪水从林间蜿蜒而过。跨过一道独木桥，不时地能看到松鼠和雉鸡从身边一闪而过。胡元老走在前面，这时他好像想起了一件事，突然回过头来对尤利说：“我这个树林完全是按照秦岭终南山的原始森林照原样迁移过来的，里面的植物和动物也是那里原生态的动植物，近百年来从来也没有什么异常发生。但是从菲利普总统出事以后，有一天，我这个树林里的所有蛇都如同发疯了一般穿过那片竹林，在我的茅屋周围围了整整一圈。等我发现的时候，它们都死了，我的小玄孙女也被这景象吓得够呛。真是异兆啊。”

“您说这是‘天人感应’？”邱中华惊惧地问道。

“地球上的蛇是一种非常有灵性的动物，他们在地球上已经存在上亿年了。同时代的恐龙早就灭绝几千万年了，他们能存活下来，就是靠着敏锐的直觉。

我怀疑这些蛇肯定感觉到了什么不祥的东西。”元老心存忧虑地说道。

“蛇是地球上很多民族神灵的化身，古埃及法老的保护神就是一条非常毒的眼镜蛇。”维尼看了一眼尤利接着说道，“上次纽曼博士告诉我，肖恩教授他们银河科学院曾经搞了个古生物进化学研究。研究的结果表明：如果地球没有在几千万年前意外地遭受小行星的撞击，我们地球上的生态很可能和蛇人星球的生态类似，主宰我们这个星球的将不是现在的人类，蛇最终肯定会进化成这个星球的生物链终端。因为蛇的预测力和意念力要远远大于所有哺乳动物，包括我们人类！”

“我也曾看见过这样的资料。从银河系的生物进化图上看，蛇类是排第一位的，下面才是哺乳类动物的灵长类、狼、鼠类和大象等。”尤利接着说道。

“自从那次蛇类意外集体死亡之后，这片森林里还出现了其他异象。比如能经常看到飞着飞着就撞在树上的各种鸟类。我曾经问过经常来我这里串门的其他元老，他们也说最近这种现象越来越多了。”胡元老说着俯身在路边的树下捡起一只死喜鹊，无奈地摇了摇头：“再加上我刚才品茗时突然感觉到的强大念力波，元老院的确已经不安全了。”

“难道这里就没有念力防护设施吗？维尼问道。

“有，都是差不多在十年前安装的。我怀疑蛇人早就找到对付它的办法了。”

三个人说着已经走到了森林的边缘，一道丈余宽的溪流挡住了众人的去路。

溪流那边就是印度区了，再往过走，就是巴基斯坦区、尼泊尔区、缅甸区、老挝区和越南区了……地球上以前的国家，即便再小，在地球元老院都有一块属于他们的地方。“你们看那边。”大家顺着元老手指的方向看，“那边有一片湖水，湖的上面有一座桥，过了桥就是日本区了。”

“哦，那真是‘一衣带水’哦。那美国区在哪里呢？”维尼突然记起了自己的祖籍是美国，可美国应该在这个球体的另一面才对啊？

“跟我走。”元老说了一句，转身朝一片空旷的草坪走去。

三个人跟在元老的后面沿着草坪间的小径往前走。大约走了一百多米，远远地看去前面有个巨大透明的半球体将整个草坪都阻断了，感觉就像是走到了世界的尽头。透过这个大的球体还可以看到球体的中央还有个直径约一公里的银色小球体。那个银色的球体如同长出许多触须一样伸出很多透明的管子和外面这个透明的大球体联系着，而大球体内的不同区域之间也有这种透明的管道相互连接。

他们越往前走，感觉那个扣在前面的那个球体体积越大。

“这个球体的直径足有十五公里吧？”维尼有点儿后悔自己这次没有带上中微子探测仪，如此壮观的景象应该用探测仪记录下来才好。几个人一直走到大透明球体的边缘才真正看清，眼前是一个巨大的透明金属球体将前面所有的整个三百六十度的空间都封闭了。透明球体上连通着很多直径两米的管道，每一个管道几乎都连接着这个巨大透明球体的指定位置。走近看，才发现那些远远看上去的透明管道其实都是自动升降来去自如的‘电梯’。电梯口一个接一个，密密麻麻地排列在一起，如同一个车站的站台。

元老走到其中一个管道口边说道：“你从这个透明管道进去，用不了五分钟就可以直接到达美国区了。不过，美国区的元老要同意你的请求你才能过去，否则，我这边的通道口是打不开的。只有一号管道口是不需要对方同意就能到达的，那是球心‘元老院议事堂’的专用管道口。”

“‘元老院议事堂’？就是那个最中间伸出很多通道的银色小球吗？”邱中华这时看到不远处还有一个直径达三米的管道直通最中间的那个银色球体。

“小球？他的直径有一千米，也就是一公里长，你见过那么大的小球吗？现在我们离它的距离有点儿远，所有看上去不是太大，等走近了，你就知道它是个庞然大物了。它是用五千万吨带荧光的银合金制成的。其实整个地球元老院是由三个同心的球体组成的，最外层就是你们进来前看到的那个巨大的球体，它是用一种带有特殊毛细孔的彩色合金制成的。当日光直射到这种金属，这种金属的毛细孔就张开，可以微微地透光。所以整个元老院的采光非常好。第二层球体就是我们眼前的这层厚度达十米的透明金属球体，它的直径是十五公里，比外层的球体直径整整少了一半。这两层球体之间分割出的区域就是我们现在待的地方。第三层球体就是这个银色的元老院议事堂，它是用一种能发光的银合金制成的。议事堂的内壁是个三百六十度的蚀刻地球全景地图。在元老院的议事堂进行投票时，各个国家区的元老就在他们国家位置的悬浮舱里进行投票。一会儿，你们要是想看的话，我可以带你们进去参观一下，里面的景致非常壮观……”

“当然想去看！”三个人几乎是异口同声。

“别光想在这里喝免费的咖啡了，喝的我只想尿！队长！你也想办法弄点儿吃的啊，牛排吃不成，看看还有没有什么现成的？”大卫喝完最后一杯咖啡转身朝屋子最里面的几个冷冻柜走去。

“我刚看过了，那里面都是冷冻的肉类，还有些大米、面粉之类的碳水化合物。最里面的那个冷冻柜好像是冷冻的罐头食品，如果喜欢吃的话可以取出来，我刚才已经把那个冷冻柜的电源切断了。”库奇说道。

“还有什么喜欢不喜欢的！？有的吃就不错了！我过去看看。”大卫一溜儿小跑过去。果然，那个柜子显示的温度已经上升到零下十度左右。拉开柜门，待雾气散尽，果然见里面整齐地码放着一排排的听装罐头。“来，接住！牛肉和鱼肉罐头，还有香菇的！”大卫从冷冻柜里取出几盒罐头朝奥利维扔去。

“冻得和铁一样，怎么吃呢？”奥利维接住几听罐头，转手又递给旁边的库奇和费雷罗。

库奇看了看罐头上的说明，笑了：“这个是可以自己加热的，呵呵。”

“真的？！”大卫说着又将罐头一个个地扔将过来。

“够了，吃不了别糟蹋了，这都是文物级的罐头！等一会儿再把电给通上，别把剩下的罐头弄坏了。”奥利维朝大卫大声嚷着。

“你们看，这些都是带有自加热功能的罐头，只是不知道时间放的太长了，里面的燃料还能起作用不。”库奇说着，将罐头底部的一个按钮一样的东西按了一下，“啪”的一声，一束火苗从从罐头底部的一个小洞冒了出来。“你们看，还行！罐头底部的这几个小洞是通风孔，通风孔的底部是个小燃料盒……”

“这种自动加热的罐头现在也有卖的，只是加热原理不再是用燃料和火了，我以前星际野外探险时也常备几盒。”奥利维说着也“啪”的一声点燃了一盒。

“来，来，来！多开几个罐头。我们好久没有聚餐了，就是少一点儿葡萄酒。”费雷罗说着干脆往地下一坐。

“酒！罐头底下放了不少酒呢？有威士忌、干邑，还有人头马，还有拉菲！哦，这瓶拉斐是2083年的，呵呵，我赚了！现在这样的一瓶酒拍卖会上价格顶得上一辆高档飞车了！这一瓶我要拿走！”大卫说着拿起一瓶酒就藏在怀里。

“啊？还有人头马、拉菲？”三个人一听竟然还有这种好事，一个个都急慌慌地扑了过来。

5

坐在以吸真空为动力的透明管道舱内，轻微的失重感让尤利感觉自己又置身于星际太空之中。

放眼望去，一个内部带有很多管道的巨大球体已将自己完全罩在其。球体的外围是绿树、湖水、沙漠、房屋，还有一道道如星环一样缠绕在透明球体外的褐色岩层。飞驰的管道舱如同穿梭在时光隧道之中，周围的一切则像是一个不断变幻的万花筒一样让人目不暇接。

管道舱的加速越来越快，那个直径一千米的银色球体现在看上去越来越大了。在距离银色球体还有一千米的时候，管道舱通过调节管道两边的真空度而让舱体的速度降了下来。望着眼前如星球一般的银色球体，维尼不禁在心里感叹道："真不愧为银河十大不可思议建筑之一啊，比起银河科学院，这座球形的建筑物设计上更加别具匠心！"

在打开舱门进入球体的一瞬间，几个人都呆立舱门洞中。眼前的景象太壮观了。这个直径达一千米的银色球体内部蚀刻着浮雕般带有立体感的地球全景图。本来这些地图是应该蚀刻在球外表面上的，现在将这些图案刻在了球的内表面上，则更有一种气吞宇宙、包容万物的气势。由于整个球体是用能发光的荧光银合金制成的，看上去晶莹剔透如玉雕的一般。山川、河流、森林、海洋，一片片、一行行，整个大千世界都聚拢在自己面前……人站在如此巨幅的地图前面感觉自己已化为地图的一部分，有一种想跳进去的冲动。回头看，自己身处的这个位置正好在九曲黄河和巍峨绵延的秦岭山脉之间，一个银色的蛋壳状反重力悬浮舱就等在脚下。

胡元老往前走了一步，进入舱内。紧接着，尤利、维尼和邱中华也走进悬浮舱里。悬浮舱慢慢地向前开始移动，在靠近球体中央的区域，尤利才能完全看清楚：在整个巨大球形地图的每个国家的位置上都停留着一个半球形的反重力悬浮舱，只是悬浮舱的大小好像有些区别。整个球体的球心位置是一个巨大的金色悬浮舱，那个悬浮舱的位置是固定的，它是由整整9.9吨黄金打造而成的，是整个元老院的镇院之宝。

一看到那黄橙橙的金色，尤利的脑海里又突然浮现出总统府地下那个神秘的卓尔金人的黄金金字塔，一下子又想起了自己的母亲还有奥莉薇兰女王。为什么自己的母亲和奥莉薇兰女王长得那么像？像的让人都感觉到不真实。雅各布王子现在到底怎么样了？这些天来，他一直在想这个问题。虽然约瑟夫将军说雅各布绝对不会有生命危险，他也觉得言之有理，可他总觉得是自己将雅各布王子从纳博星球带到地球的，如果王子真的出了什么意外，他以后怎么有脸见奥莉薇兰呢？雅各布可是她唯一的亲人啊。

“你们看，这儿就是我们元老院元老议事开会的地方。每次元老院开会的时候，这里的每个悬浮舱里都会坐着一位地球元老院的元老。地球元老院元老的总数永远都是一百五十九个，也就是地球联邦成立之前联合国会员国的数目。由于地球联邦成立后带有主权性质的国家已经不存在了，这里的元老都是世袭的或者采用禅让制产生的。那个中间的黄金悬浮舱是主持会议的元老的专座，那个地方也是整个地球元老院‘三球同心’的球心位置。当年联合国的九大常任理事国的元老在这里轮流主持会议。不知道你们注意到没有，九大常任理事元老的悬浮舱要比一般国家的悬浮舱稍微大一点儿。明天，这里就要讨论我的那个弹劾松本议长的议案，因为要回避，本来由我主持的会议改由日本元老开成天皇主持。”

“日本天皇主持？松本一郎也是日本籍，元老院投票能保证完全公开、公正吗？应该让拥有原第三国国籍的元老来主持会议才对！”维尼有些不放心地说道。

“开成天皇是位很平和的人，有时他也看不惯松本一郎的一些言行。况且，主持会议也只是一种形式，主持者根本操纵不了投票。你要知道，地球元老院的每一次投票，都有三维全息影像通过纳米虫洞向银河联盟的四千个星球超时空直播，任何人想捣鬼都是不可能的！”

“你说我们也能看到投票的全过程？”尤利问道。

“当然可以。”

奥利维将伸过去的手又缩了回来，好像那瓶在这里存放了近四百年的干邑会把他永远地留在这里似的。他看了下大家，大家也正盯着他看。“这酒，我们喝可以，拿走就有点儿太……”奥利维是想说：太有点儿说不过去了。

“您不是一直想要一辆好飞车吗？这瓶酒就可以换一辆！我觉得这里的酒早就没有主了。四百多年前的酒，您想想四百年前，那时候地球联邦才刚刚成立。可现在地球联邦也解体了，我们地球只是银河联盟里四千个有高度智慧生命的星球之一，您说这些酒归谁呢？我感觉这是没有主的东西！”大卫嘟囔了一句，抱着两瓶酒转身走了出去。

“大家一人喝一瓶，再拿一瓶，就当我们拿一瓶留个纪念嘛。我们冒着生命危险下到五公里深的地下来追拿逃犯，拿他一瓶酒也说得过去。我们一没有偷，二没有抢，我不相信我们的命连一瓶酒都不值！”费雷罗气哼哼地拿了一瓶酒一屁股又坐在地上。

“好吧，大家尽管喝，喝够了，一人再拿一瓶。呵呵，先打开一瓶，看看四百年的窖藏酒是个什么味道。”奥利维说着一只手抓起一瓶酒，另一只手从自己腰间取出万能瑞士军刀，用里面的智能启瓶器旋入酒瓶的软木塞里。

“这罐头强差人意，可这酒的确是好酒啊！如果不是藏在温度如此低，周围环境如此稳定的地下，这酒也不可能老熟的这么好。干！……”四个人找来刚才喝咖啡用的杯子，将酒慢慢地盛上，然后一口喝下。

“大哥，小……小弟不懂事，给您赔……赔罪了……”库奇端着一杯酒摇摇晃晃地站了起来，绕过奥利维非要和费雷罗坐在一起。两个人已经碰了不知道多少杯。

“我们是……是好兄弟，不……不打不相识啊，其实我挺佩服你的学历的，不像我们，从小就不爱念……念书。”费雷罗的舌头也硬了。

“学历算个屁，我最后就……就是不想念书才干这个的。您不知道，人念书念到最后就变傻啦。就像我，不会巴结人，说话直。你看那个艾佛森，那王八犊子屁股上都长眼啊。”库奇和费雷罗搂着脖子你一杯我一杯地喝着。“看，大哥，这一杯酒相当于我半年的工资，喝，妈的，我要把我一辈子的工资今天喝回来！……”

“行了，别喝得吐了，糟蹋了好东西。”奥利维将那杯剩下的红酒从费雷罗手里夺了过来。

“这酒后劲真大啊。”费雷罗说着往库奇身上一靠，两个人相依着就躺在了一起。再看大卫，怀里抱着那瓶珍贵的拉菲也已酣然入睡。

在走出元老院议事堂圆形的舱门踏进管道舱的一刻，尤利突然感觉到一种从未有过的历史沧桑感。地球上曾经的一百五十九个国家，曾经绵延了几千年的文明史，许多曾经都是不可一世、叱咤整个星球的超级大国，到头来只沦落到在这个直径一千米的议事堂里占有一席之地。相比起这些已经陨落、消失的国家，一个人，即便他是顶天立地的英雄，又能在历史这个巨大的旋涡中停留多久呢?

管道舱如水银泻地一样在巨型的透明金属管道中疾驰。回首看，那个银色的球体已经失去了刚才骇人的体积，如一个曾经踏上又渐渐远去的星球一样让人产生几分不舍，几分留恋。

从一号管道口出来，三个人都感觉自己好像经历了一次去往外星球的星际旅行，踏在草坪上，好像又踏回到了地球上一般。

“您感觉明天的投票会不会像以前那样一边倒?”尤利看着胡元老有点儿阴郁的脸色小心地问道。

“不清楚，我只能告诉你投票的过程是公开的，结果无法预测。我在元老院的影响也非常有限，议会的实质是分散权力、产生制衡而不是一言九鼎。我希望你们能明白这些。如果你们所在的地方信号受到干扰或者被屏蔽，你们可以通过这个加密的端口收到投票的全过程。”胡元老说着从衣袋里取出一枚直径两厘米大小的银色小球交给尤利：“这个是纯银的，使用非常简单。只需将他它放在距离地面一米的高度上，它就会悬浮在那里，启动的时间到了，它会自动播放投票的实况。”

沿着来时的道路返回，几个人都一路无语。自从菲利普总统遇刺后，政府更迭、地球元老院受到神秘力量的精神控制、纳博星球被接管、卓尔金秘密文明逐渐浮出水面，这一连串事件的背后到底是一股什么力量在左右着一切?是松本个人野心的膨胀，还是真如菲利普总统所说的蛇人早已经潜伏在地球上?不管怎样，整个银河联盟危急的降临已是不争的事实。

“哎，我已经老了，帮不了你们什么了！”胡振中元老叹了一口气说道，

"我比一般人已经多活了一百岁。三百年了，我经历了银河联盟的初创，几十届的联盟政府的更迭。每一届的联盟总统都会给我祝寿，希望我再多活一百年。我也一直在想，我活这么久有什么用呢？终南山修仙的真人也有寿终的时候，我怎么能逃得过这个劫数？现在，我感到自己已经是老废物一个了。地球和银河联盟的未来在于你们这些年轻人，捍卫我们的文明已经不是地球一个星球的责任了，银河联盟四千个星球都在看着我们的一举一动。"

"您别这样说，元老。您这样说这让我们这些晚辈无地自容了。"尤利情绪有点儿激动。"您是地球、甚至整个银河联盟的精神领袖。百十年来，凡是对银河联盟历史有所了解的人都知道，在银河联盟几次面临生死存亡的关头都是您振臂一呼。您这次以一己之力弹劾松本，已经让他解散银河联盟议会的议程无限期延后，这正说明了您的影响在整个银河联盟都无人能及。只要有您在，银河文明的进程就不会倒退，松本就不敢为所欲为。您一定要保重自己！"尤利说这句话的时候突然感觉到元老的身上笼罩着一团危险的暗影，这种直觉他以前在银河舰队的时候曾多次体验到。每当直觉告诉他危险的时候，危险总是不期而至。这种能预感到危险的天赋也许是他的一种本能，可现在，他无法把他的这种直觉用语言表述出来。他只能告诉元老，让他小心保重自己。

回到元老居住的茅屋，饭已经做好了。

"别客气，我这里都是素食，不知道你们吃得惯不？蔬菜都是我这里菜园自产的，木耳、蘑菇和竹荪是后面树林、竹林里野生的。呵呵，大家都是自己人，不要客气。酒是没有，大家以茶代酒了。"

"看我的手艺不错吧！"大家正说着，门内忽地闪出一个小姑娘，嘻嘻地朝大家笑道。

"别听她的，这饭都是机器人厨师代劳，她啊，最多帮帮下手。"元老呵呵地笑着。

"太爷爷，我以后不跟你玩了！"小姑娘一努嘴有点儿不高兴地转过了身子。

"好，好，好，这桌饭是我们家宝贝做的！呵呵，大家尝尝！"胡元老笑着坐下，招呼大家一起吃饭。"快坐到太爷爷这里来。"胡元老没有忘记给小玄孙女在身边留下一个位置。

好久没有吃到这么新鲜的蔬菜了，几个人风卷残云一般很快将一桌饭菜消灭干净。

“还是年轻人的胃口好。平常我每天只吃这么一小碗饭，有时候辟谷就好几个月也不用吃饭。”

“太爷爷可以老不吃饭，我可不行！”小姑娘拿着筷子一字一板地说。

“对了，我一直有件心事等一会儿想和各位说下，不知道合适否？”胡元老放下筷子，沉吟了良久说道。

“元老有话请讲！”邱中华这时也放下筷子，看了一眼尤利和维尼。他感觉到元老可能有重要的事情相托。

“好吧。说实话，我最近渐感大限将近，可有一事总放心不下。我百年之后，我的这个地球元老的席位还没有找到合适的继任者。我曾向其他八个常任理事元老提请过此事，请他们代为我物色合适的人员接替。可其他元老的意见则是采用世袭或禅让的方法，他们不便干预。我的儿子早不在了，我身边的朋友也早在一百多年前都过世了，我的孙子现在也是快两百岁的老人了，这个孩子是我的第五代孙女，她的父母早就移居外星球了，都不愿意回地球来。她又太小。其实我也不愿意让她一辈子待在这里，因此身后之事，一直无从托付。不知你们能否帮我物色一个合适担任中国元老的人选。这个人高低贵贱都可不论，但为人一定要正直敢言，而且这个人必须要有华夏古国的纯正血统。”元老说完叹了一口气。

众人面面相觑，一时都想不出合适的人选。在座的只有邱中华一个人是华夏血统，可他似乎和这个位子格格不入。一位闲云野鹤一样的画家对于政治这门学问真是一窍不通。

“对了，钟鼎教授应该可以！他是哈佛大学的古文化学者、历史学教授，有着历史学的博士学位，资历和条件都完全可以，只是不知道他愿意不。”维尼突然说道。

“那你们帮我问问，有机会的话，我想和这位教授谈谈。还有一件事就是我百年之后，这个小姑娘我想托付给你们，她的名字叫胡雯。”元老这时无限慈爱地看着小女孩。

“元老，我感觉您现在身体还硬朗，托孤之事不必如此着急吧？而且她还有自己的亲人。关于元老接替者的事情我们可以代为询问。”尤利觉得自己现在是戴罪之身，只怕以后连累了这个孩子。

“哎——”胡元老长叹了一声沉默不语了。

邱中华看在眼里有些不忍，他看了尤利一眼说道：“我们力所能及吧。”

“好，尽力而为就行，有你们这一句话我就放心了。”胡振中元老的脸上终于露出一丝欣慰的神色。

和另外三个人都已酣然入睡不同，奥利维却感觉到自己越喝越清醒。陈年的好酒不但没有能麻痹他的神经，反而让他的神经越喝越兴奋。

处在这距地面五千米的地下深处，奥利维感觉到自己已经被深深地埋葬在一座五千米高的大山之下。他像一只在地下沉睡多年的蝉一样慢慢晃动着自己的四肢，幸好，他的四肢还强健如初。

看着已经熟睡的队友，他怕他们睡着着凉了。这里找不到能盖的被子，他站起身朝前面的门房走去。

“防护用品库”，什么是防护用品库呢？奥利维强迫着自己的大脑思考一下。可能是热能防护服吧，但只要是衣服就能盖在身上防寒。他拔出激光枪在门锁的位置划了一下，轻轻一推门就开了。里面怎么都是一排排的大柜子。奥利维拉开一个柜门看，里面的确挂的都是些衣服，不过这些衣服好像都不怎么保暖，摸上去薄薄的有点儿像是用一种塑料材质制成的。他抬头一看，只见柜子上写的几个字他还能认识。“核辐射防护服”，哦，这原来是防核武器的。几个世纪前，在夸克武器诞生之前，地球上威力最大的武器就是原子核武器了。再往其他柜子上看，有防化学武器的，有防基因、生物武器的。他走过去，又拉开其他几个柜子，大同小异，都是那种像塑料薄膜一样的料子做的整套衣服。不管怎样，他要拿几套盖在他们身上。

奥利维夹着几套衣服又走回到他们身边。他俯下身给他们每人身上都盖上一套防护服。盖好之后他又朝四周看了下，这时，他的脑海里又闪现出一个念头：趁大家现在熟睡之际，他应该一个人在这地下世界转一转。在他的体内，那种爱探险的基因始终在起作用。他归根结底应该是一个银河探险家而不是一个联邦安全调查局的什么队长。

他在墙壁上又找到一个柜状的电门，想把所有的灯都关了，这样队友们就可以在这里更加安稳地睡上一觉，而他则更像是一个在深暗中潜行于海底的旅人，借着几分醉意在漆黑的海底里探险。探险的乐趣就在于前方可能有危险、有未知，平平淡淡那还不如待在家里。

灯“啪”的一声全部熄灭了，眼前黑得简直伸手不见五指，只有发着荧光的门牌和冷冻柜上的液晶在黑暗中发出幽幽的绿光。

他从腰间掏出万能瑞士军刀，轻轻一按，一个圆形的光斑正好能将眼前的路照亮，而自己则像躲在黑暗之中。这样最好，他就喜欢这种身处暗夜一样的感觉。

大厅里的最后一扇门上写着“配件库”，他懒得打开了，转过身，沿着过道朝方厅处走去。他想起，在方厅的一条岔路上写着“紧急指挥中心”，他要去那里看一看，说不定里面藏有关于总统府电梯的密码呢。想好后，他就大踏步地朝岔道口走去。

四方形的岔道口上，自己用激光枪打开的那扇门还像一个巨口一样张在那里，它相邻的那个岔道上就写着“紧急指挥中心”。奥利维现在想，这可能就是地球在遭到核袭击等严重危急时，总统紧急指挥全球军事力量反击的地方。这里一定留有和外界联系的通信通道，不然怎么指挥反击呢？他唯一担心的是这里的设备太老旧了，地面上的设备接收不到这里的“文物”发出的信号。

这样想着，奥利维又有点儿担心起来。不过他又转念一想：这里有吃的，有喝的，即便和地面暂时联系不上，在这里住上一段时间也未尝不可。俗话说天无绝人之路。

一路上就这样想着，奥利维慢慢地加快了脚步。走过一个六十度的弯，手电筒突然照到一个非常空旷的空间。他把手电光往上打了打，发现这个空间根本照不到头。现在，他有点儿后悔刚才把所有的灯都关闭了。

他把手电往侧边的墙上照，希望能找到刚才关电源的那种配电柜，可是墙壁光秃秃的，什么都没有。他往前又迈了一步，就在这一步之间，他的眼前突然出现一个光亮亮的人影！这个突如其来的人影可把他吓坏了，奥利维大叫一声“鬼”！撒腿就往回跑去。

6

众人从石磨边起身离步又走进胡元老居住的茅屋之中。胡振中元老把那幅王羲之的真迹交到邱中华的手里："这幅画你收下，如果有机会的话，替我把它转交给中国的故宫博物院。如果没有机会，你一定要把它好好收藏起来。这是王羲之为数不多的真迹了。"说完又转过身来，在自己身后那张高大的紫檀木书架上取出两部书拿在手里。

"这两部书是我送给你俩的见面礼。"老人用一种慈爱的目光看着尤利和维尼。

"我们空手而来，怎么好意思再拿您的礼物呢？"维尼不好意思地摆手道。

"这些书我都看了一百多年了，背都背下了。你们拿着或许能有些作用。这第一部书是《易经》，尤利，你拿着，这部书是中华文明在起源时就有的天书。它的来历非常神奇，据说是神人相传，内容艰深莫测，即便是到现在对这部书内容的解释也不尽相同，但它独具预知未来的神奇力量。古人用它来问吉凶，辨真伪。银河科学院那座具有预知未来功能的大楼就是根据《易经》的理论建造的。这第二部是中国古代先哲老子的《道德经》。这部书是给维尼的。这部书是中国古代先哲的智慧之书，它教给我们一个关于宇宙的宏观知识和利用意念和天地相通以感知宇宙的方法。如果你们俩都能从这些中华文明的精髓中得到一点儿启发也就不枉费我一片苦心了。"

离别的时间终于到了，三人在元老院壮观宏伟的门前和爷孙俩依依惜别。这时，几个人都站在门前的观景台上，看远处天边彤红的晚霞将海天染成一片血色，皎洁的月亮如一个银盘一样挂在天际。海面波光粼粼，月影倒映在海中。近处海岸边的沙滩如一条蜿蜒游动的白色绸带将陆地与深蓝的大海分开，大自然似乎在用它超乎寻常的伟力向人类昭示着一个亘古不变的真理：大自然是永远不可战胜的！

"请代我向约瑟夫将军问好！告诉他邪终不胜正，宇宙的大道是滋养万物而不是涂炭生灵！"胡元老洪亮的声音在天地之间回荡……

奥利维从来没有这样恐惧过，他感觉到自己全身的汗毛都竖了起来。几十年的探险生涯，他也曾遇到过很多稀奇古怪的恐怖事件，可都从来没有这次遇见的可怕！难道他已经踏入传说中的地宫冥府之中了吗？可不，传说中的“地府”就在地层的深处！

他往回刚跑了几步，头“咚”的一声撞在了铁壁上。可能是跑得太快，他几乎将被撞倒在地。他摸了摸额头，幸好还好没有流血，只鼓起了个大包。这一撞也让他记起这里曾拐了个六十度的弯。手中的军刀手电筒被撞掉在地上熄灭了，他慌忙蹲下在四处摸找。他害怕后面那个令他恐惧的身影趁机追了过来，蹲在地上的两条腿不自觉地开始打颤。在蹲下摸找手电的当儿，他壮起胆回头望了一眼，可这一眼，又让他所有的动作都僵住了。

那个绿色的影子还呆立在那里，似乎正在说着什么。不对！那不是真人！也不应该是所谓的魂魄，而只是总统的三维全息影像！只是这个影像和真人一般的大小，黑暗中，很难分辨出真伪来。奥利维稍微平息了一下心跳，这时，万能瑞士军刀也在墙角摸到了，他站起身，握着军刀，让手电筒的光再次迸射出来，然后一步一步地向前走去。

他听到了菲利普总统那惯有的极具吸引力的声调：“如果我出了意外，请相信我这绝对不是什么意外。自从九年前我们赢得了那场艰苦卓绝的胜利不久，蛇人就靠着他们在银河联盟内部的代理人打入了我们的内部。这九年来，他们一直在向我们的内部渗透，以期达到控制地球乃至整个银河联盟的目的。所以说，可以看见的战争结束了，但没有硝烟的战争早已展开。可在这场没有硝烟的战争中，我们时时处处都在被动挨打。因为我们不了解对手，我们甚至没有一张完整的蛇人星球的全景地图，更没有一个能打入蛇人内部机构向我们提供情报和信息的渠道。相反，在我们的内部却有很多蛇人的奸细，甚至这些人身居高位！”说到这里，菲利普悲悯的眼神开始变得愤怒。“我这里有可靠的资料可以指认他们，他们是：银河联盟议会的议长松本一郎、银河联盟贸易部长所罗门、大和商会社长龟田京二……下面就是我指认这些人的具体证据……”奥利维听到这里，脑海里又突然涌现出另外一个画面，那就是被整个银河媒体炒作的沸沸扬扬的总统议会讲话的最后一分钟的全息影像。那个影像显示，就在菲利普总统正要公布这份名单时，总统乘坐的悬浮舱就以令人惊诧的速度坠毁了，整个过程只有一眨眼的工夫！难道外界猜测的总统遇害案真相和蛇人真的有关？可事后通过的那份“银河联盟总统遇难调查报告”则说这是一场意外，而总统要公布的那个名单的全息数据晶体和悬浮舱一起坠落后摔碎了，那些晶体碎末最终破译后得到的数据则更加惊人，数据显示：总统指认的叛国者竟是他最亲密的战友约瑟夫上将和总统府的卫队长纽曼等人。这份名单在公布之日就饱受质疑，它和今天看到的这份名单简直大相径庭。

奥利维睁大眼睛仔细地听着，最后公布的资料是松本议长以及另外几位高官和蛇人之间被截留的通信记录，其中很大一部分是银河联盟的商贸官员接受蛇人帝国联盟官员贿赂的记录。除此之外，松本还答应以低廉的价格出让银河联盟钻石星球的开采权，同意以蛇人殖民银河联盟一百个宜居星球的代价来换取蛇人帝国联盟对他的支持。在这份通信记录里，详细地记载着蛇人将通过贸易途径向地球派驻私人安全顾问，其最终目的是帮助松本建立一个独裁的银河帝国，这其中还有一项特殊的交易竟然是用地球上的一件什么东西换取蛇人帮助松本用特殊的方法使其个人寿命达到一千岁。我的天啊，银河帝国！松本竟然要当皇帝！他还要活到一千岁。一千年后，地球和银河联盟会变成什么样子！？看到这里，奥利维惊得几乎坐在了地上。

在菲利普总统讲话的最后，他号召全银河联盟的人要团结起来，抵抗外敌的入侵，严惩卖国贼！胜利最终属于正义的一方！……整个讲话结束后突然有个延时，这时，通信晶体并没有马上变暗，而是悬浮在空中缓缓地旋转。这一般都表示晶体后续又加上了一些内容。过了两分钟，总统的图像再次显示出来，他换了一种声调说道：“纽曼博士，你如果得到这个晶体，务必将这份文件转交给约瑟夫上将并设法与纳博星球总督尤利取得联系，由他来组织对联盟叛国者的惩治！”奥利维看到这里，终于明白了，这是菲利普总统最后留给纽曼的影像，也就是很多银河媒体一直在猜测的那个“摔坏”的晶体的副本！听到这里，奥利维感觉一阵天旋地转，他抱着头，慢慢地蹲下。他现在终于明白了自己竟是在助纣为虐！晶体在这时又停顿了一下。奥利维抬起头，看晶体显示的进度条还应该有一分钟左右的影像，晶像在停顿后又开始播放：“我这里有个和约瑟夫将军的绝密通信线路，你可以通过这枚晶体的红色按键直接和约瑟夫将军取得联系。记住，只有一次连通机会，时间为两分钟。过后，这个通信波段将彻底封闭！”说到这里，影像“啪”地一下彻底断了，漆黑的空间里只能看到一个碧绿的晶球悬浮在茫茫的夜空之中越来越暗……

暮色渐起，夜色渐浓。维尼的飞车在贴着海面的波浪上一路疾驰。

一路上，几个人都默不作声。连地球元老院都受到了念力攻击，蛇人早已进驻地球的推测现在越来越确凿了。但敌人在哪里呢？真正的敌人还没有露脸就已经感觉到无处不在，这的确是最可怕的事情！现在唯一可以确定的是：松本已经成了蛇人势力的傀儡，而克拉克也只是这个傀儡脚边的一只狗！

从海岸线跃入南美洲的亚马逊丛林，已经变为墨色的飞车以它惯有的流畅身姿穿梭在茂密的丛林之间。抬起头，茂林掩映下的金字塔已经近在眼前。刚走进密道口，就看见约瑟夫将军早已等候在那里。走下飞车，尤利刚要上前握手，突然从将军身后闪出的两个人却把他吓了一跳。尤利伸出手呆呆地站立在那里，一时缓不过神来。

7

奥利维将手掌缓缓地平伸过去。当他的手掌正好位于绿色晶体的下方时，晶体好像是受到了某种感应似的垂直落在了他的掌心。奥利维在想：纽曼肯定知道这个密道口，可能由于他们的追捕才让他们没有机会进到这里来。大堡礁的隧道口已经被彻底封死……现在，他的思绪如一团麻一样乱。到底该怎么办？他没有一点儿头绪。

奥利维终于用万能瑞士军刀上的核子手电筒在墙壁上找到一处电闸开关。他把手伸进去将通道里的灯打开，回过头来，眼前豁然开朗，一个近千平方米的圆形大厅出现在眼前。高近六米，长达几十米的环形巨幅液晶显示屏几乎占了近一半的墙壁。墙壁下，地球联邦总统地下指挥中心的英文缩写横嵌在墙壁上。几十张靠背椅整齐地排列在一起，上面落了近一寸厚的灰尘。这些椅子放在这里都快四百年了。四百年来，地球遭到的任何袭击还没有把这个星球的总统逼到地底下去。也就是九年前结束的那场和蛇人帝国联盟的战争差一点儿就把战火引到地球上来，那时的总统府估计曾考虑往这里搬。记得当时已经有人提议总统要待在地底下，这样不但可以暂避超核打击（类夸克武器），还能起到对蛇人念力武器的屏蔽。因为当时银河联盟的科学家已经发现，念力武器虽然具有很强的穿透力，但还是有很多物质对它具有屏蔽和吸收作用。其中，超过一千米的岩层也可以阻断这种念力的袭扰。

作为一名银河舰队的战士，奥利维是那场战争的亲历者。他深知蛇人战舰的厉害。在战争的初期，由于对蛇人军团的念力武器不了解，银河舰队过早地在“钻石星球”附近集结，企图以舰队吨位的优势给敌人战舰以威慑。而当蛇人舰队启动大功率的念力武器时，银河战舰的战舰之间便开始了罕见的自相残杀。“钻石之役”后，只有部分的宙斯盾级、诺顿级战舰突出重围侥幸逃生。那次战役的失利直接导致了时任银河舰队总参谋长布莱克上将被迫辞职，其职位由有“银狐”之称的银河舰队司令约瑟夫上将兼任。约瑟夫上将采用了舰队副司令岳剑将军的建议及时调整了战略思想，适时改装了部分银河战舰，并不断地诱敌深入，终于在比邻星附近给不可一世的蛇人军团设好了埋伏。加之当时银河科学院已经研制出了暗物质武器和念力防护罩，在决定银河联盟的生死之战中，由“大秦”号战舰发起的总攻一举击溃了蛇人军团，那场战役中，只有极少的蛇人战舰最终逃出了包围圈，战争的胜利也让菲利普总统和约瑟夫上将的声誉达到了他们事业的顶峰。而这次，菲利普总统遇难调查报告上说约瑟夫上将和蛇人帝国联盟勾结，奥利维怎么也无法相信。另外，“大秦”号战舰的前后两任舰长都是当年银河之战的战斗英雄。尤其是尤利，作为银河第一枚暗物质镭的投放者，不可一世的蛇人旗舰在他手里瞬间灰飞烟灭，他怎么可能再去投靠蛇人帝国联盟呢？

望着规模庞大的地下指挥中心，奥利维突然感觉到自己肩负的责任。是啊，这个地下指挥中心存在近四百年了。四百年来，我们的地球时时刻刻都有生存的危机，时时刻刻都准备坚守在五公里之深的地层之下和敌人进行着殊死的搏斗……一种坚韧、一种悲壮的情愫瞬间涌入体内。马上叫醒沉睡的兄弟，告诉他们事实和真相，以一个战争的亲历者告诉他们什么是战争，什么是死亡，什么是正义和勇气！他相信他们都能做出正确的抉择！

“先生！”雅各布望着呆立在洞口的尤利扑了过去。他抱住尤利的一只手、单膝跪下，用额头触碰尤利的膝盖，他在用纳博星球的礼节向尤利问安。

“别这样，雅各布王子。这是在地球上，没有这么多的礼节，你怎么能找得到这个地方？”尤利急忙把雅各布拉了起来。

“是纽曼博士把他从肖恩教授家带来的。”约瑟夫将军笑着说道。

“我一直担心你。你姐姐把你交到我的手里，我却把你弄丢了。”尤利这时才又注意到约瑟夫将军身后站着一个非常标致的女孩，女孩也正朝他微笑致意，他马上回了她一个微笑。

看着尤利有些疑惑的目光，雅各布有点儿不好意思起来。“您……您不认识她了？”

“认识？”尤利有些奇怪，感觉是很眼熟。他使劲地想了下，可还是想不起来。

“她就是我们从纳博星球来地球时飞船上的那个星姐啊！”雅各布终于忍不住说了出来。

“哦，对了。”尤利拍拍自己的脑袋，终于对上了号。是那个女孩！只是她现在换掉了那身星姐的制服，一下子看上去就像个刚从大学毕业的女学生了。尤利不由得在心里开始叫苦，当时他以为这个过于美丽的星姐八成是个机器人。可现在，看那女孩眼睛里几分羞怯的神色，这分明是地球人的标志。

“是她救了我，我最近一直住在她爸爸家里！”雅各布怯生生地说道。

“肖恩老头招了个上门的王子当女婿，估计高兴坏了。”约瑟夫将军一手摸着自己的两撇胡子又开始打趣道。“我也真没有想到肖恩家的千金都长这么大了。呵呵，在我的记忆中她还是个四五岁的小女孩呢！你该叫我爷爷了！朵拉。”约瑟夫在一旁呵呵地笑着。

“我爸爸说了，我只能叫您伯伯。”朵拉笑着回应道。

“还是有自己的孩子好啊，现代人都不要孩子了，真不知道这是历史的进步还是历史的倒退啊。”约瑟夫将军摇摇头，无奈地笑了笑。说完后好像突然想起了件事，又赶忙招呼大家：“维尼，还有中华，快别站在这里了，大家赶快进屋吧！”

屋子里人一多，就显出几分拥挤。纽曼正蹲在地上收拾一个圆柱体的仪器，见尤利等人进来，忙打了个招呼：“这是肖恩教授送给我们的一个银河科学院最新研制的念力波探测仪。它不仅能探知念力扰动的级别和方位等数据，还能当一个引力波天线使用。有了这个东西，我们收看一些银河联盟的新闻就方便多了。我现在正在调试。你们这次去地球元老院的结果怎么样？”

“哎，一言难尽啊。”维尼说着扑通一声坐在了一个软垫上，低下头不吭声了。等大家都坐定后，尤利又把三人去地球元老院的见闻一五一十地都跟大家说了。

“哎，没有想到地球元老院这样的地方也被念力波控制了，看来想通过地球元老院牵制松本的计划很难实行了。而且，胡振中元老的安危也真让人担心。他现在在元老院里孤木难支，也是仅凭一口真气在硬顶啊！”约瑟夫将军听后不无忧虑地说道。

“肖恩教授也很担心胡元老的安危。”纽曼接着说道：“总统遇难之后，胡元老成了前总统势力存在的最后象征。在你们去元老院之前，肖恩教授说他也刚拜访过老先生，并从他那里得到了惊人的数据。”

“什么惊人的数据？”尤利吃惊地问道。

“肖恩教授说他去地球元老院，一是拜会胡元老，向他请教下中国古代道家如何用意念控制物体的法门；二是现场监测一下地球元老院的念力波数据，并根据实测的数据来制定对策。他发现地球元老院受到的念力波攻击的级数非常之高。”

“测定的结果非常不妙吗？”维尼紧张地问道。

“非常严重。肖恩教授说他穿上了银河科学院最新研制的念力防护服，还感觉到六神无主，有几次甚至想开车一头冲向大海。他不知道胡元老在这样的环境下是怎么能做到对松本之流还能清醒地提出弹劾报告的。教授还检测了他十年前安装在那里的星舰级念力防护罩，发现它现在一点儿作用也不起了。”

众人听到这里都面面相觑。

纽曼说到这里表情也开始变得阴郁起来：“肖恩教授通过测定已经确认地球已经遭到了蛇人的入侵。蛇人竟然能通过了我们最严密的太阳系防卫港的多重检测，说明我们内部已经有了内奸！目前入侵地球的蛇人数目不明，位置不明，武器装备也不明，可他们对我们的攻击都是首选要害部门。联盟总统府、地球元老院、银河联盟议会、银河科学院都遭到了不同程度的念力攻击，即便是我们现在发现了他们的行踪也没有办法了。和九年前不同，我们的银河舰队再也无法对他们使用暗物质武器来定点清除了，因为，那种武器只能在远离地球的地方使用，近距离使用会将我们地球一并毁灭的！”

众人听到这里都不吭声了。

“对了，肖恩教授让我拿回来一百套最新的念力防护服，他说这是银河联盟目前对付念力武器最有效的防护措施了。”纽曼说着向大家展示了一件淡灰色闪着金属光泽的衣服。

“爸爸说了，这衣服里面含有黄金，所有造价很高。”坐在那里的朵拉终于忍不住发话了。

“你爸爸告诉我这是给你陪嫁的衣服哦。”纽曼又开始开朵拉的玩笑。气的朵拉一努嘴：“谁说要嫁给他了？说不定我一辈子不嫁人呢！”

众人一听都哈哈地笑了起来，唯有雅各布被笑得脸红脖子粗，不知道该说什么好。

“对了，肖恩教授临走时还警告我们，最近连媒体对松本的质疑声都小多了，银河联盟是民主制的星球联盟，新闻媒体从来都不会受到任何政治因素的左右。总统出事后，一浪高过一浪的质疑和声讨最近好像都偃旗息鼓了，感觉亲松本的媒体越来越多。这极不正常！他现在怀疑这些主流的媒体也被念力控制了。如果这个情况被确认的话，那就非常可怕了。他怕在地球上出现银河之战初期那种自相残杀的状况。因为在那种情况下，好朋友或者是一家人之间会突然莫名其妙地拔枪相向，事后却不记得自己做了什么。这种惨剧的大规模爆发是目前可以预知的最坏结果。到那个时候，亲人反目，兄弟相残，法制和道德成为儿戏，那时候的银河联盟首都就会像地狱一般的可怕！”

听到这里，约瑟夫也难过地摇了摇头。素有“银狐”之称的约瑟夫将军是位天生的谋略家。现在，他好像已经感到有些束手无策，大家就更不用提了。

看见大家都不吭声了，纽曼想了一下说道：“不过，肖恩教授又说，中国道家修炼的先天之气好像可以克制住这种念力，只是这种先天之气的修炼需要的时间太长，而且不是每个人都适合修炼的。他现在正在组织科学院的科学家研究他从胡元老那里带去的一本书，希望能得到一些启示。”

“书？胡元老也送了我俩一人一本中国古书。只是这书真和天书一般，我们一句也不懂。纽曼，你好像对八卦、易经之类的很熟悉，我就转送给你吧。你弄懂了，再讲给我们大家听。”尤利说着将他那本书转交给了纽曼博士。

八、联盟危机

I

大卫第一个从噩梦中惊醒。

在睡梦中，他看见一个人满身血污，摇摇晃晃地朝他走来。那个人一边走，一边大声朝他叫喊："蛇来了！蛇来了！"他往那人身后一看，只见那人背后有一条十多米长、半米来粗的大蟒蛇紧紧地在后面追赶。那人看见大卫忙道："我是菲利普总统！请你帮我一下，我被蛇咬了……"

大卫定睛一看，那人果然是银河联盟的前总统。怎么连总统都被蛇咬了？他急忙拔出枪，瞄准蛇的七寸射击。可突然，他却把枪口转了过来，对准自己的脑门开了火。大卫吓得大叫一声，猛地挣扎起来，却发现是一个梦，只是这个梦境太过真实了。他睁大了眼睛朝四周看看，蛇！？四周没有蛇，也没有满身血污的菲利普总统，可他也同样没有看到他们的队长奥利维。

大卫有点儿不敢再睡了。这个古墓一样的地下空间，万一真的出现一条蛇怎么办？酒还在，他把放在自己怀里的那瓶陈年老酒拿出来细细地端详，这瓶酒他无论如何也舍不得喝。再朝旁边看，墙角还放了半瓶法国原产地的干邑，那也是好东西。他爬起身，走了过去，拿起酒瓶嘴对嘴又喝了几口。

几口酒下肚，他感觉到自己的胆气壮了点儿。再朝四周看，费雷罗和库奇这对冤家现在已经好得像一个人一样了，两个人竟然相拥而眠。奇怪的是，他们每人的身上都盖着一件奇怪的白色衣服。身上盖白东西真不吉利！可他看了看自己刚睡觉的地方，那里也扔着一身白色的衣服。这衣服应该是奥利维队长替他们盖上的，可这会儿奥利维去哪里了呢？他不免又有些担心。

大卫放下酒瓶慢慢地站起来。四周一片光亮，这灯质量真好啊，都四百年了，只有个别的灯是坏的，大部分的灯还能正常发光。就在这时，突然前面传来了脚步声，大卫吓得一抬头，却发现奥利维正急匆匆地朝这边走来。他忙不迭地和他打了个招呼。奥利维朝他点了个头，又朝地下看看："怎么，他们俩还没有起来！？"奥利维好像有什么急事要向他们几人宣布。

奥利维心神不宁地等了几分钟，就对大卫说："不能再等了，事情紧急，把他俩摇醒吧。"

"是不是找到电梯的密码了！？"大卫惊奇地问道。他知道，跟着这位身经百战的队长，什么奇迹都有可能发生。

奥利维默默地摇摇头。过了一会儿，他淡淡地说道："不是我们几个人的事情，是整个银河联盟出现了前所未有的危机！"

大卫忙把库奇和费雷罗摇醒。两个人有点儿喝大了，歪着脖子还迷迷瞪瞪好像没有睡醒。奥利维又去从房间里端出两杯热咖啡让他俩喝了，两个人晃晃脑袋，才想清楚自己这是睡着哪里。

看三人都清醒了，奥利维语气郑重地说道："在你们睡觉的时候，我去了趟地下的'紧急指挥中心'，在那里发现了非常重要的东西。你们要向我发誓，没有我的允许绝对不会把你们看到的东西向任何人讲，这样我才会让你们看我的发现。因为这关系到我们大家，甚至关系到整个银河联盟的安危。"

三个人看奥利维不像是开玩笑，都有点儿紧张："是不是我们出不去了？"库奇带着哭音颤声问道。

"比那个严重得多！"奥利维严肃地说道。

"大不了在这里住一辈子，我看这里的东西够我们几个吃上几年的了。您说吧，就是天塌下来，也有您先担着呢。"费雷罗满不在乎地说道。

"我想我们大家有这么一次经历，都更团结了，也会保守这里的任何秘密。对吧？"大卫向另外两人试探道。

"我们都听你的。头，我们决对不会乱说。我们发誓……"费雷罗站起身朗声说道。三个人这时都站了起来……

"好，我就让你们看一个东西！"说着奥利维从口袋里摸出那枚绿色的晶体，在一米高的空中一放，马上闪身离开。只一瞬间，菲利普总统的等高全息影像就出现在大家的眼前。大卫几人惊得差点儿又坐回到地上。

影像播完了，大家都默不作声。过了一会儿，奥利维叹了一口气道："大家决定怎么办吧？我是不能跟克拉克再干下去了。这样下去，地球和银河联盟迟早要完在我们这一代人手里！你们三个愿意留在联盟安全调查局特行队的，我不反对，但你们必须把今天看到的东西给我吃回去，绝不可以泄露。这件事情就到此为止。如果跟我走，我可能要联络约瑟夫将军，去投奔他，你们可能就要过像尤利他们那样四处躲藏的日子。”

“好的，我跟你走！”奥利维刚说完，大卫一手护着自己怀里的酒瓶子，一只手已经举了起来。

“我也跟你走吧。留在队里，艾弗森那个怂样子我真还受不了。”费雷罗也站了起来。这时，大家都看着库奇。

“哎，我本想回斯坦福大学继续念书，可看到总统的讲话，知道书也念不成了。我也跟您走，只要能离开这里就行！”

“好，大家都是男子汉，一言既出驷马难追！如果谁违背了今天的誓言，定会被毒蛇噬咬而死！”奥利维说着把手掌伸了出来，大卫等几人迎上前击掌为誓。

“现在我们真的处于比十年前更加棘手的境地！当年，菲利普总统还在，他手里还握着‘卓尔金神器’这张王牌。在政治上，有胡振中等支持总统的元老牵制着松本，凭着这几样，总统就敢于和蛇人宣战。可现在，地球上的主战势力已经被蚕食殆尽。总统遇害、‘卓尔金神器’不知所踪，如果这个时候蛇人偷袭我们银河联盟，地球作为银河联盟的领导者，我们根本没有还手之力。地球文明现在看来真的危在旦夕啊。”约瑟夫将军说到这里不免长叹一声。

听到这里，尤利的心也猛地收紧了。他知道，作为“卓尔金神器”的守护者，他没有尽到自己的职责。那个可怕的梦境预示着“神器”已经丢失，即便是没有那个梦境，他仅凭自己敏锐的直觉就能感觉出来。几十年来，这种直觉从来没有给过他错误的暗示。从战争中的一次次脱险，从他见到奥莉薇兰女王的那一瞬间，后来事情的发展都如他当初预感的那样，该发生的一定会发生，躲避根本没有作用。这也许是他体内的卓尔金人的基因在起作用。根据纳博人的传说，他们的神——卓尔金人可以预知未来。

“那现在怎么办？我们总不能束手待毙吧！真是看不见蛇人，要是看见了，我跟他们拼了！”维尼听到这里又冲动起来。

“我怀疑你可能还没有见过真正的蛇人！”约瑟夫冷笑了一声说道。

“没有见过？！我亲手杀了不止十个蛇人！这些尤利应该都知道！”维尼对约瑟夫将军的那声轻蔑的冷笑有点儿受不了了。

“呵呵，我以为你真的见过呢。你以为你在战舰上歼灭的那些像直立的蜥蜴一样的蛇人是真正意义上的蛇人吗？的确，为了鼓舞我们银河舰队的士气，舰队司令部也承认了那些是蛇人，但真正意义上的蛇人却不是那样！他们只是蛇人用于战斗的一种较低级的物种。他们的大脑相对简单，甚至连产生恐惧的神经反射都被修正了。正因为如此，他们在战斗中也不会产生死亡这种恐惧。在蛇人星球上，蛇皇是最大的母体。他们有文字而没有语言，语言已经退化，所有的信息传递都是通过念力波的传导来完成的。那些战斗的蛇人其实是没有繁殖力的，就像我们地球上蜜蜂中的工蜂。真正的蛇人长的都是人首蛇身，身体有几米到十几米长，不同的种族体型相差也很远，样子和中国上古传说中的盘古、女娲几乎一样。在中国古老的传说中，不管是开天辟地的大神盘古还是抟土造人的女神女娲都是蛇身人首。因此有一种说法，说中国人体内有蛇人祖先的部分基因，这从现代基因学的论据中也得到了部分印证。从我们目前掌握的资料上看，蛇人的种类非常多，分工也非常明确，而且他们的脑容量非常大。我们地球上唯一捕获的活体标本就在银河科学院里。如果蛇人和地球人对视，他们几乎可以用念力令你的心跳骤停。我还以为你们上次去科学院意外地碰到了那个怪物呢。”

听到这里，连尤利都张大了嘴，似乎不敢相信自己的耳朵。他们和蛇人打了那么多的仗，他用暗物质武器杀了无数的蛇人，可他连真正蛇人的样子都还不知道，这……这也太匪夷所思了！

“是的，我见过一次，把我吓坏了。在科学院有个用黄金笼子装的怪物，爸爸说它能用眼睛将人杀死！不让我去看！”朵拉在一旁怯生生地说。

“小伙子，现在明白了为什么银河舰队司令部最终让你们见好就收，鸣金收兵了吧？任何事情都不会非常简单。对这个问题，我也曾矛盾了很久。我和总统最终还是担心你们还没有登陆蛇人星球，就会被他们控制住，然后将暗物质武器毫无意识地投向地球。”

维尼吐了吐舌头不吭声了。就在这时，屋子里突然响起了几声如警报一样刺耳的啸叫声，大家都紧张地将目光投向纽曼刚才调试的那台圆柱体的仪器上。难道念力波探测仪已经发现念力波开始进攻金字塔了？！不是说金字塔可以阻断宇宙中所有的类型波的探测吗？

大家正愣着，约瑟夫将军的脸色突然一下子变得煞白。紧接着，他的手开始颤抖，连带着整个身子也被带动着颤了起来……“总统的电话，是总统的电话！”他一边说着，一边用颤动的手在内衣口袋里摸个不停，终于摸出来一个在全息电影里从才见过的古代手柄状通信器。通信器上的红灯一下一下地闪动着，像是有信号传了进来，约瑟夫猛地按了一下，忙将通信器放在耳边。

“是……是总统吗？”约瑟夫将军的嘴唇颤动着。

“奥……奥利维？哦……哦，哦……我知道！”

大家都看着约瑟夫面如死灰一样的脸色，但那脸色还在不停地变化……

“总统的电话？菲利普总统！？别是松本找到了这里吗？”大家都在猜测，这个电话总不会是菲利普总统从阴间打来的吧？

“好……好……好，他就在身边！纽曼博士就在身边！我来问下，请稍等！”

大家听得一头雾水，不过看约瑟夫将军的脸色却突然由阴转晴。

“纽曼博士，我问下你，是不是菲利普总统在生前告诉过你总统府地下密道的密码？”约瑟夫将军神色严峻地问道。

“是的，我下去过一次，总统说那个密道自他当总统也只下去过几次，他让我也要熟悉一下那里的结构和环境，并顺便告诉了我那个密码。”

“那你赶快告诉这个人密码是多少！速度要快！”约瑟夫将军将通信器交到了纽曼的手里，“只说密码是多少然后赶快交给我。”

“好。”纽曼面带狐疑地接过通信器说了个八位数的密码，然后又把通信器交还给了老将军。

“你们出来后，我们怎么能见面呢？我想派人去接你！……好！一言为定，我派人去接你，三个小时候后，就在你们说的地点见面！”刚说完最后一句话，通信器“哔”的一声好像已经自动切断了联系。约瑟夫将军则像是虚脱了一样一屁股坐在了靠背椅上，累得半天喘不过气来。

过了半天，约瑟夫将军好像才缓过神来，幽幽地说道：“总统出事那天展示的那个晶体的副本让奥利维他们找到了。果然不出所料，总统还是留下了一个副本！”

“奥利维，哪个奥利维？难道总统将副本藏到了总统府的地下紧急指挥中心？”纽曼惊得张大了嘴，他从刚才两人对话中已经猜出了八九分，只是感觉事情来得太过突然，想再确认下。

“就是联盟安全调查局的那个队长，他没有死。他说他现在就在总统府地下的指挥中心……刚才他使用了菲利普总统和我之间绝密的通信频段，这个频段只有菲利普总统一个人知道。我刚才真以为是菲利普总统从阴间打来的电话，因为这个电话只能用一次，仅有两分钟的时长，我和总统有过约定，只能用在最危急的时刻！可他……”

知道事关重大，奥利维故意将那个密码复述了一遍，他得让其他三个人帮他把这个密码彻底记住。眼看着通信器开始了倒计时，他急忙说了一声“再见”，绿色的晶体就好像已经用完了它的能量一样黯淡了下来。

奥利维看看表，现在是悉尼时间晚上十一点半。这个时候他们突然出现在总统府里会引起怎样的骚乱也顾不得细想了。反正，总统府的新护卫长约克上校还应该认识他。

几个人将脚下的东西收拾了下。由于情况发生了变化，费雷罗说见到约瑟夫将军不能没有见面礼，所以他们每人又多拿了一瓶酒装在身上。四个人收拾停当，然后沿着来时的通道往回走去。

在电梯口，奥利维将通道的电闸关上。灯一下子都熄灭了，四下变得一团漆黑。奥利维将手电打开，几个人依次走进电梯间，液晶显示面板还亮着。这时，大家都看着他。奥利维把手放在按键的下方，他按一个数字就看一下大家，生怕自己按错了，如果按错一个数字电梯就会彻底关闭。等他输入完最后一个数字，“哔”的一声，液晶面板显示“密码正确”，显示的目的地只有一个：“总统府”。

磁悬浮电梯的速度相当不错。起步，加速，减速，整个过程并并没有明显的失重和超重感。看着电梯液晶显示屏上闪动的速度和里程，奥利维知道快到总统府了。这时，大伙儿的眼睛都盯着他，只要他有一丝的惊慌，他们就会跟着退缩。

电梯终于明显地制动减速了。“咯噔”一声，电梯的顶部好像撞上了什么东西，紧接着，奥利维感觉到自己头顶上好像透过一丝昏黄的灯光。抬头看，只见电梯的顶部已经进入到一间装饰豪华的房子里。这是哪里？奥利维仔细地辨别着。哦，他终于想起来了，这地方几天前他还来过，是银河联盟总统的办公室！接着又是"咯噔"一声，电梯舱全部升上了地面。随后，门自动滑开了。

奥利维长出了一口气，第一个走出电梯间。紧接着，大卫、费雷罗和库奇也跟着走了出来。他们转过身，看着这个如透明金属警亭一样的大家伙突兀地立在总统椭圆形办公室的中央。就在他们一愣神的工夫，电梯舱突然晃动了一下，慢慢开始下降，又一转眼的工夫，就降到了地面之下。接着又是"咯噔"一声，总统府办公室的胡桃木地板严丝合缝地扣上了，看不出一丝痕迹。

眼前的景象如同幻觉一样，不过，大家心里都清楚，他们终于升上地面了。四个人中除了奥利维都还没有进过总统府，更别说是站在总统府豪华的办公室里了。

总统办公室的门半掩着，弧线优美的墙壁上点亮着昏黄的壁灯，感觉好像这里的主人才刚离开不久，一会儿就会推门进来一样。看着古色古香、装饰奢华的空间，库奇嘴里突然冒出一句："总统就在这里办公？"

"是的，菲利普总统生前就在这里办公。松本不知道为什么，一直不肯搬过来！"奥利维神情冷漠地说道。"走吧，这里不是久待之地！一会儿碰到约克或者其他的护卫，不要慌，就说我们追逃犯追到这里，跟他们不要多废话，看我的眼光行事！"正说着，门"砰"的一声被推开，新任总统府的护卫长约克上校一个箭步就冲了进来，举着激光枪大喊一声："什么人！"他是刚才听到报警声闻讯而来的。当他看到是奥利维时，吓得"哐啷"一声，枪掉在了地上："你……你们不是已经以身殉职了吗？"

"放……放你的屁！老子追逃犯刚过来，你他妈的才以身殉职了！"脾气火爆的费雷罗从腰间拔出枪指着约克。

"快给我们准备一辆车，我们要紧急征用！逃犯刚跑了！听到没有！"大卫看着奥利维朝他使眼色，马上领悟过来。

"好！好！那要不要我马上通知下克拉克局长，就说你们来了……"约克的脑门开始冒汗。

"不必了，就是他派我们到这里追查的！赶快准备车就行，快！"费雷罗将眼睛一瞪。

这时走廊里又跑来几名护卫。约克朝他们大声喊道："快给奥利维队长准备一辆车，逃犯刚跑了！你们看见没有！？"

"要两辆马力大的！"大卫把手中的枪一晃说道。

“总统在议会演讲的那块晶体的‘副本’找到了，那我们可以向媒体宣布这件事情的真相了！”维尼兴奋地一拍大腿站了起来。可他发现，约瑟夫将军和尤利好像并没有那么兴奋。纽曼皱着的眉头甚至还多了几分忧虑。

“怎么了？我们大家一直要找的东西突然出现了，你们怎么一个个看上去……”维尼有些不解地问道。

“维尼，冷静点儿！根据我们现在掌握的情报，即便是我们找到了那个晶体的‘副本’，也不能马上将它公布出去。虽然我们目前还没有看到晶体里的具体内容，但根据那天总统出事时的全息影像，总统是向外界公布那些和蛇人帝国联盟勾结的官员的名单和他们勾结的证据。那时，总统还有权将这些人绳之于法。可现在，这些贼人都已经窃取了高位，尤其是联盟的军方都进行了大换血。我们这个时候贸然将这份名单公布出来，先不说有没有媒体敢公布这份报告，即便有，他们控制的媒体也会说这是我们伪造的证据。还有一种可能就是松本和蛇人孤注一掷。现在，松本即便怎么倒行逆施，他还是在法律的框架下进行的。到那个时候，他可能开始践踏法律，彻底和蛇人帝国联盟蛇鼠一窝！那样，整个银河联盟就会立刻解体，蛇人帝国联盟则会趁虚而入，进而完成他们对整个银河的黑暗统治。”约瑟夫将军解释说。

尤利听到这里也点了点头，他想了一下接着说道：“攻击地球元老院和银河科学院的念力波的来源我们还没有查清。也就是我们对敌人的数量和力量还很模糊，贸然行事，只能将事情弄得更糟。不过，等一会儿奥利维拿来晶体，我们仔细研究下再做决定吧。”说到这里，尤利又想了一下，道：“大家有谁了解奥利维，他会不会是克拉克派来的奸细？我们所处的环境本来已经很危险，万一他……”

“根据我和奥利维的通话，我认为不会有诈。我们要找的那个晶体肯定在他手里。至于会不会是克拉克派来的，我认为可能性也不大，他们差点儿就被你们活埋在大堡礁的地层之下，在这么短的时间内能逃出来已经是九死一生。以我对克拉克的了解，他是想不出这样的计谋的。”

“难道是他看了菲利普总统留下的那份文件的‘副本’后良心发现了？我以前在银河舰队的时候就认识他，挺正直的一个人呢，口碑也还不差。”纽曼想了下说道。

“不能排除任何一种可能。这样吧，”约瑟夫看了下腕上原子表的时间接着说道，“维尼，一会儿你和纽曼两个去接下他们。纽曼，你认识奥利维，正好可以和他多聊几句，他们有四个人，你们一个人去我还是有点儿担心。去的时候一定要小心，回来的时候也有注意不要被跟踪……”

看着印有总统府徽记的两辆奔驰牌高级飞车在眼前一闪而去，约克上尉摸摸自己的脑门又摸摸自己的胸口，总算把这帮联盟安全调查局的大爷们伺候走了。

总统府护卫长，他算个什么护卫长呢？总统府里没有总统，他就只能算是个看门的头而已。昨天才听手下护卫说奥利维死了，艾佛森成了特行队代队长，今天难道是遇到了鬼？

悉尼海湾的晨曦笼罩在一片薄薄的雾霭之中。天上的繁星也已渐渐隐去，连空气都变成湛蓝湛蓝的，远处悉尼歌剧院那招牌一样的剪影如一艘搁浅的巨帆横卧在滩涂之上。

在距离悉尼歌剧院五公里的水面上悬浮着两辆外形迥异的飞车。一辆车体宽大，车身上的变色涂料此时已经和海水的颜色趋于一致，聚变发动机的喷口露出一点星光般耀眼的白光；另一辆车一眼看上去就是辆快要报废的老爷车，氢燃料引擎粗大的排气口发出橘红色的光芒。两辆车的主人都打开了车前窗的金属玻璃，其中一个问道：“你说他们会不会不来了？别是老将军耳背听差了。”

“这么重要的事情，约瑟夫将军不会听差的。再等等！”

身材修长，犹如学者模样的中年男人看了看腕上的欧米茄原子表：“不对啊，这里距总统府一步之遥，按说应该来了。别是他们没有弄到飞车，需步行走过来？”

“不会的，奥利维我知道，没有那么笨。只是钟教授这辆车也太差了，我真怕它中途熄火，误了大事。”

两个人正说着，只见西北方向一前一后有两辆飞车朝这边疾驰而来。

“是总统府的车！而且就是我以前的那个座驾！连车牌号都没有换！”学者模样的男人有点儿兴奋地探出头，朝那两辆车招招手。

总统府的两辆飞车在距他们不足十米的位置来了个急停，单向纳米反射膜的金属玻璃窗缓缓地滑下，里面果然坐着奥利维。维尼有点儿尴尬地和他打了个招呼。

奥利维苦笑了一下说道：“你们抢走了那辆车也就罢了，干嘛还用那枚夸克弹？差点儿把我几位兄弟报销了。不过你那辆车的确是辆好车，什么时候也教教我怎么改装？”

“你要是喜欢，我们俩换下！不过，我还要谢谢您，没有用激光枪这种暴力开锁的方法来开我的车锁。但我敢保证你开走总统府的车要不了半天，他们就会找上门来。如果你们想用的长久些，还是让我现在就帮你们改装下吧。”维尼也随口调侃道。

“我们正求之不得呢。来，换下位置！”奥利维说着把车又往前开了下停在了维尼车子的旁边，打开车门，忽悠一下，人已经跃了过去。

维尼侧身让过，也跨过车去。刚一坐定，就将车仪表盘下的一根红色金属线抽了出来。红线上连着一个银色的金属球。他做完后朝后面大卫开的那辆车一招手：“把这根红线连同下面的小球先拔掉，再把车屁股上的牌子摘掉，这样他们就查不到我们车子的信息了，也就变成了所谓的‘黑车’了，在银河开‘黑车’有很多好处，但有一样，你必须比银河联盟的警车跑的快！”维尼说完将红线连同金属球一把扔到了海里。

“要知道这样简单，我们就应该每人‘征用’一辆总统府的车，反正松本代总统也不用这些车，放着也浪费。说句实话，我是真看上了总统府那辆加长版的黑色劳斯莱斯，只是怕太惹眼，没有敢要！”奥利维说完遗憾地摇摇头。

“你眼力真好，那是菲利普总统的专车！”纽曼叹了口气幽幽地说道。

改装完两辆车子，纽曼又拿出四套原子环境同化服让几个人穿上，这些衣服都是肖恩教授这次让朵拉她们一起送来的。“车子现在成‘黑车’了，人也要销声匿迹。这是银河科学院对付银河舰队行星分子全息扫描的‘盾牌’……”

“怪不得我们用银河舰队的行星分子全息扫描找不到你们呢，原来有这种东西！”奥利维现在才恍然大悟。

一切就绪后，维尼在前，奥利维断后，四辆飞车形成了一个小的编队贴着海面御风而行。

“怎么，奥利维还活着！？还征用了总统府的两辆高级飞车？”艾佛森一听脑门就开始冒汗。他这个代队长的位子还没有坐热，队长就回来了。“妈的！”他在心里暗骂了一句。可他马上又转念一想，不对啊？密道口都封死了，他们就是变成鼹鼠也不可能这么快就钻出来啊！“快去查下那两辆总统府飞车的行踪，看看他们现在到了哪里，查到后即刻向我汇报！”

不一会儿，总统府失踪飞车的最后行踪就查了出来。

“海里？在水面下两百米的深处！？”艾佛森一听有点儿懵了。“怎么，总统府的飞车还有潜水艇的功能？妈的，今天真邪门！”

“总统，明天就是元老院胡振中弹劾您的议案的表决日，您看我们要不要再施加点儿影响？”一位卧在床上身穿日式和服的美艳女子转过身看着正在窗口凝神静思的松本一郎用念力波问道。

“不用！”松本一摆手，“元老院早就在我的控制之下了，那个老混蛋我看他是活得不耐烦了！只要我再动动指头他就撑不住了。”

“对了，刚才冈萨雷斯问您是不是将那个黄金盒子运抵回地球？”

“不用！”松本又一摆手，“东西就放在那里！地球上现在还不安全。告诉他一定要守好那个东西，人在东西在，不许有闪失！”

“总统，父皇请求您同意再运抵一批蛇人来地球帮助您控制局势，您说可以吗？”那个妖冶的女子用鹅毛般轻柔的“声音”向松本请示。

“还要再来一批？”松本有点儿警觉地看了那个女子一眼。

“总统，可以吗？”松本的脑海里突然听到一个极具魅惑的声音。他转过头，看着躺在床上的美女上衣已经脱光了，美女扭动着腰身，两只胀满的乳房如点染过的寿桃一样摆在他的眼前……他看着，突然感觉下身猛地抽动了一下……

美女的眼睛开始发红，白眼仁里突然放出一道闪电一样刺眼的光芒。松本一怔，像被一道光击中了一样，直愣愣地如僵尸一样走了过去，嘴里喃喃道:“可以，可以，我听你的！”正说着，一条碗口般粗细的东西突然从被子里伸出缠绕在松本的胯间…… 松本瘫倒在床上，开始了长达一夜的呻吟和喘息。

2

在距离玛雅大金字塔一百公里的密林里，纽曼用肖恩教授送给他们的金字塔能通信器和约瑟夫将军简单汇报了下情况。据肖恩教授说，这是银河科学院最新研制出的一种新型通信器，使用起来非常安全，几乎没有被监听的可能。

即便如此，纽曼也不敢大意，只说了几句就将通信器关闭了。

一路上，维尼和奥利维互相切磋了很多关于改装车的技巧，又一起回忆了他们在银河舰队的军旅生活。两个人越谈越投机，大有相见恨晚之感。当维尼和奥利维谈到在地球元老院的那些见闻时，奥利维更加坚定了自己这次的抉择，同时，他也把他们这几天的经历和维尼简单说了下。

“哎，我们本来去那里就是想找这个东西的，没有想到却让你们找到了，真是‘无心插柳柳成荫’啊！”维尼无奈地摇了摇头，“不过，能把你们争取过来，还真应了菲利普总统的那句话：得道多助，失道寡助啊。”

两个人正说着，不知不觉已经来到了大金字塔前的广场上。约瑟夫将军率众人早已等候在了享殿的密道口。由于在路上维尼已经向奥利维等人简单介绍了众人的情况，因此，奥利维在浓密的丛林里突然见到如此雄伟的大金字塔也并不感到惊奇。下了车后，奥利维等四人向约瑟夫将军行了军礼，将军也微笑着还了礼并拉着奥利维的手：“欢迎你们！你们能来代表了正义的天平是在向我们这边倾斜！银河联盟还有希望啊。”

在密道里那间最大的石头房子里，奥利维将那枚绿色的晶球小心地放在空中。一瞬间，菲利普总统好像又回到了大家身边，他慷慨激昂的演讲响彻在石壁之间，大家都看得泪眼婆娑。约瑟夫将军一边看一边轻轻地摇头，嘴里喃喃自语：“您为什么非要一个人去做这件危险的事情？其实我们有很多办法可以避免这种危险的。”看到最后，约瑟夫终于有点儿明白了，总统之所以没有和他商量，还是想保住卓尔金人的秘密。看到最后，大家都变得义愤填膺。松本竟然不顾几千亿银河联盟民众的福祉，为了一己之私勾结蛇人！

“妈的！让我冲到银河联盟议会大厦杀了这个狗娘养的！是男子汉的，跟我去！”维尼看到最后终于受不了了，气得一个高蹦了起来。

“别冲动！”尤利冲上去赶忙把他拉住，“像你这么冲动到还没有接近松本早就被干掉了！菲利普总统准备的这么周密都失算了，你冷静想想！”

“尤利说的不错，大家先都别冲动。从这份文件里我们能分析出很多我们以前不知道的信息和情报，这对我们下一步的行动至关重要。”约瑟夫将军一出声，大家都立刻安静了下来。“总统的失算在于他过于仁慈，过于相信能通过法律的途径来解决松本集团的问题。虽然他也想到了自身的安危，但还是过于侥幸了。如果他当时和我商量下对策就好了。如果让我解决这个事件，对于松本这类卑鄙之流，完全可以先拿下再说！总统之所以没有和我商量就贸然采取了措施，可能是总统已经知道总统府已经被监听了，任何谈话都可能被窃听。但总统似乎也忽略了一点，蛇人可以通过分析地球人微弱的思维波动来分析我们的想法，这已是被银河科学院的实验证明过了的。不过，总统在赴那个议会演讲之前还是做了一些部署和准备的。由于调动联盟安全警察部队需要议会两院的批准，总统能直接调动的军队事实上只有银河舰队，而银河舰队的装备是整个联盟部队里最精良的。事发前，我曾注意到银河舰队曾有过小规模的集结，当时还以为只是例行演习和换防呢。自我离任后，接管银河舰队的是岳剑将军，他的能力不在我之下。如果总统当时一声令下，而且手上又握有如此确凿的证据，那的确是个千载难逢的好机会。可时机一旦错过，情况就完全不同了。这个文件的'副本'藏得如此隐蔽，可能总统当时也预感到一旦事情败露，他的地位和生命都会受到威胁。这也就提醒我们：敌人是非常凶残的，没有十全的把握，千万不能轻举妄动！另外，从这份文件里，我还得到了这样几个情报：

"其一，蛇人的渗透首先是通过贸易的途径进行的。这个很好解释，松本背后的大和银团一直是以星际贸易为主营业务的。早在战争之前，他们就和蛇人帝国联盟所属的星球有一定数量的贸易往来。

"其二，松本最初的目的并不是急于想当一个傀儡的皇帝，他是愚蠢地想利用蛇人的力量除掉政治对手并获得自身的好处，蛇人也正是利用了这点才成功地渗透到了地球内部。作为一个政治家，长生不老对每个人都具有永恒的诱惑。从古时候的中国的秦始皇到埃及的法老，都希望自己能永远占有富贵和荣耀。据我们了解，蛇人的寿命一般是不会超过五百岁的，而地球人的寿命最高也不过三百岁，达到一千岁对这些政治狂人来说具有极大的诱惑性。但从我们目前掌握的情况看，松本极有可能已经成了蛇人的傀儡。或者已经被思维控制了。

"其三，由于蛇人帝国联盟以很低的成本和代价成功地打入到了银河联盟内部，并控制住了松本，因此，他们急于发动另一场银河战争的冲动就不大。打仗毕竟是打消耗，上一场战争他们损失比我们还严重，上兵伐谋，他们不会不懂这个。不过，这样也为我们银河联盟争取到了反败为胜的时间。如果他们现在发动战争，那将是完全一边倒的局面。

"其四，从总统公布的和蛇人帝国联盟有瓜葛的人员名单上看，这些人大多数是和贸易沾边的商人。商人总是逐利的，他们和松本的目的还不一样。松本是想实现他的帝国独裁，而这些商人则是能更多地谋利。因此他们阵营的结盟基础也并不牢固，我们有可能在这方面想想办法。

“总之，我在这份文件中发现的情报就这些，大家还有什么可以补充的或者有什么不同的看法都可以讲出来。”约瑟夫将军一口气说完后喝了口水，把目光投向大家。

看到大家都静默地坐那里都不吭声，维尼终于忍不住爆出一句：“我就不明白，他们可以用卑鄙的方法暗杀菲利普总统，我们为啥就不能想办法干掉松本呢？”

约瑟夫听了微微一笑，“刺杀松本当然是个不错的计谋，但我感觉目前风险太大。当然，如果我们能刺杀成功的话，再适时公布菲利普总统的这个文件，证明松本死有余辜，那对松本集团绝对是一次致命的打击。但是，如果你了解松本现在住的地方，也就是银河议会大厦的具体情况的话，我相信你就会收回刚才说的话。因为像你这样单枪匹马去刺杀的成功率几乎为零。根据银河联盟宪法，菲利普总统遇难后由松本继任代总统，可松本迟迟没有搬进总统府居住，其中的原因可能就是害怕被暗杀。银河联盟议会大厦号称是银河系防护设施安全级别最高的反重力建筑之一，想要在那里刺杀联盟的议长简直就是天方夜谭。”

“既然那么安全，为什么总统还会在那里遇刺呢？”维尼有点儿说急了，开始胡搅蛮缠。

“对松本安全，那就是对菲利普总统最不安全！现在可以确认：蛇人一定参与并实施了对菲利普总统的谋杀！”尤利道。

“我觉得‘以牙还牙，以暴制暴’总不会错。”维尼嘟囔了一句不吭声了。

大家正沉默着，邱中华突然拉过尤利的胳膊看了下时间。尤利一下子醒悟过来，也一看表，叫道：“差点儿误了时间，地球元老院总统弹劾案投票已经开始了。”

“怎么，奥利维他们活着出来又失踪了，还拐走了总统府的两辆飞车？”克拉克听了艾佛森的汇报后倒吸了口凉气。

千万再别出什么乱子了！最近他明显地感觉到松本总统对他有点儿不耐烦了，地球元老院和银河科学院的事情都不让他插手。难道是松本总统最近又有了其他的帮手？抑或是松本总统想和他玩“卸磨杀驴”的把戏？想到这里，克拉克惊出了一声冷汗。他和总统都互有把柄握在对方手里，但对方可是他的顶头上司，一旦总统有危险或者是被元老们弹劾，说不定会把责任全推到自己身上。万一他在菲利普总统乘坐的悬浮舱上做过手脚的事情被人知道，那他就要背负千古的骂名！想到这里，克拉克有点儿坐不住了。

最近克拉克一直感到心神不宁。

总统为什么老让他听那个所谓“顾问”的命令？而且每次只能自己一个人去却又见不到那人的面？而且他总感觉那里阴森森的，还散发着一种怪异的腥臭，那臭味闻了简直让人作呕！更要命的是自己每次想什么那个家伙好像都知道。真他妈的邪门！想到这里，克拉克又有点儿蠢蠢欲动了。他必须搞清楚那个人的来历和底细，不然他哪天被人取代或者被干掉了都不知道死在谁手里。说做就做。克拉克站起身，在三维衣镜前整理了下衣领和鬓角，把桌上那支小巧的纯铂激光枪装进口袋一转身出去了。

一路上，克拉克把那辆最高时速超过六马赫的兰博基尼飞车的车速调得很慢。这是他第一次没有听到那人的“心灵召唤”就主动前往了那个地方。万一这次行动被他发现了……他就说有紧急情况向“顾问”汇报，他可以把奥利维的事情小题大做地说上一通。再说了，是总统让他有什么事情都向那人汇报的。想到这里，克拉克将车速稍稍调快了些。

在加拿大北部一处人迹罕至的松林里有一幢外形古怪、诡异的地面建筑。建筑的规模不大，是用一种光滑半透明的绿色合金建造的。从远处看去，它像是由一个巨大的螺旋管盘转扭曲而成一个内旋的圆盘，圆盘的四周开有四个门洞。令人更加奇怪的竟是：门洞后面的走廊也是如圆管一样的形状，地面都是弧形的，几乎找不到任何一个适合下脚的平面，只在圆盘中心的天井处才能找到一块相对平坦的地方。天井上方的穹顶很高，看上去黑乎乎的，让人感觉到像是被罩在一个巨大的容器里。

克拉克感到自己这次很幸运。

以前，圆盘建筑四面的门洞每次都只开着一个，他只能低着头小心翼翼地按规矩走进去，紧接着就会闻到一股腥腥的臭味。这次不同，坐着飞车上居高临下，他竟然看到自己目力所及的两个门洞都打开着。再绕一圈，后面的两个门洞也是开着的。刚才看到门洞大开的那股兴奋劲还没有过，克拉克又有点儿犯愁了。到底从哪个门洞进去呢？克拉克把车子停在一个隐蔽处，慢慢地从车上下来，沉思了片刻，决定走右侧那个他从没有走过的门。

不知道为什么，今天，克拉克感觉自己的心放得很坦然，好像这里就是他的家，他有必要在这里认真地检查一番。他蹑手蹑脚地走到门洞口，突然一股奇异的香味让他感到迷惑。从来到这里都是一股难闻的腥臭味，这次怎么变成了一种异香？这到底是一种什么香味呢？克拉克在自己的脑海里不停地搜寻着。对了！这是一种少女独有的体香，他好久没有闻到了。不过这种异香对他来说印象是太深刻了。一年前，火星上糜烂奢华的一夜情宾馆让他对这种体味记忆犹新！

克拉克提着鼻子又使劲又嗅了嗅，他想让这种好闻的气味在他的鼻腔黏膜上多停留一点时间。不过，这种体味却让他的大脑变得更兴奋了，下体也不由自主地缓慢勃起。"妈的！难道那个家伙在这里享受'美食'？那至少也得让老子饱饱眼福吧！"克拉克明显加快了脚步。可这个门洞好像和他以前走的那条路有些不一样，没有直通中心天井的那条直道，而是有些曲里拐弯的。不过他越往前走，那种袭人的香气就越浓郁。他甚至有点儿控制不住自己的欲望了，连脚底下也开始磕磕绊绊。走着走着，他发现眼前的视野变得开阔了，仔细一看原来是两条管道并行成了一条，前面还出现了一道一米多高的隔挡，隐约听到隔挡里面扑腾、扑腾翻动的声音。一听到这种声音，克拉克浑身的血液也开始沸腾起来了。"奶奶的！这么大响动！？"克拉克在心里又嘀咕了一下。这时，他又听到了几声像是女人呻吟一样急促的喘息声。这声音把他的魂都勾走了，他只觉得大脑突然一片空白，两只眼睛瞪得和羚牛一样，一步、两步，他在向那道微微颤动的隔挡迈进……

3

尤利紧忙从上衣袋里摸出胡振中元老送他的那枚银质的小球，小球在手掌离开后自动悬浮在了空中。几秒钟后，一幅三维全息的元老院议事堂的全景图出现在大家的眼前。代替胡振中元老出任本次会议主席的日本开成天皇正襟危坐在议事堂中心巨大的黄金悬浮舱内，这时他打开一张事先拟好的全息文稿开始用古老的日本语宣读。

环顾四周，在整个三百六十度的议事堂内，一百五十九个大大小小的悬浮舱星罗棋布地分布在整个球形空间内，每个舱都在自己国家当年版图上的位置中心停靠着。这些元老院的元老或长或幼，有男有女，一个个都穿着自己国家最有特色的民族服装，正襟危坐、面色冷峻地聆听着日本元老的宣读。作为地球上的最后一批贵族，他们在行使权力，他们在重温祖先遗留给他们的光荣与梦想。在这份弹劾文件中，胡振中元老列举了代总统松本一郎的六项罪状，除了任人唯亲、涉嫌受贿、不作为等通用罪状外，还特别指出在前总统菲利普遇难事件上，作为银河联盟议会的议长，松本负有不可推卸的责任。总统遇难案调查报告漏洞百出，对社会和媒体的质疑置若罔闻，而且事先没有和地球元老院协商就提出解散银河联盟议会进行改选的动议，这些都违背了民主和法制的基本理念。因此，胡振中元老提请地球元老院通过他提出的代总统弹劾案，并使这个弹劾案进入司法程序。

日本元老开成天皇在宣读完胡振中元老的弹劾代总统松本的议案后，又照例宣布了一下地球元老院沿袭了几百年的议事规则，下面就要进入元老院的投票程序。按照银河联盟宪法：弹劾总统的议案要在地球元老院三分之二的压倒性多数票通过后才能形成正式议案，从而启动对总统的司法调查。但从银河联盟媒体对这项法案通过的可能性所作的调查和分析报告上看，大部分人都认为这项法案通过的可能性很小。因为在此之前，银河联盟议会授权作的菲利普总统的遇难案的调查报告在元老院都是高票通过的。现在让元老院在这么短的时间内再通过一个质疑这个调查报告的动议，无疑是自己打自己嘴巴。另外，银河联盟的所有主流媒体都对松本总统对元老院的控制力和影响力都表现出了极大的关注。以往，银河联盟议会和地球元老院经常是意见向左，这样银河联盟总统就有了施展自己影响的空间。可现在，地球元老院对银河联盟议会亦步亦趋，而银河联盟议会的议长又成了银河联盟的代总统，这就让人们更加担忧权力一旦失去了制衡，独裁便不可避免。因为绝对的权力是一剂最管用的春药，谁吃谁都会上瘾！所以，这次胡振中元老的总统弹劾案引起了银河联盟各大星球民众和媒体的普遍关注，几乎所有银河联盟所属星球的纳米虫洞信息网络都公开直播地球元老院的这次投票。

投票正式开始了，元老们都驱动自己的悬浮舱向投票区靠拢。投票区在元老院议事堂中心黄金悬浮舱周围百米内的一道金色光影之中。只有在这道光影范围内元老们的投票才能被元老院的投票系统识别并确认。这时，从三维的全息影像系统中可以清楚地看到元老们都在向金色的光影中行进。

“那不是胡振中元老吗！”维尼一声惊呼。三维全息影像这时正好给了胡振中元老一个大大的特写。在这个特写镜头里，胡元老身穿白色丝绸的中式对襟衫，面色冷峻，眉宇间流露出一种志在必得的神情。

等所有的悬浮舱都进入了投票区，投票便正式开始。

倒计时结束后，显示票数的三维全景显示器已经开始计票了。

“支持弹劾议案：0 票；反对弹劾议案：50 票”。

投票刚一开始，胜负已经失去了悬念，反对议案的票数再增加几票这个议案就会在地球元老院被彻底地否决了。

“0 票对 51 票、0 票对 52 票”。这时，几乎所有的特写都给了这个议案的提请者胡振中元老。只见胡振中元老正襟危坐，额头已经有豆大的汗滴渗出，头顶上蒸腾起一缕白雾。突然间，元老的身体猛地一震，盘腿而坐的身体从悬浮舱中升了起来，这一异象惊得周围的元老们都瞪大了双眼。只见胡元老双掌在胸前已合在了一起，像是在抵挡一种不可见外力的侵扰。这时，很多元老都停止了投票的动作，大家都吃惊地看着胡元老越升越高的身体。一米、两米、三米，当胡元老的身体升至悬浮舱三米之上的时候，大家终于看到了全景显示器上支持弹劾议案的位置上出现了第 1 票。大家注意到离胡振中元老最近的俄罗斯元老纳博科夫猛地咳嗽了一声，像是如梦初醒，浑身如同被电击了一样颤抖了一下。不过，大多数元老还在目不转睛地盯着胡振中元老。这时，胡元老的身体开始旋转，支持弹劾议案的票数开始突然上升。20 票……30 票……大家此时好像都从一种怪诞的梦幻中清醒过来，已经投过票的元老看着自己的双手，没有投过票的元老此时开始按动投票器。

“53 票支持，52 票反对”。支持弹劾议案的票数第一次超过反对弹劾议案的票数。就在这时，胡振中元老身体旋转的速度突然慢了下来，反对票终于又增加了一票——53 票，这一票已经决定了这个议案已经被否决。可这时，胡元老的身体又开始加速旋转，只见他头顶的白气已经发紫，支持议案的票数又开始疯狂地增加，全景显示窗显示：“支持议案：98 票；反对议案：54 票”。

大家看着疯狂旋转的元老，不知道将会发生什么。突然间，胡元老大喊一声：

"开！"双掌突然猛地向前推出。就在这时，随着一声"开"之后元老的后背像是受到了一记重击，身体猛地向前一仰一口鲜血喷将了出去……喷血之后，胡元老的身体像失去了刚才神奇力量的支撑，重重地跌落在了下面的悬浮舱内。

"胡元老！胡元老！"随着一声声的惊叫，几乎所有的悬浮舱都拥了过去。从特写镜头上可以清楚地看到，胡振中元老口中的鲜血还在一口一口地向外喷涌。

"胡元老！"尤利一声惊叫，猛地站了起来。金字塔下密室里在座的所有人也都被这个突如其来的变故惊呆了……

离那道隔挡越近，克拉克感觉自己的呼吸越急促。

为什么不在一间房子里的大床上搞呢？难道在这种像兽栏一样的大隔挡里搞更刺激、更有受虐感和施虐感？他妈的，现代人的花样真多！克拉克亦步亦趋地向前靠近，那种扑腾声简直让坚实的金属地面都在跟着震颤！"身体真好！不知道吃了多少壮阳药！"克拉克不禁在心里暗骂道。

终于靠近了围栏，克拉克却突然停住了脚步。

万一自己偷窥被人发现怎么办？毕竟偷窥并不是件什么光彩的事情。他堂堂一个银河联盟的局长竟然偷窥人家私事，这事传出去对自己也不好！这时，他又有点儿后悔自己刚才太过冒失和冲动了。现在退回去？他想了一想，又有点儿不甘心。好不容易碰上这儿四个门都大开……万一被撞上了就装糊涂，说有紧急事情向"顾问"报告。想到这里，克拉克又稳了稳心神，提着鼻子又将那诱人的香气使劲地嗅了下，抬起腿向前猛地迈出了一步。

他终于看见了。

那是一个美若天仙的女子，赤裸着上身，长发飘洒过颈，修长白皙的腰肢，丰满坚挺的胸部勾勒出一段柔美的曲线。这女子太性感了，身上好像还纹着青蛇一样斑斓的文身，她的身下是一个相貌堂堂的男子，粗眉大眼，两只胳膊紧紧地搂着她纤细的腰肢。克拉克的头一缩，怕被那两人发现，可似乎那两个人根本就没有注意到他。"扑腾、扑腾、扑腾"，声音又开始急促起来，而且这次的声音好像是从另外一个角落传来。"怎么，有两对在这里干！"这他妈玩得也忒大了，难道这里是一个私密的性交夜总会？"克拉克将步子往前又挪动了下。这时，他突然看到一个圆柱一样的东西在他眼前一晃就消失了。"什么东西！？克拉克吓了一跳，可这让他的好奇心又猛地增强了。“一定要看个仔细，看他们到底有啥新花样！”克拉克在心里暗骂道。

这一次，克拉克将自己的身体紧贴在金属弧形墙壁上，只露出半个脑袋。这样，他的位置就很隐蔽，不容易被发现。他想好了方法后，将脑袋一寸一寸地往前伸。突然，他的脑袋像是被一个榔头敲了一下似的停在了那里。“我的妈呀！”他张大了嘴，眼睛直勾勾地瞪着，像是被一种极其恐怖的东西摄住了心神！

在他的视野里，两条色彩斑斓的巨蟒缠绕在了一起，更可怕的是两条巨蟒都有一个人的躯干和脑袋，只在腰胯之下是一条比碗口还粗的蛇身！两条正在性交的巨蟒还在不停地翻腾着，那边他刚看到的另外两条停歇了一下的“怪物”又开始进行新一轮的折腾了。而不远的对角上，克拉克还看到了一堆比排球还大的蛋！“我的妈呀，这是什么怪物，还下了蛋！？”克拉克吓得发僵的脑袋终于可以缩回来了。他俯下身尽量将身子压低，然后转过去，像狗一样四肢往前爬，连大气都不敢出。等爬过了一道弯，他才敢放胆将身子站直些。“真他妈太可怕了，太可怕了。”克拉克嘴里叨咕着，脚下跌跌撞撞连滚带爬地冲出了这座奇怪的建筑。等他上了自己的车，他才长出了一口气。他一摸，裆下湿湿的，低头一看，才发现自己不知什么时候已经被吓得尿了一裤子。

胡振中元老的嘴角还在溢血，闻讯赶来的联盟救护人员将元老安放在一张巨大悬浮救生台上。元老平躺在那里，面色如金箔一样泛着一种奇异的光。地球元老院的八大常任理事元老都围聚在他的四周，其他一百多位元老则密密麻麻地悬浮在稍远的地方。这时，胡元老突然睁开了眼睛，向四周看了看，想要说些什么，俄罗斯元老和日本元老都探出身来。这时，全息图像也完全定格在胡振中元老的脸上，大家都知道，老人的伤太重了，这极有可能是“回光返照”。

胡振中元老的嘴唇翕动了几下，一股暗黑色的血又从嘴角溢出，悬浮平台上的医务人员马上给元老拭去。元老皱了下眉头，看着靠得最近的俄罗斯元老纳博科夫和日本天皇用尽最后一点儿力气说道：“中国元老之位的继任者是哈佛大学教授的钟鼎先生。记住，蛇……蛇人……”说到这里胡元老突然一口气上不了，脖子一歪立刻就过去了。然而眼睛却还没有闭上！

“钟鼎呢！？钟鼎教授呢！？”约瑟夫将军环顾四周问道，可旁边并没有人回应。

“他好几天都不知道去哪里了。”过了一阵，旁边才有人回应道。

的确，约瑟夫将军也想起自从钟鼎教授讲了玛雅人的来龙去脉，把那辆老爷车交给了纽曼博士之后就再也没有见过。

“难道他一个人在这乱如蛛网一样的地下密道中走失了？这里的地下密道可绵延了几千公里，很容易走失和迷路，约瑟夫将军特意都让人在容易迷路的地段做了些标记。可是如果走得太远了，就不好说了。现在，胡振中元老在临终之前已经将元老院中国元老之位禅让给了钟鼎，他如果在这里出现了什么差池，怎么对得起胡振中元老的一片苦心呢？”

“那钟鼎教授有没有带什么通信器？”库奇这时问道。

“你不知道，任何类型的通信器的信号在大金字塔周围都会被金字塔能屏蔽掉。而且经过测试，大金字塔下的密道也同样具有这种屏蔽效果，只有肖恩教授前几天送给我们的‘金字塔能’通信器有信号。其实，今天我们接收的元老院的直播信号也是靠‘金字塔能’通信器传递的信号才勉强接收到的。”纽曼在一旁小声地对库奇解释道。

由于胡振中元老的意外离世，地球元老院内部也是一片混乱。八大元老围聚在一起秘密磋商如何解决这个突发事件。但刚才胡元老离世的直播信号此时已经在银河联盟几千个星球上进行了纳米虫洞超时空直播，由此产生的对整个银河联盟，包括对银河联盟议会、联盟总统和地球元老院的巨大影响无法估量。如果再联想到菲利普总统在银河联盟议会演讲时遇难，而这次胡振中元老悬浮起身体并最终吐血而亡，以及他临终时说出的那些话都可能对整个联盟产生深远影响。整个银河联盟的所有媒体马上都会对这一突发事件做出强烈反应，游行、示威、暴乱，任何一件事情都可能让整个联盟解体。到那时，上次战争给我们造成的创伤还没有完全愈合，新的联盟动荡便又开始。最终，整个联盟的政局都有可能弄到不可收拾的地步！

且不说约瑟夫将军派出人马到处去找钟鼎教授，单说地球元老院这边已经闹得沸沸扬扬。根据联盟宪法：胡振中元老的总统弹劾案必须要有元老院三分之二的支持票通过才能生效。可由于这件突发事件，很多国家的元老对新闻媒体已经发表了声明，认为自己的投票受到了莫名其妙的“心理”操纵，希望重新投票表决。即便是重新投票，九大常任理事元老都必须列席，但胡振中元老的继任者哈佛大学教授钟鼎却迟迟不见赴任，而哈佛大学方面也对钟鼎教授的行踪不能给予明确说明。在银河联盟的各类媒体上，钟鼎教授的全息影像在不停地翻滚。这位著名的人类学家、玛雅历史的研究者一夜成名。

紧接着，地球元老院所代表的一百五十九个地区的行政官都发来了唁电。这种在地球上消失了五百年的哀悼方式这时候又流行了起来。随后，按照中国传统的习俗，送花圈挽联的机构和各界知名人士络绎不绝，连银河联盟议会和代总统松本都不得不送来了花圈和挽联，元老院更是下半旗致哀并停止了一切娱乐活动。远远地看去，地球元老院整个变成了一个白色的星球，几乎所有的国家都将自己版图的颜色调成了白色。在元老院中国区大门口，一幅三百米长的巨型挽联挂在大门口。挽联的上联是：“一身正气三百年乾坤为之动容”；下联是：“两袖清风几百载环宇为之悲伤”，横批是：“浩然之气”。这时，已经好像突然觉醒了的银河主流媒体将胡元老临终前的遗言不停地循环播放，更有甚者，他们将菲利普总统遇难时的影像和胡元老的影像叠加糅合在一起制作出了效果震撼的哀悼片。一时间，各种指责和质疑声再次爆发，游行示威的人群将整个银河联盟议会大厦包围了起来。各大城市，纽约、北京、东京、上海、伦敦、巴黎的人们都将飞车驶上大街小巷，鸣汽笛向胡振中元老致哀，并要求当局彻查总统遇难案和调查蛇人入侵地球事件，许多人更是将从森林里捕获的巨蟒放在铁笼子里游行示威。没过两天，银河联盟所属的四千个星球都陆续派来了吊唁使团。一时间，新西兰海岸之上人潮汹涌，大有风雨欲来之势。在这些媒体的狂轰滥炸中，一个身穿中国传统孝服眉目清秀的小姑娘始终都是大家争相报道的焦点，她就是胡振中元老的玄孙女胡雯。她的父亲已从外星球赶回来为曾曾祖父服丧。按照元老的遗愿，他的遗体在头七后火葬，并将骨灰撒在祖先祖祖辈辈居住着的中国八百里秦川之巅。他要用自己魂魄继续佑护着地球，佑护着他的子子孙孙。

与此同时，联盟各路媒体也对胡振中元老在最后一刻所显示的“神迹”做了各种各样的推测和报道，有的甚至将胡振中元老吹得神乎其神。他们将胡老先生说成是两百年前就在终南山得道成仙的神人，他一挥手就能将一座高山移动。当年他一挥手，就将一艘蛇人的星际战舰在一千光年外击毁；他甚至用手指就能发射出让蛇人魂飞魄散的“暗物质镭”。还有的媒体将胡振中元老修炼的中国古代气功说的神乎其技，银河现代科技与之相比简直不值一提。更有甚者说胡振中元老根本就没有死，他的元神早已修炼到可以脱离轮回和肉体而永世不灭，有人这几天还见到胡老先生在终南山上御风而行……

在所有这些林林总总的报道和推测中，代表银河联盟科技最高水平的银河科学院一直没有发表任何官方的评论。银河科学院特意派出了官方吊唁团前去地球元老院吊唁。他们从地球元老院取回的念力波监测数据让首席科学家肖恩教授大吃一惊：念力波探测仪监测到了量级为 100M 爱因斯坦单位以上的波峰，但奇怪的是，在每一个念力波的波峰上却叠加了一个反方向的力场，这个力场的物理学性质和念力相同。肖恩教授知道，如此量级的念力波足以将一艘银河舰队的恒星级战舰连人带舰一同击毁，可地球元老院除了胡振中元老一人遇难外，其他人都毫发未损。这对抗念力波的力场到底是怎么产生的？是胡振中元老所说的“混元一气”中的强大气场吗？这种气场或者说力场的物理学机理到底是什么？胡振中元老为什么可以将身体悬浮在几米高的空间而且高速旋转？他的身体周围散布着的一种可以称之为气场的能量将念力波完全阻隔在了地球元老院之外。这时，另外一则消息证实了教授的这个推论：当时在元老院外围执勤的十数辆警方飞车在那一刻突然间自燃了。

眼看“头七”将到，媒体一直关注的元老继任者钟鼎教授仍不知所踪。难道教授到外星球度假去了？难道他不知道地球上发生了这么严重的事件吗？可检索太阳系防卫港的过境人员资料，并没有发现钟鼎教授的身份记录。元老院责成银河舰队用行星全息分子扫描系统对地球上的角角落落进行 DNA 基因比对和分子级别的扫描，也没有查到结果。难道钟鼎教授无缘无故地从人间蒸发了？

松本代总统这几天的日子也不好过。要是知道把那个老匹夫弄死会惹出那么大的麻烦，那就不会如此贸然地痛下杀手了。那个老匹夫临死前的奋力一击，竟然让他事先藏在地球元老院里的一个“宝贝”——念力增益放大器由于过载而被焚毁。在功能更加强大的“念力山”没有完成调试之前，这个曾让菲利普总统命陨银河联盟议会大厦的关键部件一旦毁坏，他就无法马上聚集那些过于分散的念力波了。念力波的强大控制力一旦消失，他以前对整个银河议会上层的“洗脑”就会前功尽弃。那些掌握媒体资源的大佬们一旦醒悟过来，后果就不堪设想。

现在，从银河联盟议会大厦——“银河之碗”的制高点望出去，四面八方都被密密麻麻的游行抗议队伍包围了。他已经命令联盟安全警察部队的宪兵们严防死守，对冲入银河议会大厦的闹事者格杀勿论。可他知道，一旦开了杀戒，军方在民众舆论的压力下很有可能倒戈，到时候局势更是不可收拾。为此，他特意代表银河联盟政府和议会发表了声明，决定临时组成菲利普总统遇难案调查小组彻查总统遇难案；另外宣布银河联盟举国致哀，为元老院逝去的胡振中元老举行全联盟首次由政府出面主持的追悼仪式。

他的这项提议立刻遭到了地球元老院八大常任理事元老的一致否决。地球元老院认为由一个被逝者弹劾的人物出面为逝者做追悼是不合时宜的。况且，胡振中元老早已留下遗言：身后一切从简。

热脸碰了个冷屁股，地球元老院已经公开和他唱对台戏，这可不是个好兆头。另外，银河联盟议会的很多外星球议员们对他也没有以前那种恭敬如神了。尤其是怒拉星球的联盟副议长刚拉王储，见了他竟然把硕大的鼻子指向天，似乎对他充满了蔑视。

“妈的！这帮畜生。”松本气得在心里暗骂道，“看我什么时候慢慢地收拾你们。”

连最近像狗一样围着他的克拉克都推说身体不适，要休几天假，给他只打了个招呼就去火星度假了。养兵千日，用兵一时！这……这简直就是反了！代总统松本在屋内不停地来回走动着，他似乎感觉到自己的末日已经来临。

自从那天从那座诡异的建筑中逃出来，克拉克就一直感觉到自己神情恍惚。

难道他的末日真的要到来了吗？其实，在此之前他就感觉到地球上要出大事了，可他都没有想到事情会有这么大！原来松本代总统一直让自己在听命于蛇人，他可是堂堂一个银河联盟的局长啊！其实，在此之前，他早就在坊间听说过松本和蛇人有某种微妙的关系，可是他觉得那都是些捕风捉影的传闻。银河联盟有几个人见过真的蛇人呢？如果这次不是亲眼看见，他死也不会相信这么多的蛇人已经在地球上开始繁殖了。

真正的蛇人是很难见到的。参加过银河之战的很多退役士兵都绘声绘色地描述蛇人很像地球上史前那种巨大的爬行动物蜥蜴，官方对此也不置可否。可他有一次听总统府里的一个人说，真正的蛇人很少见，就像蜜蜂中的蜂王一样平时根本见不到。

他现在几乎可以肯定自己这次见到的就是真的蛇人！那他们会不会发现自己偷偷去过？据说真的蛇人可以在一公里之外就能嗅到地球人的味道，他们只要用眼睛盯着就能将一般的地球人杀死。可他离他们那么近，他们怎么会没有发现和察觉呢？克拉克越想越害怕，简直如坐针毡。万一松本总统知道他没有受到"传召"就私自窥视蛇人，会不会将他杀人灭口？

他知道的太多了，这对他来说是一种极大的危险。

本来他握有松本的把柄，想着松本只有在位一天，他就会高枕无忧。可现在，这些把柄非常可能将他送上西天。最近松本对他的态度好像变了，这是不是准备废弃他的先兆？克拉克越想越害怕。不行！他要先躲一下！地球上已经不安全了。这时，他的脑海里又浮现出那几条缠绕在一起、像巨蟒一样的肉体，还有那处女才有的体香。对了，到火星上去！他有很久没有体验到那种醉生梦死一样的享受了。人活着是到底是为了什么？妈的！他也应该彻底放松放松自己，暂时把俗世的繁芜都抛在脑后。

人们都把火星说成是整个银河联盟的红灯区，这一表述实不为过。

在火星上，那种适度的失重感可以让人体悟到地球上无法体验到的愉悦和快感。更重要的是，那里拥有整个银河各个星球上的美丽尤物，只要你荷包充实，不论你有怎样离奇的需求都可以让你得到满足。

在这里，遍地是涌冒着蓝绿色温泉水的色情按摩场所，每一个地方都装修得高档奢华，夜夜笙歌不断。在这里，你可以整夜拥有长着一个乳房的萨乌星美女，他们会让你享受到帝王才有的全套服务。如果你有同性性倾向，这里有全银河最英俊的白灵星球人提供给你最优质的服务，因为他们那个星球上几乎全都是同性恋者，单性繁殖早已是常态。另外，火星上也是地球上各大药厂比拼实力，倾销他们药品的最重要市场。各种能产生奇异幻觉，提供各种精神抚慰的药物广告随处可见。

一踏上火星，克拉克就将他的全息量子通信器设置成自动应答。他是来火星度假的，任何人都不能打搅他的好事。

今天，他的脑海里不知为什么总在不停的翻腾着那天看到的情景。蛇！蛇！蛇！最性感的物种莫过于蛇了。怪不得地球上的男人都将美女称为美女蛇，他现在觉得在银河里没有哪一种动物能比蛇更性感。尤其是那种剧毒的蛇，浑身都是五彩斑斓的花纹，那圆滚滚的肉体紧紧地缠绕在一起不停地扭动。他这样想着就感到自己的身体好像也开始亢奋了，那天尿在裤子里的难道是精液？他又下意识地摸了下裤子。

“先生？您今天准备到哪里去？要不要今天换一个口味？火星上最近口碑最好的要算是白灵星球上的‘面首’了，他们据说可以让您的快感时间达到一个小时！”一个黑人出租飞车司机在他身边不紧不慢地介绍道。

“还有没有更刺激的？”克拉克捋了下自己额头上的那一缕头发。这几天，他服用了火星上一家最著名制药厂最新推出的一种非常昂贵的药物，昨晚，他把一个皮肤白皙的外星美女整整干了一夜。现在，他准备换一种效果更强的药物，他需要找一个蛇人来体验下那种征服者的滋味。

“更刺激的？那就找怒拉星球上的‘大象’吧，那些大象一样的家伙据说可以让您体验到什么叫‘垂直飞升’。”黑人司机放慢了车速，因为眼前出现了一家叫“刚怒乐园”的场所，飞旋而夸张的霓虹灯不停地在半空中闪烁。

“哦，‘大象’啊，省省吧，我又不是驴子！即便是我的尺码再暴涨一倍也只能让她们感觉是隔靴搔痒，那种过于虚假的叫声听起来更是不爽！”

“那您想要什么样的服务呢？如果在这里找不到，整个银河也就没有了！”黑人将一只手搭在方向盘上，将车速又放慢了一些。

“有没有软体的？那种更加肉感的品种，你知道我比较……比较喜欢……”

“软体？您是在说蛇人吧？他们的确是整个银河最性感的尤物，她们的皮肤如绸缎一样滑腻，性感绝对第一！只是他们的动作过大、时间过长，一般人受不了，而且收费过高了，性价比比较差，光顾的人并不多。”

“我只怕她们受不了！告诉你我只玩贵的！你把我当成叫花子了，到火星上来找便宜货！”克拉克怒目而道。

“先生，您别生气，我不是那个意思。好的，马上，前面不远处就是‘蟒蛇岛’！”黑人出租车司机用语音向飞车发出指令，飞车一个急转弯朝另一片璀璨的霓虹灯光扑去。

三十分钟后，伴着“咔嚓”一声脆响，克拉克纤细的腰部被癫狂着的一条美人蛇用粗壮的肉身拦腰绞断。他甚至没有来得及大叫一声就已经撒手归西。不过能死在这里，死在癫狂亢奋的性高潮之中，也可谓死得其所。

4

离胡振中元老去世的时间已经三天了，可钟鼎教授如同真的从人间蒸发了一般不知所踪。

这几天，玛雅大金字塔下密道里的人们的心情好像一下子也由阴转晴了，甚至觉得只要再有人振臂一呼，松本政府马上就会垮台，他们住在密道里东躲西藏的日子就要结束了。对于这种已经开始蔓延的乐观情绪，只有两个人保持着谨慎和忧虑。

“尤利，我总觉得局势并没有发生明显的转机。现在这种热闹都是些假象，松本没有这么容易完蛋的。”约瑟夫将军不无忧虑地对尤利说道。

“是的，将军，我的直觉告诉我真正的血雨腥风才刚刚开始，这从菲利普总统公布的那份文件中也可以得知一二。松本很可能在战争之后就与蛇人媾和，蛇人在地球上已经渗透了将近十年，可谓根深蒂固。这次可以说是胡振中元老用自己的生命唤醒了银河民众对蛇人问题的关注。可民众的这种热情是一定会退潮的，因为这种闹哄哄的群众性运动根本动摇不了松本的执政基础，而且一旦出事受损失的还是老百姓。”

“你的直觉非常准确。看来你当年在银河舰队时善于独立思考的好习惯还一直保持着啊。菲利普总统说得不错，你的直觉独一无二！”约瑟夫将军赞许地点点头。他沉思了一下又接着说道：“现在很多媒体和民众希望军方赶紧介入进来，只有这样才能让松本尽快下台。其实这些都是极端危险的论调。要知道蛇人帝国联盟对我们银河联盟一直虎视眈眈，这个时候如果军队一乱，蛇人必定会举兵犯境。而现在和九年前大不一样了，他们已经有了内应，对地球的了解程度比九年前深刻多了。因此他们一旦出手，我们根本防不胜防，更不用说我们早已失去了自己的王牌。”

“那我们现在怎么办呢？”刚才还欣欣然感觉形势一片大好的维尼这时又

耷拉下了脑袋。

“我们现在只能静观其变，绝对不能暴露自己的行踪。越是这样乱哄哄的环境，我们越要谨慎，越要处处小心。现在最要紧的是找到钟鼎教授，地球元老院常任理事元老之位对于我们来说太重要了。民主体制如果没有权力制衡是无法想象的，如果地球元老院再被松本和蛇人势力彻底攻陷，那么我们银河联盟的民主进程就要大大倒退了，这种民主倒退的例子在我们地球的历史上不胜枚举。一种民主制度如果没有体制的保障就是一句空话。因此，元老院对银河联盟议会和银河联盟总统的制衡非常重要。”

“目前还没有钟鼎教授的消息吗？”尤利也开始担心起来。

约瑟夫将军摇摇头：“我四下派人去找了，到目前为止还没有消息。”

“他走的时候带食品和饮用水了吗？”维尼也担心地问道。

“哦，这还是让我稍微有点儿放心的地方。他走的时候好像就准备出远门，带的高能量食品和饮用水足够七天用的。不过，按他带的食品计算，今天他就应该回来了。”约瑟夫将军舒了口气说道。

三个人正在约瑟夫将军的房间里说着，门外突然传来一阵喧哗声：“教授回来了！钟教授回来了！我们的地球元老回来了……”

“什么？钟鼎教授回来了！”三个人几乎同时站起身来。这时，门一开，奥利维、大卫还有朵拉和雅各布王子一行人等都拥了进来。人群中，钟鼎教授背着的那个大旅行包早已经被人接了过去，教授风尘仆仆地走在他的老同学纽曼博士旁边，正和他说着自己这次密道远行的新发现。他见到约瑟夫将军不好意思地说道：“让你们久等了，我没有想到在整个密道里都无法进行通信联系。不过这次，我又有了重大的考古发现！收获也真的不小啊。”

“赶快坐下再说，我们也有重要事情和您商量。”约瑟夫将军给教授看了座，其他人都各自找地方坐下，没有地方坐的就只好先站在一边。

“先说说您这次有啥新发现吧？”纽曼在一旁笑着问道。

“这次，我在这里地下的密道里，又发现了一片刻有玛雅文字的石壁。通过对这些文字的解读，我发现了一条通往大西洲，也就是亚特兰蒂斯的地下密道。”

“大西洲？亚特兰蒂斯？就是那个在一万多年前沉没在大西洋中的古代文明吗？”奥利维也对这类古文明的遗迹非常感兴趣。

“是这样。大西洲和亚特兰蒂斯一直是地球考古界争论不休的话题。有一种论调认为：地球文明发展到一定阶段就会有一次大的毁灭，毁灭之后又开始进行长达几千年漫长的文明发展之旅。大西洲就是我们地球上一届文明的一个代表，它在一夜之间毁于一次超级地震。还有人说他毁于一次超级核子爆炸，将整个大陆炸沉了。它的文明在一万多年前所达到的水平让我们现在的地球人都望尘莫及。我们目前得到的一些它存在的证据主要是来自于一些古埃及法老时期史料的记载。”

“按你所说，亚特兰蒂斯文明和玛雅文明又扯上了关系？这两个文明相差的时代太遥远了。上次我记得你说过，玛雅文明是来自一个叫做卓尔金文明的河外星系文明的遗存这…… 这真让我又糊涂了！难道这次的发现又将上次的发现推倒了吗？”纽曼听得有点儿云山雾罩。

“要知道文明的发展都不是孤立的，就像与我们现在的地球文明同时的还有银河系很多不同类型的文明存在一样。考古就是这样，一个疑团解开又有另一个疑团在等着你。要不是那条通往亚特兰蒂斯的密道被水浸了，我真的想一直走下去，亲眼目睹一下这个上古文明留下的伟大遗迹！”钟鼎教授说到这里几乎两眼放光。

“教授！”约瑟夫将军说着又环视了下大家，他知道要说服这位教授去出任下一任的地球元老院中国元老一定会费一番工夫，不过，他好像已经有了对策。

“教授，这儿有前几天一个地球元老院的投票记录，我希望您能看下。您现在已经成了全银河联盟最知名的人士了，我敢保证，全银河联盟的人几乎都认识您。”约瑟夫将军斟酌着语句小心地说道。

“认识我？我只是一个穷教书的，业余搞点儿研究。要是我关于玛雅文明的研究成果得到公认后或许才会有一点儿名气，可是这个研究成果我一直按您的要求没有对外公布啊！”钟鼎教授感到莫名其妙。

“好了，您先看下吧，这是重播，投票在五天前已经结束。”纽曼说着又看了一眼自己的老同学。

银色的小球又浮在了空着，紧接着，“砰”的一声小球突然变大，好像整个宇宙都被它一下子装了进去。几天前的影像又在这个十多平方米的空间里重播。大家都屏气凝神，重温那难忘的一刻。

大家的眼眶都湿湿的，一直看到胡振中元老在弥留之际说出哈佛大学钟鼎教授的名字。这时大家都把目光移到教授身上，看他有什么反应。

教授直愣愣地坐在那里，他在想哈佛大学是否还有和他重名的教授存在。不过，他非常清楚地知道，他的这个姓氏在哈佛教授里是独一无二的。怎么会是他？难道就因为他是哈佛的教授，带有中国的血统？胡振中元老这个名字几百年来在地球和银河联盟里都可以说是如雷贯耳，可自己基本上是一个无名之辈……

见他一脸的迷惑，尤利看了一眼约瑟夫将军说道："钟教授，在您外出探访金字塔地下密道之际，我和维尼还有邱中华三人曾去地球元老院了一趟。当时好像胡振中元老就有预感，让我们推举一名能继任他位置的中国人，我们想来想去都觉得您比较合适，就向他做了推荐。没有想到竟一语成谶，他竟然真的选定您了。"

"可我从来没有当过官啊，我的爱好只是古文化研究，这……这也太……"钟鼎教授一时语急不知道该怎么表达自己。

"这对您来说的确太突然了，连我们都感到突然，您可以好好想想。其实，这个职位对您的爱好也没有多少影响。元老院的这种投票并不常见，有时几年也不会有一次，应该说您的业余时间比以前更多了。"纽曼在一旁劝解道。

"是这样。地球元老拥有的特权您或许不知道，他们几乎可以查询所有的秘密档案，包括玛雅、亚特兰蒂斯的档案。地球元老院的图书馆和地球档案馆在整个银河联盟都是数一数二的。另外，地球元老拥有整个银河联盟最崇高的地位，连总统和科学院的院士见了您都要主动问好，各种豁免权更是不胜枚举。尤其是九大常任元老之位，更是备受尊崇……如果您想继续教书，我想各个大学都会聘请您去当客座教授的。"

约瑟夫将军说到这里，钟鼎似乎有点儿动心了："他们真的可以查阅到那些绝密资料？"

"当然，包括纳博星球的档案都可以查阅，这对您的学术研究很有裨益。现在，地球元老院的很多元老都有自己的职业，比如说俄罗斯元老是位作家；美国元老是一位建筑学家，地球元老院的很多设计都是他做的；印度元老是位植物学家……"尤利一口气说了不少元老的职业。

"好吧，那我就先试下，只是我感觉到自己和胡元老差距太远了。"看着大家期盼的眼神，钟鼎教授终于算是点头答应了。

自从外面传言奥利维队长跑出来了，艾佛森代队长就一直心情抑郁。

他怕奥利维一旦回来归队，他的这个代队长就代到头了。这几天银河联盟首都到处都是乱哄哄的，到处是抗议游行的人流和车流。手下的队员们也都懒懒散散，大家都说他们这个才成立不久的联盟安全调查局马上就要被解散了。安全调查局一旦解散，他的这个代队长也就成了无业游民了。这对于像他这样一个没有高学历，从低微的阶层挣扎着爬起来的人来说是一种致命的打击。

这几天，他怀着忐忑之心特意和克拉克局长联系了几次，想试探一下局长的口风，可每次联络都得不到回应。他去问调查局的办公人员，办公人员告诉他："局长身体不舒服，到火星上度假去了。"

"妈的！身体不舒服还去火星？应该去冥王星冻一冻就好了。"艾佛森在心里恶狠狠地骂道。

现在，局势正乱，各种信息窗口不停地在媒体显示区域播放着各种煽动性的影像和言论。有说将代总统松本绳之于法的，有说解散银河联盟议会的，有说让地球元老院一院独大并让钟鼎教授出任银河联盟总统的……总之，各种声音都充斥在大家周围，让人摸不清局势的最终走向。

奇怪！松本代总统自从发表了那个被元老院驳回的谈话之后一直都没有露面。有媒体言之凿凿地说："他们已经接到消息灵通人士的通知，松本代总统即将引咎辞职，并发表告银河联盟全体人民书。新的政治动荡即将来临，银河联盟权力真空的局面不可避免！"

权力真空？权力还会有真空吗？艾佛森心里暗想。权力这个好东西人人都在趋之若鹜地追逐，就像他现在这样。奥利维一旦回来拥有了权力，他就会失去权力，权力总是排他的。不可能让两个人同时拥有一样的权力，他不能让这个刚刚得到的权力就这样失去。因此，他一定要找准机会，在目前这个乱世中说不定有什么大的机会就等在他的眼前。俗话说乱世出英雄嘛。

离胡振中元老出殡的日子只有两天了。

在钟鼎教授离开大金字塔之前，约瑟夫将军还和大家商议了一下对策，就是钟鼎教授必须先突然地回到哈佛大学，因为现在几乎全银河联盟的人都在寻找钟鼎，每天都有很多和钟鼎长相相近的人被大家误认为是钟鼎回来了。更有些人做了外科整容手术——现在的整形、整容技术非常发达，从外貌上看，那些经过整容手术的人和钟鼎教授已经无法分辨。但这些人基本上通不过“DNA序列检测”这一关，更不用说要通过银河联盟最严苛的“生物分子特性认定”了。这就像在几百年前，地球上曾盛行过的博彩一样，一旦有一个大奖无人认领，非法伪造的彩票就开始招摇撞骗了。最后大家商量好的方法就是：让钟鼎教授装作什么都不知道，趁着夜色穿上一件分子环境同化服偷偷地潜回到他在哈佛大学的宿舍。别人问，就说自己探访远古人类遗迹去了，如果有人再细问，就说研究结果需要保密，无可奉告。以现在钟鼎教授的身份，是没有人敢详细盘问所有细节的。

商量好了对策后，钟鼎教授就连夜出发。在大金字塔前的石头广场上，他和纽曼、约瑟夫等人依依惜别。“在胡元老出殡那天，我们可能也要秘密派代表去，现在最合适的人选只能是朵拉和雅各布王子了。我估计那个时候去的人很多，我也有可能混在人群里去看老先生最后一眼。肖恩教授一定也会去。我想让朵拉和雅各布王子先回到银河科学院去，毕竟待在那里比这里安全、舒适多了。他们待在这里也帮不上我们什么忙，我们还需要小心照顾他们。”约瑟夫将军说道。

第二天，一条爆炸式的新闻在银河联盟各大媒体上争相报道：“著名古人类学家、哈佛大学终身教授（哈佛大学校董事会在一个小时前正式授予钟鼎教授终身教授身份）从神秘的外太空探险归来！他是我们银河联盟唯一一位通过了‘DNA序列检测’和‘生物分子特性认定’的元老继任者。”紧接着，钟鼎教师的生平事迹开始在各路媒体上滚动播放。他的同学、同事这时都站出来通过媒体向他祝贺。又紧接着，他曾经的母校清华大学也决定授予他终身教授和名誉校长的职位。由于钟鼎教授在一夜之间成了整个银河媒体最关注的中心，古人类学也在一天之内成了整个星球上最热门的学科，这个千年来一直很少有人问津的冷僻学科一跃成为一门人所共知的显学。地球元老院的八大常任元老也适时发来了贺电，说他们急切地盼望能在地球元老院和钟教授一同共事，并聆听他对地球、银河以及对整个人类命运的看法。

看到被哈佛大学、清华大学抢了风头，剑桥大学的史密斯教授突然回忆起钟鼎副教授曾在他们学校当过一年的交换学者。这一发现无疑给这所已经走了几个世纪下坡路的大学打了一剂起死回生的强心剂。他们立刻找到钟鼎副教授当年工作时的档案资料，在第一时间成立了以钟鼎教授名字命名的档案陈列馆、图书馆和展示厅，并聘请钟鼎教授为剑桥大学校董会的名誉董事长。一天之内，钟鼎教授接到的教授和校长任命就达几十份，博士学位一百零五个，俨然成了整个银河联盟学问最大的人。因此，有家比较冷静的媒体感叹道："如果胡振中元老知道他给他的继任者带来如此风光和荣耀，老人家在九泉之下也终于可以瞑目了。"

出殡的那天，元老院议事堂高搭灵棚，在一百五十九个地球元老的默默注视下，胡振中元老的遗体在瞬间化成了灰烬。此时哀乐大奏，胡振中元老的玄孙女胡雯手捧盛放骨灰的银质灵盒走着最前面。她的身边陪着一位身穿素装、容貌惊艳秀丽的年轻女子，两人的身后跟着胡元老生前的亲朋好友，再往后就是以新任中国元老钟鼎教授为首的地球元老院一百五十九位元老、银河联盟政府代表和银河联盟议会代表，在这些联盟政府背景代表的后面是银河科学院代表、银河舰队代表及银河联盟所属近四千个星球代表。长达十余公里的人流鱼贯走出地球元老院的中国门。只见地球元老院中国门外早已是人山人海，送行的队伍根据媒体的统计超过了五十亿。悼念的人流一直从新西兰海岸的地球元老院上空一直绵延到亚洲的腹地秦岭山脉，在这两大举世闻名的不可思议建筑地球元老院和银河科学院之间拉起了一条由人和飞车组成的长链。这是地球和银河联盟有史以来最隆重、参加人数最多的葬礼。整个葬礼过程人们都胸佩白花，井然有序地等候在运送骨灰的灵车途经的路两侧，大家都在目送着这位走过三个多世纪的老人最后一程。

在所有给胡振中元老送行的车流当中，夹杂着三位相貌不凡，面露忧伤之色的男士。其中一位是银发齐鬓、年龄过百的长者，他目光深邃地看着眼前如潮的人流，表情若有所思。他的旁边站着两位还算年轻的男士，一位外貌儒雅，有学者之风；另一位则相貌堂堂，英气逼人。三个人坐在一辆外形华丽的飞车之上，正在秦岭终南山麓目送胡振中元老最后一程。"别了，老朋友，下次相见可能就是在另一个世界了，希望您的英灵能佑护地球上的子子孙孙。"长者嘴里默念着，望着灵车缓缓地从眼前驶过。突然，灵车旁的妙龄女子朝这边看了一眼，他们三人都会意地点点头。后面元老院的队伍过来了，钟鼎教授一眼就认出了已经乔装过的纽曼博士，还有旁边的约瑟夫将军和尤利。他们都会意地点点头一闪而过。

“在往后就是银河联盟政府代表了，我们走吧。”纽曼提醒着两人。

“好了，走吧，我总感觉心里乱惶惶的。”约瑟夫将军摇摇头，示意尤利调转车头。

他们将飞车开得远离了人群，这时尤利感觉到一阵莫名的眩晕。他和纽曼换了个位置，把车交给纽曼驾驶。尤利用手扶着额头，突然一种非常不好的预感涌上心头。他对着纽曼和约瑟夫将军说：“我们赶紧回去吧，我感觉好像要有什么大事发生。不好！说不定事情已经发生了。”

5

在地球尼亚加拉大瀑布的上方一千米处悬浮着一只色彩绚丽、硕大无朋的“碗”。这只“碗”的上口沿直径长度竟达五十公里，下沿的底足直径也足有二十公里，这就是在一百年前就被选为“银河十大不可思议建筑”之一的银河联盟议会大厦——“银河之碗”。

白天，在日光照射下，尼亚加拉大瀑布蒸腾起的大量水气直冲碗底，被碗底的荧光合金阻挡后又沿着碗沿向上迅疾地逸散。从远处看去，给人的感觉就像这只大碗是被大瀑布充沛的水气托起来似的。自从地球元老院胡振中元老弹劾银河联盟议会议长兼联盟代总统松本的议会投票在银河联盟四千多个星球超时空直播之后，这里往日的宁静就不复存在了，每天抗议游行的车流将这里彻底阻塞。

“蛇人的走狗松本滚下台！松本立即辞职向人民谢罪！还民主于人民！”拉着长达百米各种条幅的游行队伍几乎将整个“银河之碗”都封死了。这其中，煽风点火者有之，唯恐天下不乱者有之，然而更多的人则是被喧嚣的媒体吸引过来的。人们这时好像都忆起了九年前的那场战争。那时，人人好像都准备赶赴前线和蛇人军团决一死战，整个联盟的爱盟热情曾达到了空前的顶点。

自从菲利普总统遇难后，很多精明的分析家和媒体就把矛头指向了在战争时就持不抵抗政策的松本议长。很奇怪，这种论调当时并没有成为银河媒体的主流声音，但这次胡振中元老对他的弹劾就彻底打开了人们的想象空间。松本与蛇人勾结的各种版本的消息不胫而走，甚至连当年他阻挠银河联盟与蛇人联盟宣战都说成他接受了蛇人商团的巨额贿赂，那个看起来有点儿窝囊的停战协议也是因为松本集团的执意妥协而签署！

事实已经非常清楚，现在缺少的就是战斗的勇气和决心！地球上几个世纪前早已不用的高音喇叭被人们重新翻找了出来，这个东西比那种在人们头顶上不停翻动的信息窗口具有更强的鼓动性。

开始，还只是地球上的民众在抗议示威，接着，银河联盟很多星球上的民众也加入了进来。因为有消息称：在那场死伤过百亿的银河之战中，很多银河联盟的星球都为这场战争付出了惨重的代价，可战争胜利的时候，他们并没有从战败者那里得到任何赔偿。他们将这一责任也归罪于松本身上。就在地球元老院为胡振中元老举办葬礼的当天，在尼亚加拉大瀑布上空的游行示威终于演变成了大规模的骚乱，骚乱的起因是银河联盟议会的议长兼联盟代总统松本不愿意出来接受民众的质询。终于忍无可忍的民众用自购的武器开始冲击“银河之碗”。联盟安全部队用带有杀伤力的激光束在“银河之碗”周围设置了多重禁区，但这些禁区都被民众用热能防护罩冲破了。大规模的流血事件在民众冲破最后一道防线时发生。当时，联盟安全警察部队在民众无视警告的情况下，向冲在最前面的示威群众使用了能穿透热能防护罩的大功率的激光器。眼看着已经靠近“银河之碗”的游行队伍被一道耀眼的激光束扫倒，顿时，血肉横飞，失去控制的飞车、飞船冒着浓烟向千米之下的尼亚加拉大瀑布坠落。被强力激光束阻挡回去的车流又和后面涌上的车流发生了严重的碰撞，顿时车仰人翻，从飞车上坠落的人如天女散花一样洒向大地、惨叫之声不绝于耳。这时，愤怒的游行人群看冲不破银河联盟议会大厦设置的封锁线，就转而去攻击离“银河之碗”不远的联盟使馆区。

正在蛇人帝国联盟领事馆上空游行示威的民众听说银河议会大厦发生了严重的流血冲突，两股民众的力量顿时会聚在了一起。他们使用从外星球非法入境的重型电磁炮敲开了蛇人帝国联盟使馆的引力波热能防护罩。防护罩被击穿后，使馆随即被攻破。早已丧失了理智的银河联盟民众蜂拥而入，把领事馆中的二十一名蛇人不论男女老少都当场击毙。这里面有十八名蜥蜴形的蛇人，还有三名他们从来没有见过的人首蛇尾人，其中两名成年蛇人、一名幼年蛇人。妈的，竟然是这种怪物！愤怒的银河民众将这三个蛇人当场剥皮抽筋，并悬挂在车头继续游行示威。

松本在银河联盟议会的密室里来回地踱着步子，对于目前几近失控的局势他感到既惊慌又恼火。

本来他以为胡振中的葬礼一结束，喧嚣的民众也就该收手了，但没有想到他等了七天，局势却愈演愈烈。松本在屋子里搓着双手，不停地兜着圈子。这时，一个特急爆裂的信息口突然传到了他的面前，松本一看大惊失色。他看到愤怒的暴民竟然残杀了蛇人帝国联盟的外交官。这个篓子捅大了！他转过身，看到躺在那边床上的“美女”也吓得花容失色，浑身如筛糠一样颤抖了起来。

刚才也还一脸惊恐之状的松本突然浑身感觉到一阵奇怪的战栗，猛然间，他昏沉如坠日的眼神猛地一激灵，一缕如电般的精光从他的眼角中射了出来。他好像突然变了一个人似的猛地一挥袖子走到窗口，看着外面黑压压的人群，突然奇怪地冷笑了几声。

松本在一间圆形的密室里召开了内阁紧急会议，会议是在极其秘密的全息影像室里举行。由于地球元老院对他的弹劾失败，根据宪法，联盟总统有权力在他认为事态紧急的时候直接在银河联盟首都地球实行军事管制。在会议上，松本宣布：“立刻由银河联盟安全警察部队司令负责将在全球示威人群用武力驱散；联盟安全警察部队下属的宪兵部队负责查封并接管银河各大媒体；联盟安全调查局局长负责严惩拘捕屠杀外国使领馆人员的暴民，并在今天入夜时分对首都各大城市开始实行十二小时宵禁。银河舰队对于逃往外太空的非法船只一律强行阻止，必要时可以击毁。各武装力量都有权对违反宵禁令的暴民进行严惩，一律格杀勿论。”

总统的军管令一公布，开始好像还没有啥动静，可突然之间，就杀声大起，连风云都为之变色。紧接着，所有的联盟媒体在同一时间都变哑了。新闻弹出窗口一遍遍地播放着内阁紧急会议的决定，新闻通告一个接一个地弹出，都是关于地球各大城市军警驱散游行队伍的画面。在画面中，警方首次动用了“机甲武士”部队来对付游行示威的民众。这些“机甲武士”部队原来是隶属于银河舰队的机械化混成军团，本来是十年前用来对付蛇人舰队念力武器的，因此他们设计中的人工智能都是非常低下的，他们没有丝毫的恐惧感和怜悯心，但执行命令却不折不扣，素有银河“机甲战神”之称。最近，他们出乎意料地退役给了联盟安全警察部队，没有人会想到这个时候却突然派上了用场。

大批“机甲武士”黑压压地像一片乌云一样压来。看到来了援军，在联盟议会大厦已经杀红了眼的联盟安全警察部队立刻又动用了强力驱散气流枪。这种枪产生的超高压气流能在一千米外将正在飞行着的飞车打翻。眼看着被气流吹得东倒西歪的飞车相互碰撞，飞车中的氢燃料引擎和微型聚变引擎发生爆炸而燃烧，能量巨大的核子爆炸又引起了一大片的连锁反应时间，浓烟滚混，烈焰腾腾，整个尼亚加拉大瀑布上空顿时变成了一片火海，冲天的火光将大半个天空都被映红了。

当约瑟夫将军和尤利他们回到大金字塔下的密室时，联盟政府所宣称的“骚乱”或民众后来所说的“惨案”均已经发生。此时，大家都目不转睛地看着不断滚动的新闻通告一声不吭。

“怎么啦？”尤利已经预感到不妙。

“游行示威被镇压了，在银河议会大厦附近发生了严重的武装冲突，松本已经宣布地球实行了军管并令人发指地动用了银河舰队的‘机甲武士’部队来维护治安，示威民众的死伤非常严重。”维尼握着拳头愤愤不平地说道。

“怎么，机器人部队怎么能用来对付自己星球上的民众？”约瑟夫将军一听大惊失色，因为他太了解这些‘机甲战神’的杀伤力了。

“为什么要实行军管？民众有游行示威表达意愿的权利啊！”纽曼不解地问道。

“根据银河联盟宪法，在地球元老院对总统的弹劾失败之后，银河联盟总统的权力就变得非常之大，他有权力在他认为必要的时候实行紧急状态。由于受银河联盟宪法的限定，地球元老院对一个人不能在一个月内连续两次进行弹劾，而银河联盟议会又完全倒在了松本那一边，现在，从法律上已经没有办法约束他了。哎！真没有想到事态会演变到这一步。”约瑟夫将军说着也叹了一口气。

三个人正说着，约瑟夫将军突然看到三维全息影像中的一群人在车头上挂着几条巨蟒一样的东西，不免大吃一惊：“遭了，难道他们真的袭击了蛇人帝国联盟领事馆？”

“怎么了，杀几个蛇人算什么？刚才看尼亚加拉附近已经有二十万人死于非命！全球各地的‘机甲武士’和民众的冲突中又有几十万民众丧命！”维尼不解地问道。

"你要知道，两国交战都不杀来使！我们银河联盟和蛇人帝国联盟在九年前交战时，都没有发生这种非理性的暴力事件。你要知道，蛇人现在对我们地球的渗透已经非常严重了，他们正找不到和我们开战的借口。一旦开战，以我们目前银河舰队的实力绝对没有什么胜算。这些人太冲动了，怎么可以……"看着眼前的画面，老将军急得直搓手。

突然画面一转，一队穿黑衣的人出现在镜头上，其中有个人还对着镜头说着什么，他们将刚才捕杀蛇人的若干"暴徒"带上了警车。

"是艾佛森！队长你看！新闻上怎么说他是联盟安全调查局的局长？那克拉克呢？"大卫指着镜头里的一个小个子对奥利维说道。

"不知道，克拉克好像有很久没有露面了。不过，这个艾佛森比克拉克难对付很多！这个人感觉非常的阴险和狡诈。"尤利看着新闻说道。

"难对付？他前几天还只是我们的副队长，不知道怎么就跳得那么快！"大卫接着说道。

"妈的！他看起来风头很劲啊！真不愧为蛇鼠一窝！"费雷罗也在一旁愤然道。

"他最近出镜率是很高！很多新闻窗口都有他的身影，看来这世界真是'小人得志，君子枉然'啊！"库奇在一旁看了一眼默不作声的奥利维说道。

6

参加完胡振中元老的葬礼，天色已经很晚，浓酽的夜幕已经将雄伟的秦岭山脉涂抹成一片黑黢黢的暗影。

朵拉和雅各布王子送走了马上就要跟随父母暂时离开地球的胡雯，又回到地球元老院和主持葬礼的地球元老院新任中国元老钟鼎教授挥手告别。

一整夜过去了，他俩却毫无困意。黎明破晓，当东方第一缕阳光照耀在新西兰海滨之时时，他们驾驶着有着银河科学院醒目徽记的豪华飞车正准备向银河科学院方向加速返航。在接近巍峨的秦岭山脉时，突然，眼前不远处冒出十几辆外形奇特的飞车挡住了他们的去路。

“呵！这帮混蛋可能早就盯上我们了。”朵拉在嘴里咕噜了一句，示意雅各布抓紧扶手。她下意识地往口袋里摸了一下，叫了声：“不好！”平时总带着的眩光弹和致盲枪今天都没有带！怎么办？眼看着挡住他们去路的飞车已经将所有的路口都封堵住了，她急中生智地猛将飞车向上垂直拉起，想找出一个空挡冲出重围。她知道即便是这个时候对方用激光枪或者高能粒子束击中飞车，她的这辆保时捷800型防弹飞车也不会有多大问题，她今天必须靠这辆飞车的优异性能来甩掉这帮家伙。

那十几辆飞车明显是被她这个假动作给欺骗了，也都把飞车迅疾地拉起。看到这些跟风的飞车中计，朵拉又猛地一点制动杆，飞车又以两倍重力加速度加速坠落。这一连串迅疾的动作让坐在副驾驶位置上的雅各布在一瞬间体验到了超重和失重的滋味，他的五脏六腑如翻江倒海一般地翻腾，竟忍不住“哗”的一口吐了出来。朵拉一皱眉，急忙降低了车速。可就在她一愣神的工夫，那些被骗过的车子马上就跟了上来。

“怎么甩不掉！？”朵拉有些着急。她又将车子猛地拉起，想找一个空挡冲出重围。旁边的雅各布这时又呻吟般哼叫了一声。朵拉一分心，没有控制好车子的摆向，“咚”的一声和前面迎面冲过来的一辆飞车撞在了一起，朵拉顿时感到自己的前额重重地碰在了车前窗的金属玻璃上，眼前一黑就昏了过去。

等朵拉醒来的时候，却发现自己置身于一个水晶般光亮的透明盒子里，盒子的四壁上都是些如触角一般的奇怪凸起。她的身体被固定在一个奇怪的金属椅子上，头上连着很多触角一样的软线。朵拉扭头向旁边看了一眼，没有看见雅各布。

“朵拉！朵拉！”雅各布这时却在大声叫她。她听到了，但那如蚊子般细微的叫声好像来自于身后。

这是在什么地方？朵拉挣扎着扭动了一下身体，发现根本没有用。那些带弹性的金属支架将她的身体牢牢地控制在椅子上。“放我下来！”她大喊了一嗓子，却发现声音好像刚从口中发出就被四周的空间吸收掉了。就在这时，门一开，从外面走进一对荷枪实弹的卫兵，他们站在房子里朝自己这里看了看又转身离去。从那略显僵硬的动作上就可以判断出那些人就是所谓的“机甲武士”。

“这是哪里啊？”朵拉使劲扭过头想看一下雅各布，终于，她看见了雅各布的一个侧影。这时，雅各布也看见了她，挣扎着想爬起来，可嘴巴干张了几下却也没有发出什么声音。

艾佛森做梦也没有想到自己会爬升的这么快！他只是凭直觉在第一时间拘捕了冲击蛇人帝国联盟领事馆的罪犯并且射杀了一些企图用人体炸弹袭击“银河之碗”的暴乱分子。很奇怪，就在这个时候，他的任命就突然下来了，连他自己都在怀疑这是不是真的。不过，他衣服上的全息肩章在一瞬间突然变成了将星，连站在他身旁的队员都以为这可能是搞错了。从特行队代队长直接升到联盟安全调查局局长，这简直如同天方夜谭！开始时，他也以为弄错了。当所有见到他的人都用一种惊诧和羡慕的眼光看着他时，他才逐步意识到这种变化的真实性。而当他接收到内阁会议邀请，并以自己的全息影像参加了总统的秘密内阁会议时，他才知道自己的的宝押对了。总统要求用“铁腕”对付这场暴乱。看着不停有人向他汇报平息暴乱的最新情况，而且媒体开始围着他转，他才感觉到这个任命绝对错不了了。

可克拉克局长到底去哪里了？就在刚才，他才得到一个比较确切和靠谱的小道消息，说克拉克局长在视察火星安全时不幸以身殉职。

“地球上这么乱，他去火星上巡查什么安全呢？”艾佛森对这条传闻有些怀疑。不过，他相信这个传闻大体上是真的，那就是克拉克已经死了！他感到即便是克拉克没有死，他在那个局长的位子上也干不了多久。克拉克的愚蠢有目共睹，连几个小小的叛乱分子都收拾不了，活着有什么用呢？每天总是摆出一副趾高气扬的架势吓唬别人，这种人怎么可能久居高位呢？不过，他现在的权力要比克拉克当局长时还要大，因为他手上多了一支几天前还隶属于联盟安全警察部队的“机甲武士”部队。另外，总统府护卫队也由他直接指挥了。

他必须做出一些成绩来巩固自己的地位，否则，克拉克就是前车之鉴。

克拉克是死了，可那个一直在他头顶上压了他好几个月的奥利维却活不见人死不见尸。他要让奥利维看看自己今天的荣光。不是他奥利维压着，他艾佛森早就应该飞黄腾达了。这时，他已经敏锐地感觉到了奥利维一定是加入了反叛者的组织，他现在一定和那个叫尤利的反叛者在一起！

在处理克拉克留下的档案时，艾佛森意外发现了一个重要线索。这个线索和银河科学院有关！银河科学院为什么就不能动？他艾佛森就不信这个邪！他突然又记起那天晚上那个骑飞单车的女子好像后来调查出来就是银河科学院的人，她上次很轻易地就把那个什么星球的王子带走了，而那个王子就是和尤利一起从纳博星球来地球的那个人，抓到他们中的一个就应该能查到反叛组织的藏身之所。那个愚蠢的克拉克，竟然对这帮反叛组织毫无办法！他要让松本总统看看自己的能力，也让那些在背后议论自己平步青云的人彻底闭嘴！现在，他的耳目已经向他汇报，他们又发现了那个女子的行踪！

“马上派‘机甲武士’前去围捕！”他立刻向在秦岭附近巡逻的“机甲武士”们下了命令。现在，他已经非常倚重这些冷冰冰的家伙，它们执行起任务来比那些所谓的安全调查局特行队的队员强多了。他甚至还有一个计划，就是在适当的时候把那些特行队的人都换成对他忠心不二的铁甲机器人。这样他就不用担心有谁可以威胁到他的地位，更重要的是那些“机甲武士”执行起命令来实在堪称完美。

由于在平息银河联盟议会大厦暴乱中的铁腕表现，松本总统特意把银河联盟议会大厦平时的安全警卫工作也交给了他，并在“银河之碗”内部给他专门开辟了一个属于联盟安全调查局的办公区。这是多大的荣耀和信任啊！即便是克拉克如日中天的时候也没有得到如此多的恩宠。这些恩宠来的这么突然，让他连考虑一下的时间都没有。

命令下达没有多久，他就收到了令人振奋的消息：那个银河科学院的神秘女子和纳博星的王子都已经抓到了。

“马上送到联盟安全调查局新的总部！”艾佛森坐在宽大的弹性记忆金属椅上一拍大腿。这下，又该着他艾佛森露脸了！

7

肖恩教授从元老院回来就一直感到有些身心疲惫。这种疲惫感他很多年都没有体验到了。坐在银河科学院位于乾位的宽大院长办公室里，四周弹出的监测信息窗口没有一项监测数据让他感到心里踏实的。最让他感到担忧的是，根据最新研制的念力波探测仪测得的数据，目前地球上共有四千零九十六个点发现了强念力波源！如果这些测定数据准确的话，那么整个地球都几乎被这种念力波覆盖了。一旦这些念力波发生谐振并增益放大，那么整个地球上的人都会被这种念力波所控制。这些念力波源无疑就是蛇人已经侵入地球的标志。难道有这么多的高智商蛇人已经登陆到地球上了？对此他持怀疑态度。

肖恩教授不得已驱动了银河科学院的“八卦预测系统”。由于这个系统的运算太过强大，一旦整个预测系统运行起来，不但科学院的其他研究都必须中断，而且它自身的防护也处于最薄弱的时段。因此，他极少使用这个超级运算系统来对未来进行主动预测。

这时，整个银河科学院好像都能感觉到这种海量运算所带来的震颤。八边形的巨型建筑在飞快地变化和推演着，一瞬间整个建筑变成了六十四边体，一会儿又变成了圆柱形的太极图，紧接着太极生两仪，两仪生四象，四象生八卦……这次推演运算所耗用的能量和时间都比往常要长很多，而且建筑在一瞬间甚至变成了一个他从未见过的形状，这个形状是不是就是传说中的“河图洛书”呢？肖恩教授从来没有见过这种变形！

“八卦预测系统”推演的结果终于出来了：地球的危机指数已经达到了89.7%，比上次银河之战时最危机的时候还高出近十个百分点。地球目前已经沦陷，这是系统运算得出的结论。肖恩教授摇摇头，他又在空中的全息图表上修改了几个参数，让系统再次对目前的局势进行预测。过了一阵儿，结果出来了，和刚才运算的结果一样。难道地球真的无药可救了？肖恩教授又将预测时段往后延长了五年，这时预测的结果终于有了一丝曙光。五年，是这个系统所能推演的最远结果了！再往后推，系统就会自动关闭。难道这就是天意？教授呆愣愣地坐在这些数据包围着的空间里，他感到自己真的已经束手无策。

在整体预测结束之后，肖恩教授又预测了几个分项：蛇人入侵率是100%；地球文明整体破坏率89%；拯救的方式来自于“合体”。

“什么是‘合体’？”肖恩对这个结论又破例附加了一个问询。可答案竟然是：不可知！还有“八卦预测系统”不可知的事情！肖恩教授这一惊非同小可。不得已，教授又对目前采取的最佳应对策略做了兵演问询，得到的结论竟然是：撤离！

“撤离？现在能撤到哪里？”教授漠然地摇了摇头，又在预测系统上添加了几个参数，让预测系统给个除了撤离之外的决策，预测系统却一直没有给予应答。

教授的手在颤抖，他不敢让系统再这样运算下去了。这次是迄今为止他让系统做的最长一次的推演预测。这种运算的风险实在是太大了，要是蛇人在这个时候用念力波攻击银河科学院，蛇人的攻击甚至可以将整个科学院一击而溃。

关闭了“八卦预测系统”，肖恩教授颓然的靠在椅子上，好像刚才进行海量运算的不是系统而是他自己的大脑。他感觉太累了，好像整个身体都被严重地透支了似的。

本来，他刚从地球元老院回来时，还以为整个地球和银联盟的危局由于胡振中元老的奋力一击而有所缓解，看来，这种扭转这只是个假象！正当肖恩教授陷于困顿与冥想之境时，他口袋里的一个什么东西开始震动。他惊醒了，急忙从口袋里将那个东西掏出，原来是他的座驾的智能密码跟踪器！“怎么，车子还没有回来！”教授这一惊非同小可。这个车子是他留给女儿和雅各布王子的。葬礼之后，他从地球元老院回来骑的是女儿的宝马单车。当时，考虑到他们是两个人，他特意把自己的那辆保时捷留给了他们。

教授飞快地在密码跟踪器的图像弹出窗口上点了一下飞车的当前位置显示。

“尼亚加拉大瀑布！‘银河之碗’？”教授惊诧道。

“他们怎么会去那里？那里不是才发生了严重的流血惨案吗？”肖恩教授在从地球元老院回科学院的路上就看到了那无处不在的新闻通告。通告说那里有几十万人死伤。他当时还庆幸自己和女儿都在秦岭山麓，现在，密码跟踪器显示飞车的位置却是在尼亚加拉大瀑布附近！教授这时又神经质地从口袋里掏出一个金字塔能通信器，他记得在他们执意要去玛雅大金字塔见尤利时，他曾给过他们一个金字塔能通信器。通信器连接了几次都没有成功！难道他们真的去了那里？教授的脸顿时吓得煞白。不行，他现在必须和约瑟夫将军取得联系。事情的发展已经完全到了不可收拾的境地，他们也必须做好准备！除此之外，教授还将希望寄托在了玛雅大金字塔之下，万一朵拉和雅各布临时改变了主意又回去了呢？

突然收到肖恩教授的机密连线，让约瑟夫将军非常震惊。因为肖恩教授官方身份还是银河科学院的首席科学家和院长，不到万不得已，他不会直接和他们取得联系。因此，虽然肖恩教授给他们提供了金字塔能通信器，可他们从来没有相互联系过。

“怎么，朵拉和雅各布没有回去！？”将军听到这里吃惊非小。他下意识地看了一眼身旁的尤利和纽曼。因为他们三人在靠近秦岭的上空的确看到了朵拉和雅各布王子，他们当时还用眼神相互打了个招呼。

“哦，您座驾目前的位置在尼亚加拉大瀑布附近？您走的时候把车子给了他们？”约瑟夫又重复确认了一遍。他也实在想不通怎么会这样，难道是这两个孩子在胡元老葬礼之后从地球元老院又改道去了那里？这很难说！可那里现在已经被清场了！现在的新闻图像显示那里空无一人！

“有没有用什么通信方式联系过？”将军关切地问道。

“……”

“哦，原来是这样……”约瑟夫将军的眉头又皱着了一起，他一边听着一边点着头。“我明白！您的意思是我们的位置很可能已经暴露了？这个我清楚，我知道现在很容易就能将一个人的记忆完整了地提取出来，哦，好的，我明白……随时保持联系。”将军说完最后一句话将金字塔能通信器关闭掉。

看着将军越来越凝重的神色，除了尤利有所体察外，大家都不知道到底发生了什么。

“我们的位置可能已经暴露了！”约瑟夫将军重重地叹了一口气说道：“我们现在必须做最坏的打算。朵拉和雅各布极有可能已经被捕或者遇难，安全调查局的人很轻易就能从他们的记忆里搜索到他们曾经来过玛雅大金字塔下，因此，这里已经暴露是个大概率事件。这个叫艾佛森的人比那个克拉克难对付多了，他现在又拥有了指挥‘机甲武士’的权力。这种‘机甲武士’的武器配备和作战能力比那些联盟警察可强太多了。他们一旦发起对我们的进攻，我们就很难脱身了。另外，肖恩教授通报了银河科学院用‘八卦预测系统’对未来的研判。预测的结果也非常的不妙，他让我们最好做出撤离地球的准备！”

“撤离！？那雅各布和朵拉怎么办？”尤利听到这里头“嗡”的一声。如果雅各布出了什么意外，他以后怎么见奥莉薇兰？还有朵拉，她可是肖恩教授的掌上明珠啊。

“撤离地球？那我们能去哪里啊？”大卫和库奇这两个从来没有离开过地球的人顿时吓得脸色惨白。他们面面相觑地互相看了一眼就又将眼光投向奥利维，是奥利维带他们来这里的……

奥利维心里也完全没有谱，可他还要装出一副镇定自若的神态。他不能慌张，他一慌张，这两个年轻人可能就崩溃了。

“离开地球只是最坏的打算。”尤利只能先安慰他们一下。他也在想，如果大金字塔下待不成了，他们又能去哪里？回纳博星球！他的大脑在一转念之间就给出了这个答案，因为他的心始终和那里连在一起。可他知道，越是这个时候就越不能分心，他必须将所有的一切都暂时压在心底。

“要想离开地球，我们就必须有能穿越虫洞的恒星际战舰或者飞船。另外，怎么能通过银河舰队的太阳系防卫港也是个大问题。听通告上说，地球上的外太空已经被封锁，银河舰队有权击毁所有非法出境的船只。”纽曼看了一眼尤利说道。

“难道除了逃跑就再也没有别的办法了吗？”维尼这时有点儿愤然。他觉得如果当时他在尼亚加拉附近就好了，他会和那帮没有人性的机器人拼个鱼死网破。

“现在说离开还为时尚早，但我们必须提早做好准备。纽曼，你现在就去大金字塔可能受到袭击的四个方位做两百公里范围的空间预警，一旦他们向这里进攻，我们还有十五分钟的时间可以撤离。尤利，你离开‘大秦’号战舰差不多有十年了，我想我们如果要撤离地球，最好能有一艘那样的战舰，你和维尼也都能够驾驶，它上面的武器装备也足以应付一般舰船的追击。”约瑟夫将军说完将目光落在尤利和维尼身上。

尤利看着维尼，他离任的时候把“大秦”号交给了维尼。

“我被迫退役的时候，战舰的指挥权交给了副舰长金太英，这个人的能力倒是很强，也很正直！”维尼看着大家说道。

“战舰的指挥权并不重要，关键是能弄到银河舰队司令部的调动授权。如果没有这个授权，舰长是没有权利调动整个战舰的，这个授权一般都是由舰队司令亲自发出的。如果岳剑将军还在任上，我想这件事情还有的商量。对于接替岳剑的桥本司令官，我实在不了解这个人的情况，只知道他以前是联盟安全警察部队的司令。”

说起银河舰队，约瑟夫将军是再熟悉不过了。他曾在银河舰队待了大半辈子，他最辉煌的时期也是在舰队度过的。

“约瑟夫将军，我们应该马上找到岳剑将军，看他能不能帮我们和银河舰队取得联系。”尤利沉思了片刻突然说道。

“我们和银河舰队取得联系！？”大家都诧异地盯着尤利，以为自己听错了。银河舰队隶属于银河联盟总统的直接管辖，桥本是松本一郎的铁杆心腹。

我们主动和银河舰队取得联系无异于作茧自缚、引颈自裁啊。

看着大家惊诧和不解的眼神，尤利接解释道："蛇人要想最终完全控制地球和银河联盟，他们的面前其实只有两个障碍：其一就是银河科学院。目前的银河科学院没有了联盟总统的支持和'卓尔金神器'的技术来源，他的威慑力已经大不如前，可以说目前基本上已经对蛇人帝国联盟构不成什么太大的威胁。除了曾让我们引以为豪的银河科学院之外，另外一张王牌就是我们拥有曾经战胜过蛇人帝国联盟舰队的银河舰队。虽然这支舰队已经开始走下坡路，但他们的装备和绝对数量在整个银河系仍无人能出其右。因此蛇人想最终占领地球，这两个曾让他们付出过沉重代价的障碍一定会被铲除。他们也只有把这两大机构彻底摧毁，才能从根本上打击银河联盟的反抗决心。我想我们有必要说服肖恩教授下决心将银河科学院的精华部分太极八卦坞撤离地球，只有这样才能给未来的银河联盟带来一线希望。同时，我们应该将这些利害关系跟银河舰队的高层摆明，我相信他们在银河联盟的生死存亡面前也是能分得清是非曲直的！"

听着尤利入情入理的分析，约瑟夫将军也在不住地点头。没等尤利说完，老将军已经站了起来："尤利，事不宜迟，你马上陪我走一趟。对了，还有维尼和邱中华，我们都一起去拜会一下岳将军，看看岳剑将军有没有什么办法能帮我们弄到一艘战舰。还有纽曼，你和奥利维他们再去趟银河科学院，尽量说服肖恩教授，让他提早准备。对了，还有朵拉和雅各布王子失踪的事情，你们再去了解下。如需营救，我们再聚在一起想个办法。现在，大家都待在这里也不安全，很容易被松本势力一网打尽。"

8

"局长，果然不出您所料，我们从他俩的记忆里检索到了一个非常奇怪的地方，请您看下！"一个叫詹姆斯的年轻人兴匆匆地跑过来向艾佛森局长汇报。这个人是他在特行队为数不多的追随者之一。艾佛森警惕地看了这人一眼。现在，他必须学会和下属保持距离和神秘感，一旦这种神秘感丧失，他的地位也就不太稳了。

"拿过来，让我看看！"艾佛森故意压抑住自己内心的激动，表情上还不露声色。他知道克拉克就是过于张扬才断送了自己的大好前程，他一定要引以为戒。

从两个人的大脑中提取的记忆片段数据刚一接驳到通用三维全息数据窗口上，影像就源源不断地开始显示了。首先映入眼帘的是巍峨的秦岭山脉，这丝毫不出艾佛森所料。他们已经查明这位青春靓丽的女孩原来就是大名鼎鼎的银河科学院院长肖恩教授的千金。两个人的身上都穿着只有银河科学院才有的分子环境同化服，怪不得银河舰队的行星全息分子扫描系统奈何不了他们。不过，这也提供了另外一个佐证，那帮总统要捉拿的反叛组织成员也应该都穿了这种可以在系统下“隐形”的衣服，就凭这一点，肖恩老儿就脱不了干系！

秦岭的山形闪过之后，是一座如同天宫般规模巨大的建筑，建筑半掩在云蒸霞蔚的秦岭上空。不用问，这就是闻名遐迩的地球银河科学院。再接着，他的眼前出现了许多奇形怪状的建筑，有三角形的、有圆形的，还有五边形的，最奇怪的还是一座可以不停变化的巨型建筑。图像显示，他们两个人就走进了这座建筑之内。这座建筑太神奇了，里面的模块结构在不停地运动、变化。抬头看，头顶上还有个人造太阳一样的光源，建筑里面竟然还有花草树木，小溪流水……

“这是什么鬼地方？”艾佛森诧异道。这时，影像中有一个老者从一间不大的别墅里走了出来，这个人艾佛森认识，正是银河科学院的首席科学家肖恩教授…… 再往后，他还意外地看到一些两个年轻人在一起缠绵悱恻的画面。不过，这些画面已经无法让他亢奋和激动了。性的问题现在很好解决，各种药物和安慰剂都能给他提供这种快感和愉悦。在他这个位置上，好色是极其危险的。克拉克在火星妓院的暴毙已经给他鸣响了警钟，他将这一段图像快放了过去。

突然，一个熟悉的人影出现在三维全息显示窗上，是前总统府的护卫长纽曼！这个通缉犯就是化了装他也能一眼认出！他和奥利维两个让他们抓了多久啊！

从克拉克留下的资料上看，连这个蠢货都发现了反叛者和科学院有联系。但蠢货就是蠢货，他没有敢动手。

“呵呵，这下证据确凿了，反叛者果然在和银河科学院私下里有联系！松本总统要是知道这个消息应该很高兴。”艾佛森的脸上这时终于露出一丝不易察觉的微笑。

影像还在继续。两个人跟随着纽曼好像又出了科学院。虽然夜色朦胧，但还是能看得清周围的图景：一辆是外形超酷的极品飞单车，另一辆是液氢引擎的普通民用飞车。两辆飞车在夜空中划出一道优美的弧线，径直朝海面上驶去。难道这帮反叛组织住在海底？这也太出乎意料了！不过，这也并非没有可能！上次奥利维跟着他们下了大堡礁的地下密道，那个密道的洞口就在一座叫蜥蜴岛的海岛上。艾佛森这样想着，不由得又点了点头。

这一段路好像很长，两辆车子一前一后贴着海面行驶了很久。正当艾佛森凝神注意车子什么时候钻入海底时，两辆车子却像是从海里钻出的两只海兽一样钻进了一片茂林之中。密林黑黢黢的，两辆车子还是像以前那样一前一后地紧跟着。又过了好久，两辆车子终于在一座外形奇特的建筑物前停了下来。这个建筑有个直径几米宽的洞口，两辆车子犹豫了一下就钻了进去。“又是密道！简直是属老鼠的！”艾佛森在弹性记忆金属椅上侧了个身，嘴里愤然骂道。他就在大堡礁的那个密道口输给了奥利维，他叫来的那辆空中起重机根本吊不起那座山头上的别墅，而奥利维则调来了银河舰队的行星起重机！

影像一闪，两辆飞车好像在一条狭长的过道里停住了。紧接着，图像里出来的这个人把他吓了一跳。“银狐”约瑟夫！这个老狐狸竟然藏在这里！这个发现让艾佛森几乎兴奋得有点儿得意忘形！他抬眼一看，詹姆斯还规规矩矩地站在旁边，他忍了忍，又将脸扳得平平的。

只要这个老狐狸在这里，这儿一定是反叛组织的老巢！

图像还在继续。突然间，他的眼前一亮：“尤利！”他禁不住惊叫了一声。那个叫尤利的纳博星球总督也在这里，他的身后还站着那个叫维尼的银河舰队舰长。他俩从他的掌心里跑掉，原来也藏在了这里！还有个人他不认识。对了，他想起来了，这个长着一副亚洲人面孔的影像和那个行星全息分子扫描记录上的逃犯邱中华很像，对！应该就是他！

在往后，他突然看到了一个让他都不敢相信的画面：奥利维和他们特行队的三个人出现在画面上！“妈的！果然不出我所料，他们竟然当了叛徒！好啊，看我现在怎么收拾你！”艾佛森这一次控制不住自己的兴奋了，他愤愤地骂道。旁边站着的詹姆斯在图像里看到了传说中“死而复生“的奥利维和另外几名队友，也惊诧得合不拢嘴。

“看到了吧！奥利维已经当了可耻的叛徒，叛徒没有一个是好下场的！”艾佛森瞟了一眼詹姆斯恶狠狠地说道。

图像里的所有人都围坐在一起像是开会，可大家都没有吭声，他们好像是在看一个什么东西。这时，有个人影好像是菲利普总统，艾佛森像是遇见鬼一样浑身惊秫地抖动了一下。不对，那好像只是前总统菲利普的一个全息影像！那个影像好像是在说着什么，可从显示窗口的影像中根本听不清。

再往后，所有人都开始看那个地球元老院的总统弹劾案投票实况。这段图像他再熟悉不过了，他们这么关心这个投票，看来胡振中那个老匹夫也是和他们一帮的！看着看着，眼前的图像中又出现了一个他认识的人：钟鼎！？哦，怪不得呢！现任的地球元老院中国元老钟鼎也是他们那一伙的，这个信息太重要了！艾佛森激动得浑身开始颤抖起来。

“妈的！这到底是什么地方呢？怎么没有显示一个标志性的建筑。”正当他嘴里骂出声时候，一群人好像又都从密道里往出走。“金字塔！”他终于看到了那有如神迹一样的玛雅金字塔和金字塔周围茂密的丛林。哦，明白了，原来他们都藏在那里！

“马上用银河地图搜索引擎查一下这个玛雅金字塔的具体位置，我马上要向松本总统汇报！”艾佛森朝站在一旁还在发愣的詹姆斯吩咐道。

岳剑将军从菲利普总统遇难之后就“解甲归田”了。

戎马大半辈子的最后结局就是变成了一名真正的隐士。不过，比起那些和菲利普总统走的更近一些的幕僚，他的际遇似乎还算不错。

他只是一个军人，不隶属于任何一派政治力量，这是他得以幸存的重要原因。然而，他和所有有着相同血脉和抱负的中国人一样，即便是退隐山林，仍然忘不了社稷安危。

看着银河联盟的局势一天天变得动荡起来，老将军（其实他比约瑟夫将军还年轻二十岁）总是忧心忡忡。所幸的是，银河舰队还是保持着以往的稳定和平静。“只要舰队保持稳定，内乱迟早是会结束的。”他总这样安慰自己道。

当他看到胡振中元老在地球元老院冲天一怒的壮举时，老将军热泪盈眶。他恨不得自己也能冲将过去和胡元老一起并肩站立。九年前，约瑟夫将军将一个完整的舰队交到他手里，他就发誓要让这个舰队保持它昔日的辉煌。作为中国南宋名将岳飞的后代，他天生就是一个统帅千军万马的军事奇才。在九年前那场惊心动魄的银河之战中，他是约瑟夫将军最主要的军事幕僚，他的“诱敌深入，围而歼之”的战略思想来源于中国古代的大军事家孙子。可以说，他是九年前那几场最重要的星际战役的主要策划者和指挥者。约瑟夫将军知人善任，给了他充分发挥自己军事才能的机会。战争结束后，他顺理成章地成了那个庞大舰队的司令。

只要有他在，蛇人舰队就不敢再踏入银河联盟所属星系一步。这真有点儿像当年中国南宋时期，只要有岳飞和岳家军在，金国就不敢再图谋大宋国土一样。在接任银河舰队司令的近十年间，虽然银河联盟给舰队的经费常常捉襟见肘，但他却把这支舰队依然训练得纪律严明，无坚不摧。后来的银河军事史学家甚至认为：正是由于岳剑将军统帅的银河舰队的威名远扬，才致使蛇人帝国联盟对银河联盟的军事图谋由武装入侵变成了贸易渗透的方式。一座大厦其实最容易从内部被攻破，历史也总是在重复一个久远的悲剧，这和中国古代历史上的宋金之战简直如出一辙。金人派去了奸相秦桧，通过离间之计，致使大宋自毁长城。

看着信息窗口上显示着的游行示威的银河民众被屠杀，松本竟然派出了当年银河舰队用来对付蛇人的“机甲武士”部队来对付手无寸铁的民众，老将军气得浑身都在颤抖。他知道如果他还是舰队司令，他说不定会……“哎！”老将军又长叹一声。军人的天职就是服从命令，他还是能理解那些举起激光枪对准游行民众的军人。看到这里，他闭上眼睛神情痛苦地摇摇头，然后挥手将所有的信息窗口都关闭了。

怎么，还有人找他？还有人能找到他？老将军迟疑地看看陋室里不停地闪烁着的来访晶像，又用手点了一下，一个熟悉又陌生的面孔陡然出现在他的眼前。

“约瑟夫将军！”他吃惊地站起来，揉揉眼睛。没有看错，是约瑟夫将军亲自登门来拜访他了。这时，他也突然记起在他刚离任的时候，他给自己的伯乐约瑟夫将军留有一个地址。没有想到，还没过几天，他就在信息窗口上听到了约瑟夫将军因勾结蛇人帝国联盟而被通缉的消息。

这怎么可能呢？他太了解他的这位老上级了。银河联盟的所有人会卖国求荣，他都不会！老将军对现代媒体彻底地失望了。

约瑟夫将军的背后还跟着三个年轻人，其中两个他都认识。他们是原来银河舰队“大秦”号战舰的正、副舰长，他当年的得力爱将。没有这两个人，他当年的“诱敌深入”之计就不可能做得如此精妙和成功。见面后，两位年轻人向他行了军礼，他匆忙的回了礼，又向约瑟夫将军行了军礼。约瑟夫将军回了礼后一把拉住他的手，两位老人激动地紧紧拥抱在了一起。

“弹指一挥十年间，岁月匆匆两茫然！”两位老将军此时相逢更是感慨万千。

这时，约瑟夫又回过头来把邱中华向岳剑将军作了介绍。隐居在澳洲昆士兰的岳剑将军能在异地见到故乡人也是分外的高兴。中国作为一个国家在地球上是彻底地消失了，可中国人却永远不会消失。中华文明作为地球文明的一面旗帜已早已渗透在这个星球的肌体之中。

时间已经很紧迫，约瑟夫将军开门见山地将他的来意向岳剑将军说了一遍。岳老将军仔细地听着，神色也变得越来越凝重。听完后，他长叹了一口气道：“怪不得他们这么着急要将我换下，原来如此！”

约瑟夫将军此时又拿出菲利普总统在议会演讲时文件的副本。看到菲利普总统的全息影像出现在屋子当中，岳剑将军吓了一跳，不过，他马上就镇定了。当他看完了整个影像，老将军是义愤填膺：“我们花了那么大的代价才赢得了那场战争的胜利，没有想到那个倭贼竟然将我们……”老将军气得有点儿说不下去了。这时，一口痰涌上胸口，老将军剧烈地咳嗽了起来。

尤利急忙帮将军捶捶后背。老将军摆摆手，说自己不要紧。他咽了一口唾沫接着说道：“当年，我们银河联盟付出了几十亿条生命的代价，有多少家庭支离破碎。当时，大家都只有一个信念，那就是捍卫我们的银河文明，让我们的家园不至沦为‘蛇窝’！可现在，他竟然为了一己之私把我们好端端的星球祸害成这个样子！昨天，我看到当年银河舰队的‘机甲武士’冲向手无寸铁的示威民众……那支铁甲部队，可是从您手里诞生出来的啊！”

“哎！”约瑟夫将军摆摆手，“再别提那支部队了！那是我的耻辱。那支部队诞生之时，我们在比邻星战役中已经实现了战略逆转。战争在这之后的很短时间内就结束了，这支部队根本就没有派上用场，现在可好！这真是我们地球人搬起石头砸了自己的脚。”

“岳将军，您能不能用您的影响帮我们弄到一艘星际战舰？最好是‘大秦’号那种宙斯盾级的战舰。”尤利看了一眼自己腕上的原子表，他突然感觉到对手留给他们的时间已经不多了。

“约瑟夫将军，其实您刚踏进这个屋子的时候我就猜出了您的来意。要是我还在任上的话，这不是问题，可现在，我和您一样……”

“您在银河舰队还是很有影响力的，能不能想一些特别的办法？要知道松本政府一旦和蛇人帝国联盟媾和，银河舰队就有覆灭的危险。您知道这并不是危言耸听……”维尼这个时候又把尤利上次所说的话又跟岳剑将军说了一遍，他知道岳剑将军绝对不会眼睁睁地看着银河舰队最终走向灭亡而袖手不管。

“是啊，蛇人要对银河联盟图谋不轨，银河舰队和银河科学院首当其冲！只要这两股力量被他们歼灭了，银河联盟就成了任人宰割的羔羊。”和蛇人军团打了一辈子交道的岳老将军怎么能不知道这些呢。蛇人的凶残、贪婪和有仇必报是根植于他们基因里面的习性，老将军对此太了解了。

几个人正说着，屋里的信息窗口突然发出一束红光，紧接着，红光闪烁的频率越来越快。众人都把疑惑的目光投向岳剑老将军，维尼则是警惕地一摸腰间的高能射线粒子枪。岳老将军也是脸色一变，刚才信息窗口已经被他强行关闭了，此时，除非有特别重大的事件发生，否则，信息窗口是不会用报警的方式提示他的。老将军镇定地看了大家一眼，忙伸手点了下离自己最近的触发窗。“哗”的一声，十几个信息窗口同时出现在大家的眼前，但播发的都是同一条重要新闻。

众人一看，都不禁大惊失色！

9

自从四十年前从尤利的父亲手里接任银河科学院院长和首席科学家之职后，肖恩教授从来都没有像今天这样失魂落魄过。即便是当年蛇人军团进逼太阳系，银河科学院准备从地球上撤离的那种危境中，肖恩教授也表现得镇定自若。如果说当时菲利普总统是整个银河联盟的军事统帅，他就是整个银河联盟的科学先知。更重要的是，他知道他不是一个人在战斗！虽然银河舰队当时似乎已成溃势，可他的手里却依然握有能摧毁一个恒星系的超级武器。那时，他感觉自己就像神一样。可现在，时过境迁，总统已经不在了，银河舰队也不是当年约瑟夫将军执掌的那个舰队了，连一直暗中支持他们的胡振中老先生也驾鹤仙去。现在，只剩下他了，整个银河联盟只剩下他一个人孤零零地坚守在这里。

相依为命的女儿目前也是活不见人死不见尸。一想起女儿，他的思绪就又被扯回了四十年前。四十年了，那个秘密始终埋在他心灵的最深处。只有在夜深人静的时候，他才敢独自将那个阴暗的伤口稍稍地清洗一下。他知道，尤利的父亲是代他而死、因他而死。因为他的怯懦，更因为他的无知。他竟然把"暗物质镭"偷偷地从金瓶中拿了出来！要知道再晚一秒，整个地球就毁在了他的手里！那种东西比银河之心的黑洞更可怕，它会慢慢地侵蚀掉一个星球，直到把一个星球变成一团看不到、摸不着的能量团。到那时候，连太阳和整个太阳系也在劫难逃！

四十年了，他把自己献给了伟大的银河科学院。他知道，他的背后总有一双看着他的眼睛。在那个只有他知道密码的密室里，在那个用宇宙中最纯净的黄金铸造的无与伦比的棺椁里，盛放着他的罪孽。他在那里祈祷，他在那里忏悔，他发誓会像对待自己的儿子一样照看他的儿子，他甚至想办法将自己的女儿嫁给他的儿子。可是，他并不是神，即便他是神，他也没有办法左右女儿的选择，女儿有女儿自己的生活，他自己能真正左右的东西太少了。

不过，女儿能找到自己的真爱还是让他放心了不少。他的眼睛不会看错，那个看上去傻里傻气的王子会用自己的生命来保护他的女儿。一个女人的幸福也莫过于此。

尤利是卓尔金文明的最后一点儿希望，是末代"神族"的最后一滴血脉，他很可能就是卓尔金传说中所说的"最后一人和第一人"……

当年，他在极度的愧疚中接替尤利的父亲担任银河科学院首席科学家之职时，菲利普总统怕他分心，在尤利很小的时候就把尤利接走，收为义子。而尤利更是个早慧的孩子，天生就不需要人照顾。他能做的只不过是在每年学校运动会上，他从远远的一个贵宾位置看着尤利很轻松地拿到他想拿的每一项第一。

尤利长得越来越像他逝去的父亲，这让肖恩教授既欣慰又有点儿紧张。每次见到尤利，教授都有一种时空倒流的感觉。他总在想：要是他们父子俩都活着该多好啊！

在家里，肖恩教授时常在女儿的面前提起尤利，女儿从小也把这个英俊而帅气的大哥哥当作自己的偶像。肖恩教授也早就有意成全此事。好像只有这样，当他在那间密室里独自面对那个棺椁时心里才能好受一些。可战争结束之后，尤利意外地被菲利普总统派去纳博星球任职，两千光年之遥的时空能将一切都阻隔。这次听说尤利要回地球，教授特意费了不少波折让女儿替代机器人星姐去了一趟纳博，可结果又是阴差阳错。女儿是带回来了一个“白马王子”，可这个人并不是尤利！

现在女儿突然失踪了，这让教授最后一点儿希翼和寄托也化成了泡影。女儿到底在哪里？教授在自己圆形的办公室里不停地踱着步子，他在考虑是不是向联盟总统请求一个“帮助”。要是菲利普总统还在的话，他会毫不犹豫地向他求助，而菲利普总统也会调集所有的资源来帮助他。可现在，他面对的却是松本，那个他不愿意与之打交道的人……

正当他犹豫不决地想着心事时，办公桌上的地球元老院通信专线的红色晶体突然亮了起来。

“地球元老院！难道是关于女儿的消息？”肖恩教授试着用胡振中元老传授给他的意念之法代替声音发出了一个指令，就在他一动念之间，连线就奇迹般地接通了。教授还没有来得及想清楚到底是怎么回事，俄罗斯元老纳博科夫的全息影像就出现在他的面前。教授急忙和他打了个招呼，“你好！纳博科夫爵士！有什么急事吗？”他知道这位老爵士是无事不登三宝殿，平时，他们并没有什么联系。

“肖恩教授，好不容易在钟鼎教授这里找到您的通信地址。是这样，我刚才在回元老院的路上，在秦岭山多逗留了一段时间，正好撞上您的千金在秦岭山脉北麓遭到一群‘机甲武士’车队的围堵，她的车好像被撞翻了……回到元老院我看到了新闻才知道尼亚加拉那里发生了严重的暴乱，我想您正在担心您的女儿。”

“好的！谢谢您的相告！我马上想办法……”听到这里，教授才长出了一口气。他知道女儿现在还在那帮人的手里，至少暂时没有什么生命危险。

和纳博科夫元老通完连线，肖恩教授已经打定主意请求松本总统斡旋此事。怎么和松本总统说呢？以前他和这位商人出身的议长从没有合作过，而且在银河之战时，他还去银河联盟议会大厦为菲利普总统的议案拉过选票……他现在会帮他吗？正想着，面前的即时信息窗口又弹出一个提示："总统府护卫长纽曼博士来访。"

"他要还是总统府的护卫长该多好啊！"教授又试着用意念发出邀请的指令，一瞬间，信息窗口已经有了反应："请入！"

这次又用意念控制了信息窗？难道是自己这几天修炼胡振中元老的"混元一气"有了效果？这和蛇人念力武器发出的念力波在力学性能上有什么区别？如果没有区别的话，是否可以将这个发现当成一个念力学研究的突破口从而建立一门新的学科…… 肖恩教授正思虑间，看到纽曼博士已经在一颗茶色晶球的指引下来到了他的办公室的门前，只是这次，博士的身后还跟着几个身穿黑色制服的陌生人！

看到肖恩教授稍显惊诧的眼神，纽曼连忙把身边的奥利维等人和教授做了介绍。肖恩教授听说来人竟然是联盟安全调查局的前特行队队长和队员时，更感诧异非常。

纽曼博士把奥利维四人在总统府地下的奇遇一五一十地跟教授讲了，尤其是说到菲利普总统留下的议会演讲文件的副本中的一些细节时，教授一听恍然大悟。菲利普总统肯定是使用了卓尔金遗留的某种科技手段侦测到了松本集团的这些丑行，可他哪里知道蛇人的念力波跟踪和解析技术也同样可以分析出菲利普总统在想什么。这完全是两种不同类型文明产生的超级技术，并没有孰优孰劣和高下之分，因此总统遭蛇人联盟暗算也是在情理之中了。

有把卓尔金超级科技当成"保护伞"的菲利普总统遇难，有修炼了百余年、有"混元一气"护体的胡振中元老遇害，这下一个很可能就是躲在号称"银河防卫能力第一"的太极八卦坞里的他了。他知道自己并不怕死。因为在四十年前，当代最伟大的物理学家为了他的幼稚已经付出了宝贵的生命，他活着只是为了延续他的生命、他的事业。

看着肖恩教授默不作声，纽曼博士想了一下说道:“根据约瑟夫将军的分析，蛇人下一步很有可能就是对银河科学院和银河舰队下手了，我们必须做好准备。如果我们银河联盟的这两张王牌都被吃掉，那后果真的不堪设想。到那个时候，地球包括整个银河联盟都成了不设防的星球。”

听着纽曼博士的陈述，肖恩教授频频点头。其实，在昨天他用银河科学院的“八卦预测系统”对银河联盟的前景预测后就一直考虑这个问题。他告知约瑟夫将军他们应该撤离地球，其实他知道最应该撤离地球的恰恰是银河科学院自己。银河科学院一旦被摧毁，地球包括整个银河联盟的科技就会倒退百年左右，这正是蛇人帝国联盟求之不得的。统治一个无法和自己竞争的星球联盟比征服一个实力和自己相若的星球联盟容易多了。蛇人之所以到目前为止还没有真正对银河联盟这两大机构动手其实还是对他们有所忌惮。蛇人联盟舰队和蛇人帝国研究院毕竟当年输给过银河舰队和银河科学院，正是这种心理上的恐惧让他们一直迟迟不敢向他们动手。但恐惧毕竟都只是暂时的，自从菲利普总统遇难后，银河联盟这两大机构都失去了可以依靠的政治力量，其实力和威慑作用都是每况日下。

“是的，科学院是应该撤离地球！但是，这么大的机构不是一两个人在里面，也不是说走就可以走的，必须满足很多条件才能撤离，恐怕这也只是一厢情愿的事情。所幸的是，银河科学院的防卫在银河联盟甚至整个银河系都是一流的，不至于一两下就被蛇人摧毁。况且，这里的八卦形建筑本身就有对抗念力波冲击的作用，而且实验数据也证明了这点。”说到这里，肖恩教授又突然想起女儿的事情。他看看身边这几位穿黑色警服的前特行队队员，便随口问道:“你们知道，‘机甲武士’现在归谁指挥，他们的总部在哪里吗？”

“怎么？朵拉和王子被他们抓走了？”奥利维已经猜出了个八九分。

“是的，刚有人向我通报，说朵拉和雅各布王子被他们抓走了！我正在想办法怎么营救。”

“又是艾佛森这个王八蛋！现在所有的‘机甲武士’几乎都归他管。这几天，这个杀人魔鬼指挥这帮没有大脑的家伙不知屠杀了多少人。他怕有人再叛变他，所以身边尽是这些没有头脑的机器人。他和松本现在都躲在银河联盟议会大厦里，那里应该是他们的老巢！”费雷罗愤愤不平地说道。

“约瑟夫将军就是让我来和您商量关于营救他俩的事情。”纽曼博士道。

“营救？”肖恩教授迟疑了一下。第一感觉这样做风险太大，不到万不得已，他不想冒这个险。他想，松本总统也许会给他个面子，毕竟他是……

“怎么！连银河科学院的肖恩都都参加了反叛组织！他的女儿还在我们手上？好，一定要留活口。你说约瑟夫他们藏在南美洲丛林里的玛雅大金字塔下？还有那个尤利？好的，要一网打尽！这件事由你全权负责！有情况及时向我汇报！我可以授权你调动银河联盟的所有武装力量……”听完艾佛森的汇报，松本总统也长出了一口气。

这几天，他感觉自己的境况就像坐过山车一般。本来在胡振中元老出殡那天，他感觉自己承受的压力已经到了极限。有好几次，他都想站出去，面对亿万银河民众鞠躬谢罪，然后向他们发表那份早已拟好的辞职声明。可就在这时，他的脑海里突然传来一个异常强大的声音：“必须再坚持一下，马上就会有转机！必要的时候必须用武力来解决分歧！”也许是听从了自己心灵的这个声音，他终于一步步地走了过来！

有时候，松本对自己内心的真实想法也捉摸不透。不知道为什么，几乎所有的人都认为是他谋杀了菲利普总统。就因为他们是政治上的对手？他承认，他和前总统是政见不合，但他不会采用暗杀这种极端的手段。但在他的心底里，他一直认为：一个帝国比一个结构松散的什么银河联盟更符合银河文明发展的客观现实。所谓的民主只能是各说各的，互相掣肘。帝国的好处在于它无与伦比的高效，他从小就崇拜地球历史上那些伟大的帝国的缔造者。古罗马帝国、大秦帝国、奥斯曼帝国……所谓民主与独裁都只是一种习惯，相对于古罗马帝国的辉煌和荣耀，雅典城邦松散而糜烂的民主体制简直幼稚得不值一提！

他认为建立一个类似于古罗马帝国那样的银河帝国才是银河联盟未来的政治走向，而他就是银河帝国的缔造者和第一任皇帝。很奇怪，他想建立银河帝国这个念头在他的脑海中一瞬间就产生了，产生之后就根深蒂固地根植于他的思想和行为之中。要成就一番伟业，牺牲是必须的，要达成建立银河帝国这个伟大的目标，即便是牺牲几亿人的生命他也在所不惜！所有阻挡他实现这个伟大目标的障碍都必须毫不留情地铲除！这个任务交由那个叫艾佛森的人去完成再合适不过了。

有时候他想，他是怎么一下子就看中那个叫艾佛森的人呢？让他替代那个好色又自负的克拉克几乎是在自己一转念之间就做出的决定。

几天前，他在一个监视窗口中看到了一个神色冷峻的年轻人在指挥一队士兵向示威的民众发射一种可使人瞬间致盲的眩光弹。当时他就觉得，只要给这个人权力，他就会将这场政治动荡彻底扫平。而后来的事实证明：他的这个决定再正确不过了。

艾佛森用他的“铁腕”不但很快地平息了眼前的这场政治动荡，而且，反对他的人好像在一夜之间就销声匿迹了。现在，银河联盟议会里的反对势力不吭声了，地球元老院也闭上了多事的嘴，唯一让他感觉到几分头疼的银河科学院现在也有把柄落在了自己手里。只要肖恩的千金在他的手上，他不怕那个老家伙不听他的！

好不容易找到一个向总统汇报的机会，艾佛森感觉到自己说话的声音都在颤抖。他明显地感觉到总统对他的欣赏和赞许，他终于知道，自己这次算是跟对人了。

总统让他全权负责这件事情，并授权他可以调动一切必需的资源，但总统也同时提出了条件：人必须都要留活口，尤其是那个叫尤利的纳博星球总督和“银狐”约瑟夫。这个条件让他感到有点儿犯难。要知道这帮反叛组织里的每一个人都非等闲之辈，能将他们击毙已属不易，抓活口则是难上加难。

本来，他是计划派“机甲武士”部队去执行这次任务。可现在，计划要变了，“机甲武士”根本就没有留活口这个设定。以前这些机器人都是用来对付蛇人部队的，给他们设定的程序无论多么复杂，执行到最后的结果都是歼灭。如果不歼灭敌人，他们就会被敌人歼灭，这是个非常直观必然的逻辑运算。派联盟安全调查局特行队那帮队员去？可他们哪个是奥利维的对手呢。如果连奥利维都制服不了，怎么可能活捉约瑟夫、纽曼还有尤利呢？现在，他有点儿后悔刚才请示总统了，如果他先斩后奏，总统想必也没有什么好说的，毕竟他帮他除去了心腹大患。

苦思冥想了一个晚上，临到天明的时候，艾佛森终于想出了一个办法。既然总统赋予他调动资源的权力，那他就要用好这个权力。他已经想好了，他要调动联盟安全警察部队、银河舰队陆战队，还有他的联盟安全调查局特行队三方力量前去围剿叛匪。万一出了什么差错，他也可以把责任往其他两家身上推，而在这三家部队之中，要数银河舰队陆战队的实力和武器装备最为强大。他们可以用人数上的绝对优势去捉活口，死伤一些人算什么？这几天已经有几百万人死在他的“铁甲”手上……

按他的要求，三方联合部队很快就集结到位了。想想几天之前，还没有人把他这个小小的代队长当回事。可现在，他俨然成了一人之下，亿万人之上的大人物，连银河舰队和联盟安全警察部队的司令也要听从他的调遣。权力，这就是权力的魔力！权力可以让一个傻子变成无所事事的将军，也可以让一个身经百战的将军变成乞丐！古往今来，没有一个人能对权力说：不！

用三万装备精良的军队对付不足百十号人，而且是偷袭，这也许是银河战争史上最小心翼翼的一次进攻。

银河舰队陆战队在最前，后面是联盟安全警察部队和联盟安全调查局的特别行动队，最后面还安排了联盟安全调查局的“机甲武士”部队殿后。天罗地网已经拉开，茂密的丛林中，一队队整齐排列的士兵如丛林里的劫蚁一般沿着蛇形路线向前进发。他们的目标就是：玛雅大金字塔。

10

“蛇人帝国联盟以保护他们被攻击的领事馆为名公然撕毁停战协议，偷袭了位于天狼星系的银河舰队。毫无防备的银河舰队主力几乎全军覆没，损失恒星级战舰一万五千余艘，死伤人数超过三千万……”这条爆炸性的新闻伴随着银河舰队星舰连环爆炸熔毁的画面充斥着整个信息口的空间！

岳剑老将军呆立在屋子中央，好像他对眼前那些极具视觉冲击力的画面不能理解似的。他用一种哀求的眼神看着约瑟夫将军，希望这位曾经的老上司能告诉他眼前的这些都不是真的……

约瑟夫将军痛苦地闭上了眼睛。眼前的景象太惨烈了，超核聚变的火球在爆亮之后开始变暗，被彻底熔化了的橘红色的舰体又发生再一次的超核子爆炸，成千上万吨发着亮红色光泽的金属液体呈放射状迸发，像怒放的烟花在漆黑的太空中一片片地炸开，熔化的金属雨在太空无阻力、无引力地飞散，在所有的方向上形成金属暴雨般的壮烈奇观。最后爆炸的银河舰队旗舰“联盟总统”号发出的耀眼亮光将整个天狼星系都照得如同数颗超新星爆发，巨大的能量团伴随着灰飞烟灭的舰体如夜空中炸开的朵朵礼花。

这是银河舰队一万五千艘主力战舰啊！三千多万银河将士瞬间都葬身于火海！

“我的天啊，我的天啊，银河联盟苦心经营了三百年的银河舰队主力就这样被蛇人战舰彻底地歼灭了……”约瑟夫将军看看看着眼泪禁不住流了下来。

岳老将军终于支撑不住，“哇”的一口鲜血喷将了出来。“老将军！”站在身边的尤利和维尼一个箭步扑上去抱住摇摇欲坠的岳将军，慢慢地将他扶着坐下。

新闻窗口上的影像画面还在不停地播放，爆炸还在此起彼伏地蔓延，侥幸逃出爆炸圈的十几艘银河战舰也被群狼一样围聚上来蛇人战舰轻而易举地歼灭，最终，整个银河主力舰队竟然没有一艘战舰逃出来。

“怎么可能让一万多艘战舰集结在一起给他们围歼的机会啊！”老将军颤抖的双手指向天空。我才离任一个多月，这是谁下的如此愚蠢的命令啊！老将军呼天抢地般失声痛哭，银河舰队就是他的命啊。

对于这场蛇人帝国联盟背信弃义偷袭天狼星银河舰队主力之役，后世的银河军事学家和银河联盟史学家一致认为：这场战役的失利使银河联盟彻底失去了在外星系和蛇人联盟舰队作战的能力，银河舰队残余舰只此后只能退守太阳系、比邻星系和阿尔法星系一带。这场战争的失利的主要原因是银河舰队高层犯的低级失误。当时，银河舰队主力在天狼星系集结进行一次规模浩大的军事演习，当偷袭的敌舰向我们舰队发射致命的超大当量夸克弹时，很多舰队的指挥官误以为这是演习的科目之一，没有及时将热能防护罩打开。当发现有舰体已经开始爆炸燃烧时，再匆忙地想打开热能防护罩时，却发现几乎所有的热能防护罩失灵了。后来才知道，蛇人在发射夸克弹的同时用超强念力波干扰并控制了防护罩的启动程序，而已经麻痹大意的银河舰队却很少有舰只启动念力防护罩。因为在此之前，舰队宣布演习的科目主要是针对防护热能武器施行的。已经近十年没有和蛇人作战的银河舰队早已把念力武器的厉害忘得差不多了。当时，外围的舰船还是有机会逃离的，但由于舰队间的量子通信突然被蛇人用念力波中断，造成通信不畅，信息滞后，等舰队的指挥官明白过来，一切都已为时过晚。在这场天狼星之战中，银河舰队的旗舰“联盟总统”号首先中弹。由于他的防护系统极为先进，当时并没有爆炸，但已经无法向其他舰只发出撤离警报。其他舰只在等待旗舰发出的命令过程中，就已经丧失了它们最后逃离的机会。等它们醒悟过来时已经为时太晚了，从外围包抄过来的蛇人战舰再没有给这些银河战舰逃生的机会!

此时，极具讽刺意义的一幕却是：坐在银河联盟首都地球的澳洲昆士兰郊外一座简陋屋子里，正在通过全息新闻窗口观看银河舰队主力被歼灭画面的两位老人正是银河联盟史上最伟大的两位军事家。他们在九年前的银河之战中创造了无数教科书般的以弱胜强的经典战例，这两位军事天才将古代欧洲和古代中国灵活多变的战略战术运用到了极致。他们的威名曾让蛇人军团闻风丧胆。可如今廉颇未老，却早已英雄迟暮，怎不让人扼腕叹息!

对于这一事件，多年后，当所有的一切都已经尘埃落定。蛇人帝国星际联盟和银河联盟的很多军事史学家所持的观点却大相径庭。其中，银河联盟的主流史学家在描述这一历史事件时认为：蛇人帝国联盟背信弃义，公然单方面撕毁停战协议，不宣而战，向毫无准备的银河舰队主力发动了可耻的进攻。这和地球古代史上的第二次世界大战，日本太平洋舰队不宣而战，偷袭美军珍珠港事件如出一辙。而新闻媒体上也不断播放着银河舰队主力被偷袭后彻底摧毁时的震撼画面。但蛇人帝国联盟的史学家则认为：是银河联盟首先背弃了联盟间的相关和平公约，银河联盟不但摧毁了蛇人帝国联盟驻银河联盟的领事馆，而且还残杀了所有在领事馆避难的蛇人联盟公民，这是公然而明显的战争挑衅。对此，蛇人帝国联盟舰队有权先发制人，给予回击。同时，在蛇人帝国联盟的媒体上也能看到他们的蛇人被银河联盟的民众剥皮示众的画面。虽然银河系的这两大联盟各执一词，但在这一突发事件中，两大联盟实际所遭受的损失相差实在太大了。

银河联盟舰队主力的覆灭标志着银河联盟已经无法和蛇人帝国联盟在外星

系进行真正的对抗，失去了一万五千多艘主力战舰的银河舰队此后只能龟缩在太阳系附近的几个星系。这个曾创造出无数神话的伟大舰队在此后的一百年内再也无法对蛇人联盟星球构成真正的威胁。

对于银河舰队的这场惨败，银河两大联盟公认的最伟大的军事家、前银河舰队总司令岳剑将军一针见血地指出：这完全是一场彻头彻尾的阴谋！这场阴谋在九年前已经开始策划，银河联盟中了蛇人帝国联盟的反间之计，新任的银河舰队总司令非常愚蠢地犯了兵家之大忌。这个错误和中国古代三国时刘备伐吴，后被吴国大将陆逊一把火烧了七十里联营一样不可饶恕。如此低级的指挥错误，彻底断送了银河舰队三百年的基业，而这仅仅是因为两个政治家个人间的私怨造成的！在他离职的一个多月前，那个刚从银河联盟安全警察部队升任的舰队总司令急于向蛇人帝国联盟展示银河舰队的实力和他备受质疑的军事才能，竟然不顾大多数舰队将领的劝阻，在靠近蛇人帝国联盟势力范围的天狼星系进行代号为“光荣与梦想”的大规模军事演习。这个演习抽调了银河舰队的几乎所有主力战舰，而这一演习最后演变成了银河舰队史上最可怕的一场梦魇。

本来，银河舰队在九年前的比邻星之役后，和蛇人帝国联盟的蛇人联盟舰队相比，已经由相对弱势变成了压倒性的优势。这个在战争中得到洗礼的舰队已经完全适应了蛇人舰队靠念力干扰加突然袭击的游击战法。相比较而言，蛇人舰队的舰只吨位都比较小，机动灵活是他们的优势。可银河舰队的大部分舰只在战争后期进行了针对性的改装，舰载多功能艇的及时装备和火力系统及防护罩的升级完全可以弥补机动性不足这个缺陷。另外，在战争结束后，虽然政府给银河舰队的投入日趋减少，可当时的舰队司令岳剑将军还是想尽办法对舰只的防护能力进行了全方位的提升，几乎所有的舰只上都配备了“念力波疑似预警系统”。只要有可疑的念力波攻击迹象，防护罩就自动打开。因此，即便是一对一地打消耗战，蛇人舰队也打不起！因为根据银河舰队最新的监测数据，蛇人战舰目前的总数不会超过一万艘，而且其吨位都比较小，他们吨位最大的旗舰“蛇皇”号也不过和银河舰队普通的宙斯盾级相若。

百年之后，当银河所有战争的阴霾都已尘埃落定，人们在回顾这场战争时，很多银河的历史学家（包括蛇人帝国联盟的历史学家）都并不认同将这两场相隔九年的战争定义为第一次银河战争和第二次银河战争，因为期间这相隔的九年太短暂了。对于一个有着上百亿年生命历程的星系来说，九年简直就是惊鸿一瞥。虽然在这九年间，两大联盟之间曾有过一张停战协议。表面上，银河的两大联盟似乎也都刀枪入库，马放南山。可实际上，蛇人帝国联盟在这九年间一直小动作不断，他们一直暗中对银河联盟进行着各种形式的渗透。因此，银河主流的战史学家一般认为：九年前的那场战争只是银河之战的第一个阶段，银河历史上最伟大的一场战争的序幕也就此拉开了。

古往今来，决定一场战争胜利的因素太多了，实力只是其中的一个方面的因素。在所有这些决定战争胜负的因素中，战争的指挥者往往起着决定性的作用。很多时候即便你拥有雄兵百万，但一将难求。指挥这次蛇人舰队偷袭的也不是泛泛之辈，他也是蛇人舰队的一位后起之秀，银河联盟战史上称他为“金刚之蟒”。此人在百年之后的银河军事家排名中位列第三，仅次于银河联盟的岳剑将军和败在岳剑手下的蛇人舰队前司令官“狂蟒之灾”。

“我们银河舰队现在大约还剩下多少艘恒星级战舰？”约瑟夫将军拭去眼角的泪滴声音嘶哑地问道。

“我们大约只剩下驻守在太阳系和比邻星系附近的三千多艘战舰了，而且这些战舰都是些比较陈旧的老式战舰，服役期都已经比较长了。”岳将军看着还在滚动播放的爆炸场景画面摇了摇头。

“‘大秦’号呢？”尤利紧张地问道。

“‘大秦’号应该还在。一个月前，也就是我刚离任的前夕，‘大秦’号正好因为舰体的超核子电池里的燃料有些不够了，需要更换，便停在地球同步轨道待命。要不，他肯定也要参加这次军事演习。”

听岳剑将军这么一说，约瑟夫将军、尤利和维尼才稍微松了口气。因为“大秦”号不仅是银河舰队最主要的旗舰之一，另外他配备着银河系独一无二的“暗物质镭”发射平台。只要“大秦”号这次没有被摧毁，蛇人舰队就还会对银河舰队有些忌惮，毕竟他们九年前在它面前吃过大亏！

“那您认为蛇人军团下一步会有什么行动呢？”约瑟夫将军向岳剑将军请教道。虽然他自己对蛇人军团的下一步行动也有预估，但他总想听下岳剑将军的意见。当年，他在舰队任职时，岳剑将军就是他最主要的智囊，而且，岳剑将军对战局的分析常常让他自叹弗如。

岳剑将军沉思了片刻，说道："自从前蛇人舰队的元帅'狂蟒之灾'在比邻星战死之后，'金刚之蟒'就继任舰队元帅之位。这位年轻人少年老成，用计深谋远虑，是个帅才。假以时日，他一定是我们银河舰队甚至银河联盟都很难对付的死敌。"岳剑老将军说此话时，特意用眼角扫了一下坐在旁边的尤利。他停顿了片刻后接着说道："我认为蛇人舰队不会马上劳师袭远地继续进攻银河联盟，而是会固守在天狼星附近坐等我们剩余的舰只再送上门去。因为以他们舰队目前的规模直取地球并不容易，我们银河舰队驻守在比邻星和太阳系的三千艘星舰进攻不足，但防守有余。所以我认为现在最要紧的不是冲出去报仇，而是要稳固防守、坐等时机！"

"将军所言极是！"约瑟夫听后不禁暗自佩服。说完他又意味深长地看了一眼尤利和维尼，心想：什么时候，这两位年轻人才能担负起银河舰队和银河联盟的兴亡啊！

尤利和维尼都被两位年逾花甲的老将军看得低下了头。尤利明白两位老将军的意思，两位身经百战的老将军一问一答并不是他们心里没有数，而是用心良苦如现场教学一般地讲给他们听。按说，蛇人帝国联盟和银河联盟老一代将领之间的对抗已经结束。"狂蟒之灾"战死，岳剑和约瑟夫将军退休，蛇人舰队新一代的将领已经产生，而且一举歼灭了银河舰队的主力，而自己现在却还在……尤利想到这里不禁感觉羞愧难当。

静默间，大家突然看到新闻弹出窗口的画面猛地一变，由灰飞烟灭的天狼星战区的飞船残骸变成了银河舰队司令官桥本召开的银河联盟紧急记者招待会。

在银河舰队的总部大厅里，银河舰队的总司令桥本龟太郎首先在记者会上公开谴责蛇人舰队不宣而战的卑鄙行径，发誓要亲自率队远征，将蛇人舰队一举歼灭，并最终踏平整个蛇人星球！在面向整个银河媒体的新闻发表会上，这位才上任不久的舰队司令怒气冲天，公开宣扬要用古代日本国的武士道精神作为银河舰队的思想灵魂，要不惜一切代价为死去的三千多万将士报仇……

"我的天啊，他竟然还要放弃固守，倾巢出动！听他那意思是要在天狼星系再和蛇人舰队一决高下！"听到这里，约瑟夫将军和岳剑将军都被惊得四目相对，目瞪口呆。

11

思前想后，肖恩教授还是拿不定注意。因为联盟安全调查局能很轻易地提取到朵拉和雅各布王子十天前的大脑记忆片段，那么他和约瑟夫将军之间的关系就一清二楚。他资助给他们分子环境同化服，提供了金字塔能通信器还有念力防护服……松本总统有可能对他网开一面吗？正这样想着，突然，他办公桌上的紧急新闻信息窗口红光闪烁，难道地球上又出了什么大事？教授看了纽曼博士他们一眼，又一次用意念很轻易就将信息窗口激活，信息窗口如爆炸一般地在他面前展开十几幅全息画面，几个人一看都大惊失色。

“银河舰队主力被摧毁了！”几个人面面相觑，都想在对方眼神里验证出这一消息的真伪。

消息无疑是确凿的，一幅幅画面显示着残存的银河战舰拖着熔燃的残躯在仓惶躲避。紧接着，又是一次更严重的超核子爆炸。舰体、人体在空间中化作一团团耀眼的白光，像千万颗恒星在一瞬间集体爆发……整个天狼星区的亮度瞬间陡然增大了一百万倍，

“我的天啊！舰队的主力这么快就被消灭了！”在座的几个人心里都很明白，下一个很快轮到的就是银河科学院了。

巨大的连环超核子爆炸过后，天狼星系的银河舰队主力已经是一片狼藉。根据监测，舰体爆炸的核心温度超过了太阳核心温度的百倍之多，在接近宇宙创世之初的高温下，所有的一切都瞬间气化成比原子还小的夸克和胶子，这些夸克和胶子由于温度的快速降低又反复聚变成球状的金属液滴，这些细小的液滴又像雨一样在外太空毫无阻力的迸射和逸散。

“覆巢之下，安有完卵！”刚才还为女儿担忧的肖恩教授此时呆坐在宽大的办公室里。眼前清晰的三维全息影像在他的四周构画出一幅宇宙在大爆炸之后的可怕图景。天狼星区剩余的银河舰队战舰的残骸像一大片孤寂的宇宙坟场，在浩瀚的宇宙太空中如孤魂野鬼一样静默地飘荡着，这是银河舰队三千多万远

征将士的英灵啊！他们什么时候才能跨越过那一千多光年的时空阻断，回到他们的母星上安息？或者他们只能永远地附着在这冰冷的残骸上度过无尽而漫长的宇宙岁月。

蛇人已经开始动手了，这是再明显不过的事实！地球已经沦陷，眼前发生的一切也证明了银河科学院周易八卦预测系统的准确性。“撤离”是系统给出的答案。答案是有了，可撤到哪里去呢？系统并没有一个明确的提示。

首先可以肯定的是，银河科学院的整体是没有办法撤离的，因为这个庞大建筑的大部分是无法离开地球大气层的，能撤离的只是科学院的军事科学部，也就是太极八卦坞部分。因为在设计之初，这座太极八卦坞就是一个相对独立的全封闭系统，它只是寄居在银河科学院的反重力悬浮基座上。在遇到某些严重的危机时，它可以像一艘星际飞船一样离开母体撤离到外太空以躲避可能遭到的毁灭性打击。

除了外形奇特外，太极八卦坞的结构完全是按照一艘超级星际飞船的标准建造的。它的外壁是用厚达十余米的黑色太空合金制造的，甚至能抵挡住一般的超核子弹（类夸克弹）的袭击。激光炮、相位跑、超高速粒子轨道炮根本奈何不了它。它备有宙斯盾级飞船才采用的双动力引擎，拥有两个功率都达到十亿兆瓦的光子引擎和超核聚变引擎。光子引擎可以用来进行虫洞穿越，超核子引擎可以进行一般的星际太空航行。更重要的是，它的“八卦预警系统”能及时躲避任何可能的袭击，其防御和抗打击能力冠绝整个银河系。在设计中，太极八卦坞内部的封闭式生命循环系统可以提供类似地球环境的全生态体系。而且，它还拥有整个银河联盟罕有的一套希格斯玻色子引力调节系统，可以自动设定各种引力条件下的重力环境。因此，很多星球上来的科学家都能很快适应这里的重力生态环境，并长期在这里工作。正是由于太极八卦坞的非凡而天才的设计，在百年前的“银河十大不可思议建筑”评选中曾力压银河联盟的银河联盟议会大厦“银河之碗”和蛇人帝国联盟的“蛇皇之宫”而位列第二，仅次于令人匪夷所思的奇幻建筑——“蛇人帝国联盟研究院”。虽然如此，银河科学院的太极八卦坞也不是一座不可摧毁的建筑。据传，蛇人帝国联盟研究院已经研制出了一种能摧毁它的终极武器。

在银河科学院肖恩教授的办公室里，银河舰队毁灭的影像信息还在不停地滚动播放，这好像预示着银河科学院也会步其后尘。要建起这样一座伟大的科学院不是一朝一夕之功，它需要几代人几百年的不懈努力和漫长的知识积累。它是银河联盟四千多个星球生生不息的薪火，如果这个火种灭了，那么整个银河联盟就将进入一段无比黑暗的时期。看着眼前灰飞烟灭的惨景，银河科学院的院长肖恩教授做了他一生中最重要也是最艰难的一个决定——撤离！

必须尽快撤离！只有将太极八卦坞撤离，才有可能保全银河科学院的其他部分。这些银河联盟的民用科技也是整个联盟四千亿民众的福祉所在，如果它们因为太极八卦坞而被摧毁，整个损失甚至比太极八卦坞被损毁所造成的损失更大！

撤离的决定做出了，可怎样撤离、撤离到哪里仍是一个令人头疼的问题。即便是抛开这些问题不说，仅仅在太极八卦坞工作的各星球科学家就有一千多人。这些人愿意跟他离开地球吗？还有就是，它们可以撤离到哪里去呢？除了地球，整个银河系还有什么地方比地球更安全？

“纽曼博士，如果考虑撤离的话，您觉得我们可能撤离到什么地方呢？”肖恩教授看了一眼在一旁默不作声的纽曼，侧过头低声问道。

纽曼正要回答，他身上戴的一个仪器突然响了下，纽曼一惊，赶忙将信息通道打开……

只要将这帮反叛组织一网打尽就没有人再能阻止自己实现帝国梦想的计划和伟业了！

地球元老院失去了胡振中这个精神领袖已经群龙无首如一盘散沙。银河联盟议会的反对派早已被“机甲武士”对民众的血腥镇压吓得不敢吭声，许多胆小怕事的议员已经告病返回了他们的星球。因此，议会已经不可能对他产生任何威胁。除了议会，军方的将领都是他新进安插的嫡系。普通民众在生命和民主之间无疑都选择了前者，一个个噤若寒蝉。媒体更是见风使舵的高手，很多嗅觉灵敏的媒体已经投其所好的开始为银河帝国的建立造舆论了。他们通过对古希腊和古罗马两种文明体制的对比后声言：帝国体制是一个社会发展到高级阶段所必经的捷径，所谓的民主只不过是效率底下的一盘散沙。文明发展到最终，所有各种体制都会被高效的帝国体制所取代，这是不由人的意志为转移的宇宙客观规律!

松本用手指在浮在空中的一个透明白色水晶球上触碰了一下，他所在的暗色球形空间立刻变成了一个水晶般透明的居室。举目四望，好像整个星球都踩在他的脚下，尼亚加拉大瀑布蒸腾起的水气在前方的高空中形成一道巨型的彩虹，远处的都市犹如一片高耸入云的黑色森林……他张开双臂，想将眼前的一切都抱在自己的怀里。

“我是世界之王！”他的心底突然冒出这样一句无声的呐喊。“帝国！伟大的银河帝国的缔造者就站在这里！”他想象着银河帝国的亿万臣民臣服在他的脚下，山呼着皇帝万岁，他手持权杖，坐在黄金和钻石镶嵌的宝座上接受臣民的跪拜祝福。那是怎样无可比拟的荣耀啊！……现在，他的思绪也像他面前无可阻挡的视线一样向前延伸。突然间，一个红色的信息窗口被自动弹开，松本吓了一跳，因为他刚才打开透明窗体时，就已经将所有的信息窗口都关闭了，除非有突发的紧急事件，否则是没有人敢打搅他的!

难道是反叛组织被全部铲除了？这速度可真够快的。不过，艾佛森本身就是一个能创造奇迹的家伙。他的眼光不会有错！松本急忙用手在红色的晶体上触了一下，整个空间连续弹出十几个非常雷同的画面，画面下的银河通用字符对展示的画面进行着详细介绍，松本一看竟呆呆地愣在了那里。

蛇人帝国联盟怎么可能在整个节骨眼进攻银河舰队呢？他们不是已经在秘密协议上签署了支持自己建立银河帝国的计划吗？地球上的暴乱已经平息，残杀蛇人帝国联盟大使的暴民已经被严惩，他们为什么还要向银河舰队发动袭击呢！？不！不行！他必须马上见她，问清楚蛇人进攻银河舰队的原因。

艾佛森所指挥的三方联合部队推进的速度非常缓慢。他们害怕遗漏掉亚马逊丛林里任何一处可以藏人的灌木丛。这次行动只能成功，不许失败！三方联合部队总司令艾佛森将军（由于在扑灭暴乱中的突出表现，他已经被松本连续晋升为银河联盟上将）已经发出了命令：绝不能跑掉任何一名叛匪，违者军法行事！最近，所有银河联盟的人都领教过艾佛森的铁腕和冷血，所以在行动中都不敢出一点儿纰漏。

银河舰队陆战队的士兵足登悬浮轮，这种悬浮轮缓缓地转动可以将士兵的身体悬浮在距离地面几十米高的任何位置。士兵的头顶上是银河舰队用来登陆外行星的悬浮式陆战战车，战车就在丛林树梢的顶部缓慢地向前推进，战车上标配的中微子探测仪可以将距地面一百米深处的任何碳基有机生命体无一疏漏地捕捉到。

艾佛森将一个琥珀色晶球抛到空中，晶体球瞬间变成了一副三维全息的亚马逊丛林地形图。现在距离叛匪藏身的玛雅大金字塔还有将近两百公里，按目前的这个速度前进还需要五个小时才能抵达叛匪的老巢。如果这些叛匪得到了消息跑掉怎么办？不行，必须加快行进速度。

艾佛森将银河舰队陆战队的萨姆森少将叫到身边，向他简单做了吩咐。他准备亲自率领从这只装备精良的陆战队里挑选出的一千名精锐和他一起快速推进到大金字塔下，剩下的三方联合部队在后面做接应。兵贵神速，他要以迅雷不及掩耳之势直扑那里，否则这帮狡猾的叛匪极有可能溜掉。

艾佛森将自己的新座驾升了起来，这辆兰博基尼100型飞车是松本总统特意给他新配的座驾。一千名舰队陆战队员也搭乘着一百辆悬浮战车在丛林的上空集结待命，只等他一声令下，这帮虎狼之师可以在十五分钟内就赶到玛雅大金字塔上空。

艾佛森将军现在的自我感觉非常良好。他做梦也没有想到有朝一日，他可以成为一名统帅千军万马的将军。

“出发！”他将车的敞篷打开，站起身做了一个前进的手势。兰博基尼飞车如同一道黑色的魅影一样直插丛林的心脏，身后一千辆性能优良的太空战车也毫不示弱地快速跟进。

转眼间，巍峨的大金字塔就呈现在艾佛森将军的眼前。“散开，将整个大金字塔包围起来！”他向陆战队员们发出了命令。

在亚马逊浓密的丛林中竟藏有如此巍峨高大的古代建筑，这让所有第一次见到玛雅大金字塔的人都倍感惊奇。虽然在夜间，大金字塔看上去黑黢黢的，只在空旷的白石广场上投射出一段蛇纹般曲折的暗影，甚至还有种破败的感觉，但这浩大的建筑群却是玛雅人在几千多年前建造的啊！那时的玛雅人还没有进入青铜时代，他们是怎么靠着自己双手在浓密的丛林里建造出如此规模浩大的建筑的呢？

“先别在这里发呆了！马上将大金字塔广场上的所有通道把守住，不能放掉一个人！对了，用你们战车上的探测仪将附近再细细地勘测一遍，这下面一定有密道！”艾佛森将军向萨姆森少将吩咐道。

两分钟后，萨姆森少将向艾佛森敬了个军礼汇报道：“将军，我们按您的要求用中微子探测仪在大金字塔周围进行探测，发现这里非常怪异，好像有什么东西干扰，中微子探测仪无法正常采集数据进行分析，最多只能对建筑结构进行简单解析。刚才，我们发现了一个密道洞口，目前密道里没有人类活动的迹象，里面好像只有一只产自中国西藏地区的藏獒。”

“胡说，没有人哪里来的狗？而且是西藏的狗！一只狗能自己远渡重洋从西藏跑到这里吗？”艾佛森没有好气地看了一眼这个体格魁梧的陆战队少将又吩咐道：“带几个人，跟我一起进去看看！记住用光子眩晕枪，我们可要抓活的！”

密道的洞口就在祭殿右边的祭井下边。几个身穿全套防护服的陆战队员走着最前面。先从祭井的斜坡下去，往下走不到十米就遇到一个侧门，根据地形探测仪指示的确切位置，这里就是密道的入口。奇怪的是，密道的门似乎是开的，密道里的核子电池发出的灯光依然明亮。沿着密道往前走，一直走到大金字塔的下面，那里有个房间，房间的灯还亮着。“汪、汪、汪！”突然传来几声狗叫，把进入密道的所有人都吓得魂飞魄散。这时，一只如虎般硕大的狗从一个房间里窜了出来，直扑走着最前面的陆战队员。陆战队员敏捷地一闪身躲过这一扑，后面跟上的萨姆森少将一挥手，一道亮光闪过，巨大而凶猛的藏獒应声落地，躺在地下不动了。紧接着，“当”的一脚，萨姆森少将将身边一扇房门踢开，用眩晕枪指向里面，里面却空空如也。“把这里的房间都仔细地搜一遍！不要漏过一个活物！”少将向手下的士兵吩咐道。

“狗已经冲了出来，人还没有一点儿动静，难道消息走漏，他们又跑掉了？”艾佛森心里暗道。这次行动应该只有他和松本总统知道，人员都是临时抽调集结的，走漏消息似乎不大可能。看到前面还有一个房间没有查到，艾佛森手握眩晕枪走了过去，猛地将门推开，里面的几个人影把他吓了一跳——是约瑟夫、纽曼还有尤利！艾佛森抬手就向里面的人扫了一遍，可是屋里的几个人好像对他的眩晕枪没有感觉一样，站在那里仍一动不动。难道是他的枪出了问题？艾佛森顿时汗就下来了。如果里面的人抬手回他一枪，虽然他身穿着防护服，但如果激光束打在脸上，那还是有可能要了他的命的。不过，奇怪的事情真的出现了，按说这种眩晕枪发出的光束只有能碰到人，人都会立即栽倒在地，可是屋里面的几个人还是站在原地一动不动，既没有倒下，也没有向他回击！这时，已经跟上了的萨姆森在他身后大声说："这是他们的全息影像！都是假的！"

"妈的！这帮叛匪真够狡猾！"艾佛森在心里暗暗地骂了一句。不知为什么，他发现自己现在非常喜欢骂人，就和以前的克拉克局长一样，动辄脏话就想冲出口！可能是官当大了都这样。不过，这可不是个什么好习惯！他在心里暗暗地叮咛自己一定要注意。

"这里密道的网络四通八达，叛匪很容易从这里逃掉。"萨姆森用手持的中微子探测仪给艾佛森显示出一幅蜘蛛网一般繁芜的密道地下网络图。

"怪不得这帮人藏在这里。狡兔三穴！这里有这么多通往外界的通道。让所有的人都进来继续搜。不能漏过每一个角落！"艾佛森向萨姆森吩咐道。

"是！将军！"萨姆森向他敬了个军礼正准备转身离开，艾佛森却发现离自己身体不远处悬浮着一个银色的小球。他伸手一把将小球抓住，放在眼前仔细查看。银色的小球像是实心的，拿在手里还有点儿压手。"地球元老院！"他在小球的球体上读到这样几个蚀刻的小字！

地球元老院！艾佛森突然警醒了。这帮叛匪一直和那个刚死的胡振中元老有着秘密联系，这次他们又选了一个什么教授充当了地球元老。别以为那里没有人敢去，他们一定是藏在了地球元老院里！艾佛森想到这里，心里不禁发出一阵阵的冷笑。

"萨姆森！"他赶忙把已经走出十余步的陆战队少将叫住，向他吩咐道："你马上把后面大队的人马召集过来，将这里彻底的搜查一遍，留在这里的一千人即刻跟我出发！"

"只剩下不足四千艘星舰了还要主动出击，这明显是去找死！"约瑟夫将军鄙夷地看了一眼信息窗口上暴跳如雷，正在怒斥蛇人联盟的银河舰队司令官桥本。

"这种人只适合维护治安，甚至连维护治安都做不好！"岳剑将军无奈地摇摇头。将自己苦心经营了大半辈子的一个庞大的舰队交给这个当了几年警察局长的桥本，是他做梦也没有想到的事情。然而，这种事情就当真发生了。

“我们银河联盟就剩下这一点儿家底，绝对要阻止剩余的战舰前往天狼星系。那里现在是一个填不满的坟场，再多的舰只也……”约瑟夫将军正说着，突然他身上的一个仪器发出了报警声。将军拿出一看，正色道：“果然不出我之所料！大金字塔下的密道已经被他们发现了，艾佛森率领的部队刚才已经触发了纽曼设置的预警器，看来我们真的回不去了！”

“看来朵拉和雅各布果然是被艾佛森他们抓走了。这个对手比克拉克难对付多了！我们现在要不要和纽曼取得联系，问下银河科学院下一步有什么计划。我感觉蛇人下一步进攻的目标主体就是银河科学院，我们必须提前采取行动。”尤利看了一眼两位老将军说道。

“好吧，尤利，你负责和纽曼联系，我和岳剑将军商量下怎么阻止银河舰队残部继续去送死。记住，要用金字塔能通信器的机密通道联系，不能出一点儿差池！”

尤利将一粒蚕豆大的黄金金字塔放在掌心托举起来。当手掌缓缓移去时，黄金金字塔仍悬浮在空中。突然，金字塔顶端发出一道红光，红光过后，纽曼的三维全息身影出现在大家的眼前。他和大家打了个招呼后对尤利说：“肖恩教授正要和你们商量关于银河科学院撤离的事情你们的连线就进来了。他问我们，银河科学院能撤到哪里？”

尤利、维尼和两位老将军面面相觑，一时都答不上来。不过，只要肖恩教授下了撤离的决心就好。他们最怕的就是肖恩教授犹豫不决，毕竟他的女儿还在艾佛森手里，而且那么大的机构撤离起来也绝非易事。

这时，岳剑将军剑眉一扬，朗声说道：“兵贵神速！我们不能再等蛇人下手才采取措施了。我们必须走在前面，让他们按我们的步调来行动。”说完后，他又对约瑟夫将军说道：“现在，我马上去一趟银河舰队，看看能不能阻止桥本自取灭亡的愚蠢行为。你们去银河科学院，帮肖恩教授谋划一下撤离的事情。我们现在分头行动。”

“好的，我也正有此意！大家就此分开！”约瑟夫将军说着又从口袋取出一粒蚕豆大的黄金金字塔递给岳剑将军，说道：“如果有什么紧急事情就用这个金字塔能通信器和我们联系。目前，只有它能保障我们的通信不被监听！”

肖恩教授此时正端坐在他位于银河科学院太极八卦坞顶层宽大的办公室里，等待着约瑟夫将军的来临。

此前的十五分钟，他已经通过自己签名的全息影像向这座建筑里的一千多名各星球科学家做了一个简短的声明。声明的大意如下：由于蛇人军团已经摧毁了银河舰队主力，致使银河科学院的安全无法得到保障，因此地球银河科学院军事科学事业部（太极八卦坞）准备在两个小时后紧急和银河科学院母体分离前往外太空。由于这次离开地球的时间段无法确定，而且在外太空生活工作具有一定的危险性，因此凡是不愿意留在这里继续工作的各联盟星球科学家可暂时前往银河科学院的民用科学事业部工作，或者撤离后在二十四小时之后返回自己所属的联盟星球。在此之前，银河科学院军事科学事业部和外界的所有信息交流暂时中断直至其离开地球大气层。

在他离开银河科学院主体期间，银河科学院的院长和首席科学家之职暂时由怒拉星球的著名科学家刚直教授担任。在此之前，这位体格健壮的外星科学家就是银河科学院的副院长，是位著名的生物学家，负责银河科学院的民用科学研究。由于怒拉星球在银河联盟的地位仅此于地球，而他们这个星球的民众不仅体格健壮而且智慧超常，所以他们常常能在银河联盟的机构内担任要职。

军事事业部撤离的声明发出后，整个太极八卦坞显得出奇地安静。

坐在这里，肖恩教授的心情非常的矛盾。一方面，他担心实验室的人走得太多，致使很多正在进行的科研项目无法继续进行；另一方面，如果没有人走，一千多名各星球的科学家只靠这里的生命循环系统生活，他害怕系统吃不消。万一太极八卦坞在外太空出现了什么差池，或者被蛇人舰队击毁，这里的科学家可是全银河联盟的科技精英啊！这个责任他是否担当得起！

这样正想着，桌面上的杯口大的黄金金字塔突然发出一道白色的亮光，紧接着，一个清晰的三维全息人像出现在他的面前。是约瑟夫将军！

“快请！”肖恩教授目前已经能熟练地用意念控制信息窗口了。

十五分钟后，约瑟夫将军、尤利、维尼还有邱中华在一个红色悬浮晶球的指引下来到太极八卦坞里，肖恩教授早已在走廊上迎了上去。

“教授，我们来了。”尤利和维尼他都认识，约瑟夫将军只把邱中华向教授做了介绍。

“哦，是中国人。欢迎、欢迎！我正在研究古中国文明的‘混元一气’理论，希望能和您多多交流！”

“哪里，我只是个落魄的画家，只恐怕帮不了您什么忙。”邱中华脸一红不好意思地答道。

“不！中国的绘画讲究的就是一个‘气’字。所谓气韵灵动、一气呵成都是这个意思。中华文化所涵盖的所有艺术和哲学门类都是相通的，而且一通百通！而且这个‘气’和蛇人文明中的念力理论有着非常深厚的渊源！”

“好的，你们以后就好好切磋一下对中国古文明的理解，而且来日方长。现在，您这里准备得怎样了？”约瑟夫将军看了下腕上的劳力士原子表焦急地问道。

“先请进吧。半个小时后，我们这里就可以脱离母体基座进入外太空了。只是在离开之前，我还有件私事必须先处理一下。”

此话一出，在座的各位都一惊。约瑟夫将军是何等样人，马上就知道了教授指的是什么。

“是的，我们这么着急赶来也是正为此事。现在时间很紧了，我们必须在离开地球之前先把令爱和雅各布王子救出来，否则，我们无法向纳博星球的女王和民众交代！”

“怎么，你们打算去纳博星球？”肖恩教授惊诧地问道。

“我们来这里正想和您商量此事。在来这里的路上，我已经和尤利商量了一下。我认为，去那里对我们有几个有利条件，不知道您愿意听否？”

“将军请讲！”

“好的。”约瑟夫将军清了清嗓子开始说道：“第一，纳博星球是目前我们知晓的和地球生态最为接近的银河系宜居星球，而且各种自然环境比地球还要好，它几乎是地球的一个镜像。根据目前的局势，我们此去可能要呆比较长的时间，因此，选择一个比较熟悉和适宜的环境就尤为重要。第二，尤利将军曾在纳博任总督近十年，那里的民众都敬他为神，他在那个星球有着无与伦比的影响力，这可以帮助我们在那里立稳脚跟，一旦蛇人控制了地球，那里就是我们以后收复地球和恢复银河文明的根据地。第三，也就是最重要的一点，我刚才才知晓，‘卓尔金神器’已经在九年前被菲利普总统转移到了那里！虽然现在‘神器’有可能落在了松本的爪牙手里，不过，我想我们是有能力重新将它夺回来的！”

“怎么，‘卓尔金神器’在九年前已经离开了地球？怪不得菲利普总统……”肖恩教授惊诧地看着尤利，一时竟说不出话来。因为他知道，‘卓尔金神器’的守护者历来都是每一届的银河联盟总统。

“是的，”尤利点了点头，“总统当时说它留在地球已经不安全了。”

“哦，原来如此！”肖恩教授若有所思地点了点头。他奇怪地看了尤利一眼，终于明白了一件事情。“好吧！就先按您说的吧，我们去纳博星球！”肖恩教授终于下了决心。

还有五分钟，太极八卦坞就要和母体科学院分离了。办公室里一个倒计时的全息时钟已经启动倒计时。

目前，显示留在太极八卦坞里的总人数包括约瑟夫他们几个一共是三百一十八名。系统在两分钟后将和外界生态系统实行彻底隔离，再想离开这里就困难了。不过，这里剩余的人数还能勉强维持各实验室的正常运转，肖恩教授也终于松了一口气。这时，一个巨大的全息图形界面出现在办公室的空间里，上面显示太极八卦坞在脱离银河科学院母体后的第一个目的地：地球尼亚加拉大瀑布。

九、决战“银河之碗”

I

时至夜深，尼亚加拉大瀑布轰鸣的水声依然响彻云霄。

自从“暴乱”发生之后，作为银河联盟旅游胜地和著名景观的尼亚加拉大瀑布似乎已经消失了，人们好像都忌讳似的避免谈起它。尤其是在深夜，这里是银河联盟政府宣布执行宵禁的重点地区，四周空旷的连一只夜莺和蝙蝠都看不见。

银河联盟议会大厦的灯火明灭各半，这个华丽的“银河之碗”此时看上去却带有几分孤寂和诡异的色彩。在“银河之碗”最上沿的一间装饰诡异、带有明显异星色彩的密室里，一个容貌秀丽修长、浑身赤裸的蛇人正横陈在绵软的床榻之上。松本总统此时就坐在她的身边，轻抚着她斑斓柔软的肉体，心情阴郁。

他爱她，他从来没有像现在这样爱过一个女人，即便是这个女人长着一条蛇一样绵长柔软的下肢。她太美了，是美的极致……他没有办法不爱她。她叫美姬，可他从来舍不得这样叫她，他总叫她“心肝”或“美人鱼”。

美姬此时泪眼婆娑地看着他，像是受了极大的委屈。

美姬像是刚哭过，她一耸一耸地抽泣着，胸前两只浑圆饱满的乳房也跟着一颤一颤地抖动，那种娇弱无助的样子让他又心痛了。

“我不怪你了，我知道这些事情你也没有办法控制。可我讨厌战争，尤其是和你们蛇人帝国联盟开战！我已经答应了他们那么多的条件，可他们为什么还不放过那支舰队呢？”此时，松本的语气已经不像刚来时的“兴师问罪”了，语调变得轻柔了许多。

“我也不知道他们为什么会那样。一直以来，我只是帮助您实现银河帝国的伟大梦想。我远嫁到这里，就是你的人了，你知道我有多爱你。为了你我不惜背叛我的母星……”她说着翘起圆润的尾巴，楚楚可怜地用自己的身体在松本的身上摩挲着……“我爱你……”她用自己剃刀般锐利的意念一点一点地将松本浸透，一只手灵巧地脱着松本的衣服，柔若无骨的躯体将他一点一点地缠绕。松本浑身机灵灵地打了个冷战，一种无法抑制的欲念瞬间将他击垮。她太美了……“我的美人鱼……”他忘情地吻着她芬芳绝美的肉体。

“我会给你生个儿子，继承伟大帝国的伟业……”

松本的身体开始战栗了，这种美是根本无法抵挡的，他忘情地搂抱着她色彩斑斓的肉体欲生欲死……

这是一个值得记住的伟大时刻。

一百年来，第一次有两座被选为“银河十大不可思议建筑”的伟大建筑相距不到十公里。就在尼亚加拉大瀑布的上空，在那座壮观绮丽的“银河之碗”的阴影之下，陡然间毫无声息地冒出了一座八边形的反重力建筑。不一会儿，这座八边形的怪异建筑便自动旋转了一个角度，它其中的一个侧边在旋转中洞开了一扇门，两辆和夜色融成一体的飞车如魅影一般从门内射出，一瞬间就杳无踪迹了。

“尤利，你来过这里没有？你可是纳博星球的总督，正宗的银河联盟议会的议员啊，这次算是回到你的家了。”正在驾驶着飞车的维尼扭过头和傍边神色冷峻的尤利调侃道。

“没来过！刚下飞船就被联盟安全调查局的人请走了。维尼，别顾着说话了，注意下前方，马上就接近‘大碗’了，别有类似于中微子探测仪的什么东西把我们盯住了！”

“放心！尤利，即便是为了‘朵拉王妃’的安危，肖恩教授也豁了出去。他已用太极八卦坞里面最霸道的金字塔能信息锁将“银河之碗”里的所有探测仪和信息口都锁住了。‘银河之碗’里的防卫再严密，也是一座民用建筑，无法和太极八卦坞这样的超级军用设施相抗衡。”

“还是要小心点儿，小心总不会错。注意和奥利维的车子保持标准车距。你的中微子探测仪能查明朵拉和雅各布的具体位置吗？”

“我们的车子目前都处于隐身状态。探测仪已经探明了朵拉和雅各布的具体位置，他们位于银河联盟议会大厦的底层51区，也就是这个大碗的碗底靠近中央的部分。中微子探测仪显示那个区域还有另外五名碳基生命活动体。”

“有没有监测到‘机甲武士’？碰到这些家伙真的很难缠！”坐在后座的纽曼有点儿担忧地问道。

“到目前为止还没有监测到，因为它们和普通的无机体设备不好区分，也可能如约瑟夫将军说的那样，艾佛森将它们都弄到南美丛林里去了。”

维尼驾驶的飞车在距离“银河之碗”一公里的地方猛地下沉，一头扎进尼亚加拉瀑布浓密的水雾之中。奥利维驾驶的那辆改装过的奔驰牌飞车也不含糊，紧跟着也钻了进去。

两辆飞车在水雾中疾驰而行，眼看着“巨碗”就近在眼前。维尼放慢了车速，他调整了下袖珍型的中微子探测仪的显示窗口。这台性能卓越的袖珍型探测仪比他以前从银河舰队带下来的那台小巧多了，但功能却一点儿也不逊色。他想从探测仪显示的“银河之碗”解析地图中找一条通往51区的最佳路径。

两人把车子暂时先泊在一团水雾之中。从这个角度看，眼前这个大的有点儿离谱的反重力建筑真如一只浮在空中的巨碗。“银河之碗”的绰号就是这样来的。但如果从更高点儿的角度看，比如说从大气的平流层、电离层甚至从地球的同步轨道上看，它更像是一个悬浮在一团巨大水雾之上的巨型飞碟，只是这个“碟”比较厚，厚的如同一只“碗”一样。

仔细看，这只“碗”的外缘整齐地排列着像蜂巢一样的六边形的“巢格”，每个“巢格”的大小足有五百平方米，而且每个“巢格”都有独立的和外界沟通的通道。整个“银河之碗”拥有超过八千个这样大小的“巢格”。这些“巢格”分属于银河联盟议会所代表的四千多个星球，银河联盟的每一个成员星球都在这里拥有至少一个议员席位，也就是至少拥有一个“巢格”。

每当银河联盟议会召开银河议会全会时，四千多个星球超过六千名议员就会从银河各地乘坐飞船抵达首都地球的各个太空港，再从太空港乘坐各种奇形怪状的豪华飞车飞抵这里。那时，整个“银河之碗”就像一个巨大繁忙的蜂巢，来往进出的飞车就像是勤劳的蜜蜂一样从“巢格”里进进出出。

“这里，182区第5格！银河联盟议会纳博星球议席。自从九年前纳博星球宣布加入银河联盟之后，纳博星球的人还没有来过这里！”尤利在维尼的中微子探测仪的显示窗口上点了一下，一个立体全息的巢格内部影像就出现在大家的眼前。图像显示“巢格”里面的空间非常宽敞，有独立的停车场、会客厅、卧室、娱乐房，甚至还有一个生长着奇形怪状的那纳博星球植物的花园，各种设施一应俱全。在“银河之碗”，所有的“巢格”都是按照所属星球的最佳宜居环境设计的。因此，各个星球的议员和元首来首都地球总是愿意待在这里而不愿意住在九星际宾馆。平日里，即便是不在银河议会的会期，这里也是迎来送往、熙熙攘攘。“银河之碗”几乎成了银河联盟之间各个星球相互联系的一个纽带，只是自从“暴乱”发生之后，这里才突然一下子变得冷清了。

从这里的“巢格”再往后走，也就是从它的后门出去，里面就是著名的银河联盟议会大厦的大会堂了。其实，银河联盟议会大厦大会堂就在“银河之碗”的“碗”里！大会堂的四周分布着各种款式的悬浮舱，而这些悬浮舱也都只是在开会时才会启用，平日都停靠在那里。在这个“银河之碗”的中心，也就是在这个豪华的“大碗”的中心，悬浮着一个光彩夺目的钻石悬浮舱，它目前是银河联盟议会议长松本的专席。此时，这个钻石议席里也是空空如也，只能看到一个硕大无朋的透明悬浮舱在“银河之碗”的中心，它的上面是用透明的金属水晶玻璃制成的巨大圆弧形苍穹。

“怎么，是不是有种回家的感觉？要不要请我们进去坐坐喝杯茶呢？”维尼笑着调侃道。

“拉倒吧，我的议员身份识别卡早就丢失了，如果雅各布王子在的话说不定还真能进去呢。”

听尤利这么一说，奥利维感觉脸上有点儿发烧。尤利刚从纳博回来，就是被他请到联盟安全调查局的。那张议员身份识别卡，也就是所谓的“议员证”，早就被那个克拉克局长私下拿走了！

看着奥利维有点儿发窘，尤利赶忙对维尼道：“别看这些了，赶快用探测仪上的地形图看看我们怎么进去吧，朵拉他们可是在51区！”

“妈的，糟糕！”维尼一拍大腿忍不住骂了一句。探测仪显示的两条通往51区的通道口好像都关闭着。

“不行就用激光枪把通道口打开！”费雷罗从腰间拔出一把银河科学院最新研制的希格斯玻色子枪，这把枪比他在联盟安全调查局里用的那把警用激光枪威力大多了。

“开玩笑！你以为‘银河之碗’真是一只普通的大碗吗？据说它可是用超

耐高温的荧光合金建造的，仅外壁就有十几米厚！门的位置虽然薄点儿，但各种安全防护装置是一应俱全。如果你想用枪把它打开，那真是异想天开！”库奇坐在后面有些不屑地说道。

“那怎么办？”奥利维扭头看了一眼一直不吭声的纽曼博士，觉得他当总统府护卫长多年，见多识广，应该会有些办法。

纽曼以前的确曾多次来过“银河之碗”，就在菲利普总统出事的前夕他还特意在这里检查了一番保护总统的各种安全措施。

“这里的建筑绝对不能用热能武器硬来，一旦将建筑物的外壁击穿，马上就会引发一级危险报警。即便我们把它的信息探测窗口全锁死了也同样会触发其系统报警。51区是原来联盟安全警察部队的总部所在地，‘暴乱’事件之后，联盟安全警察部队的一部分职能划分给了联盟安全调查局，现在它是联盟安全调查局的总部所在地。”纽曼说着又仔细地将51区的网络通道图仔细地看了一遍：“不行的话，我们只能从这条排风口爬进去。”

“爬进去？”维尼撇了一下嘴，“图上显示的排风口的管道长度有一千多米，可它的直径却只有六十多厘米！我可不会缩骨头术。你量量我的腰围，我只有把裤子脱掉才能勉强从那个小眼里钻进去！”

“如果不想从排风口进去除非你带有联盟安全警察或者联盟安全调查局的身份识别卡。我以前的那张卡是一次性的，而且早就不知道扔到哪里去了。”纽曼说的那张卡是他当时保护菲利普总统来议会演讲时联盟警察局签发给他的临时身份识别卡。

“身份识别卡？是不是这种？”库奇这时突然从上衣口袋里摸出一张一寸见方的金属卡片。这是他在联盟安全调查局时用的身份识别卡，他一直把它留着没有舍得扔。

“可以试一下，即便是打不开也不会有太大麻烦。只是不知道艾佛森在你们失踪后有没有将你们的身份从联盟安全调查局的名单中删除。”纽曼博士接过卡片仔细地看了一下。

“碰碰运气了，说不定真的可以打开。银河联盟所有公务人员的数据库信息更新应该没有这么快。即便是除名也要提交一大堆的个人信息资料，最近这么乱，没有人会记得及时去更新这个资料。”尤利也看了一眼那张卡片分析道。

几个人低声商量了一下，便悄无声息地将两辆飞车朝51区附近的巢格驶去。此时，四下既吵杂又让人觉得安静，耳边只能听见尼亚加拉大瀑布哗哗的水声。“这么安静，会不会有什么埋伏？”神经过于紧张的库奇感觉有点儿害怕了。

“里面的确没有人。如果有人的话探测仪提前就会有报警。”尤利回过头安慰了一下这个神经紧张的小伙子。

“不管他们，见神灭神，见鬼杀鬼！”奥利维说着将车子泊在51区的停车场上。的确，这里的所有信息窗口包括停车区的显示窗都被锁死了。

这时，库奇走着最前面，一行人来到51区的巢壁前站住。

库奇的心咚咚直跳，他小心翼翼地将自己那张身份识别卡的端口插到卡槽里。“哗”的一声，系统开始显示采集库奇身体的分子信息。这时，大家的眼睛都直盯着信息采集口的反应，一旦系统发现了问题，他们今天行动的困难就太大了。

2

从大金字塔底下的密道出来，艾佛森就预感到自己今天上当了。尤其是那几个逼真的全息激光影像，明显是做给自己看的！

“妈的，真够狡猾的！”艾佛森在心里不住地暗骂。

按说，今天的行动已经够保密的了，他只向松本总统做了汇报，用的都是一次性的绝密通信频段，难道是走漏了消息？艾佛森不解地摇摇头。

不用说，这里就是他们的老巢！从朵拉和雅各布头脑里提取的记忆片段也是准确的。但从细微处看，他们好像早就知道这里已经不安全了，因为从痕迹上看，他们走的并不慌张，并不像是临时得到了消息仓皇逃走的。

除了地球元老院，他们还可能藏在哪里呢？一瞬间，艾佛森忽然恍然大悟。又差点儿上了约瑟夫这个老匹夫的当！故意扔一个地球元老院的小球在那里，给他设了一个局，让他往里钻。真够阴险的。呵呵，他们一定是藏在了银河科学院，那里才是他们真正的老巢！想到这里，艾佛森简单地和萨姆森少将交代了一句就调转车头，带着一百余辆陆战飞车直扑秦岭终南山麓。

但路上，艾佛森心里却开始有点儿发怯。因为他知道，银河科学院可不是纽约市的百老汇，谁想去就去。要搜查它必须有银河联盟总统和银河联盟议会、地球元老院联合签发的搜查令，否则，就算非法侵入，银河科学院有拒绝进入和自卫的权力。

是不是先向松本总统请示下？艾佛森心里完全没谱。他在几个小时前才向总统汇报说叛匪都藏在玛雅金字塔下的密道里，现在又说叛匪藏在银河科学院，总统会不会觉得自己太不够稳重。更重要的是，他并没有十足的证据证明约瑟夫和尤利就在科学院，万一再在那里抓不到人怎么办？虽然他的手上有朵拉这张王牌，又有从她记忆里提取的记忆片段作为佐证，可这个仅凭记忆片段提取的证据并不是百分之百的可靠。即便是在刑事案件中，这种从记忆中提取的材料也只能作为一种旁证，并不能仅靠这个就给人定罪。艾佛森越想越觉得没有信心。自己这样急火火地奔去，再在银河科学院再吃个闭门羹，那丑就出大了。可那有什么办法呢？命令是自己下的，话已经说出口，他只能硬着头皮继续往前走。

“哔”的一声，系统竟然显示库奇的身份信息通过检测！虽然对话窗口被锁死了，但门却开始朝两边缓缓地滑开。

大家四目相对，好像不敢相信这么简单就将“银河之碗”的门打开了。

库奇站在门前一动不动，可他的面前的确打开了一条通往银河议会大厦内部的路径。还是纽曼提醒了一下大家，几个人才赶快迈步进入。一通过，将近两米厚的大门就在他们身后徐徐地关上了。

这是一条光亮而幽深的通道，它的四壁都是用特种荧光合金建造的，看上去光可鉴人，温润如玉。这种荧光合金虽然没有尤利他们在总统府密道里看到的那个卓尔金遗迹里的荧光合金那么神奇，但在整个银河联盟里还是很少见的。

联盟安全调查局所在的51区在银河议会大厦的底部，所以它在结构上和银河议会各个星球所居住的巢格的布局有些不一样。它位于碗底靠近中心的位置上，所以从巢格的门进去后里面是一条非常宽敞的过道，过道逐渐变窄。走了差不多二百米，维尼看着手持的中微子探测仪突然压低声音说道：“前面一百米处有个九十度的弯，那里站着个卫兵！”

听说有情况，奥利维习惯性地手往腰间摸去。在来之前，约瑟夫将军已经给他们三人每人配发了一把希格斯玻色子枪。这种枪是银河科学院高端武器研究所新近研制出的一种“上帝粒子”枪，虽然看上去体积不大，但它的作用原理和所有的热能激光武器和高速粒子动能武器都不一样，主要是通过抽离被击打物体中的基本粒子中的静态质量而将物体瞬间瓦解的。希格斯玻色子武器的诞生，是银河科学院继“暗物质镭”的发明之后武器研究中最重大的突破。虽然配备给三人的都是其中最初级的制式武器，但它的威力甚至比维尼送给纽曼的那把“银河死光”还要强大许多！

“慢！让我来！”纽曼抢步上去。他朝奥利维做了一个放慢脚步的手势，意思是让自己先上。这时，他从口袋里摸出那支他在总统府常用的“光子棒”，然后贴着墙壁快速向前移动。

人死不能复生，只要让敌人失去抵抗就行，这是纽曼一贯的行动准则。在总统府当护卫长的十年间，他几乎从来没有用过枪支，更没有伤过人。

奥利维和尤利等人已经停住了脚步，屏住呼吸，看着纽曼快速地接近拐弯处。在拐弯的地方，纽曼回首朝维尼一努嘴，维尼又仔细地看了下探测仪上的显示口朝他一竖大拇指，意思是“可以”。

纽曼长吸了一口气，猛地下蹲加一个急转身。只听到“砰”的一声，一束绿光闪过，站在拐弯处的那个卫兵连吭一声的机会都没有，就已经应声向前倒去。怕人体摔在地上弄出过大的响动，纽曼飞身一个斜扑将他稳稳地抱住。

几个人只听到很轻微的一个声响，转眼纽曼就不见了。等他们快步冲到拐弯处，看到纽曼躺在地上，怀里还抱着一个身穿制服的卫兵。

“怎么了？”奥利维惊问道。

“快帮帮我，把他拉到一边，让他半个身子靠在墙上！”纽曼一翻身，在尤利和奥利维的帮助下，把这位昏迷不醒的卫兵半靠在了墙上。“好了，好好睡上十二个小时吧。”

“怎么？他没有死？”奥利维惊问道。

纽曼点点头：“十二个小时后，他就自然醒了！”说完继续朝前走去。

今天，“银河之碗”51区的护卫人数真的不多。从维尼的中微子探测仪上的显示窗口上只能看到前面的一个方形大厅里有四个人在走动，方厅的后面，在一个二十多平方米的房间里，关押着朵拉和雅各布王子，他们的身边现在并没有人。

“约瑟夫将军的判断果然不错，今天是个绝好的时机。艾佛森自作聪明想将我们一网打尽，他几乎把所有可以派去的人都派到玛雅金字塔下了。在那里，约瑟夫将军又给他们设了个局，他们说不定现在正赶往地球元老院呢。”维尼看了一眼探测仪的显示窗口说道。

“他能这么快就找到玛雅大金字塔，比那个草包克拉克强多了。对于这个人，我们要多加小心！”纽曼揉了下自己的胳膊说道。刚才扑得过猛，胳膊重重地碰在了地上，好在没有伤到骨头。

尤利走在前面。和纽曼一样，他把那支金色小巧的激光枪也收了起来，手里握着纽曼送他的“光子棒”。几个人脚步轻快地向前移动，又拐过一个弯，前面的过道两边出现了整齐排列的一间间房子。这时，大家的眼神都紧盯着房门，生怕房门里冷不丁地冒出一个人来。可能是只顾着注意房门里的动静了，连维尼也放松了警惕。几个人一拐弯，迎面突然撞上两名身穿黑色制服的安全调查局警卫。可能是两名警卫看到奥利维领口的警衔比自己高，还“唰”地向几人敬了一个礼，然后侧身而过。奥利维等人则惊出了一身冷汗。可这两个卫兵没有走出几步就发现不对劲了，等他俩再次转过头时，一道绿色的光柱就将他们的身体“砰”的一声弹起，然后，“咚”的一声重重地摔在了地上。

“来！赶快把他俩抬进房子去！”尤利把“光子棒”放回口袋，俯下身拖着一个人的双臂用后背将一扇门靠开。这间屋子像是一个会客室。几个人将两名昏睡过去的警卫各摆放在一张椅子上，如果不仔细看，这两个人真如睡着了一般。

维尼这下不敢马虎了，站在原地，他将手持的袖珍中微子探测仪的灵敏度调到最大。他在显示窗口点了一下，马上一张放大的三维图像就出现在大家眼前。

“朵拉！你看那是朵拉。他们就在前面一个房间里，还有雅各布，他俩并排躺在一张形状怪异的金属床上，每个的身上都罩着一个透明的盒子。”

“没事！他们的心跳和脉搏都很正常。”维尼看了下探测仪显示口的数据说道。

“看看周围还有几个人，别光顾看朵拉和雅各布了！”尤利看了下腕上的浪琴原子表。现在离他们从太极八卦坞里面出来已经快一个小时了，在这里时间拖得越长越危险。如果艾佛森发现上当马上转身回来，他们再想顺利地出去就不太容易了。

“朵拉旁边右侧的这个房间里还有两个人，另外一个人离这里比较远，从这里看好像是机器人！因为查不到他的碳基生物信息。”维尼有点儿迟疑地答道。

“好了，把‘光子棒’借我用一下，这东西挺好的。这剩下这几个人就交给我了，你们去救人吧！”奥利维接过纽曼递过来的“光子棒”，转身朝前面一个房子快步走去。“我们也去帮下忙。”库奇和大卫也紧跟了过去。

“小心点儿，尤其是碰到‘机甲武士’！”尤利在身后提醒道。

朵拉和雅各布在这个奇怪的大透明盒子里也不知道待了多久。现在，他们终于能记起自己曾被一群飞车围堵，最后可能是出了“车祸”，两辆车撞在了一起。

可这是什么地方呢？难道是传说中的医院？地球上的人类自从人类基因组改良和重组计划完成之后，就几乎和各种疾病彻底地绝缘了，医院也越来越少。很多大城市只有一两座医院和急救中心，这些医院或急救中心的主要任务也是做些外伤性的手术，比如说做个整形手术或换个身体上的什么器官等一些小毛病。

朵拉晃晃自己的四肢，感觉自己的四肢应该完好无损。虽然不能动身边也没有三维全息镜子，但脸也不应该有啥问题。她听父亲说过，她的基因不但集合了父亲身上最优良的遗传信息，而且还加入了地球上最美丽性感女性的遗传因子，因此她从小就对自己的外貌很有信心。但长得太漂亮了也并不是件好事！可能是因为太过标致了，美的没有了一点儿缺点。但没有缺点也意味着没有特点，而且见过她的人都以为她八成是个机器人，那种滋味真不好受，这让她很长一段时间都倍感忧郁。

作为一个漂亮的女孩子，她总希望自己的身边有很多优秀的男孩子来追求，这样她的美丽才有价值。可后来她发现这种想法很不现实！现在，那种古典唯美的爱情越来越少见了，人们完全可以依赖药物获得各种恋爱的感受。也有可能是自己太漂亮了，自己的父亲又是银河科学院的首席科学家和院长，她的身份让很多想追她的男孩子望而却步。

没有就没有，一人过一辈子也不是件坏事！现在地球上以恋爱为基础的婚姻不到5%，大部分人都愿意保持自由而独立的身心。生儿育女都是联盟政府的行为，政府的基因库里每天都在按照优生学的基因配对原则为想生育后代的人提供现成的服务。这些孩子也一般都在政府的保育院里长大，像她这样在亲人身边长大的女孩子也越来越少。

在她上大学的时候，银河之战正打到紧要关头。那时不管走到哪里，即时的银河之战战报都如影随形。那时候，她就认识了尤利——银河舰队“大秦”号那个英俊帅气的舰长，后来的“银河英雄”。父亲也老在她身边提起这个名字，还说尤利在她小的时候还来过他们家，而且还抱过她呢。不知为什么，她突然对他产生了一种十分微妙的感情，也许那就是爱吧，不过她还是没有把握，毕竟自己很久没有见过他了……那时，她就幻想着有朝一日再能见到他。只要能见到他，她就可以确定自己是不是真的很爱他。可战争结束后，听父亲说尤利去了一个很遥远的星球，可她当时也并没有死心！

九年在地球上简直就是一晃而过，这时她已经出落成了一位时尚靓丽的女郎。为了让她开心，不至于太寂寞，父亲特意送她了一个机器人。这个机器人和她长的一模一样，即便是经常见她的人也无法将她俩区分，父亲叫它朵拉A。后来，她给这个机器人找了一份星际乘务员的工作，如果她觉得哪个星球有意思，她就可以代替朵拉A前去。直到有一天，她听说朵拉A要去纳博星球，她高兴得一个晚上都没有睡着。

她代朵拉A上了星际飞船。临行时，父亲还特意嘱咐她不要暴露了自己的身份。由于星际飞行要穿越虫洞，一个机器人要比一个真正人类所消耗的能量要小80%左右，因此，在五年前，银河联盟几乎所有的远程星际乘务员都已经由机器人代替，她能经常代替朵拉A去外星球都是父亲为她打通了关节。

在纳博星球上，朵拉看到了一个完全不同于其他任何外星球的原始星球。在此之前，她曾去过银河联盟几十个不同文明的外星球。这些星球虽然和地球同属于银河联盟，但是这些外星人都长着奇形怪状的样子。比如说，怒拉星球的怒拉人都长得像地球上的大象一样的大鼻子面孔；库珀星球上的库巴人长得像地球童话里的小矮人，成年人也不到一米高；潘多拉星球上的纳威人则身高超过三米，还长着一个长尾巴；鼠人星球的鼠人高不过盈尺，却繁殖力惊人，而且他们也殖民了好几个星球了。在银河联盟里，除了极少数这些带有原住民的外星球，更多的外星球其实都是所谓的殖民星球。由于这些宜居的殖民星球太多了，很多殖民星球连个正式的名字都没有，大部分只有个类似星系坐标的编号。这些殖民星球都是在近四百年间以地球人为主的殖民星球。在这些林林总总的星球中，纳博星球是个极为罕见的特例。居住在这个星球上的纳博人和地球人的外形和基因组都极为相似，可他们并不是在三四百年内变成的殖民星球。纳博人在纳博星球的历史至少有几千年了。由于这颗星球和地球的环境太过相似了，很多科学家甚至认为纳博星球就是地球的镜像星球，只不过镜像的是千年前的地球。

在纳博星球上，朵拉终于见到了朝思暮想的尤利总督。可尤利早已不认识自己了，这让朵拉倍感失望。而且她发现，在尤利的身边经常能看到一个惊为天人的美丽女子，这个女子美得让她连一点儿醋意都没有。后来，她终于知道，这个美如天仙的女子就是纳博星球的女王奥莉薇兰。

尽管失望，可朵拉并没有感到多少痛苦，因为她们这一代人体验痛苦的基因好像已经被修正了。即便是痛苦，也不会有太长的时间。在等待光子飞船在纳博星球补充能源的那些日子，朵拉还常常能够感觉到一双火辣辣的目光偷偷地盯着自己。开始她并没有太介意，因为这种目光对于她来说太寻常了，她根本无从顾及。可就在返程的飞船上，她终于确认了那一束火辣的目光来自于纳博星球英俊的王子雅各布。其实，从看到她的第一眼开始，这位纳博星球的王子就不可救药地爱上了她，而她那颗芳心也渐渐地被王子那如火一样明亮的目光点燃了。

朵拉感觉到自己的头还是有点儿晕，这可能是因为那次撞车使她的大脑受到了强烈的震荡。虽然头晕，但她还是猛地想起了好像有几个身穿黑色警服的人曾从她眼前闪过。

这儿一定是曾关押过雅各布的联盟安全调查局！只是她现在被固定在金属床上无法脱身，而且头上还粘着一些如触角般讨厌的生物连线。她想把这些连线弄掉，可试了几次都不成功。

在这个奇怪的透明盒子里，她只要一说话，声音马上就被周围的墙壁吸走了，雅各布根本听不到。这让她没有办法和雅各布商量脱身之策。不过，朵拉好像也并不着急，因为她知道：父亲一定会来救她的！

正想到这里，门突然一动，外面一下子闪进来几个人。她一看，挣扎着想坐起，可身体却好像被焊在床上一样一动也不能动……

3

率队还没有走到秦岭山边，艾佛森的锐气就几乎被自己的顾虑消磨殆尽了。

又硬着头皮往前走了一程，眼看着那座如同传说中的天宫一样的巨型建筑横亘在眼前，艾佛森几乎失去了前去敲门的勇气。这座传说中的巨型建筑在整个银河联盟都首屈一指，连那只硕大无朋的"银河之碗"都无法与之相比。站在这样的建筑面前，人很容易失去自信，况且，他来的时候本身就信心不足。

艾佛森驱车来到银河科学院的正门前。这座如同古代中国宫殿一般巨大的门楼前立着两座十米高的白玉石狮子。玉狮子张牙舞爪，口衔着一对直径约一米的碧绿翡翠球。映着一束月光，巨大的翡翠球发出一道猫眼一样深邃的幽光，让看的人心砰砰直跳。不用问，这就是被称为银河科学院镇院之宝的"乾坤翡翠球"。按说，一般所谓的宝物都不会轻易示人，可银河科学院偏偏将这对宝物就放在院门之外。就是这对宝物，在九年前的那场战争中成功地阻挡了蛇人军团对地球银河科学院最为犀利的一次念力波进攻。也就是在此之后，银河科学院才对念力波的防护有了新的办法。

一百辆银河舰队陆战飞车乌压压地聚集在银河科学院的院门之前，他们都在等着艾佛森将军一声令下就冲将进去拿人。

艾佛森此时却越来越感觉怵头。率队冲进去吧，他实在没有这个胆，也知道这扇门并没有那么容易就被冲破；往回退吧，可连个台阶都找不到，这事传出去后让他以后怎么见人？思前想后，他还是觉得此事非同小可。他应该把决定权交还给松本总统，让总统来做决定。毕竟在此之前，他还向总统汇报过关于科学院和叛匪之间有关联的事情。进与不进，让总统来拿主意！

他从上衣口袋里摸出一枚鸽子蛋大小的钻石晶体，将晶体悬浮于空中。这粒钻石信息晶体是他和总统之间的私密连线，因为他平复"银河之碗"的暴乱有功，总统特意奖赏给他的。不过，他也很清楚，虽然松本总统器重他，但如果没有什么特别要紧的事情，他也从不敢用这粒钻石晶体打搅总统。

晶体浮在了空中，可图像却一直没有出现！难道是晶体坏了？不可能啊，在来之前，他还跟总统做了汇报。这么短短的一点儿时间，钻石晶体怎么会坏呢？即便是普通的水晶通信晶体都差不多能用好几千年，何况是钻石晶体呢？突然间，他的脑海里突然冒出一个可怕的念头，这个念头疯快地滋生着。“调虎离山！”他的脑海里猛地涌现出这个可怕的念头！顿时，豆大的汗珠顺着头顶从脑门上一滴一滴地滚落……

他连忙给51区的联盟安全调查局总部连线，可同样没有接通！这一下，艾佛森慌了神。不过他又马上镇定下来。“赶快撤，立刻赶快回银河联盟议会大厦！”他同时向身后的陆战战车和远在玛雅金字塔的联合部队发出了命令。没有等他们问为什么，他的黑色兰博基尼飞车已经如一支箭似的射向漆黑的夜空，身后的那一大片陆战战车则如一群巨大的黑鸟跟在他的后面疾驰而去。

“朵拉！”维尼大叫一声，几个人都冲了进来。门内的情形和他用袖珍中微子探测仪测得的情形一模一样。

“先别动，他们什么都听不见！这只是一个信息屏蔽间。在这样的屏蔽间里，所有的信息，包括语言、思维和记忆都会被吸收和采集。这就是为什么艾佛森突然一下子找到了玛雅金字塔，因为他可以从雅各布和朵拉的记忆中找到金字塔的样子和我们这些人的影子。我以前也用过这个方法审讯过……”纽曼道。

“那他们没有什么大碍吧？”尤利着急地问道。

“没事。如果记忆被提取的多了，可能会出现暂时性的记忆缺失现象，但都不会太严重。”纽曼一边解释着一边在房间内的一个显示窗上点了一下，显示窗立刻弹出一个三维数据库。纽曼又熟练地在上面操作了几下，那个透明的大盒子突然从中间分开，束缚在朵拉和雅各布身上的各种东西都自行打开了。

“是我爸爸叫你们来的吧！……”朵拉率先从床上起来。终于能听到自己说话的声音了，两人都兴奋得又叫又跳。

“别跳了，赶紧走！等会儿银河舰队的‘机甲武士’们回来就麻烦了！”尤利拍了拍雅各布的肩膀对大家说。

几个人说着转身离开房间。

刚走出房门，却看见前面一道刺眼的亮光闪过，紧接着“嗵”的一声，好像一个重物摔在了地上。“怎么啦？”尤利朝那边的奥利维大声问道。

“妈的！看错了，这个屋里还有个‘机甲武士’，怪不得队长用那个‘棒子’

扫不倒它，原来是个机器人。多亏了我俩这身警服，否则这个家伙率先进攻起来，可真有点危险！”费列罗用手掂了下那把希格斯玻色子枪说道。

“这就是‘机甲武士’？快让我看下！”朵拉一个高蹦到那扇门前去看。只见地上躺着三个人，两个身体完好，像是刚昏睡过去；还有一个身体已经被切成两截，但没有血流出来。再细一看，这个已经断成两半的身体里面全是一种半透明的金属，而且断开的金属面已经开始往外渗出一些透明的液体。

“别看了，快走吧！这些机器人都是你爸爸他们银河科学院设计的。”纽曼朝朵拉招呼了一声，又朝身后的一个房间看了一眼，说道：“维尼，你再用那个仪器仔细看下，看还有没有漏网之鱼。如果没有的话，赶快撤离，今天的行动到目前为止还算顺利！”

众人刚往前走了几步，就听到维尼在后面叫了一声：“慢！”

众人一怔，忙回过头，以为维尼从他的中微子探测仪里又发现了附近还有没有处理完的联盟安全调查局人员。

“你们看这里！”维尼往前走了一步，把手中的中微子探测仪的显示窗口里的三维全息地形图打开，用手指着地图上已经标注成红色的一条路径说道：“从后面这条路再往右走，那里有几道反重力升降梯，从那个梯子上去，我们就可以进入到真正的‘银河之碗’内部，也就是进了‘碗’里。”维尼说完用一种有点儿遗憾的眼神看着大家，那眼神像是在说：“今天的任务完成的有点儿太顺利了，顺利得让人感到好像都有种缺憾。”

“到‘银河之碗’的‘碗’里去干什么？我们已经把人救出来了，况且艾佛森随时都有可能回来。”奥利维不无担心地说道。因为他太了解艾佛森其人了，这个人一旦发现上当，会很快再杀个回马枪，到那个时候再想从这里顺利地出去可就没有那么容易了。

“从这里显示的地形图上看，‘银河之碗’的内部也有几条比较便捷的通往外界的路。到时候我们可以从那几条路回去。”维尼又用手在地图上点了几下说道。

“这样吧！”看两边都僵持不下，尤利想了下说道，“为了让肖恩教授和约瑟夫将军不要太着急和担心，奥利维，你们几个先和朵拉和雅各布王子从原路返回；我和维尼还有纽曼去‘银河之碗’里看下。因为菲利普总统就是在那里遇难的，我也想去那里看看。如果有机会的话，再能把松本干掉就更好了！今天，‘银河之碗’里的防卫非常松懈，而外面又有太极八卦坞暗中接应和帮忙，这样的机会千载难逢，应该是个除掉松本千载难逢的良机！”

“对！他们就是在那里谋害了菲利普总统，我们要‘以牙还牙，以眼还眼’！松本绝对不会想到我们这个时候已经进入他的老巢！”维尼有点儿兴奋地说道。

“那我也跟你们去，护送朵拉和雅各布，队长他们三个就够了。”大卫看着奥利维又看看尤利说道。

“好吧！你去帮下忙也好，尤利他们三个人明显有点儿人少。事不宜迟！”听尤利等人说得有理，奥利维只好让步。他和大卫小声交代了几句，然后两队人马分头行动。

“保重，先生！一定要想小心。”雅各布拉着尤利的手，有点儿不想松开。

“我知道，你们先回去吧，我们会小心的。”尤利挥手和奥利维等人告别。等朵拉等人的身影从斜靠在拐弯处的那个卫兵的身旁消失后，尤利等人才急匆匆地继续朝后面走去。

维尼一边走一边调试着他手中的仪器。可能是这个“银河之碗”的碗壁太厚了，而且51区距离银河联盟议会议长所在的1区直线距离又太远，所以探测仪对议长所在的那个区的信息始终无法采集到。

“别浪费时间了，快走吧，等一会儿离得近了再说。”尤利看了下浪琴原子表，现在离他们从太极八卦坞里出来已经过去快两个小时了。

“你们看，这就是艾佛森的办公室！够气派吧。”纽曼用手一指旁边的一扇大门。那个大门上果然用银河通用语写着“联盟安全调查局局长室”，局长办公室的斜对面是一条宽敞的过道，这条过道的宽度能容得下两辆宽体飞车并行通行。从这个宽过道再往前走，就能看到一个一千平方米的圆形大厅，大厅里矗立着七八个透明中空的圆柱体，这些圆柱体的直径都在三米左右。不用问，这些圆柱体就是所谓的“反重力悬浮梯”了。

这些“反重力悬浮梯”的外壁都是用半透明的荧光合金制成的。纽曼走到其中一个圆柱体前，用手在上面的信息反馈点上点了一下，立刻有一个三维信息对话口弹了出来。纽曼又在信息口里点了一下，那个透明中空的圆柱体就滑出一扇门，几个人迈步进入。

脚底下的透明金属地面在慢慢地抬高，这和目前地球上随处可见的摩天大厦上的反重力梯都差不多，人站在上面不会像几个世纪前用的那种超导磁悬浮梯那样有失重和超重的眩晕感。没过几秒钟，几个人都感觉到反重力梯好像已经停了。只是此时，四周感觉一片漆黑，如同潜入了深深的海底，只有荧光合金的圆柱体发着幽然淡雅的白光。

一股凉风迎面吹来。不经意间，圆柱体的门已经打开。“哦，怎么外面没有亮光？”维尼有点儿不解地问道。

四人从圆柱体中走了出来。举目四望，只见头顶上的苍穹洒满了碎钻一样的繁星，四周是黑乎乎如高山一样的碗壁。借着璀璨的星光，可以清楚地看到碗壁上悬浮着数不清的舱体，有的舱体还亮着一两点亮光。在苍穹的中央，有个硕大的反光体悬浮在苍穹之下，那就是“银河之碗”的“镇碗之宝”——钻石悬浮舱，它像一个巨大璀璨的星星悬浮在“银河之碗”的中央。

这时，月亮从碗沿边露出一片月牙，星光顿时暗淡了许多。借着月光，可以看到纽曼那悲戚凝重的神情。他默默地往前走着，尤利、维尼和大卫都紧跟在他身后。这时，谁都没有说话。大约走了十分钟，纽曼在一个广场一样的平台上站住了脚步：“尤利，就是在这里。”他说着，已经蹲下，用手在地面摩挲着，一行热泪禁不住流了下来。“总统，尤利来看您来了！您不是老和我提起他么？……他现在真的来看您了……”

“爸爸，我来晚了……有时候我真的很想……”尤利说着扑通一声跪在冰冷坚硬的地面之上，忍不住啜泣起来。

自从他记事起，菲利普总统就把他收为养子。那时，他跟本不知道除了这个爸爸外他还有个生父，虽然那时生父早已不在人世了。

四十年前，银河联盟的总统约翰逊日理万机，常常不在总统府里。当时身为银河联盟副总统的菲利普常常派总统府的护卫把他从银河保育院里接回来。傍晚，在总统府的后花园里，他坐在他的膝上，听他讲着古老地球的童话故事，他往往听着听着就睡着了。白天，菲利普总统总是很忙，他就和护卫们一起玩，总统府所有的人都喜欢他……后来上学了，从小学、中学到大学，他上学的地方离总统府越来越远，而菲利普也由副总统变成了总统，而且好像也越来越忙。这个时候，他只有在两个假期的时候才能回到这里。直到有一天，他突然听到身边的很多人都在议论他的生身父亲，他这才知道，总统只是他的养父，他的生父早在一场罕见的事故中死去了。不过，从那时起，他和总统之间就好像出现了隔膜，不知道为什么，他开始不愿意回来，也不愿意再见到他……直到后来他大学毕业加入银河舰队。

战争结束后，他又奉命去了纳博星球任职。在离开地球时，他见了总统一面，那时他感到菲利普总统已近苍老了许多。当时，他很想叫他一声“爸爸”，可试了几次却怎么也叫不出声。他没有想到，“十年生死两茫茫”，那一面却成了他见到菲利普总统的最后一面！他现在大声地叫他爸爸，可菲利普总统却再也听不到了。

“尤利、纽曼，你们看，这是什么！”维尼此时终于将“银河之碗”1区的图像调试了出来，但突然，他却惊叫了起来，如同看到什么可怕的东西。

“怎么了！？”尤利连忙站起身。但他看了后和纽曼一样都呆立在那里一动不动。

4

和约瑟夫将军他们分手后，岳剑将军就驱车径直向北京八达岭上空的银河舰队司令总部驶去。

九年前，战争结束后，他刚接任银河舰队司令之职。当时，百废待兴，为了节省资金，他把一艘废弃的宙斯盾级的恒星际战舰改装成了今天的银河舰队司令总部。之所以把司令部选择在古中国八达岭长城的遗址之上，他也是有所考虑的。他认为，银河舰队始终要代表一种和平的力量，不管这种力量有多么强大，也要奉行维护和平的理念，这就像中国古代文明和它的代表建筑万里长城一样。虽然古代中国的军力和国力都曾傲视全球，但它从来都没有称霸和欺凌弱小，这也是和整个银河联盟的安全理念相一致的。最近，他听说，桥本在接替他出任银河舰队司令之后，要将银河舰队的司令部迁址到亚洲区日本富士山的上空（迁址是每任银河舰队司令的权力），可他还没有来得及做这个事情，就发生了银河舰队主力在天狼星区被歼灭的惨剧。

一路上，岳剑将军风驰电掣，那辆老迈的林肯牌飞车已经是超速行驶。顾不了那么多了，他必须赶紧阻止桥本的鲁莽、愚蠢而又危险的行动。

由于是用巨型星际战舰改装成的反重力建筑，银河舰队司令部的海拔高度有五千米左右。远远地看去，这座在九年前战胜了不可一世的蛇人帝国舰队的银河舰队司令总部犹如一艘巨型的古代航母横卧在蜿蜒盘旋在崇山峻岭的巨龙之上。

所幸路程并不太远。由于时差的原因，八达岭上空的天刚蒙蒙亮，岳剑将军的飞车已经抵达了银河舰队司令部的外围。

看到老司令突然一个人回来了，说想见桥本司令官，很多人猜测是不是岳剑将军要重新执掌银河舰队。“您稍等！”传令兵向岳剑将军敬了个礼后，即刻飞速向桥本司令官做了汇报。

“什么！他来干什么？”刚从噩梦中惊醒的桥本司令官又陷入新的噩梦之中。他知道，“来者不善”，是不是自己真的要被解职了？没有听总统说啊！如果有这种消息，总统肯定会提前给他打招呼的。不对！岳剑将军来这里肯定是要羞辱他的。羞辱他的无能，他在不到两个月的时间内就将拥有近两万艘星际战舰的银河联合舰队的家底差不多输光了。他必须想办法将这些输的都拿回来，虽然他知道即便是日后将蛇人舰队全歼也无法让那一万多艘银河战舰回来，可他还是无法接受岳剑将军傲然站在他的面前羞辱他。不过奇怪的是，除了媒体对这个事件的客观报道之外，他一直没有收到任何民众要求他辞职谢罪的声讨，松本总统也没有明确要求他来承担失败的责任。因此，在昨天的新闻招待会上，他信誓旦旦地表示会在近期将蛇人帝国联盟舰队一举歼灭，而且表示自己已经有了下一步在天狼星区的作战方案。

松本总统没有把他立刻解职就是再给他翻本的机会，因为他是松本总统钦点的银河舰队司令官。如果总统将他解职就是总统自己扇了自己的嘴巴！想到这里，他朝传令兵一摆手：“就说我不在！”

传令兵懦懦地返回，向正在焦急地等待着消息的岳剑将军扯了一个谎：“桥本总司令昨天就去开会去了，还不知道啥时候能回来，您要不先回去？”

岳剑将军早已从这个传令兵的神色中猜出了八九分。老将军长叹一声，摇了摇头。他不忍心看着自己昔日缔造出的无敌舰队就这样归于毁灭，可他还有什么能挽回的办法呢？

老将军还是不愿意走，他想让传令兵再去通传一声，可想了想还是作罢。

别难为这个传令兵了，桥本如果不愿意见他，传令兵又能起多大作用呢？

岳剑默默地又坐回到自己的车上。这里早已不属于他了，可他还是有点不甘心。这时，他突然想到，即便是整个银河舰队覆灭了也不能让“大秦”号星舰毁灭。只要“大秦”号在，银河舰队和整个银河联盟就存在着反败为胜、一招制敌的绝杀机会！为此，他必须想出一个良策，让银河舰队能保存这一部分的血脉！对了，他突然想起，大秦”号现任的舰长金太英还是自己一手提拔的年轻将领，现在的“大秦”号应该还在地球同步轨道上。如果自己驾驶的是一辆核子动力的高级飞车，他就可以直接穿过地球大气层前去那里。不过，这也不用着急，他还留有金太英的通信密码，可以把他请下来和他谈谈。他手里还拿着菲利普总统留下的那个议会演讲文件的副本，他相信，这个聪明的年轻人是不会和桥本一样愚蠢的。

“什么！？”看到维尼手持的中微子探测仪的显示窗里的三维全息图像，尤利也是大吃一惊！

“他竟然正在和蛇人媾和！他……他竟然敢在银河联盟议会大厦这个地方和蛇人干这种事！都说蛇人贪淫欲，看来松本早就和他们好上了！”中微子采集的全息影像通过无衰减的放大，已经可以清楚地看到松本所在的那间密室里的影像，他竟然躺在床上全身赤裸地和一个蛇人扭成一团交媾！

“老话说的好：‘国之将亡，必有妖孽！’昔有妲己、褒姒，今有蛇妖！真没有想到这个松本竟然恬不知耻到这种地步！”纽曼气得浑身发抖。

“妈的，老子今天要替天行道了！”维尼也气得将那幅可憎的图像先关掉。他用手指将他们现在所在的位置和刚才显示松本密室的位置连线。这时，地形图上显示了两条可以抵达那个密室的路径。一条路径要从刚才路过的联盟安全调查局局长办公室的侧边的一条通道往右走一千多米，乘坐反重力梯到达第5区，然后再从第5区后面的一条便道绕行十千米左右进入第1区。这条路无疑太远了，尤其是在这种狭小的空间里只能依靠步行，这需要太长的时间，基本上无法考虑。另一条路是捷径，前提就是必须先搞定一个反重力悬浮舱。通过反重力悬浮舱从“碗”内直接抵达第1区的接驳口，然后直接从接驳口进入；或者直接用热能枪打开一扇1区的窗户直接进入也行。

“从哪里能搞一个悬浮舱呢？如果有一辆飞车就更好了！即便是钟鼎教授

那辆破的得有点儿离谱的飞车也行啊。从这里到第1区少说也有十几公里的路。”维尼担忧道。

尤利朝四周望望，借着皎洁的月光，可以看到眼前是大片如同运动场一样平坦的平面。的确，这里曾是举办过第一届到第七届银河奥林匹克运动会的主会场，那时的银河联盟是怎样的一个太平盛世啊……仅仅十几年过去了，这里已是物是人非。曾经的繁华都化成了一缕逝去的烟云，空荡荡的“银河之碗”的碗底里只孤零零地站着他们几个人。

“这里是不可能有飞车的。这个‘碗’里平时只允许使用反重力悬浮舱体。”纽曼的眼光朝向黑黢黢的“银河之碗”的圆弧形内壁。那里鳞萃比栉地悬浮着一层层的反重力悬浮舱，像坠满了饱满果实的吊袋。那些都是银河联盟各个成员星球的议员和权贵门参加议会的各种会议或观看各种顶级比赛和大型演出时乘坐的舱体。

“对了，我有办法了，紧急征用！”大卫猛地一拍大腿，他想起奥利维带他们去银河联盟总统府紧急“征用”总统府飞车的事。几个人眼前一亮，怎么忘记这个事了！“大卫，就凭你身上这身联盟安全调查局的外皮，征用它一个悬浮舱应该不成问题！”维尼一拍大卫的肩膀，“多亏你和我们一起来了，走！这里离‘钢瓦那’星球的巢格最近，我们就去征用它们的！”

时间已经很紧了。根据大略的推算：艾佛森如果发现玛雅金字塔有诈，并即刻返回的话，现在已经快到了。

在这空旷而平坦的“银河之碗”的碗底，几个人开始迅捷地奔跑起来。这里原本就是设计用来举办银河大型运动会的场所，跑起来脚感非常的好，像是用摩擦力非常适中的弹性金属制成的，尤利跑在最前面，维尼、大卫和纽曼紧跟其后。纽曼跑了一阵后感觉有点儿吃不消，不过，他们已经很接近“碗壁”了。

“好了，歇歇吧，维尼。你用探测仪看下这个巢格里有没有人。”纽曼喘着粗气双手叉着腰说道。

“当然有人，没有人我还用费这么大的劲跑吗？”维尼又把探测仪的采集端口对准眼前的巢格，图像马上就显示在信息输出端口上。图像显示在“钢瓦那”星球的巢格中的一间房子里，围坐着四个钢瓦那人。

“其实钢瓦那人也是地球人，他们多半是非洲裔，在两百年前地球大殖民潮移民到‘钢瓦那’星球上的。”纽曼解释道。

“不管他是哪里人，要想征用他们的悬浮舱也必须能进去见到他们才行啊。悬浮舱就在接驳口旁边停着，可这里好像没有进到里面去的路。”大卫望着高约十米的巢格和外界的接驳口一筹莫展。

“尤利，你跳下试试，看能不能跳上去。你的跳高在学校里老是第一呀。”维尼抓住时机又调侃了尤利一下。

“来，看我的。”纽曼说着又从衣袋里摸出那支“光子棒”，手指一按，一道绿光“砰”地射出，直射到巢格外壁的金属玻璃窗户上。一加能量，又是“砰”的一声巨响，金属玻璃的窗户虽然安然无恙，可响动着实不小。

纽曼又按了下按键，把绿光暂时收回，几秒钟后，又故技重施。不一会儿，那扇窗户后面果然映出一个人影，神色紧张地朝四下张望着。

“我们是联盟安全调查局特别行动队的警察，请你配合！”大卫站在下面双手做话筒状向上大声喊话，说完又从口袋里摸出一张证件一样的卡片在头顶一晃。

过了一会儿，窗户上开启了一道缝。

“我们是联盟安全调查局警察，现在是执行公务，请你把悬浮舱放下来，刚才看到一个一个暴乱分子好像从这里跑了！”大卫神色冷峻地继续向上喊话。

“暴乱分子？我不是！我是‘钢瓦那’星球的议员，有议员豁免权。”一个戴眼镜的黑色面孔向下张望着答道。

“我知道您有豁免权，但保护您的安全是我们的职责！请快将悬浮舱放下，我们要紧急征用！我们有全银河联盟的物资紧急征用权！”大卫又往前走了一步，以便让他看清那一身黑色的警用制服。

“好的，稍等！谢谢你们！”黑人稍微想了下就用一个遥控装置把悬浮舱慢慢地降了下来。“你们用完后给我放在下面就行！再次谢谢你们的工作！”黑人看到悬浮舱已经着陆，还向四人做了个飞吻的动作，然后关上窗户转身离开。

“这还不错！”维尼也朝上回敬了个飞吻，然后从矮门一腿跨了进去。“这悬浮舱坐四个人正好，要是征用了‘鼠人’星球的悬浮舱，估计只能坐得下一个人。”

四人都在悬浮舱上坐稳，维尼赶忙又把第1区的地形图从中微子探测仪上调了出来：“我要为菲利普总统和三千多万银河舰队的兄弟们报仇！别让松本这个家伙干完‘好事’又跑掉！”

“好，他还在这里，看来他们时间还挺长啊。”尤利扫了一眼松本和蛇人那不堪的画面又扭过头去。

“我来驾驶，你用探测仪将他们的身份信息锁定。”纽曼和维尼换了个位置。他飞快地在反重力悬浮舱的控制窗口点了几下，反重力悬浮舱“呼”地一下从地面上拔起，摇晃了一下就径直向“银河之碗”的上空飞去。

由于两队人马离银河联盟议会大厦路途的远近不一，萨姆森少将已率队先于艾佛森局长抵达“银河之碗”附近。由于他是第一次近距离地看到如此气势磅礴的建筑，所以不敢掉以轻心。他让艾佛森的机甲部队和银河联盟警察部队将建筑通往外界的通道守住，而“银河之碗”旁边约十公里外的那个怪异的八边体悬浮建筑，他则完全没有在意，以为是“银河之碗”的一个什么附属建筑。

“银河之碗”的四周静悄悄的，根本不像艾佛森所说的叛匪在将他们“调虎离山”，然后偷袭了这里。至于为什么议会大厦的信息口都关闭了，说不定是线路问题，艾佛森过于小题大做了。而且从今天的行动上也可以看出，艾佛森也并非传闻中的那么厉害。他一会儿说叛匪在玛雅金字塔下，一会儿说叛匪可能去了地球元老院，又一会儿转身直接去了银河科学院，这一阵子又突然改口说“银河之碗”遭到了叛匪偷袭。总之，都不靠谱！所有的话都让他一个人说尽了。可不管如何，他都要等到艾佛森来了再说。在和艾佛森的连线中，他告诉艾佛森自己已经先到了，但感觉这里一切正常。

艾佛森稍微放慢了点儿车速，因为他的兰博基尼飞车已经将身后的陆战战车远远地抛在了后面，他必须等他们一下。

难道是自己又判断错了？按说不会啊，他和松本总统的连线是无论如何也不会出故障的，可萨姆森却说议会大厦那里“一切正常”？艾佛森看了下手表，又在飞车的三维导航图上查了下距离，即便是用八马赫的最高时速，他也需要三十分钟才能抵达尼亚加拉。看着后面的战车已经快撵上了，他又将自己的兰博基尼再次加速。

远远地看到自己的女儿朵拉和雅各布王子平安返回，肖恩教授悬着的一颗心才终于落了下来。

“尤利将军和纽曼博士呢？”约瑟夫将军看到回来的人少了几个，诧异地问道。

“他们说还要下到‘碗底’去，看看在那里有没有机会除掉松本。”奥利维据实回答。

“胡闹！简直是异想天开！尤利和维尼没有去过‘银河之碗也’就罢了，纽曼博士曾是那里的常客，怎么也这么冲动？！虽然肖恩教授用太极八卦坞的‘金字塔能信息锁’将‘银河之碗’的所有信息端口都锁死了，但并不代表里面防卫系统就全瘫痪了。从奥利维他们进入‘银河之碗’的过程可以知道，至少身份认证系统等高级别信息端口还能正常使用。如果再耽搁的久些，一会儿艾佛森的一万多机甲武士回来就有点儿麻烦了……”约瑟夫将军正说着，太极八卦坞的监视系统突然发出了预警，站在旁边的肖恩教授忙将预警信息口提示信息打开，只见从正北方向乌压压地有一片飞车正向这里疾驰而来。

“糟糕！看来是艾佛森他们回来了。要不要通知下尤利立刻返回？”约瑟夫将军向肖恩教授问道。

“所有的信息口都锁死了，包括金字塔能通信器。如果要联络尤利和纽曼他们，就必须将锁死的信息口都打开。我怕这些信息口一旦打开，马上就会触发一级报警，他们再想出来就更困难了，再等一下吧。地球上没有人见过太极八卦坞单独出来过，即便是他们知道我们是谁，暂时也奈何不了我们……”

金太英接到岳剑将军的问讯。这位有着典型古代韩国血统的上校舰长感到非常的激动，因为最近，他简直被各种纷乱的信息弄得晕了头。现在，整个舰队都蔓延着一种疯狂的情绪，尤其是蛇人帝国舰队将银河舰队主力全歼在天狼星系的新闻画面传回来之后，整个星舰都炸了锅。要不是“大秦”号的核子电池出了点儿问题，“大秦”号早就跟上一个编队一起赶赴天狼星参加实战演习了。参加演习的一万五千余艘战舰没有一艘逃回来，这也太惨了吧。

这几天，天狼星惨败的新闻还在一遍遍地滚动播放，桥本颇具煽动性的讲话更激起了舰队将士为死去的战友报仇的决心。“马上开赴天狼星战场，与蛇人舰队一决雌雄”的豪言壮语充斥着这个曾重创过蛇人星舰的“大秦”号。

“战争不是儿戏！天狼星的惨败已是定局，现在再劳师袭远能有胜算吗？”这位参加过九年前的那场战争，从西点银河舰队学院毕业的上校舰长对此颇有疑虑。

岳剑将军的突然邀请让他倍感意外而且受宠若惊。他知道他们西点舰队军校很多教材的作者就是岳剑将军。这位中国古代名将的后代不但是位著述等身的著名军事理论家，而且在与蛇人舰队之战中用鲜活的战例充分证明了他卓越的军事思想。如果说银河舰队和蛇人舰队在技术实力和装备实力上相差几百年，那么这些差距都是岳剑将军用他天才的军事理论和思想来弥补的。在舰队里，岳剑将军素有“银河战神”和“兵圣”的美誉。

“好的，司令，我马上下去见您！我很快，十分钟后就能到达您那里。”在金太英的心里，岳剑将军永远是他的司令。

在岳剑将军简陋的会客厅里，将军向这位年轻人展示的第一件东西就是菲利普总统的那个银河议会讲话的文件副本。看完所有的影像，这个聪明的年轻人木愣愣地呆坐在那里，用一种悲戚的眼神看着岳剑将军：“司令，您是说……”

“是的，上兵伐谋！我们银河联盟在九年前就中了蛇人的上兵伐谋之计。菲利普总统之死，约瑟夫将军被通缉，包括我的离职，舰队主力被歼灭，所有这些都是蛇人帝国联盟一手策划的。他们要达到这些目的，就必须扶持一个傀儡政府，这个傀儡政府就是松本和他手下的这些爪牙。从目前我们掌握的资料和银河舰队一万五千多艘战舰集体被歼灭的事实，以及突如其来的大规模流血事件来看，证据是确凿的。”

“那您认为下一步蛇人帝国联盟会如何行动呢？”金太英舰长目前最关心的就是“大秦”号的命运。因为，他的舰队已经接到命令，准备随时出征天狼星。这倒不是他怕死，因为这样仓促的行动实在是兵家之大忌。他要为“大秦”号上两千多名将士着想，不能让他们不明不白地当了炮灰。

“根据我的判断，蛇人下一步必定会以逸待劳地坐等我们上门去送死。刚才我就是想去舰队司令部将蛇人的战略意图告诉桥本司令官，可他由于某种原因不愿意见我。”岳剑将军说完长叹一声，又无奈地摇了摇头。

听到岳剑将军如是说，金太英激动地站了起来：“我的看法和您的一样，蛇人以逸待劳，我们劳师袭远！而且在实力上我们已经处于绝对下风，这不是送死又是什么？蛇人也太心狠了，他们已经将我们一万五千多艘战舰击沉……”

“战争是残酷的，容不得有半点儿侥幸和麻痹。对于蛇人帝国联盟‘伐谋’战略的成功，我也有责任。对于政治，我一向比较忌讳和迟钝。菲利普总统虽然是个老练的政治家，但和比我们进化更为完备的蛇人相比，他在面对某些具体问题时所采取的战术和策略仍有欠缺，再加上他的政治对手实力太强而且已经完全被蛇人精神控制，这就是我们被各个击破的原因。”

“那有没有什么办法能拯救我们剩下的这些舰只呢？我相信您不会看着它们灰飞烟灭而坐视不管吧，否则您就不会和我联系……”金太英上校此时激动得满脸通红。他知道在整个银河之中，甚至在整个宇宙之中，只有眼前的这位昔日的“银河战神”能给他，能给他的“大秦”号，能给残存的几千艘银河战舰指出一条生路。

“好吧，你看我写好的这个纸条，看完后销毁。我怕我们的谈话被蛇人的念力波截获。要知道根据银河科学院的监测，地球上的蛇人数量已达上千个，即便是科技发展到这个地步，还是我们老祖宗的这个东西可靠些。”

金太英将岳剑将军递给他的纸团一点一点地展开。他的神态先是惊讶，后是理解，最后变成了激动。“好，我和‘大秦’号战舰现在起听您的指挥！”金太英说完将纸团一口吞下，然后向岳剑将军规规矩矩地行了个军礼……

“银河之碗”的第1区在银河联盟议会大厦的最顶层，也就是在“碗”的上沿处一个非常显要的位置上。

一架反重力悬浮舱乘坐着四个人，正悄无声息地全速上升。由于上升的速度过快、载重多大，这架悬浮舱微微地有点儿晃动。

维尼紧张地握着手持式袖珍中微子探测仪。现在，探测仪显示口图像一直锁定着松本和那个蛇人，松本和那个蛇人身体的分子特征信息和DNA双螺旋碱基对结构在中微子探测仪的三维显示窗口不停地延展着。突然，探测器发出了犀利的报警声。尤利一惊：“是不是我们被发现了！？”

维尼咬着嘴唇没有吭声，他在探测仪的解释窗口位置用指头点了下，三维屏幕上立即显示了一排字迹：“卵子已经受精！受精卵细胞开始分裂！”

“啊，蛇人竟然要给松本生个孽种！你们看！”维尼的手有点儿颤抖，“银河帝国！他们真的想把银河联盟变成他一人之天下！……”

纽曼也惊得扭过头：“真想不出地球人和蛇人结合生出的后代是什么样子。这种远亲杂交产生的后代是极其危险的！银河科学院有蛇人标本都不敢做这个实验，他们简直是丧心病狂、天伦丧尽！……我们今天无论如何要铲除这个‘蛇妖’和败类！”

眼看着距离第1区越来越近，尤利和维尼已经拱起腰站立起身子，他俩像两只已经蓄势待发的美洲豹一样紧盯着那一扇扇一闪而过的窗口，时刻准备一个纵越扑向他们的猎物……

此时，艾佛森已经风驰电掣地赶到"银河之碗"的外围，所有集结的"机甲武士"和银河舰队陆战队员都整齐地列队等在那里。

"报告！"萨姆森少将向他敬礼后退到一边，这支联合部队的指挥权又交给了他。

艾佛森上将朝"银河之碗"的方向看了看，那里的确很平静，但平静中却暗藏有一股莫名的杀气。他着急地又开启了下他和总统的特别连线。钻石晶体浮在了面前，可还是没有任何图像信息产生。一种强烈的不祥预感突然间袭上心头，一定是出大事了！

这时，他眼角的余光突然间扫见一个庞大而奇怪的物体。"那是什么东西！？"他惊诧地向身旁的萨姆森少将，还以为是银河舰队的什么巨型战舰前来助阵了。

"不知道！它一直停就在那里，有时候还突然地变一下形。我以为它是'银河之碗'的配套建筑呢。"萨姆森少将疑惑地答道。

"配套建筑？'银河之碗'什么时候出现了这么大一个配套建筑？"艾佛森锐利的鹰眼中闪过一丝恐惧。他虽然不知道这个突然变成了六十四边行的诡异建筑的来历，但它能确定它的存在是一个极大的威胁，他和总统间的信息中断可能就和和这个怪异的建筑有关。

"立刻让'机甲武士'车队将这个怪异的建筑包围起来！"艾佛森用嘴边的一个传令器向'机甲武士'们发出了指令。呼啦一下，机甲武士车队像两条游走的巨蟒一样从两翼向那个怪异的建筑包抄而去。

"我们已经被艾佛森盯上了！'机甲武士'车队已经从两翼向我们包抄过来！"奥利维看着控制室内巨大的三维全息显示图像向肖恩教授和约瑟夫将军汇报道。

约瑟夫将军皱着眉头看了肖恩教授一眼，他想先让教授发表一下看法。

"暂时不要紧。'机甲武士'就是我们银河科学院设计的，它们的攻击力我很清楚，奈何不了这个坞！我担心的是尤利他们几个，如果这里被‘机甲武士’团团包围，他们返回就存在问题了！”

“是啊，我正为尤利担心，因为他很可能就是卓尔金预言中的那个‘最后一人和第一人’。如果真是这样的话，他的安危和整个银河未来的命运就联系在一起了。”约瑟夫将军担心地说道。

“谋事在人，成事在天！”肖恩教授也摇摇头，然后长叹一声。

“什么是‘第一人和最后一人’？”朵拉看着自己父亲满脸忧虑的神色问道。

“这个以后告诉你吧，等你能理解的时候！”肖恩教授无限慈爱地看着自己的女儿又莫名地摇了摇头。

“要不要现在就通知尤利他们？”奥利维看着已经逐渐围拢的车队，有点儿焦急地问道。

“暂时不用。我相信尤利和纽曼他们的能力。如果现在和他们联系等于直接暴露了他们的行踪，而且‘信息锁’一旦打开，在那座超级建筑中，他们简直寸步难行。‘机甲武士’要围就就让他们来围吧，我不相信他们能掀起多大的浪……”约瑟夫将军看着监控屏神色镇定地说道。

5

悬浮舱的速度已经明显放慢。

“第1区，这就是‘银河之碗’的第1区！但从哪里进去呢？”这时，尤利注意到第1区的悬浮舱的接驳口的口径非常大，完全和他们乘坐的这个悬浮舱不匹配。

纽曼也发现了这个问题。原来第1区的悬浮舱接驳口和其他的巢格的悬浮舱的接驳口大小就不一样，这可能是出于安全的考虑。议长乘坐的那个钻石悬浮舱目前还悬浮在“银河之碗”的中央，它显然比其他悬浮舱要大很多。

“怎么办？”维尼焦急地盯着中微子探测仪窗口上锁定的目标，生怕他俩干完事跑了。可从哪里进去呢？内壁？绝对不可能！中微子探测仪显示的“碗”内壁的厚度是3.29米，这比“碗”外壁近十米的厚度薄多了，但同样用激光枪无法洞穿。能考虑的地方只有窗户了，但从哪个窗户进去呢？

“松本干好事的密室窗户就在这里！”维尼终于用中微子探测器将那个密室朝外的窗户确定下来了。可那个窗户却是个直径不到八十厘米的圆形，而且看上面那块金属玻璃也好像是特制的，月光一照，发出金灿灿的光。

“不行，即便是能从这个窗户进去，听到声音，松本和蛇人也可能从里面跑掉，我们必须将他们堵在里面！”尤利看着这个窗户摇了摇头。

“那就从它旁边的那个窗户进去。时间不多了，说不定艾佛森早就已经回来了！”维尼此时已经拔出了他那把征战沙场多年的高能射线粒子枪，他看了尤利和纽曼一眼，果断地扣动了扳机。一道发红的高能粒子射线直冲那扇淡金色的金属玻璃窗，“嗤”的一声，窗户终于被射穿了一个点，然后高能粒子束艰难地在金属玻璃上划一道弧线。

这时，又有两道刺眼的白光从悬浮舱中迸出，那分别是尤利和维尼的激光枪口喷出的刺眼白光。三道亮光螺旋状地扭成一团，那扇半尺厚的暗金色窗户渐渐地被划出了一个直径近一米的圆形。

“好了！”尤利率先把枪口的白光收住。紧接着，维尼和纽曼的枪口也变得暗淡。悬浮舱距那个被切开的圆盘只有不到两米的距离，但已经无法再接近了，悬浮舱底凸出的底部已经紧紧地抵在了“银河之碗”的内壁上。

尤利将那支小巧的枪支收在了腰间，神色冷峻地看了一下大家：“维尼还有纽曼博士，咱们三个过去，让大卫留在这里接应！”说完又拍了下大卫的肩膀，“大卫，如果我们回不来，你一定要想办法逃出去！”说完后，尤利猛地蹲下了身子，双手压着舱壁，紧接着双腿猛地下蹬，他的身体犹如跳水运动员那样在空中划出一道优美的弧线。这道弧线在空中做了一个九十度的转体后，双臂前伸直冲那块被热能武器切下的圆盘。“砰”的一声，那块半尺厚的合金圆壁竟然被尤利的双掌击开，又“当”的一声落在了里面的金属地面上，尤利趁着身体向前急冲的惯性在地面上抱头做了个标准的鱼跃前滚翻后站起。

“好俊的功夫！以前的跳高真是没有白练！”维尼不禁在身后赞叹道。“清理好路障！我也过去！”他朝已经“飞”过去的尤利叫了一声，把探测仪和枪支放在一个腰间一个稳妥的匣子里，然后故伎重演，也是同样一个鱼跃窜了过去。剩下的纽曼皱了下眉头，不过，他也没有太多的时间去考虑，从这里过去也只有这个办法省时而且易行。纽曼把牙一咬，也猛地原地跃起，还好。他也很顺利地穿过了那个圆洞，只是在前滚翻时头没有抱好，“当”的一声撞在了地上。

尤利有点儿后悔，赶忙俯身过去将纽曼抱起。刚才要是托纽曼一把就好了，就像在舰队学院体育课上老师在垫子上托学生一把那样。

纽曼被撞的眼冒金星，头上估计少不了一个包。“没事！不要紧！”他把尤利过来拉他的手挡住一边。“维尼，赶快用探测仪看看，不要让这两个妖人跑了，要知道，蛇人在交媾的时候也是他们防御最为薄弱的时候。如果是平时，这么大的响动他们早在千米之外就发觉了！”

“这么厉害！”维尼大吃一惊，赶忙从腰间取出中微子探测器。刚才做鱼跃前滚翻这个动作时，他一手护头，一手护腰，为的就是无论如何也不能把探测仪摔坏。这个东西摔坏了，他们几乎就没有可能从这个密如蛛网一样的地方脱身。

幸好！中微子探测仪安然无恙。可刚才他已经用位置锁定的两个人却不见了，那张淡金色的弹性金属床上此时空空如也！

维尼大叫一声：“不好！”惊得尤利和纽曼都瞪大了一双惊恐的眼睛直视着他……

五个小时过去了，“美人鱼”的体色已经由莹白变成了浅蓝，又由浅蓝变成了湛蓝。现在，她的体色又由湛蓝变成了桃红，这是她第三阶段性高潮来临前的征兆。她轻声地呻吟着，用战栗扭曲的肉体在宽大的金属床铺上一下一下地拍打：“我要排卵了，我要给你生个儿子，你快……不然我的身体就会为你而焚烧……你知道我有多爱你……”她用哀求的“声音”请求松本不要再用力折磨她鲜嫩的肉体，那“声音”充满了女性的无助和哀怨。

“我也爱……爱……爱你！美姬……”松本喘息着，在那粒“美人鱼”事先让他含服的蓝色药片的作用下，他感觉到自己今天的功能出奇地强。胯下的美人不停地呻吟着，在他的体下绝望地拍打着纤细的长尾，似乎在等待着他怜悯的临幸。那种征服的快感充斥着他体内每一个细胞，他疯狂地颤动着，两只手紧紧地扼住“美人”纤弱的细腰，整个身体如同骑着一匹五彩斑斓的癫狂烈马上。眼看着“美人鱼”的身体由桃红又变成了血红，他觉得自己更兴奋了。

“你真的忍心看着我的身体化成灰烬么？”“美人鱼”此时的体色已经由

鲜红变成了紫色，色彩斑斓的花纹像青筋一样条条暴起，滚烫的身体像是马上要熔化了一般……

看着体下的娇躯在绝望地蠕动，已经亢奋到了顶点的松本终于开始最后疯狂的冲刺。在一声拔高似的大叫之后，他终于像一根折断的旗帜一样一泻千里。可就在这个时候，奇迹出现了，“美人鱼”刚才还滚烫的躯体此时如同兜头浇了一桶凉水，瞬间变得冰凉彻骨，深紫色的肌肤也如同变魔术般恢复到了原本的体色，莹白如雪的肌肤甚至可以隐隐看见里面的内脏。

“我的美人，你真好！”过了好久，松本睁开眼睛，轻抚着“美人鱼”如水的肌肤长叹了一口气。

“我今天差点儿死在你的手上，你的双手一直紧握着我的七寸，我感到自己快不行了！”高潮过后的“美人鱼”也慵懒地将自己紧绷的躯体彻底打开。

“我怎么会忍心让你死呢？银河所有人的命加起来也抵不上你的命宝贵！我会致死保护你。”松本再一次粗鲁地将那具无与伦比的肉体抱住，不停地亲吻着她滑腻的肉体，

“如果你们地球上那个古老的童话真的，我真想为你把我的下肢剖开，变成两条地球人一样的腿，那样我们就不用躲躲藏藏了……”“美人鱼”呻吟着身体又开始变得潮湿了，刚才那令人窒息的快感如闪电一样一瞬间又将她击穿了。

“要不要再来一次！都说你们蛇人是全银河功能最强的。”松本说着又要将一粒蓝色的药片吞下。

“别，这样会伤您的身体的。况且，我今天好像已经怀上了你的……”“美人鱼”用自己的纤细的长尾将松本的手拽住，刹那间脸变成了桃红色。

“真的？不会吧，你不是说我们不会……”松本有点儿诧异地问道。

突然间，“美人鱼”好像感觉到了什么，她猛地一转身：“我感觉外面好像有人！”

“外面有人？不会吧！不会有人知道我们这个密室的，不要怕。”已经被撩拨起来的松本又将手放在了她的胸上。

“别，真的有人！我感觉不会错，他们就在附近，是来杀我们的！”“美人鱼”一惊，身体“嗖”地一下直立了起来。“赶快穿衣服，不然我们来不及了！”美人鱼说着已将一件衣服扔给了松本，紧接着，她拉了一下垂落在床上的一个红色荷包。“砰”地一声，平放着的床像一扇墙一样立了起来，床下是一条深

不见底的圆形通道！

“跑了！你再仔细找找！不行就换个方向搜索！”

眼看着煮熟的鸭子跑掉了，维尼顿时急出了一身汗。他转着身体对周围的三百六十度都进行了分子结构信息扫描，可还是找不到松本和那个蛇人的影子！

“还有上下两个方向！”尤利提醒他。

维尼把中微子探测器先朝上扫描了下，没有！再往下看，在那里！探测仪的显示窗终于出现了落荒而逃的松本和蛇人，他们正从一个斜向下的通道向下滑落。

“追！”维尼说着，只见红光一闪，高能射线粒子枪已经将面前的金属墙壁划了一个直径一米的圆洞，尤利跟上去“当”的一脚将那块墙壁踢飞。

“往下的通道在哪里？”维尼在探测器上的地形图里焦急地查找着。这时，尤利已经拔出了枪，按下扳机。一道刺眼的白光闪过，松本刚才和蛇人躺过的那张床瞬间变成了两半。“砰“地一下，里面的机关被破坏，断成半截的床被弹起，一个直径八十厘米的向下管道豁然出现在四个人的眼前。

“这么细的洞，我们根本钻不过去！”维尼为难道。

“那松本怎么跑的！？”尤利说着一跃而起，顺着管道滑下。维尼和纽曼紧跟在尤利后面也滑了下来。

“锁定他们！不能再让他们跑了！”尤利一边喊着一边拔枪冲着前面，维尼在后面一手握着枪一手持着探测仪报告着松本逃跑的方向。穿过一个狭长的通道，前面出现一个圆形的大厅。这时，前面一个人影一闪。“就在那里！”维尼的探测器这时又捕捉到了两人的信息，终于能看到那两个慌张的身影了。尤利正准备举枪射击，突然，大厅里报警声此起彼伏，圆厅通往外界通道上的那个闸门开始徐徐关闭！一愣神的工夫，下落的闸门正好挡住了那两人的身影。

“不能让他们跑了！”三个人朝那个将要落下的闸门冲去。一个直扑，胸口先着地，身体在平滑的地板上滑出七八米。三人的身体刚从闸门下滑过，“哐啷”一声，一尺多厚的闸门就在身后落下。举头往前看，前面拐弯处那两个人影一晃又不见了。

一边是在“银河之碗”一侧缓缓旋转的怪异八边形建筑，一边是严阵以待如黑龙一样一字排开的“机甲武士”车队。两股力量都静默地对峙着，谁都不敢贸然下手。

艾佛森已然确认这个可疑的悬浮建筑就是造成“银河之碗”信息中断的罪魁祸首，只是他还不清楚这个“大家伙”的来头，不敢贸然下达对它的攻击命令，他必须等待检索的信息和反馈的资料出来后再说。

“报告局长！银河联盟安全调查局已经遭到了不明入侵。造成一名“机甲武士”解体，五名值班队员不明原因昏迷。另外，两个嫌犯均已经脱逃！”来人向艾佛森行了礼后汇报道。

“监控和报警系统呢？怎么会有这么多的不明？”艾佛森听到后倒吸口凉气。

“报告局长，整个银河联盟议会大厦的信息口都被锁死，至今还无法恢复！”

艾佛森听后，兀自呆坐在那里，额头上的汗顺着发梢淌了下来。

“查清楚这个家伙的来历了吗？”艾佛森抱着最后一点儿希望用手朝那边一指。

“一分钟前刚检索完毕。这个建筑是银河科学院的一部分，它可以独立于科学院母体而自行移动，官方名称叫‘太极八卦坞’。它是银河科学院军事科学事业部的主体建筑。报告完毕。请问将军还有什么吩咐？”来人又向他敬了个礼后站到一边。

“银河科学院？果然是银河科学院！”艾佛森感到大脑一阵眩晕。他用手指按压着太阳穴朝叫那人退下。猛然间，他又如梦初醒地猛然抬起头，朝那边的“机甲武士”和远处的银河舰队陆战队队员大声吼道：“赶快撤离，快随我去议会大厦保护总统！”说罢，他那辆兰博基尼飞车如一道黑色的闪电一般直插“银河之碗”的上空。

看着密密麻麻如蚂蚁般围聚过来的各种飞车又突然间如鸟兽般呼啦散尽，大家总算都舒了口气。朵拉甚至高兴地欢呼起来：“我说过他们还是怕我们的吧！”

奥利维转过头，却不经意地看到约瑟夫将军的神色变得愈发凝重起来。“怎么了？将军，您觉得他们这么快撤离是什么原因呢？”

看着大家都喜形于色的样子，约瑟夫将军却语气却愈发沉重了。“我感觉这绝对不是好事！他们这么快撤离只说明了一件事情：那就是他们已经知道我们是谁了，而且他们肯定已经发现人质已经被我们救走了。他们现在这么着急撤回去，一定是想出了对付我们的办法。另外，还有一件事情非常不妙，那就是尤利和纽曼他们的处境更加危险了。本来，我们还可以吸引他们的大部分注意力！”

“那怎么办？女王和大祭司说过，我们纳博星球可不能没有尤利总督！”听到尤利的处境更加危险了，雅各布在一旁急得大叫起来。

“嘘……”朵拉向他做了个静音的手势，意思是让约瑟夫将军继续说下去。

“现在，我们必须提高太极八卦坞警戒级别，以防敌人在暗处对我们进行无法预料的打击。另外，我们还要马上准备出击，这样才能给尤利他们争取到逃离的时间和机会，否则……”约瑟夫将军刚说到这里，监控大厅里突然间响起了尖利的防护预警声。肖恩教授没有来得及思考就在防护等级上点了一个最高级。刚一点完，太极八卦坞在瞬间就开始猛烈地旋转起来，一边旋转着一边还变换着不同的卦象，八卦，六十四卦，太极，两仪，四相……就在这时，突然“轰隆”一声巨响，已然变成太极圆柱形的太极八卦坞竟然被一股巨大的力道震得向上飞了起来，监控大厅里的所有人都被这股突如其来的力道震得坐在了地上。

肖恩教授伏在地上脸色惨白地看着监控大厅里的数据。刚才多亏约瑟夫将军及时提醒他把防护级别提高，而他也不假思索几乎是下意识地将太极八卦坞的防护级别提到最高。而且，在太极八卦坞遭受重创的那一瞬，正好幸运地变形到太极图的位置。要知道太极形状是太极八卦坞最强的防护形了，即便是如此，号称“银河防御第一”的太极八卦坞也差一点儿被一击而毁！监控室里的数据显示，刚才太极八卦坞遭受的是一种只能称之为“念力暴”的超高级别攻击，它的强度超过蛇人上次攻击地球元老院念力波能量的一万倍以上。

由于太极八卦坞的高速旋转抵消了大部分的冲击力道，才使整个坞体没有受到太大的损伤，刚才系统即刻做出的自检报告也证实了这点。正当大家从慌乱中缓过神还有点儿庆幸时，肖恩教授却发现太极八卦坞由于被“念力暴”冲击失去了位置，它对“银河之碗”的信息锁定也告结束。

“怎么会有这么强的‘念力暴’？”肖恩教授与约瑟夫将军面面相觑，他们真该为太极八卦坞能躲过这一劫而庆幸。要知道，这种量级的“念力暴”如果作用在静止不动的银河科学院母体上，即便是银河科学院大门镇邪的“乾坤翡翠球”能抵消一部分念力波的力道，整个银河科学院也会被震得四分五裂。肖恩教授在监控大厅的数据采集窗口上输入了一段字符，显示窗口立刻显示出“念力暴”攻击的来源竟然是在“银河之碗”！

“我的天哪！他们的老巢竟然就在‘银河之碗’！我们的念力波探测设备竟然丝毫没有察觉到这种威胁！”肖恩教授看到这个数据后倒吸口凉气，看来蛇人在念力武器方面的确有很大突破。他在想：如果太极八卦坞没有离开银河科学院，这次攻击造成的损失可能会比银河舰队遭受的损失更大！

数据显示，这次攻击太极八卦坞的念力波不仅能量之大让人匪夷所思，更要命的是，它几乎没有给太极八卦坞提供预警的时间。从太极八卦坞发出预警信号到受到攻击仅仅有五秒的间隔，如果当时肖恩教授手慢一点儿或者再耽搁几秒钟仔细考虑下，太极八卦坞必遭重创无疑。看着监控室里一遍遍重复显示的监测数据，肖恩教授神情漠然地摇了摇头。他朝站在一旁的约瑟夫将军说：“太危险了，我们刚才离毁灭只有一根头发丝的距离。相比九年前，蛇人的念力武器已经发展到了登峰造极的地步，而我们的防御技术却还是原地踏步……”

约瑟夫将军此时却默不作声。从监视屏幕上显示的运动轨迹看，太极八卦坞被骤然而至的“念力暴”击出五公里才逐渐稳住。太极八卦坞是暂时脱离了险境，可尤利和纽曼他们的处境却更凶险了。

时间在一分一秒地向前滑动，可这里并不是个久留之地。谁知道下一波的“念力暴”何时到来？如果蛇人再增加“念力暴”的能量，到时候太极八卦坞能不能抵挡住这致命的一击还是个未知数。“银河之碗”内部的信息口锁定是解除了，可约瑟夫将军还是不敢轻易使用金字塔能通信器和尤利取得联系。因为这种信号虽然目前还不容易被破译，但跟踪起来并不困难。现在最好的办法就是派出几个小分队主动出击去策应一下。这样不仅可以分散敌方的注意力，让尤利他们有机会逃出来，而且还能适当减轻敌方对太极八卦坞的压力，让他们不敢孤注一掷地对付太极八卦坞。但派谁去呢？老将军用询问的目光朝四周望去，却发现身边除了刚刚返回的奥利维他们几个，并没有可用之人。

哎，老将军长叹一声。“巧妇也难为无米之炊！”手上无兵，如之奈何啊。

“将军，要不然我再出去一趟！”奥利维毅然站了起来，并朝身后的两位弟兄扫了一眼。现在，约瑟夫将军能派出去的只有他们。

“不！你们今天已经很辛苦了，我不能再让你们去冒险出击！”约瑟夫将军坚决地朝他摆了摆手。他知道即便奥利维他们出去也只是杯水车薪，而且他们没有真正的太空战车，那种民用级别的防弹飞车对付一般的民用武器还行，那种用于星战的大功率武器可以将这种飞车轻而易举地一击而毁。

银河启示录 联盟危机

两个人正说着，却突然看到肖恩教授旁边桌面上的一个拇指大的小金字塔向上发出一道道的金光。“是尤利他们！”朵拉高兴地叫道。

教授赶忙将小金字塔置于悬空，纯金小金字塔立刻悬浮在那里，清晰的三维图像也随即闪出。大家仔细一看，却见是岳剑将军。不过，他的身旁还站着一排全副武装的军人。

这排军人似乎也看到了约瑟夫将军，“唰”地一下，集体给约瑟夫将军敬了个军礼。

约瑟夫将军先是一愣，但他马上就明白过来了。他的老部下岳剑将军从来就没有让他失望过。他朝他们赞许地一竖大拇指。这时，岳剑将军旁边的一位年轻军官向前走了一步，先向岳剑将军敬了个军礼又转过身来朝约瑟夫将军敬了个礼，然后报告道：“‘大秦’号星舰舰长率全体官兵起义！现在起听从两位将军调遣！”

“好！我现在正需要人手……”约瑟夫将军回了礼后答道。

6

“看你今天还能逃到哪里！不杀你我今天誓不为人！”顾不得刚才倒地时撞伤的左臂，维尼紧要牙关一手握着枪一手握着探测仪紧紧地跟在尤利后面。转过一道弯，刚才那两个仓皇而逃的人影一下子又不见了。再往前走，却是一个十字路口，不知道该往哪里走，两个人在路口等了下气喘吁吁跑过来的纽曼。

“怎么，又不见了！”纽曼焦急地问道。

“奇怪！刚还见在这里！一转眼就不见了。”维尼手持着中微子探测仪朝四周来回搜寻着目标。

“再看看上下有没有！”尤利在一旁提醒道。

维尼刚将手上的探测器采集口指向上方，就突然感觉到一股热流从天而降。自己手上握着的枪和探测仪如同长了翅膀一样“嗖”的一声飞了出去。紧接着，一条碗口粗细的巨臂猛地扫了过来，正打在维尼的胸腹之上。维尼被这一股巨大的力道打得身体横着飞了出去，“咚”的一声撞在了合金墙壁上。纽曼见势不好，正想举枪射击，但发现枪刚握在手里就不由自主地扭转了一个方向，那方向却正对着尤利的面门，而尤利手上的那把枪也正对着他的脑门……

“不！”纽曼大叫一声，另一只手也握了上去。他拧着脖子不敢朝前看，两只手使劲想把枪的方向扭转一个角度，可那支枪像是被焊住了一样一动也不能动。就在这时，“扑通”一声，好像又有一个什么东西从上面的圆形排气孔中又掉了下来。尤利和纽曼感觉到手上的那股力道猛地一减，才敢低头一看，掉在地上的竟然是代总统松本！

松本这下好像摔得不轻。他在地下挣扎着爬了起来又朝前冲去，一边跑一边大声叫喊：“救命！快来人啊！有刺客！”

这时，尤利才终于有机会扭过头朝松本逃去的方向望去，这一望才发现堵在他们面前不远处和他们对峙的竟然是一个美貌异常的裸体蛇人。那个蛇人竟然可以用尾巴直立，两双丹凤一样的美目直视着他们，目光中充满了一种无法抗拒的力量。可能是松本从身边窜过去，让这个蛇人无法凝神对付他们两个，在加上刚才尤利和她对视的一瞬间好像有种东西注入到蛇人的目光中，蛇人的身体猛地一怔，尤利和纽曼则突然明显感觉到他们手中的那把枪好像可以控制住了。

“松本！哪里跑！”尤利大喊一声，他终于率先挣脱了蛇人念力的控制，踉跄了一步向前冲去，甩手一枪，一道弧光直追松本的身影而去。可能是刚才在僵持中手臂发麻了，这道弧光竟然从松本头顶掠过。等他再一次想将那道犀利的弧光点射在松本后脑上时，却发现“嗖”的一声，那个俏丽的蛇人已经盘卷着身体将那枪口的弧光完全封堵住了。“噗”的一声，蛇人被一道激光拦腰切成了几段，断裂开的身体呼啦啦地落了一地……可能是被眼前突如其来的惨景震慑住了，尤利竟然忘了举枪再次朝松本射击。就在这一愣神的工夫，他突然听到背后纽曼在惊叫：“尤利快走！‘机甲武士’从那边过来了。”

松本正仓皇地往前跑着，突然听到背后的异响。扭头一看，只见“美人鱼”已然倒在了血泊之中。美姬张着嘴用尽最后一点儿力气朝他说道：“我的王，你快点儿走了，他们要……”话没有说完，扑腾一声，最后直立的半截身子也栽落了下来。

“啊！他们杀了你！我跟他们拼了……”松本转过身来，也顾不得了什么危险，如同疯了般地冲过来抱着美姬残断的肢体，两只眼睛似乎要冒出火！“你别走！等我下！我去叫医生！你要挺住啊……”松本跪在那里将一截一截的肢体都抱着怀里，嘴里不停地大叫着，眼里竟然流出了鲜血……

纽曼的话还没有说完，一道红色的粒子束已经擦过尤利的额头将旁边的墙壁射穿了。等尤利再一次举枪向松本射击时，却发现冲在最前面的一名“机甲武士”已经封堵住了视线。亮光一闪，纽曼和刚清醒过来的维尼举枪射了半天才将这名冲在最前面的“机甲武士”放倒。眼看着又有几名“机甲武士”冲了过来，三个人慌不择路地沿着一条带有坡道的小道朝前跑去。

拐过一个弯，发现另外一条岔路上好像也有追兵。三个人虚晃一枪，且战且退。多亏身上的热能防护服能帮他们抵挡住瞬间的激光束和高能粒子流的袭击，即便是这样，维尼和纽曼的头发也被一束激光扫到，瞬间就化成了灰烬。

在一个岔道口内侧，三人在一处暗道边稍微喘息了一下。维尼赶忙从怀里拿出中微子探测仪查看。幸好，还能使用。刚才那个蛇人奋力一击，将他打出丈余，手中的探测仪也重重地摔在了地上，看来这东西质量果然不错！

“快查下地图，看看我们在哪里？”纽曼喘着粗气说道。“今天差点就杀了松本，要不是那个蛇人挡着，我们几乎就成功了。”纽曼悔恨地一拳砸在了墙上。

“算了，不要说了，是天不绝松本！我们大家都尽力了。”尤利安慰了纽曼两句也帮维尼查看起了全息地图。

“你看，这里是银河议会大厦的多功能区。再往前走就是银河游泳池，只有穿过游泳池才能和到达‘银河之碗’的内壁，穿过内壁才能和大卫会合。”尤利指着地图上的一片蓝色区域说道。

“我们现在还要和他会合？”纽曼诧异道。

“我们不能扔下他不管，他可能还在那里等我们呢。”尤利说道。

“那就往游泳池的方向去吧，就是死也能先让我长点儿见识，看看这些议员们平时都干些什么。”维尼正说着，就听到后面一阵的人声鼎沸，他们好像被发现了！原来，继“机甲武士”进来之后，银河联盟警察部队也进入了“银河之碗”的核心区，正在用各种仪器搜索着他们三人。

“快走！”维尼说着朝相反的一个方向扔了一枚眩光弹，三个人闭着眼睛朝前面继续冲去。

前面的通道越来越宽，如喇叭口一样对接着一个圆形穹顶大厅，大厅的墙壁和穹顶都是透明的，还有不少客人正流连于四周的美景。

此时，外面一阵大乱，大厅里的众人正惊恐间，就看到三个满身血污的人冲了进来，一个个都被吓得抱着头伏在墙角不敢动弹。

“你会游泳吗？”维尼问纽曼。

“告诉你我现在更愿意跳入尼亚加拉。”纽曼没好气地回答道。

此时，维尼跑在最前面。他看见迎面有几个游人躲闪不及，干脆直接一拐，想从岔道过去，没想到，一个年老的妇人战战兢兢地挡在他的面前。那人哆嗦了一下说道：“这里是女性更衣间。先生要游泳，可不可以走那边？”

“我们要找人！游泳池在哪里？”维尼厉声问道。

“那儿，往前一直走。”老妇人给他们指了条路后又哆嗦着蜷曲身子蹲了下来。

“哗”，入口处又是一阵大乱，一大队联盟警察已经跟着冲了进来。三人分开挡在面前几个正在发愣的游人径直朝里面冲去。刚冲进去十几米，突然一抬头，眼前出现了偌大的一个海滩，那海滩真如传说中的幻境一般……

碧水、银沙，高大的棕榈树像一个个撑起的伞盖错落有致地点缀在银白色的沙滩之上；碧蓝的海水荡漾着，和远处蔚蓝色的坚壁融为一体。近处，沙滩上，三三两两的游人都相拥着坐在五颜六色的华盖之下。天空中，一个花瓣状的人造太阳散发着煦暖的阳光……一跑到这里，三个人一下子都愣住了，似乎忘记了后面还有大队的追兵。

“怪不得人人都想当联盟议员，这可比待在星舰上强多了。”维尼看了一眼尤利。此时，尤利沉思着，他的目光正直视着面前的大海。

“怎么办？”纽曼朝身后看看。这时，更衣处好像已经开始乱了，警察佩戴的扩音器已经开始警告人们保持肃静，一个黑色的身影也已冲破拥堵的人流追了过来。

“游过去！”尤利已经打定了主意。他向前猛跑了几步，前面有个搭建好的海边跳台，尤利跃上跳台又助跑了几步，最后一个猛子扎入海里，维尼和纽曼一看也跟在后面跳了下去。

三个人在海底潜游着，头顶上，密集的激光束将海水射出一排排汽化的水涡，只要他们一露头，就很容易被击中头部。

纽曼有点儿支持不住了，他紧紧地捏着鼻子，肺部在极度缺氧中痉挛地颤动着。终于，他忍不住了，一口海水涌了进去。奇怪！他的肺泡张开了，好像能过滤掉水中的氧气似的。这时，维尼似乎也发现了这里的水可以呼吸，他猛地一拉尤利的脚脖子，大声说道："尤利！你看我们都像鱼一样，可以在水中呼吸！"

三个人当中，尤利的肺活量最大，他扎猛子前憋的一口气还没有消耗完。正游着，突然发现自己的脚被捉住了，猛然回过头，看到维尼和纽曼都在水中大张着嘴，用手比划着，好像在向他说着什么。尤利明白过来了，也赶忙张开嘴深吸了一口水。果然，这里的水与众不同，在海里和在陆地上呼吸一样的顺畅。

在水中，声音的传播速度很慢，他们三个人互相要说一句话必须把嘴巴贴近对方的耳朵边才行。

"尤利，我们要游到哪里去？总不会一直待在这里不出去吧？"维尼贴着尤利的耳朵大声问道。

尤利往前一指，又贴着维尼和纽曼的耳朵大声说："那边！一直往过游，就能游到一堵墙上，那里就应该是'银河之碗'的内壁。我们必须想办法出去，和大卫会合，这样我们才有机会逃出议会大厦！"

"即便是我们逃到'银河之碗'里面，即便是大卫还在那里等着我们，但仅凭一个悬浮舱是无法冲破'银河之碗'顶上的穹顶逃出去的！"维尼又反过来对着尤利的耳朵大声说。

"不管怎样，我们都必须试下，因为我们不能对大卫食言，只要能出去就可能有转机！"

"好吧！"三个人在水中压了一下手然后再次向前游去。

"银河之碗"信息窗口在一瞬间突然都打开了。由于信息长时间的拥堵，弹出的各种窗口和此起彼伏的报警声连成了一片，整个议会大厦顿时大乱。乱过之后，"银河之碗"里的人们并没有发现什么危险的征兆便又逐渐安静了下来。

但不多时，一队队“机甲武士”和联盟安全警察都涌进入了“银河之碗”的公共区。

忽悠一下，艾佛森感觉到周围的空气似乎都猛烈地震颤了一下。突然间，他一直用眼角余光盯着的太极八卦坞一眨眼就不见了。它是逃跑了还是突然要向“银河之碗”发动进攻呢？艾佛森紧张地四处张望，却发现太极八卦坞一瞬间陡然升高了不止五公里。

艾佛森把车停在距离第 1 区最近的一个泊位，可第 1 区的进入通道并不对他开放。艾佛森拿出那粒钻石晶体，接通了松本总统的连线，晶体悬浮在空中一闪一闪的，但并没有总统的图像出来。

“还没有人接听？”这一次信号是没有问题了，可总统却并不在指定区域……艾佛森突然有了到一种奇怪的预感：“松本总统是不是已经出事了？”

第 1 区的巢格进不去，那就必须先从其他区域进去后再绕行过去。离第 1 区比较近的几个巢格的通道都被打开了，“机甲武士”以最快的速度首先进入，接着联盟安全警察部队和联盟安全调查局特行队也蜂拥而入。银河舰队陆战队由于要防备太极八卦坞的攻击，所以暂时守在“银河之碗”外围待命。今天是场恶仗！他必须冷静地判断局势而不能妄动。

“报告将军，刚才得到了两个情报：一是在联盟安全调查局所属的 51 区外围发现了一辆可疑的没有任何编号的改装飞车；另外一个说是‘钢瓦那’议员刚才向联盟安全警察透露，有四个形迹可疑的人征用了他们星球的反重力悬浮舱……”

“他们的悬浮舱现在在哪里？”

“经过银河舰队的行星地面图形扫描，悬浮舱目前还在我们‘银河之碗’内部的第 1 区附近游弋，目前上面还有个人。根据议会大厦的身份系统识别，这个人就是前联盟安全调查局的特警大卫上士，尤利等人就是用这些还没有来得及注销的警察身份混进‘银河之碗’内部的！”

“哦，大卫，我的老部下了……说不定奥利维也在那里！走！马上打开贵宾通道，我要亲自去看望他们。”艾佛森一挥袖子，朝手下的贴身警卫恶狠狠地说道。一想起奥利维，艾佛森就气得咬牙切齿！

三个人差不多又潜游了一百米，尤利发现前面不远处的海水流向发生了变化。再往前游，一道坚壁挡住了去路，几个人都扶着坚壁停了下来。

“怎么办？”维尼看着尤利和纽曼。墙壁外面就是“银河之碗”的“碗”里了，可怎么出去呢？想用激光枪在水里打开这道几米厚的合金坚壁简直不可能。三个人点了点头，同时意识到了这点。

“维尼，用你的中微子探测仪查看下，它不是号称全天候的吗？在水里能用不？”尤利在维尼耳边大声喊道。

“对啊，我还从来没有试过在水里怎么用呢。”维尼忙从腰间的皮包里取出这个巴掌大的宝贝，在上面的按键上点了下，果然，探测器的窗口显示可以使用。纽曼在使用环境上点了下，仪器立刻显示：“水下 15.13 米，可拉星球富氧水，含氧量：28%”。

“这水竟然是从可拉星球运来的，真够奢侈！给舰队投资他们说没有钱！”维尼看后气哼哼地骂了句，又赶忙把地形图调了出来。

在整个人造海的地形图上，显示这里的外壁厚度达到 3.51 米，整个海域面积 5.19 平方公里，海水通过往复循环得以净化和产生模拟洋流及海浪。

探测仪同时显示已经有十几个人正朝他们这个方向游来，最近距离：一百二十五米。

“这里没有向外的出口吗？”尤利问道。

“没有，从图上看这里是全封闭的，只有个往回的海水循环系统。不过，往右两百米左右好像有个私人区域，像是个专供个别人使用的小型泳池，那里好像还有一条和外界连通的通道。有这么好的游泳池了，为什么还要弄个小的呢？”维尼看着结构图有些不解地说道。

“这就叫特权。在我们银河联盟里，特权这个概念什么时候都不会过时。你要知道特权者也喜欢游泳，只是他们游泳的时候不喜欢你看到他们肥胖变形的屁股！走吧，这里也不宜久留。”纽曼说着率先向那边游去，尤利和维尼紧跟在后面。

游了差不多两百米，一个直径达两米的管道出现在他们面前。

“应该就是从这里进去！”维尼手持着探测仪确认道。

伏在洞口，微微地能感觉到有一股吸力将人向管道里吸。尤利率先钻进洞里，只觉得身后有一股强大的推力推着他向前。他往后看了一眼，维尼和纽曼也紧跟其后。尤利能感觉到这个管道是斜向上的。差不多行进了二十多米，突然前面出现了了一道金属挡板把管道堵死了。

纽曼上前用手在这道挡板上敲了敲，大声对尤利和维尼道："这是道滤水板，大海里的水在进入小池之前都要过滤和净化一下……"

"那怎么办？水中又无法使用激光枪！如果打不开这道滤水板，我们怎么过去？"维尼说着用手推了下那道挡板，挡板纹丝不动。

纽曼想了下说道："激光枪近距离应该还是可以的，你的那把高速粒子枪应该更好用一些，水对这些高速粒子的减速作用在短距离并不明显！"

"是吗？我来试下，你们都退后！"维尼拔出那把高速射线粒子枪瞄准了那道滤水板。

一道红光闪过，磨盘厚的滤水板瞬间就被粒子枪射穿了。不多时，直径两米的滤水板就被维尼手中的高速粒子枪熔出一个直径一米的大洞，水流瞬间变快了。三人还没有来得及考虑是不是进去，已经被水流裹挟着从破损的洞中冲了过去。眨眼间，"咚"的一声，三个人就被迅疾的水流直接抛出了水面，一屁股坐在了松软的沙滩上。睁开眼，一道刺眼的阳光逼得三人都马上又把眼睛闭上了。

过了好久，尤利三人才慢慢地睁开眼睛，却都禁不住惊叫了一声："好美啊！"

如果说三个人刚看到的人造海滨浴场犹如人间的仙境，那么这个别有洞天的小型私人空间就是真的仙境了。只见这里浅水溪流，深潭悬瀑，高大的棕榈树错落有致地点缀在一弯月牙一样银白修长的沙洲之上。溪流和瀑布的四周是茂密的森林，溪流边奇花异卉美不胜收。碧绿的潭水犹如一块巨大的翡翠镶嵌在高悬的瀑布之下，一道七色的彩虹飞渡在瀑布与潭水之间。抬头看，一颗独立的微型人造心形小太阳悬挂在碧蓝的苍穹之上。更令人感到惊异的是在距离沙洲不远，有座悬浮在半空中的假山。这座假山高约百尺，宽约十丈。山上藤萝密布，直径有一尺多的奇异花朵布满了整个山丘，宛如一座空中的花园。假山在微微地旋转，不时地有一道红光从假山上射出，在红光射出之后，整个假山好像在一瞬间变成了一块巨大的透明红色晶体。

“这可能就是‘念力山’！”纽曼看后不禁失声叫道。

“什么是‘念力山’？”看着纽曼一脸的惊惧，尤利和维尼隐隐地感觉到这里肯定和蛇人星球有关。刚才他们三人手持武器通力合作，竟然敌不过一个手无寸铁的柔弱女蛇人，如果那个蛇人的念力波不是被松本干扰了，最后的结果难以想象！不过，那个蛇女最后竟然不惜用自己的身体救了松本一命，这也大大出乎尤利的想象。也许是女蛇人被射杀的场景太过惨烈，竟然让尤利突然之间产生了一种悲悯之情，这种意外的悲悯之情让尤利的手和意识都稍稍地迟疑了一下。其实，当时他是有机会再给松本致命一击的……“请不要杀他！求你了。”尤利的大脑里突然有个细小的声音这样对他说。他一怔，机会就从他的身边彻底地滑过了！

“没有杀掉松本，这也许是他自己给自己找的借口吧！”尤利无奈地摇摇头，不愿再想这件事。

“‘念力山’只是一种形象的比喻，但这是银河科学院对这种建筑（勉为其难地称之为建筑）的正式命名。根据银河科学院近年来的研究，在蛇人星球，这种念力山也不多见。据说“银河十大不可思议建筑”排名第一的蛇人星球帝国研究院就是一座无与伦比的‘念力山’。从我们最新得到的资料看，蛇人星球上正在大力研制各种‘念力山’。之所以将他们命名为‘念力山’，就是因为它们的形状和地球上的高山非常相像，但它们都是漂浮在半空中的。他们浮在半空中和我们现在所处的这个‘银河之碗’浮在半空中的原理截然不同！‘银河之碗’浮在半空中靠的是希格斯玻色子操控术，它可以使物体本身丧失质量特性而悬浮起来，而‘念力山’浮在半空中则完全靠的是念力！这个念力要产生一个对抗万有引力的反方向力，‘念力山’才能悬浮 起来。‘念力山’最主要的一个作用就是能将各处分散的念力汇聚并增益放大。蛇人念力武器威力无穷，都和这种‘念力山’有关！这个东西可以说是蛇人星球科技最核心的精华之一。如果肖恩教授能看到这个真实的‘念力山’就好了，说不定会对它们的原理有更深的理解。”纽曼博士一口气说了这么多，惊得尤利和维尼目瞪口呆。

“怪不得菲利普总统的悬浮舱突然从空中坠落，那个被射杀的蛇人和这座‘念力山’可能就是元凶。蛇人今天被击毙了，也算我们为菲利普总统报了仇，他老人家在九泉之下也能瞑目了！”尤利凄然道。

“那我们今天就把它毁掉，别让它再害人！”维尼说着就要掏出他的那把高速射线粒子枪。

“别着急！”尤利拉了一下维尼的手臂说道，“你先用你的探测仪把这个‘念力山’的三维全息图景拍下来，如果我们有机会出去的话，肖恩教授的科学院说不定能用上。”

“好，我先把它的全息数据收集起来再干掉它。”维尼举起他的中微子探测仪将“念力山”的各种数据悉数收集起来。等收集完毕，三人用眼神默契地交流了下，不约而同都拔出枪对着“念力山”一通狂射。起初，“念力山”上只是落叶纷飞，被激光烧焦的奇花异卉和各种藤萝呼啦啦地落了下来，但是想真正摧毁它还是比较困难。

“这个家伙到底是什么材料做成的？怎么这么结实！看看你的探测仪显示的数据。”纽曼的一句话提醒了维尼，他赶忙取出探测仪看了一下，大惊失色道：“这个东西的成分竟然是碳，是和钻石一样的结构和成分，但我感觉它的晶体结构比钻石还要完美。”

“不管它完美不完美，我们在离开之前必须将它毁掉，否则连太极八卦坞都会受到这个东西的伤害！”不知道为什么，尤利在说这句话时脑海里突然想起了那个被他射杀的蛇女，这里似乎到处都是她留下的痕迹！猛然间，尤利的脑海里又有个细小的声音对他说：“完美，那个蛇女堪称完美。”

“即便是钻石山，我们的枪支也应该能将它熔出一个洞，然后用夸克弹将它摧毁。”纽曼想了下说道。

“不会伤及无辜吧？如果波及了外面的‘大海’，那里面的人可不少！”尤利担心道，可在他的心底里却是害怕这个美妙的仙境被炸得面目全非。

“我计算一下。”维尼在探测仪的窗口迅速输入了一串字符，等了一秒钟，计算结果出来了，他的那种夸克弹的能量也只能刚好将这个“念力山”的结构破坏掉。

“真结实！”维尼嘴里嘟囔了一句。

三人商量了下，同时举起枪支，三股火力集中在一点射向那座“念力山”。不一会儿，就感觉到“念力山”上开始有红色的液体流出来，竟然像血一样！

流出来液体遇到水竟然变成了如红色宝石一样的圆锥形晶体。不知为什么，尤利突然感觉到自己又在射杀那个裸体的蛇人，那个美女蛇人被他枪支发出的激光束切成八节，血流了一地……

他闭上眼，使劲用意念驱逐这个可怕的想法。可他发现，在和那个蛇人举目相视的那一瞬，有种奇怪的东西一下子就进入他的大脑之中，而且和他的脑细胞结成了一体。

“好了！”是纽曼把他的手挡了下来。尤利如梦初醒般地一怔，恍如从梦境中醒来。

他睁开眼睛，看到维尼已经在从内衣的衣袋里取出一个钛金小盒，里面装有一颗红枣一样大小的东西。“最后一颗，正好用完！”维尼朝他一笑，将这个东西含在嘴里，然后快步跑到“念力山”下，顺着一根被他们射落的粗藤往上爬。没几下，维尼就爬到他们用激光枪打出的那个洞口附近。洞口一尺来粗，深有两米，呈喇叭状，但洞壁光滑如镜，那枚夸克弹试着放置了几次都滑了下来。这时，刚将他们送进来的那个进水洞里好像突然有了声音。

“他们这么快就撵过来了？”尤利和纽曼四下一看，并没有看到有什么合适的东西能封堵住那个进水口。没有办法，他们只能从旁边溪流边搬一些石头朝那个洞口扔了下去。石头不够用了，尤利转身朝“念力山”下刚落下的那堆圆锥体走去。那些圆锥体摸上去光滑如镜，简直就和打磨好的钻石一样光洁细腻。尤利把它拾起来，又有点儿舍不得扔了。不过抬头看，看到维尼已经用一根粗藤快将夸克弹安置好了，一咬牙，抱起两块最大的锥体就冲向了那个洞口，一闭眼，就将两块巨大的晶体都扔了下去。回过身，见纽曼也去抱那些晶体，尤利忙喊了声：“留几颗小的，我们要带回走，说不定肖恩教授还有用！”回过身，他又跑了过去，从水里捡了几颗鹌鹑蛋大小的暗红色晶体，放入了自己的口袋。

维尼已经从藤上滑了下来，朝他喊了一声：“快走！只有五分钟撤离的时间。”说完三人最后朝这里望了一眼，便按照探测仪测得的路径沿着一条低矮平滑的圆形坡道向上跑去。维尼一边跑一边气喘吁吁地说道：“刚才我又细看了下地形图，这条路其实一直通往我们打破窗户进来的那个密室之中。这个地方看来是松本和那个蛇人在一起享乐的天堂，因为除了这条秘密通道，根本没有其他路径可以进到这里。”

“这么巧？那我们不是很快就能出去了吗？”正说着，三人突然听到背后“轰隆”一声震天动地的巨响，一股突如其来的热浪从背后将三人同时掀起，身体如被狂风吹起的树叶一样向前滑行了六七米才勉强停住。

几乎与此同时，在距离“银河之碗”十公里之遥的太极八卦坞里也是风声鹤唳。约瑟夫将军刚和岳剑将军交谈完“大秦”号前来投诚之事，稍微松了口气，就发现刚才还在监视器中的艾佛森突然不见了。

要是能把这个难缠的家伙吸引住就好了。他再进去，尤利和纽曼就更吃紧了！可现在救兵还没有到，连能抵挡住银河舰队陆战队星战热能武器的战车都没有，出击显然不行。看来只有等待“大秦”号过来增援才能出击。

约瑟夫将军看着手腕上的劳力士原子表，都已经过去十几分钟了，怎么还看不到“大秦”号的身影？难道是“大秦”号有变？不会！他相信岳剑将军。不过，即便是有变，如果连岳剑将军都处理不好的事情，他也根本没有可能处理好，担心也没有用，索性不再考虑。就在这时，太极八卦坞的预警警报又突然响起，这一次，太极八卦坞发出预警警报的竟然是十维空间幽灵粒子预警系统发出的超光速预警。由于刚才预警的失败，太极八卦坞已经自动启动了最高级别的预警系统。系统显示，无数道念力波正从整个银河系千数个地点发出，正在向“银河之碗”汇集。由于念力具有超时空性，按说在十维空间自旋展开的幽灵粒子传播的速度已经超过了百倍光速，但还是无法跟上念力波的传播速度。不过由于要将整个银河各个地点发出的念力波汇集起来，并在“银河之碗”内调制解调和放大，这就从理论上给了太极八卦坞一分钟到一分半钟的预警时间。由于这次念力波来势非常凶猛，太极八卦坞的转速陡然提高到了平时的百倍以上，因为它目前只有靠高速的旋转才有可能化解掉施加于其上的超强力道。

看着太极八卦坞的转速已经超过最高设计转速的两倍，肖恩教授的脸色顿时变得煞白。他示意所有人都要紧紧握住固定在地面上的各种把手，以免在太极八卦坞遭受冲击的时候，自己的身体也被震得飞了起来。所有的成败就看太极八卦坞能否抵挡得住这宇宙中最犀利、最致命的一击。

预警的警报声还在凄厉的鸣叫，可声音好像没有刚才急了。一分钟、两分钟，预警警报声越来越缓，最后竟然停了下来。“警报解除”。信息窗口显示的几个大字让肖恩教授浑然摸不着头脑。两位老者都不约而同地用手拭了下额头渗出的汗水，相视一笑。肖恩教授人忍不住冒出一句：“好险啊！”话还没有说完，监测室的信息窗口就弹出了另外一条即时信息：“类夸克爆炸，爆炸地点：银河联盟议会大厦多功能区”。看到这条信息，约瑟夫将军和肖恩教授的脸色又都一下子变得煞白……

7

艾佛森径直将自己的飞车从贵宾通道直接驶入“银河之碗”内部，按说这是绝对禁止的。因为在历史上，也仅仅有几次这里有飞车驶入的记录。那几次事件是：“银河之碗”落成典礼，四十年一届的银河奥林匹克运动会的盛大开幕式，最近的一次就是九年前银河之战胜利后的阅兵式。现在他艾佛森也将载入史册，他觉得他有这个实力！一人之下，万万人之上；而且说不定这个“一人”也已经死了！那么他就是未来的银河之王！想到这里，他突然后悔自己来得太急了，他应该借这帮叛匪之手除掉松本才对！松本的嫡系银河舰队主力已经被消灭了，而现在，银河舰队陆战队、联盟安全警察部队和所有的“机甲武士”都归他调遣，他握有军权，军权就是实力！这再简单不过的了。此时，他就放慢了节奏，不过，那个曾经压制过他的奥利维可绝对不能放过。

“将军，那个叫大卫的前安全调查局特行队特警乘坐的悬浮舱还在第1区附近巡弋。我们注意到，那里有个被热能武器破坏掉的金属玻璃窗户，我们是否将他马上拘捕？”一个黑衣特行队员乘坐一架小型悬浮舱在他的车旁汇报道。

“不必！你们先都躲到一边去，不许惊扰他。同时通知已经进入巢格的所有‘机甲武士’立刻停止进攻！”艾佛森一摆手，自己的飞车如同一只夜蝙蝠一样“嗖”的一声飞到那个炫目而巨大的钻石悬浮舱后面躲了起来。刚躲在那里没有多久，就听见“轰隆”一声闷响，一声巨大的爆炸声把他吓了一跳，爆炸引起的冲击波让悬浮在半空中的巨大钻石悬浮舱也跟着猛烈地晃动了起来。紧接着，头顶上“嘎嘣”一声巨响，直径达五十公里的巨大水晶金属苍穹竟然被震裂了一道缝，看上去宛如一道贯穿整个天际的银河。“我的妈呀！”艾佛森也突然之间感觉害怕了。

大卫已经在第1区的内围区域等待了一个多小时。杀一两个人需要多少时间？他没有概念，因为他手中握着的枪从来都只是个摆设。

九年前，那场血雨腥风的伟大战争他没有亲历过，他曾感叹自己生不逢时。九年后，那场曾经的银河之战如同传说一样的渺茫。

能和当年叱咤银河的英雄、自己年少时期的偶像一起并肩作战，这曾是他多少年来梦寐以求的事情啊。这一刻，梦想似乎已经实现。

他后悔自己没有和尤利他们一同进去，一起并肩作战，他不应该等在这里。在向奥利维提出和尤利他们一起去刺杀松本的时候，他已经将自己的生死置之度外。看着尤利他们几个从悬浮舱里高高地跃起一头扎入“银河之碗”，他的热血立刻沸腾了。这才是真的英雄啊！他在心里赞叹着。在悬浮舱内，他试着模仿着尤利刚才高高跃起在空中转体的动作。悬浮舱忽悠一晃，他的身体差点儿失去了平衡，跌出悬浮舱之外，吓得他赶忙将舱体的扶手抓紧。

尤利让他在这里接应他们，这同样是件光荣的任务。这时，他把目光瞄向那个被激光枪熔出的黑洞。一会儿，尤利他们杀掉松本和蛇人，还要从这里回来，他必须将悬浮舱停在离那个洞口最近的位置。

他看着表，都过去快十分钟了，怎么还没有人出来？难道是尤利他们出了意外？大卫不敢往那里想。不会的，尤利和维尼都是久经沙场的老将了，纽曼也是总统府的卫队长，这三个人联手没有办不成的事情。这个时候，他又想起了和奥利维他们在大堡礁追捕尤利的情景。虽然那个时候，他们各为其主，是敌人，可他从心底里没有把尤利和维尼他们当成敌人，当时只是军令难违罢了。因此，当奥利维说要准备投诚，他第一个站起来表示支持。因为，他觉得，他的理想就是当一个像尤利那样的英雄。

突然间，整个“银河之碗”一下子全亮了，而且巢格里面传来了阵阵报警声。大卫这时才觉得可能出意外了。他如同发现了什么目标似的把那把新配备的什么枪握在了手里，时刻准备着射击。他把枪口对准那个洞口，可那个洞口里还是什么都没有。这时他想，尤利他们会不会从其他的出口出来，如果是这样的话，他等在这里就会耽误事情。不能在这里再傻等了，他把悬浮舱的移动按钮按动，让悬浮舱在附近不停地游弋，而他试图在附近找出另外一个可疑的出口。

他发现今天晚上，所有巢格的悬浮舱都固定在“银河之碗”的内壁上，像一个巨树上挂满了累累的果实。刚才没有亮光，借着月光看得不够仔细。现在，整个“银河之碗“的巢格一下子全亮了起来，甚至还有一束光照在了自己的脸上。他下意识地用手挡了一下，却不经意地发现在另外一个位置，有几个幽灵一样的舱体在慢慢朝他靠近！这时，他才真的意识到：尤利他们真的可能失手了！

怎么办？他不能束手就擒！如果他们敢过来，他就以死相拼！人大不了就是一死，但要死得其所！他正这样想着，却突然发现那几个悄悄向他移动过来的幽浮又一下子不见了。可能是自己在这里等得太久眼花了。他揉揉眼睛，再仔细朝四下看看，却什么都没有看到。这时，他又把注意力集中在那个黑洞之上，如果尤利他们真的失手了，他怎么办？是冲进去和松本他们拼个你死我活，还是……正想着，突然里面一声巨响，有一股强大的气流从那个黑洞之中喷射出来，这股气流打在他的悬浮舱的边缘，将悬浮舱打得在原地滴溜溜地旋转。同时，他知道：完了！尤利他们肯定和敌人同归于尽了！

悬浮舱旋转了十几周才慢慢地停了下来。突然，他感觉天上好像有些什么东西掉在了自己的头上，用手一摸，扎扎的，再抬头一看，我的天，映着月光，一道贯穿整个苍穹的“银河”出现在他的视野。是天裂了！正迟疑间，突然感觉身边有个声音在喊他的名字：“大卫！大卫！”

是尤利！他一下子就听出了那是尤利的声音。扭过头，那个黑乎乎的洞口果然出现了一个人影，紧接着，那个人已经蹲在了那个洞口上。

“好，我马上把舱体接驳好！”大卫有点儿激动得手足无措。他按动悬浮舱的移动按钮，将舱体牢牢地靠在距离洞口最近的位置。刚靠稳，那个身影一闪，尤利已经稳稳当当地跃入到悬浮舱内，紧接着，维尼和纽曼也从那个洞口跳了过来。

“吓死我了，刚才那声爆炸，我以为你们……”大卫感觉到自己有点儿语无伦次。

"没事！只是松本命大，没有除掉他，但那个蛇人被我们铲除了。"维尼拍了下大卫的肩膀，"让你久等了。"

"没……没有什么，我只是担心你们，现在好了，我们赶快走吧！"大卫看着尤利，此时，尤利的眼神却固定在了远处。他已经看到了那一排排渐渐围上来的"机甲武士"战车！

"尤利总督，没有想到我们在这里终于见面了。对了，还有维尼舰长！纽曼博士，你们能告诉我奥利维那个缩头乌龟怎么没有来吗？"突然之间，整个"银河之碗"被一颗突然亮起的人造太阳照得如同白昼一样，一个阴阳怪气的声音像是从耳畔猛然响起，震得几个人耳膜嗡嗡直响。

维尼正要摸枪，手还未动，却听见"吱"的一声，他的那把高能射线枪已经被一束准确的激光在瞬间熔掉了。

"告诉你们别动，都把手举起来！"此时，艾佛森的飞车犹如一只宽大的蝙蝠越过那道黑乎乎的战车冲到了最前面。

维尼看了尤利和纽曼一眼，先把手举了起来。大卫也学着三人的样子把手举过了头顶。不过，不知道为什么，有尤利在他的身边，他一点儿也不害怕。

"总督大人，您还没有回答我的话呢。那两个老狐狸和奥利维怎么没有来？他们把你们派出来送死有点儿不厚道啊。对了，还有大卫，你的奥利维队长呢？"耳畔那个声音还在嗡嗡地响。

"说话啊，怎么都哑巴了？"

大卫看了尤利一眼，没有吭声。

"妈的！不说话，跟我装哑巴！大卫，你过去扇他们三人一个嘴巴，我就看在你曾是我的部下的份上，饶你不死！"

"去你的吧！"大卫终于忍不住骂了一句。

"你说什么？我没有听清，你再说一遍！我让你给我跪着说话。"话音刚落，又听见"哧"的一声，两道亮光闪过，大卫的膝盖被两束穿透舱体的激光打穿了髌骨。大卫只感觉到两条腿突然一热，"呼嗵"一声跪了下来，他挣扎着想站起来，可两条腿好像已经不是自己的了。

"艾佛森，请不要难为他，他还只是个孩子，我们跟你走。"尤利用一只手拉着大卫不想让他倒下……

“好吧！既然总督发话了，那……”

艾佛森的“那”字还没有说完，就听见头顶上“轰隆”一声巨响，紧接着“哗啦”一声脆响，整个长达五十公里，平均厚达五米的水晶金属穹顶在一瞬间突然垮塌。伴随着如半个足球场一样大小的水晶金属碎片如雨般倾然而下，一辆流线型的舰载登陆艇比这些碎片更快地降落在了尤利他们乘坐的悬浮舱的舱顶，挡住了所有落下的碎片。此时，登陆艇的底部的门早已打开，那个门像一条巨鲨的嘴一样将整个悬浮舱一口吞下……

尤利正惊愕间，维尼大叫一声：“是‘大秦’号上的登陆艇！”这时，驾驶登陆艇的人猛地回过头来。“金太英！是你！”维尼一个高从悬浮舱里蹦了出来。

“是我，老舰长！你看，‘大秦’号正在上面等我们呢？对了，还有我们舰队的司令……”

这时，从登陆艇的舷窗看出去，只见在“银河之碗”的上空，一大一小两艘飞船像两片乌云一样压在这只“巨碗”之上，此时，那个体型大很多的八边形“飞船”的底部舱门已经打开，如同吸入一粒灰尘，流线型的登陆艇像是被它吸入一样渐渐地隐去了的身形。

……

“别了，‘银河之碗’！别了，地球！”冥冥中好像有个声音在他们的耳畔回响。“但总会有一天，我们还会回来的，我发誓！”尤利回过头看了一眼脚下的地球说道。